VISCOUNTZÄHMEN LEICHT GEMACHT

BUCH EINS DER ASTLEY-CHRONIKEN

COURTNEY MCCASKILL

HAZEL GROVE BOOKS

DIE ASTLEYS VON HARRINGTON HALL

Edward Astley IV, Earl von Cheltenham
Georgiana Astley, Gräfin von Cheltenham

Edward Astley V., Vicomte Fauconbridge, 26 Jahre
Harrington Astley, 25 Jahre
Anne Northcote (geb. Astley), Gräfin von Wynters, 23 Jahre
Lady Caroline Astley, 19 Jahre
Lady Lucy Astley, 17 Jahre
Lady Isabella Astley, 17 Jahre
John Astley, verstorben im Alter von 2 Jahren
Frederick Astley, 13 Jahre

Viscountzähmen leicht gemacht (Die Astley-Chroniken- Buch 1)

Autor: Courtney McCaskill

Übersetzung: Corinna Vexborg

Umschlaggestaltung: Anna Volkin

Satz: Courtney McCaskill

Verlag: Hazel Grove Books

Die Originalausgabe erschien 2021 unter dem Titel *How to Train Your Viscount.*

Autor: Courtney McCaskill

6804 NE 79th Court #626423

Portland, OR 97218

USA

courtney@courtneymccaskill.com

Druck: Hazel Grove Books

Paperback ISBN: 978-1-63915-013-7

Kindle ISBN: 978-1-63915-012-0

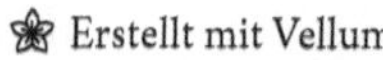 Erstellt mit Vellum

KAPITEL 1

London, England
April 1802

Lady Caroline Astley schlüpfte in den dunklen, stillen Raum. Beim Anblick des nackten Mannes auf der anderen Seite der Galerie zuckte sie zurück und unterdrückte einen Schrei, als heißes Kerzenwachs über ihren Ziegenlederhandschuh spritzte.

Der unbekleidete Mann blinzelte nicht einmal, und er versuchte auch nicht, sich mit dem hinter seinem Rücken drapierten Tuch zu bedecken. Sie atmete aus, als sie erkannte, dass es eine Statue war. Natürlich war es eine Statue - das Haus, in dem sie herumschlich, gehörte Mr. Thomas Hope, Erbe einer der reichsten Bankiersfamilien Europas und renommierter Sammler von Kunst und Antiquitäten.

Das war auch der Grund, warum sie sich von der Dinnerparty, an der sie eigentlich teilnehmen sollte, weggestohlen hatte und nun durch dunkle Teile des Hauses schlich, die angeblich für Besucher nicht zugänglich waren - weil der neue Artikel, den Mr. Hope kürzlich erworben und ihr beschrieben hatte, sehr nach etwas klang, das sie verloren hatte.

Oder besser gesagt, etwas, das ihr gestohlen worden war.

Sie schaute sich in dem schattigen Raum um. Gute Güte, Mr. Hope hatte ihr gesagt, dass seine neue Inneneinrichtung eine Sensation sein würde, wenn er sie in zwei Wochen vorstellte, und er hatte nicht übertrieben. Für jemanden, der den größten Teil von drei Stunden damit verbracht hatte, sie über die überragende Bedeutung der klassischen Schlichtheit sowohl bei der Kleidung als auch bei der Inneneinrichtung zu belehren, war der Geschmack von Mr. Hope bei der Verwendung von blutorangenen Satinvorhängen recht großzügig. Dazu kamen die raumhohen Spiegel und das Gold, mit dem jedes einzelne Möbelstück überzogen worden war, und der Raum drohte ihr selbst beim Licht des Kandelabers, den sie aus der Damentoilette hatte mitgehen lassen, einen Riesenschreck einzujagen. Wenn das Zimmer vollständig beleuchtet war, musste es spektakulär grauenhaft sein.

Caro gelang es, das Einzige in dem Raum zu finden, das sie interessierte, *die Tür*, die unter den Vorhängen verborgen war. Sie eilte hindurch.

Der nächste Raum war eine Art türkischer Salon, mit niedrigen karmesinroten Sofas, noch mehr Gold und ... Sie schnupperte misstrauisch in die Luft und hoffte, dass das anhaltende, würzige Aroma nichts Schlimmeres als Weihrauch war. Sie hatte zwar keine eigenen Erfahrungen mit Opium, aber sie stellte sich vor, dass dies genau die Art von Zimmer war, die jemand mit dieser besonderen Neigung einrichten würde.

Der Türknauf zum dritten Raum knarrte so laut, dass sie

zusammenzuckte und noch mehr heißes Wachs auf ihre Handschuhe kleckerte. Als sie durch die Tür trat, sackte sie jedoch vor Erleichterung zusammen, weil sie endlich den Ägyptischen Raum gefunden hatte.

Caro schauderte, als sie eine Miniatur-Mumienkiste in der Mitte des Raumes bemerkte, deren Farben auch nach Tausenden von Jahren noch leuchteten. Sie fragte sich, ob in dem Sarg noch ein winziger mumifizierter Körper ruhte. Sie konnte beim besten Willen nicht verstehen, warum es neuerdings in Mode gekommen war, nicht nur im ägyptischen Stil zu dekorieren, sondern mit echten Sarkophagen. Dies war die letzte Ruhestätte von jemandem - einem Kind, wie es aussah. Es nur als Schmuckstück zu betrachten, um die eigene Stube zu vervollständigen, war widerlich.

Sie stellte fest, dass ihre Hände zitterten, und stellte den Leuchter auf einen schwarz lackierten Tisch. Wahrlich, sie war für ... Nun, für all das nicht geschaffen. Sie war die Tochter eines Grafen; sie schlich nicht durch Opiumhöhlen und Mumienkammern und dachte über Diebstahl nach.

Sie holte tief Luft und erinnerte sich daran, warum sie hier war. *Anne. Sie musste das für Anne tun.* Sie musste die Halskette finden und sich beeilen. Ihre Abwesenheit auf der Party würde bald bemerkt werden. Und wo würde jemand einen Anhänger verstecken?

Dann entdeckte sie es - ein kleines Lederetui auf dem Beistelltisch. Sie eilte hinüber, ihre Hände zitterten, als sie mit dem Deckel kämpfte. Wenn das Kästchen die Halskette ihrer Schwester enthielt, wusste sie nicht, was sie tun würde. Die Möglichkeit eines Diebstahls war ihr nicht einmal in den Sinn gekommen, bis Mr. Hope erwähnt hatte, dass er an jenem Morgen eine neue ägyptische Halskette in Form des Auges des Ra gekauft hatte. Sollte sie ... Sollte sie es wirklich stehlen? Sie hatte in ihrem Leben noch nie etwas gestohlen.

Obwohl es rechtmäßig Annes Eigentum war, und wie hätte sie es sonst zurückbekommen sollen?

Der Deckel gab nach, und ihre Schultern sanken herab. Der Gedanke an Diebstahl erübrigte sich, denn dies war nicht der Anhänger, den ihre Schwester Caro für eine ägyptische Kostümparty vor zwei Nächten ausgeliehen hatte und der ihr dann von einem Handtaschendieb, der sich als Blumenverkäufer ausgegeben hatte, vom Hals gerissen worden war. Die Form war dieselbe - das Auge des Ra, das so häufig in ägyptischen Designs zu sehen war. Aber dieses war türkis statt lapisblau, und es fehlten die schönen goldenen Verzierungen des Stücks ihrer Schwester.

Nun, das war's. Caro schloss den Deckel. So enttäuscht sie auch war, wenigstens konnte sie jetzt zur Party zurückkehren. Sie war heute Abend so reichlich heimlich herumgewandert, dass es für ein ganzes Leben reich...

Sie erstarrte bei einem vertrauten Geräusch - dem Knarren des Türknaufs. Entsetzt beobachtete sie, wie sich die Tür langsam öffnete.

Sie durchsuchte den Raum nach einem Versteck. Es gab *nichts*. Was wäre, wenn es ein Diener wäre? Was wollte sie sagen? Oh, Gott - was, wenn es Mr. Hope selbst war? Wenn sie allein im Dunkeln mit einem reichen, exzentrischen Junggesellen erwischt würde, wäre sie *ruiniert* ...

Ein Mann schlüpfte durch die Tür, beleuchtet von seiner eigenen Kerze.

Es handelte sich weder um einen Diener noch um Thomas Hope.

Es war unendlich viel schlimmer.

Das musste wirklich das größte Pech sein, das je jemand erlebt hatte, außer vielleicht Achilles, als dieser feige Schwachkopf Paris es irgendwie geschafft hatte, seinen Pfeil auf den einzigen Zentimeter Fleisch zu richten, wo er verwundbar war.

Der niederträchtigste Mann auf Erden (denn das war der, der den Raum betreten hatte), blinzelte sie ungläubig an. »Lady Caroline? Was in aller Welt tun Sie denn hier?«

Vor vier Jahren hatte dieser Mann sie gedemütigt, und zwar vollständig und vollkommen.

Bis zum heutigen Tag schloss sie ihre Gebete mit der Bitte an den Allmächtigen, dass sie Henry Greville nie wieder sehen müsse.

Und doch war er hier.

Ihre ganz eigene Achillesferse.

KAPITEL 2

Caro betrachtete ihn im Kerzenlicht. Wahrlich, es gab keine Gerechtigkeit in dieser Welt, denn der übelste Mann auf Erden war auch weiterhin erschreckend schön. Sein goldbraunes Haar trug er in diesen Tagen kurz, nach dem Vorbild von Brutus, was eigentlich lächerlich hätte aussehen müssen, denn sein Haar war glatt, und diese Frisur verlangte nach windzerzausten Wellen. Doch irgendwie passte das wunderbar zu ihm. (Gab es überhaupt etwas, das nicht zu diesem Mann passen würde?) Seine großen braunen Augen waren genau so, wie sie sie in Erinnerung hatte, was vielleicht nicht überraschend war. Es gab eine Zeit, da hatte sie erschreckend viele Stunden damit verbracht, davon zu träumen, in diese Augen zu blicken. Und er war genauso breitschultrig und schlank wie vor vier Jahren, athletisch geschmeidig, muskulös, ohne klobig zu sein. Sie würde wetten, dass er unter seiner tadellosen schwarzen Abendgarderobe sogar noch besser geformt war als der nackte Mann zwei Zimmer weiter.

Gütiger Gott ... Das war *nicht* der Gedankengang, den sie jetzt verfolgen sollte.

Er kam durch den Raum auf sie zu. Sie spürte, wie sich ihre Kehle zuschnürte. Plötzlich war sie wieder fünfzehn Jahre alt, stand auf dem Balkon und fragte sich, ob es möglich war, vor Demütigung zu sterben, während sie zusah, wie der Gegenstand ihrer Schulmädchenverliebtheit sie vor einer Gruppe seiner Freunde verhöhnte. Sie traute sich nicht einmal, den Mund aufzumachen, denn sie hatte absolut keine Ahnung, was sie tun sollte - wütend sein und schreien? Kalt und abweisend sein? In Tränen ausbrechen?

Sie hatte das schreckliche Gefühl, dass die Antwort *in Tränen ausbrechen* sein würde.

Sie hob ihr Kinn. Sie würde *nicht* zulassen, dass Henry Greville sie weinen sah. »Was ich tue, ist, zu gehen.« Sie griff nach ihrem Kerzenleuchter. »Wenn Sie mich entschuldigen würden ...«

Er stellte sich vor sie und versperrte ihr den Weg. »Warte - bitte warten Sie.«

»Obwohl Sie gezeigt haben, dass Sie mit den Feinheiten des anständigen Benehmens nicht vertraut sind, müssen selbst Sie einsehen, dass ich nicht bleiben kann. Wenn wir hier zusammen entdeckt werden, bin ich ruiniert.« Sie lachte düster. »Und wie Sie schon vor vier Jahren unausweichlich klargestellt haben, ist es ja nicht so, dass *Sie* mich heiraten würden.«

»Nein, ich meine, ja, ich meine ... ich verstehe. Aber ich muss mit Ihnen sprechen ...«

»Wie schade für Sie, denn ich möchte nie wieder mit Ihnen sprechen.« Sie raffte ihre Röcke und machte einen Schritt um ihn herum.

Er packte sie am Unterarm. »Ich brauche nur eine Minute.«

Es war das erste Mal, dass er sie berührte. Während seines Besuchs vor all den Jahren hatte er ihr nie seinen Arm angeboten oder ihr aus einer Kutsche herausgeholfen. Das eine Mal, als sie ihm seinen Tee eingeschenkt hatte, hatten seine Finger nicht die ihren berührt, als er die Tasse entgegennahm.

Und natürlich hatte er sie nie um einen Tanz gebeten.

Sie *hasste*, dass sie das wusste, aber nicht so sehr wie das Zittern, das sie in dem Moment durchfuhr, als seine Hand ihren Arm berührte.

Sie holte tief Luft und richtete sich dann zu ihrer vollen Größe auf, die zwar einen halben Kopf kleiner war als seine, aber das machte nichts. Sie erinnerte sich daran, dass sie mit jedem Zentimeter die Tochter eines Grafen war und dass sie den herablassenden Blick ihrer Mutter geerbt hatte. Sie setzte ihn nun in seiner ganzen Wucht ein. »Ich wäre Ihnen dankbar, wenn Sie mich nicht anfassen würden.« Er hatte den Anstand, beschämt dreinzuschauen, als er seine Hand an ihrem Handgelenk hinuntergleiten ließ, um ihre Hand zu drücken.

»Bitte, Caro.«

Seine Stimme war sanft, und die rohe Emotion in seinen Augen, die Aufrichtigkeit, die Sehnsucht ... Es war genau die Art, von der sie immer geträumt hatte, dass Henry Greville sie einmal so ansehen würde.

Aber das war damals, als sie noch eine naive kleine Närrin gewesen war. Sie war nicht mehr so *dumm*.

Das in seinen Augen war keine Liebe. Nur Mitleid.

Lady Caroline Astley brauchte das Mitleid eines Mannes nicht.

Sie riss ihre Hand aus seiner. »Ich habe Ihnen nicht erlaubt, mich so zu nennen«, sagte sie und war stolz darauf, dass ihre Stimme nur ein klein wenig zitterte. Sie schritt mit erhobenem Kinn durch die Tür und blickte nicht zurück.

~

ZUM GLÜCK FOLGTE er ihr nicht. Sie eilte zurück durch die dunklen Räume und fand eine winzige Nische, die mit seltsamen Statuen gefüllt war. Sie duckte sich hinein und ließ sich auf eine Plüschbank fallen, denn sie traute ihren zitternden Beinen nicht zu, weiterzugehen. Tief in ihrem Inneren hatte sie immer gewusst, dass dieser Tag kommen würde, der Tag, an dem sie ihm wieder gegenüberstehen würde. Sie gehörten derselben Welt an - ihre Väter waren beide Grafen, und er war obendrein der beste Freund ihres Bruders. Aber war es zu viel verlangt, ihn in den ersten Wochen in London zu meiden?

Sie schloss die Augen. Sie konnte sich den Moment vorstellen, in dem alles angefangen hatte, den Moment, in dem er zum Haus geritten kam ...

Obwohl das nicht ganz richtig war. In Wirklichkeit hatte es schon Jahre zuvor begonnen.

In seinem ersten Brief aus Eton hatte Harrington beschrieben, wie die älteren Jungen die Neuankömmlinge aufgefordert hatten, sich eine Ziege von einem örtlichen Bauernhof »auszuleihen« und sie in die Räume des Schulleiters zu schmuggeln. Die meisten von ihnen hatten sich dagegen gesträubt, das zu tun (Harrington natürlich nicht, denn es gab keine Form von Unfug, die er nicht mindestens einmal ausprobiert hätte). Aber es gab noch einen Jungen, der sich der Aufgabe mit Begeisterung stellte: Henry Greville, der junge Viscount Thetford und Erbe des Grafen von Ardingly. Den beiden gelang es, die Ziege aus ihrem Gatter zu holen und sie die Treppe hinauf in die Räume des Schulleiters zu bringen (es stellte sich heraus, dass Lord Thetford ein gutes Händchen für das Knacken von Schlössern hatte). Doch bevor sie den Raum verlassen konnten, war der Schulleiter, Mr. Davies, hereingekommen, genau in dem Moment, als die Ziege in sein Exemplar von Xenophons *Anabasis* biss.

Edward ist verzweifelt, schrieb Harrington, *weil er noch nie ausgepeitscht worden ist, nicht ein einziges Mal, und sein kleiner Bruder hat an seinem ersten Tag zwanzig Schläge bekommen. Aber alle anderen sagen, dass Thetford und ich normale Knaben sind. Zur Feier des Tages aßen wir gemeinsam mit den älteren Jungs Würstchen, und Thetford und ich probierten unsere ersten Zigarren. Ich bin seit sechs Tagen hier, und Thetford und ich sind beide sechsmal ausgepeitscht worden. Die Schule ist hervorragend.*

Jeder Brief, der folgte, war gefüllt mit Geschichten über Harringtons Missgeschicke mit »Thetford«, mit dem er unzertrennlich wurde. Durch Harringtons Briefe hatte Caro das Gefühl bekommen, auch Lord Thetford kennen zu lernen. Sie wusste, dass Harrington der bessere Schütze war, aber Thetford war der bessere Reiter; selbst im Alter von zwölf Jahren gab es keinen Streich, bei dem er nicht mitspielen würde. Sie wusste von seiner Vorliebe für alle Arten von eingelegten Lebensmitteln, von Gemüse und Obst bis hin zu Eiern und Fleisch, und davon, dass er seine Schulkameraden gerne damit anekelte, indem er sie auf alles legte. Und sie wusste, dass er immer eine Ausrede hatte, wenn seine Freunde im Fluss baden wollten, weil er Angst vor Blutegeln hatte und der Meinung war, das wisse niemand.

Vor allem aber gefiel Caro der Sinn des jungen Vicomte für Humor, der genauso bissig war wie ihr eigener. Wie oft hatte sie laut über einen seiner witzigen Sprüche gelacht, die Harrington in seine Briefe einfügte, weil er wusste, wie sehr sie sie genoss?

Deshalb war Caro neun Jahre später begeistert gewesen, als Harrington, der inzwischen in Oxford studierte, darum bat, in den Semesterferien im April ein paar Freunde mit nach Hause zu bringen. Schließlich wollte sie Lord Thetford schon seit Jahren kennenlernen. Sie erinnerte sich daran, wie sie mit ihrer Familie in der Säulenhalle stand und darauf wartete, Harrington und seine Gäste zu begrüßen, und sich dachte, dass sie und Lord Thetford zwar noch keine Freunde waren, es aber bald sein würden. Sie würden die besten Gespräche führen, so wie es Harrington in seinen Briefen beschrieben hatte.

Doch dann kamen Harrington und seine Freunde um die Kurve, und sie sah ihn zum ersten Mal. Und sie konnte sich an das Rauschen in ihren Ohren und das Herzklopfen erinnern, als sein Gesicht deutlicher wurde. Sie griff nach dem Handgelenk ihrer Mutter und flüsterte: »Mama, wer ist der Herr auf dem schwarzen Pferd?«

Ihre Mutter hob eine Augenbraue. »Das, meine Liebe, ist Lord Thetford.«

Und im gleichen Augenblick verliebte sich Caro schrecklich in Henry Greville, auf diese ganz besondere Art und Weise, wie man sich nur im Alter von fünfzehn Jahren verlieben kann. Er verschlang jeden ihrer Gedanken, sowohl im Wachzustand als auch im Schlaf. Wenn sie in seiner Gegenwart war, wünschte sie sich gleichzeitig, dass er sie bemerkte, und hatte Angst, dass er sie bemerken würde, denn als Fünfzehnjährige hatte Caro nur ihre eigenen Fehler sehen können, so dass sie überzeugt gewesen war, dass er nur die Flecken in ihrem Gesicht sehen konnte, die peinlichen Dinge, die sie sagte, und wie unbeholfen und schrecklich sie war.

Doch leider ging selbst die Freundschaft zu weit. Bei den wenigen Gelegenheiten, bei denen sie mit ihm hätte sprechen können, war sie vor Nervosität sprachlos und nicht sie selbst gewesen. Währenddessen schien er sie überhaupt nicht zu bemerken.

Sie wusste genau, dass er das nicht so sah, und es war ihr ehrlich gesagt auch egal. So sehr man sich das auch wünschen mochte, man konnte niemanden zwingen, die eigenen Gefühle zu erwidern.

Was sie jedoch störte, war die Tatsache, dass er sich vor all seinen Freunden über sie lustig gemacht hatte. Es war eine Sache, einen traurigen Fall von unerwiderter Liebe zu haben; es war etwas ganz anderes, dafür zum Gespött gemacht zu werden.

Sie hatte geglaubt, Henry Greville durch die Geschichten in Harringtons Briefen zu kennen. Sie hatte sich geirrt. Der Junge, zu dem sie sich hingezogen fühlte, der mit dem unbändigen Temperament und dem schrägen Sinn für Humor, hatte nie existiert. Er war ...

Ein paar Zimmer weiter hörte sie den verflixten Türknauf knarren.

Er war *im Begriff, aus dem Raum zu kommen.*

CARO SUCHTE im Zimmer nach einem Versteck. Der Alkoven war winzig, kaum mehr als ein Kleiderschrank, und es gab nur einen Eingang. Wenn Lord Thetford sie hier in die Enge treiben würde, gäbe es kein Entrinnen. Glücklicherweise war Mr. Hope aber eben Mr. Hope, der den Raum mit leuchtend roten Vorhängen ausgekleidet hatte. Caro huschte hinter einen davon. Brandspuren schwärzten ihre zerstörten Handschuhe, als sie alle Kerzen bis auf eine auslöschte, die sie hinter einer Hand verbarg.

Sie hörte, wie sich die Tür zum Nebenzimmer öffnete, und hielt den Atem an ...

... nur um seine Schritte vorbeiziehen zu hören und den Schein seiner eigenen Kerze im Nichts verschwinden zu sehen. Er war zurück zur Haupttreppe gegangen, nicht zur Skulpturengalerie, wo der Rest der Gruppe versammelt war.

Endlich war sie ihn los.

Sie atmete aus und ließ ihren Kopf erleichtert

zurückfallen. Seltsam, die Vorhänge reichten bis nach oben, und - nein, warte - das konnte nicht ...

Ein Lachen entrang sich Caros Kehle und überraschte sie, als sie feststellte, dass Mr. Hope in einem Schrank ein Zelt errichtet hatte, um seine Idole stilgerecht unterzubringen. Ein rotes Zelt, mit goldenen Fransen (natürlich). Plötzlich überschritt ihr Abend eine unauslöschliche Grenze und wurde von einfach nur schrecklich zu komödiantisch schrecklich. Sie hatte gewusst, dass in London Abenteuer auf sie warten würden, und hier schlich sie bei Kerzenlicht durch Räume, die entweder Opiumhöhlen waren oder nicht, suchte zwischen Mumien nach dem Auge des Ra und versteckte sich in einem Beduinenzelt vor ihrer ersten Liebe und jetzigem Erzfeind.

Sie glättete ihre Röcke und bereitete sich darauf vor, sich wieder der Gruppe anzuschließen. Es war wirklich das Beste, dass sie ihm heute Abend auf diese Weise wieder begegnet war. Sie hätte nicht ein Zehntel so offen sprechen können, wenn sie ihm in einem überfüllten Ballsaal begegnet wäre. Heute Abend hatte sie ihm unmissverständlich gesagt, dass sie nie wieder mit ihm sprechen wolle. Ihre Botschaft war unausweichlich. Wenn sich ihre Wege in Zukunft kreuzten, würde sie nie mehr tun müssen als zu nicken und zu lächeln. So viel konnte sie ertragen. Aber er würde ihr aus dem Weg gehen, und sie würde ihm aus dem Weg gehen, und alles würde wieder in Ordnung kommen.

KAPITEL 3

Am nächsten Tag machte sich Henry Greville auf den kurzen Weg von seiner Junggesellenwohnung zum Stadthaus seiner Eltern am Hanover Square.

Als er eintrat, verfehlte er nur um Haaresbreite einen Zusammenprall mit dem riesigen Alabaster-Sarkophag, der das Foyer beherrschte. Man sollte meinen, dass er es inzwischen besser wusste. Schließlich befand sich der Sarkophag an seinem jetzigen Standort, seit er sechs Jahre alt gewesen war. Aber irgendwie vergaß er immer, wie sehr das Ding den Raum ausfüllte.

Er warf einen Blick auf die Sandsteinreliefs, die den Gang zur Bibliothek säumten. Es war ein Schock, hierher zu kommen. In der einen Minute fuhr er in seinem Zweispänner, den Wind im Krawattenschal, an der Schlange der Kutschen vorbei, die darauf warteten, in Gunter's Tea Shop ein Eis zu bekommen, die Gerüche von Kohlenrauch und Mist wetteiferten um die Vorherrschaft, während sein Gespann durch die akribisch geplanten Plätze von Mayfair trabte, wobei jeder Anblick, jeder Geruch und jedes

Geräusch verkündete, dass er sich in der modernsten, wohlhabendsten Stadt der Welt befand.

Und sobald er dann durch die Tür des Stadthauses der Familie Greville trat, könnte man meinen, er sei zweitausend Jahre in der Zeit zurückgereist und befände sich nun im Inneren der Cheops-Pyramide.

Ein mit Hieroglyphen versehenes Säulenpaar kündigte die Bibliothek an. Die meisten der ägyptischen Gegenstände im Haus waren echte Antiquitäten, die sein Vater von seiner großen Reise mitgebracht hatte. Aber die Möbel in der Bibliothek waren moderne Stücke im ägyptischen Stil. Abgesehen von der zerbröckelnden Sphinx in der Ecke. Und den Einweckgläsern auf dem Kaminsims ...

Henry bemerkte etwas Neues neben dem Schreibtisch seines Vaters und ging hinüber, um es zu untersuchen. Es handelte sich um ein Stück schwarzen Granits, das einst Teil einer viel größeren Statue gewesen war. Es musste sich um die jüngste Erwerbung handeln, von der sein Vater gesprochen hatte und die er als Torsofragment einer Anubis-Statue beschrieben hatte.

Henry nahm an, dass die Beschreibung im wahrsten Sinne des Wortes korrekt war. Wie bedauerlich jedoch, dass der einzige Teil der Statue, der den Zahn der Zeit überlebt hatte, Anubis' beeindruckend straffes Gesäß war.

Henry ließ sich auf einem Stuhl nieder und wartete auf seinen Vater. Gestern Abend hatte er noch gedacht, dass Thomas Hope ein bisschen verrückt sei, eine Mumie in seinem Wohnzimmer zu haben. Doch als er sich im grellen Tageslicht im Stadthaus seiner eigenen Familie umsah, fiel ihm ein berühmtes Sprichwort über Menschen in Glashäusern ein, das wahrscheinlich auf jeden zutraf, der den Arsch des Anubis in seiner Bibliothek hatte.

Und wenn man bedachte, dass die Mumie nur die zweite

Überraschung war, die er im Ägyptischen Zimmer von Thomas Hope gefunden hatte …

Was um Himmels willen hatte Caroline Astley dort gemacht? Das war der erste Gedanke gewesen, der ihm in den Sinn kam. Aber gleich danach kam die Erkenntnis, dass es ihm scheißegal war. Das Einzige, was zählte, war, *dass* sie da war. Sie war da, er war da, und endlich, *endlich*, würde er seine Chance bekommen, sich zu entschuldigen.

Dass er ihr eine Entschuldigung schuldete, stand außer Frage. Niemals würde er ihren Gesichtsausdruck vergessen, wie sie da auf der Terrasse stand, völlig niedergeschlagen und darum bemüht, nicht zu weinen.

Er hatte es gestern Abend nicht geschafft, sich zu entschuldigen, aber er würde eine andere Gelegenheit finden. Jetzt, da er wusste, dass sie in der Stadt war, würde es einfach passieren. Das erste, was er an diesem Morgen getan hatte, war, seinen Diener zu Astley House zu schicken, wo er erfuhr, dass die Damen am Montagmorgen zu Hause waren, um Besucher zu empfangen.

Morgen war Montag. Und so würde er sich morgen endlich bei Lady Caroline angemessen entschuldigen.

Henrys Träumerei wurde durch eine scharfe Stimme hinter ihm unterbrochen.

»Hat Thomas Hope dir sein neues Auge des Ra gezeigt?«

»Auch dir einen guten Tag, Vater«, sagte Henry und stand auf. »Ich würde nicht behaupten wollen, dass er es mir gezeigt hat.« Als er Mr. Hope um die Erlaubnis zur Besichtigung des Artefakts gebeten hatte, hatte der Mann abgelehnt und davon gesprochen, dass er sein Ägyptisches Zimmer erst zeigen wolle, wenn die Dekoration fertig sei. Henry war nicht der

Typ, der sich davon abschrecken ließ, und deshalb war er in der Dunkelheit herumgeschlichen. »Aber«, so fuhr er fort, »ich habe es trotzdem geschafft, einen Blick darauf zu werfen. Ich habe auch gerade deine Neuerwerbung bewundert. Darf ich fragen, wie viel du für den Arsch des Anubis bezahlt hast?«

Sein Vater saß hinter dem Schreibtisch und starrte ihn an seiner Nase entlang an. »Warum musst du immer so krass sein? Um auf das Auge des Ra von Thomas Hope zurückzukommen - wie sah es aus?«

Henry sank in seinen Stuhl. »Es ist aus Fayence-Porzellan, etwa so groß«, sagte er und hielt zum Vergleich seine Taschenuhr hoch.

»Welche Farbe hat die Fayence?«

»Das übliche Türkis.«

»Hatte es noch andere Materialien? Irgendwelche Goldeinlagen?«

Henry hielt inne und dachte nach. »Da war kein Gold. Es hatte einen dunklen Stein als Auge, Onyx, vielleicht. Es war ein ganz normales Auge des Ra-Amulett, nichts Besonderes. Ich wette, du hast im Laufe der Jahre Dutzende in dieser Art gesehen.«

Die Schultern seines Vaters sanken in sich zusammen. »Ich verstehe. Nun, danke, dass du nachgeforscht hast.«

»Du scheinst ziemlich neugierig auf die Antiquitäten von Thomas Hope zu sein. Darf ich fragen, warum du dann nicht selbst an dem Essen teilgenommen hast? Mutter erwähnte, dass du eine Einladung erhalten hast.«

Sein Vater schnaubte. »Ich will nichts mit Thomas Hope zu tun haben. Nicht nach dem, was er über meine Sammlung gesagt hat.«

Henry unterdrückte ein Stöhnen. *Nicht das schon wieder.* »Vater, hast du bedacht, dass du vielleicht überreagierst?«

»*Ein paar Kleinigkeiten,* so charakterisierte er es!«, sagte der Earl und ignorierte ihn. »Ich frage dich, ist irgendwas an dem Sarkophag des Mycerinus eine *Kleinigkeit*?«

»In der Tat, das ist nicht der Fall«, sagte Henry. »Darüber wollte ich eigentlich mit dir sprechen. Glaubst du wirklich, dass der Eingangsbereich der absolut beste Ort dafür ist?«

»Für jemanden, der nichts über Antiquitäten weiß, hast du eine starke Meinung darüber, wo man sie am besten ausstellt. Zuerst waren es meine Einmachgläser ...«

»Du hattest sie im Esszimmer stehen, Vater!«

»Ich sehe immer noch nichts Falsches daran.«

»Der Zweck von Kanopengläsern ist es, mumifizierte Eingeweide aufzubewahren, eine Tatsache, die du deinen Gästen beim Abendessen nur allzu gern immer wieder aufgetischt hast.«

»Meine Antiquitäten sind faszinierend. Die Leute hören gerne von ihnen.«

»Nicht, während sie versuchen zu essen. Mutter musste in der Anrichte ein Riechsalz aufbewahren. Diese Gläser sind hier in der Bibliothek viel besser aufgehoben. Aber um auf den Sarkophag zurückzukommen: Findest du nicht, dass der Sarg von jemandem im Foyer ein bisschen ... makaber ist?«

Sein Vater schüttelte den Kopf. »Ich erwarte nicht, dass du das verstehst, aber es vermittelt eine starke Botschaft. *Memento mori*, wie die Alten sagen. Es bedeutet ...«

»*Denke daran, dass auch du sterblich bist.* Sind die Gedanken an ihren bevorstehenden Tod die ersten, die wir bei unseren Gästen wecken wollen?«

»Ich bin überrascht, dass du das Zitat überhaupt kennst.«

Henry sog zähneknirschend den Atem ein. »Ich habe ein Grundverständnis für Latein, Vater.«

»Nicht für Griechisch, das garantiere ich«, murmelte der Graf.

Henry seufzte. Sein Vater hatte nicht Unrecht. Entgegen den Hoffnungen seines gelehrten Vaters war er ein gleichgültiger Schüler in Eton und ein noch schlechterer in Oxford gewesen. Das war keine Besonderheit, denn die meisten Adeligen bemühten sich kaum um ein Studium, und nur wenige machten einen Abschluss. Henry hatte seine Tage damals genauso verbracht wie heute - auf dem Rücken eines Pferdes. Viele Väter wären stolz darauf, einen solchen Sohn zu haben, einen echten Korinther, der seit mehr als fünf Jahren kein Pferderennen verloren hatte, weder im Sattel noch auf dem Kutschbock.

Henry war kein völliger Verschwender. Natürlich mochte er ein schnelles Pferd, eine willige Frau, einen starken Drink und ein Kartenspiel genauso wie jeder andere. Aber er hatte auch andere, ernsthafte Ziele. Er hatte auf dem Landgut seiner Familie einen Zuchtstall eröffnet, und obwohl er erst seit drei Jahren dabei war, machte er bereits einen bescheidenen Gewinn.

Aber Henrys Aktivitäten waren nicht von der Art, die seinen gelehrten Vater beeindruckte.

»Nun«, sagte Henry, »ich denke, du solltest Mr. Hope die Hand zur Versöhnung reichen. Er kommt aus Amsterdam. Englisch ist nicht seine erste Sprache. Er hat es wahrscheinlich nicht böse gemeint. Und in Anbetracht eurer gemeinsamen Interessen würdet ihr sicher viel zu besprechen haben.«

Sein Vater schnaubte daraufhin. Henry wartete einige Augenblicke, dann erhob er sich von seinem Platz. »Wenn das alles war, worüber du mit mir sprechen wolltest ...«

»Setz dich, mein Sohn«, sagte sein Vater. Henry gehorchte. Nach einem Moment murmelte sein Vater einen Fluch und griff nach der Karaffe auf der Kredenz hinter seinem Schreibtisch. Henrys Augenbrauen schossen in die Höhe. Er hatte noch nie gesehen, wie sein Vater sich um - er schaute auf die Uhr auf dem Kaminsims - halb zwei vergnügte.

Henry nahm einen kleinen Schluck aus dem Glas, das ihm sein Vater reichte; der Graf trank die Hälfte vom Inhalt seines Glases in einem Schluck hinunter. »Was ich dir jetzt sage«, sagte sein Vater, »darfst du niemandem erzählen. Vor allem darfst du nichts zu deiner Mutter sagen.«

Oh, lieber Gott. Es war durchaus üblich, dass sich ein Adliger eine Mätresse hielt, auch wenn Henry nie Beweise dafür gefunden hatte, dass der Graf dies tat. Aber das war das letzte Thema, das er mit seinem Vater besprechen wollte.

»Wir haben einige finanzielle Schwierigkeiten«, sagte der Graf.

»Ist das so?« Henry zog die Stirn in Falten. »Das ist seltsam - ich dachte, die Mieten in Brighton wären gestiegen.« Die Mitgift seiner Mutter hatte aus Dutzenden von Reihenhäusern in Brighton bestanden. Mit der Landwirtschaft ging es bergauf und bergab, aber in den letzten Jahren hatte Brighton dank des Mäzenatentums des Prinzen von Wales einen Aufschwung erlebt, der die Pachtpreise und damit auch das Vermögen der Grevilles in die Höhe trieb.

Es war Henry nie in den Sinn gekommen, sich über Geld Gedanken zu machen. Seine Familie wurde beneidet, weil sie nicht nur ein hohes, sondern auch ein stabiles Einkommen hatte. Was in aller Welt könnte ...

»Die Brighton-Reihenhäuser sind weg«, sagte sein Vater.

»Weg? Was soll das heißen, weg?«

»Ich habe sie verkauft.«

Henrys ganzer Körper zuckte zusammen, und er schleuderte eine Kaskade von Branntwein in die Luft, die größtenteils auf den Arsch von Anubis herabregnete. »Du hast *was?*«

»Henry!« Sein Vater eilte um den Schreibtisch herum und begann, die Statue mit seinem Taschentuch sauber zu tupfen.

»Du solltest vorsichtiger sein. Dies ist ein unbezahlbares Stück aus dem Grab des Ptolemäus ...«

»Wen interessiert das? Du hast die Reihenhäuser verkauft? Warum hast du ... Wann war das?«

»Vor vier Jahren.«

»Vor vier Jahren! Wovon haben wir gelebt?«

»Von Ersparnissen.« Mit einem letzten Wischen über Anubis' linke Pobacke kehrte sein Vater auf seinen Platz zurück. »Aber die sind aufgebraucht, also ist es an der Zeit, einen neuen Plan in Kraft zu setzen.«

Henry wurde klar, dass die Zeit für einen neuen Plan schon lange vorbei war. Da dies nicht die Art von Gefühlen war, die ein Sohn seinem Vater gegenüber äußern durfte, holte er tief Luft und bemühte sich, ruhig zu bleiben. »Das würde ich auch sagen. Wie kam es zum Verkauf der Reihenhäuser?«

Der Kiefer seines Vaters verkrampfte sich. »Ich musste ein Schiff kaufen.«

»Ein Schiff? Wozu in aller Welt brauchst du ein Schiff?«

»Um einige, äh, Gegenstände zu transportieren.«

»Aber warum *ein Schiff kaufen*? Warum konntest du nicht jemanden bezahlen, der ein Schiff besitzt, um sie für dich zu transportieren?«

»Aufgrund der Situation im Mittelmeer wollte niemand diese Strecke befahren.«

Vor vier Jahren war die Lage im Mittelmeerraum in der Tat sehr angespannt gewesen. Ganz Großbritannien hatte mit angehaltenem Atem darauf gewartet, dass Admiral Nelson das Mittelmeer nach der spurlos verschwundenen französischen Flotte durchkämmte. Im August fand er sie in Ägypten, und es kam zur Schlacht am Nil. Henry hatte ein schreckliches Gefühl in der Magengrube. »Das Mittelmeer, sagst du. Wo genau im Mittelmeerraum kamen diese *Gegenstände* her?«

Der Graf sagte nichts.

»Vater?«, drängte Henry.

»Ägypten«, schnauzte der Graf.

Henry sackte ungläubig in seinem Stuhl zusammen. »Du hast die *Reihenhäuser* verkauft. Ein Vermögen, das unsere Familie über Generationen hinweg unterstützt hätte. Alles für ein paar bröckelnde Steine und staubigen Plunder ...«

»Das waren keine bröckelnden Steine und verstaubten Schmuckstücke! Mein Agent in Kairo hatte die prächtigsten Schätze gefunden - einen bemalten Zedernholzsarkophag, mehrere große Statuen, darunter eine seltene der geflügelten Göttin Isis, mit Juwelen besetzte Skarabäen, einen mit Hieroglyphen bedeckten Sandsteinobelisken ...«

»All das besitzt du bereits! Und nichts davon könnte es rechtfertigen, den Nachlass zu riskieren.«

»Ich habe nicht erwartet, dass du das verstehen würdest. Du hast kein Verständnis für Kunst und Geschichte.«

Henry war nur halb bei der Sache, sein Verstand suchte nach einer Lösung. »Die Reihenhäuser sind weg, aber was ist mit den Vermögenswerten, die du erworben hast? Wir könnten das Schiff verkaufen, und ...«

»Es wurde gekapert. Dem Kapitän ist es nicht gelungen, die französische Blockade zu durchbrechen.« Sein Vater schüttelte den Kopf. »All meine unbezahlbaren Schätze in den Händen dieses bürgerlichen Abschaums.«

Henry war nicht in der Lage, einen Hauch von Säure in seiner Stimme zu verbergen. »Ganz zu schweigen von den Männern, die bei dem Versuch, die französische Blockade zu durchbrechen, ihr Leben verloren.«

»Es gibt keinen Grund, melodramatisch zu sein, Henry. Die Matrosen wurden lebend gefangen genommen. Soweit ich weiß, wurden sie in die französische Marine aufgenommen.«

»Also wurden sie gezwungen, Verrat zu begehen, bevor

sie in der Schlacht am Nil starben. Wie beruhigend.« Henry holte noch einmal tief Luft. »Ich weiß, dass das Gespräch schwierig sein wird, aber wir müssen es Mutter sagen.«

»Sie darf es nicht wissen.«

»Sie muss es wissen. Sie hat es verdient. Diese Reihenhäuser waren ihre Mitgift!«

Der spöttische Blick seines Vaters war einer, den er im Laufe der Jahre schon oft gesehen hatte. Das war ein Stich, wie immer. »Hast du nichts von dem verinnerlicht, was ich dir beizubringen versucht habe? Was es bedeutet, ein Mann zu sein?« Der Graf erhob sich und begann, in der Bibliothek umherzugehen, während er die Rede vortrug, die Henry schon hundertmal gehört haben musste. »Ein Mann ist stark. Ein Mann ist stoisch. Ein Mann ist standhaft.«

Henry musste sich auf die Innenseite seiner Wange beißen, um nicht sein eigenes Schimpfwort auf die Liste zu setzen: *Verschwender.*

Der Graf fuhr fort: »Ein Mann belastet seine Mitmenschen nicht, indem er über seine Probleme jammert. Und die letzte Person, bei der er sich beschweren sollte, ist seine Frau. Frauen sind *emotional.*« Sein Vater begleitete diese Äußerung mit einem finsteren Blick. »Emotionen müssen natürlich immer gezügelt werden. Ein Mann muss der Welt ein starkes Gesicht zeigen und darf niemals Schwäche zeigen. Außerdem fehlt den Frauen der Verstand, um angesichts finanzieller Schwierigkeiten etwas zu unternehmen. Wenn du es deiner Mutter erzählst, wird sie das nur verärgern.« Sein Vater lehnte sich in seinem Stuhl zurück. »Nein, ein Mann sollte seine Probleme stoisch ertragen und seine Frau da raushalten.«

»Aber ... Plant Mutter nicht eine große Landparty? Wir müssen sparen. Wie kann sie das tun, wenn sie es nicht einmal weiß?«

»Es gibt keinen Grund zum Sparen.«

Henry blinzelte. »Kein Grund zum Sparen? Ich dachte, wir hätten unsere Ersparnisse aufgebraucht.«

Sein Vater machte eine abweisende Geste. »Wir können die Party trotzdem veranstalten. Das sind die Rechnungen der Handwerker. Wir können diese in Verzug setzen. Es ist ja nicht so, dass sie eine Ehrenschuld sind.«

Unaufgefordert tauchte in Henrys Kopf das Bild seiner Wäscherin auf, einer gebeugten alten Frau namens Mrs. Dakers, die nur noch vier Zähne hatte. Obwohl sein Kammerdiener Gibson immer versuchte, sie aus Henrys Junggesellenwohnungen fernzuhalten, wenn sie die Wäsche ablieferte, ließ sich Mrs. Dakers von seinen Andeutungen nicht beeindrucken und bestand darauf, ihren Arbeitgeber zu begrüßen. Henry fand Mrs. Dakers, und den Kummer, den sie bei seinem sehr korrekten Diener auslöste, äußerst amüsant. Er nahm sich immer ein paar Minuten Zeit, um sich mit ihr zu unterhalten. Letzte Woche war Mrs. Dakers ungewohnt schweigsam gewesen, als sie seine Wäsche ablieferte, was Henry dazu veranlasst hatte, den Brief, an dem er gearbeitet hatte, beiseite zu legen und zu fragen, was los sei. Tränen liefen ihr über die Wangen, als sie ihm mitteilte, dass sie sich um ihre vier verwaisten Enkelkinder kümmern müsse. Sie lebten zusammen in einem einzigen Zimmer in Wapping, unten an der Themse. Letzte Woche war ihr jüngster Enkel einem Fieber erlegen, das in der Nachbarschaft grassiert hatte, und es fehlte das Geld für seine Beerdigung. Es blieb ihr nichts anderes übrig, als den Leichnam in dem Zimmer aufzubewahren, das sie alle miteinander teilten, während seine Geschwister auf dem Boden neben dem kleinen Sarg spielten. Henry erinnerte sich daran, wie sie geschluchzt hatte, als er ihr drei Zwei-Guinea-Münzen in die Hand drückte, und wie sie noch mehr geschluchzt hatte, als er ihr eines seiner sauberen Taschentücher reichte, um sich die Nase zu putzen.

Henry konnte nichts Ehrenhaftes daran finden, Mrs. Dakers oder irgendjemand anderes, nur weil sie Handwerker waren, nicht angemessen zu bezahlen.

»Wir könnten eine Auktion veranstalten«, sagte Henry. »Aufgrund der Artefakte, die von Napoleons Armee beschlagnahmt wurden, besteht derzeit ein großes Interesse an allen ägyptischen Dingen. Wir werden einen guten Preis für deine Sammlung erzielen, und wir könnten ...«

»Henry!« Sein Vater sah beleidigt aus. »Wir werden nichts dergleichen tun. Es gibt keinen Grund zur Sorge. Ich habe einen Plan.«

Henrys Geduld war am Ende. Er kämpfte darum, seine letzten Reste von Pietät aufzubringen. »Wirklich, Vater? Denn so wie ich das sehe, stehen wir am Rande der Katastrophe, und du hast nichts getan, um das zu ändern. Im Gegenteil, du hast den Arsch des Anubis gekauft! Dann klär mich doch bitte auf - was ist dein Plan?«

»Du musst die Einzelheiten nicht kennen ...«

»Natürlich muss ich die ...«

»Warum? Glaubst du etwa, du hättest etwas beizutragen?« Der Earl schnaubte. »Das ist glorreich. *Du*. Der kaum Latein und kein Griechisch beherrscht. Der Mann, der in vier Jahren in Oxford keine einzige Vorlesung besucht hat. Was hast *du* denn beizutragen?«

Henrys Nackenhaare sträubten sich. »Die Tatsache, dass ich Sophokles nicht zum Vergnügen lese, ist nebensächlich. In dieser Situation ist ein gesunder Menschenverstand gefragt ...«

»... der dir ebenfalls fehlt. Ich glaube, es verging keine einzige Woche, in der ich nicht einen Brief vom Rektor in Eton erhielt, in dem dein abscheuliches Fehlverhalten im Detail beschrieben wurde. Zuerst war es diese Ziege ...«

»Ich war zwölf Jahre alt, Vater. Das hat keinen Einfluss auf den Mann, der ich heute bin.«

»Der Mann, der du heute bist, verbringt seine Zeit mit Trinken, Glücksspiel und Frauengeschichten. Wann bist du das letzte Mal vor dem Mittag aufgestanden?«

»Erst heute Morgen. Ich war vor dem Morgengrauen auf.«

Sein Vater zog eine Augenbraue hoch. »Wirklich. Was war der Anlass?«

Henry seufzte. »Ich hatte ein Pferderennen ...«

»Ein *Pferderennen*. Das ist das Zeichen eines Literaten.« Sein Vater schüttelte den Kopf. »Nein, Henry, du hast keinen Kopf fürs Geschäft. Die Planung wird von mir übernommen.«

Henry wollte protestieren. Was auch immer seine Fehler waren, er konnte nicht schlechter sein als der Mann, der ein profitables Anwesen in den Ruin getrieben hatte, um einen zweiten Sarkophag zu kaufen.

Die Wahrheit war jedoch, dass Henry nichts über die Führung eines Anwesens, die Auswahl von Investitionen oder die Verwaltung von Geld wusste. Er wusste, dass dies Themen waren, die er eines Tages würde lernen müssen. Er hatte geglaubt, er hätte genug Zeit.

Er hatte nicht geahnt, dass er bereits zu spät dran war.

Er seufzte. »Warum hast du mir das dann erzählt, Vater?«

»Weil ich ein wenig Unterstützung brauchen werde, um meinen Plan in die Tat umzusetzen. Dein Besuch auf der Party von Thomas Hope gestern Abend war die erste derartige Aufgabe. Weitere werden in den nächsten Tagen folgen. Du musst meine Aufträge unbedingt ausführen.«

»Ich werde mein Bestes tun. Und was hat das neue Amulett von Thomas Hope mit all dem zu tun?«

»Erinnerst du dich an mein kleines ägyptisches Kästchen, das die Form des Auges des Ra hat?«

»Ich erinnere mich gut daran.«

»Es ist ... nicht mehr in meinem Besitz. Ich habe Grund zu der Annahme, dass es gestohlen wurde.«

Die Schatulle war aus dunkelblauer Fayence gefertigt, einer frühen Form von Porzellan, mit Goldeinlagen für das Auge des Ra und einem Hauch von Elfenbein für das Weiß des Auges. Die Verarbeitung war exquisit und der Zustand der Schachtel bemerkenswert. Es sah nicht annähernd so alt aus, wie es war. Es war eines der wertvollsten Stücke in der Sammlung seines Vaters, vielleicht sogar mehr wert als der Alabaster-Sarkophag, der den Eingangsbereich zierte.

»Das ist in der Tat eine schlechte Nachricht«, sagte Henry.

»Es gibt noch mehr. Ich musste einen Kredit aufnehmen, um uns durch die vergangenen Monate zu bringen. Über fünftausend Pfund. Ich habe die Kiste als Sicherheit für den Kredit angeboten.«

Henry beugte sich vor, und in seiner Brust wurde es eng. »Und wer ist der Inhaber dieses Darlehens?«

Sein Vater schwieg einen Moment, dann sagte er: »Es genügt, wenn ich sage, dass es eine Ehrenschuld ist. Dieses Darlehen muss zurückgezahlt werden. Und es ist in zwei Wochen fällig.«

Henry lehnte sich in seinem Stuhl zurück. »Wir haben also zwei Wochen Zeit, um entweder die Kiste mit dem Auge des Ra zurückzuholen oder fünftausend Pfund aufzutreiben, sonst sind wir endgültig ruiniert.«

»Ganz genau.«

»Haben wir die vollen fünftausend verbraucht?«

»Nein, es ist noch ein bisschen übrig. Aber es wird nicht lange vorhalten.« Sein Vater räusperte sich. »Ich gehe davon aus, dass diejenigen, die meine Kiste gestohlen haben, sie verkaufen wollen. Wenn du also etwas über eine neu erworbene Artefaktenkiste oder über das Auge von Ra hören solltest ...«

»... soll ich mehr darüber herausfinden. Ich verstehe.«

»Phillip, da bist du ja«, trällerte eine weibliche Stimme von der Tür her.

Henry erhob sich und zwang ein Lächeln auf seine Lippen. »Guten Tag, Mutter.« Er beugte sich vor, um ihr einen Kuss auf die Wange zu geben.

»Henry! Ich wusste nicht, dass du hier bist. Was für ein Vergnügen.« Sie drehte sich zu seinem Vater um, der sich von seinem Platz hinter dem Schreibtisch erhoben hatte und auf die Tür zuging. »Hast du die fehlende Rechnung gefunden, die ich erwähnt habe, Phillip? Die vom Winzer?«

»Das habe ich nicht«, antwortete der Graf.

Die Gräfin rang die Hände. »Soll ich einen Lakaien zu Clarke und Söhne schicken, um ein weiteres Exemplar anzufordern?«

Der Graf war schon halb zur Tür hinaus. »Nein, nein, ich kümmere mich darum.«

»Aber meine Party ist übernächste Woche, und ...« Sie seufzte und sah zu, wie ihr Mann sich in den Flur zurückzog. »Ach, was soll's.«

»Was ist los, Mutter?«, fragte Henry.

Die Gräfin rieb sich die Stirn. »Oh ... es gab eine Art Verwechslung mit dem Winzer. Eine fehlende Rechnung, die unbezahlt geblieben ist. Ich habe ihnen erklärt, dass es sich um einen einfachen Fehler handelt, aber sie weigern sich, uns Wein zu schicken. Und da meine Landhausparty vor der Tür steht, weiß ich nicht, was ich tun soll.«

Henry tat sein Bestes, um eine neutrale Miene zu bewahren, aber innerlich stöhnte er. Es schien also, dass der Plan seines Vaters, Geld zu sparen, indem er die Rechnungen der Handwerker nicht bezahlte, bereits in Kraft getreten war.

Und nun sollte seine arme Mutter vor dem *haute ton* gedemütigt werden.

Er kramte in seiner Tasche und holte eine Handvoll

Geldscheine heraus. »Ich habe heute Morgen zufällig ein Pferderennen gewonnen«, erklärte er und reichte die Scheine seiner Mutter. »Wird das reichen?«

Sie blätterte in den Geldscheinen. »Oh ja, der Betrag ist nicht annähernd fünfzig Pfund«, sagte sie und versuchte, ein paar der Scheine zurückzugeben.

Er schlang die Finger seiner Mutter um das Geld. »Warum behältst du sie nicht? Für den Fall der Fälle. Auf diese Weise musst du dir um nichts Sorgen machen.«

Sie strahlte zu ihm auf. »Danke, Henry. Du bist der beste Sohn auf der ganzen Welt.«

Es war schön, dass wenigstens einer seiner Eltern es so sah, dachte Henry, als er nach draußen trat. Er war nicht in der Stimmung, zwischen den Antiquitäten seines Vaters zu stehen, während er darauf wartete, dass sein Zweispänner vorgefahren wurde. Er warf einen Blick auf die eleganten Stadthäuser am Hanover Square. Er war aufgewachsen, ohne Zweifel daran zu haben, dass er in diese Welt gehörte. Er war reich und hatte einen Titel, um den ihn die meisten beneideten, die er traf. Er hatte noch nie an seinem Wert gezweifelt, bis jetzt. Ihm war nicht bewusst gewesen, dass sein familiärer Reichtum eine so wichtige Rolle für seine Identität spielte, bis er ihn verlor.

Aber sobald bekannt wurde, dass die Familie Greville keinen Penny mehr besaß, würde er nicht mehr der beneidete junge Mann sein. Im Handumdrehen würde er zu dem Mann werden, über den alle hinter seinem Rücken lachten, zu dem Mann, von dem heiratswütige Mütter ihre Töchter fernhielten, zu dem Mann, dessen Gesellschaft nicht mehr willkommen war. Und so wütend, wie er auf seinen Vater war, so wütend war Henry auch auf sich selbst. Er hätte sich mehr für das Anwesen interessieren müssen. Dann wüsste er nicht nur, wie man die aktuellen Probleme lösen könnte, sondern hätte sie vielleicht schon vor Jahren bemerkt, als es noch eine Chance gab, die Dinge wieder auf Kurs zu bringen.

Stattdessen hatte er Karten gespielt und Pferderennen veranstaltet. Er war mehr als nutzlos.

Wenn er nicht der junge Mann war, für den er sich gehalten hatte, der reiche zukünftige Graf, der sich um nichts in der Welt kümmerte, wer war er dann?

Henry hatte keine Ahnung. Aber es schien, als hätte er zwei Wochen Zeit, um das herauszufinden.

KAPITEL 4

In dem Moment, in dem Caro die Schwelle des Hauses ihrer Schwester in St. Giles überschritt, wurde sie von einer Schar aufgeregter Kinder umringt. Als Anne im Alter von achtzehn Jahren den Earl of Wynters geheiratet hatte, gründete sie als erstes ihre eigene Wohltätigkeitsorganisation, die *Ladies' Society for the Relief of the Destitute*. Ihre Hauptaufgabe bestand darin, modellhafte Wohnhäuser für Witwen mit kleinen Kindern zu errichten und ihnen eine angemessene Miete für ein sicheres, sauberes Zimmer zu berechnen. Da Caro erst vor ein paar Wochen in London angekommen war, besuchte sie zum ersten Mal die Einrichtung ihrer Schwester.

»Caro!« Sie drehte sich um und sah ihre Schwester auf sich zukommen. Annes Mann war im letzten Sommer im Schlaf gestorben, und sie trug Schwarz, von den Pantoffeln bis hin zu der eleganten Haube, die ihr braunes Haar krönte. Aber ihre Schwester schaffte es irgendwie, sogar in ihrer Trauer strahlend auszusehen. Anne hatte seit ihrem vierzehnten Lebensjahr davon geträumt, eine eigene Wohltätigkeitsorganisation zu gründen, und hier in ihrem

Gebäude war sie wirklich in ihrem Element und strahlte vor Freude und Begeisterung.

Die Schwestern umarmten sich und küssten einander auf die Wange. »Ich bin so aufgeregt, endlich dein Wohnhaus zu sehen«, sagte Caro.

»Ich kann es kaum erwarten, es dir zu zeigen.« Anne gestikulierte zu den Kindern, die etwa sechs Jahre alt zu sein schienen. »Die Kleinen haben ein Lied für dich geübt. Und dann ist es Zeit für das Mittagsmahl - ich dachte, du könntest dich uns anschließen.«

»Das würde ich gerne tun«, sagte Caro.

Das Lied war *Lord, How Delightful*, und die Darbietung war in der Tat entzückend, nicht zuletzt deshalb, weil sie etwas verstimmt war. Caro applaudierte, dann machten sie sich auf den Weg in den Speisesaal.

Sie nahm eine Schüssel mit Rindereintopf entgegen und setzte sich zu einer Gruppe von Kindern an einen der langen Tische. Sie wandte sich dem Mädchen zu, das links von ihr saß und einen langen braunen Zopf trug. »Also, Agnes - habe ich das richtig verstanden?« Agnes nickte. »Wie gefällt es dir hier?«

»Es ist wunderbar, Mylady, wie ein Paradies.«

»Agnes hat früher in der *Hopkins Street* gewohnt«, sagte ein älterer Junge mit dunklem Haar, als ob damit alles geklärt wäre.

»Hopkins Street?«, fragte Caro.

»Es ist beim Schweinestall«, bot er als Erklärung an.

»Der ... der Schweinestall?«

»Sie haben auch Kühe«, bestätigte er.

»Schweine und Kühe, ich verstehe. Tut mir leid, ich habe deinen Namen nicht verstanden ...«

»Ich bin John, Mylady.«

»Aye«, sagte Agnes. »Das Problem war, dass die Häuser im Laufe der Jahre absackten, so dass sie unterhalb der

Bodenfläche lagen, verstehen Sie? Wenn es also regnete, wurde der Hof unterspült, und alles kam direkt durch die Vordertür. Und dann kam immer eine große Flut von ...«

»Ach, du meine Güte!«, rief Caro und verstand. Sie lachte nervös. »Nun, ich bin froh, dass du nicht mehr dort wohnst, Agnes.«

»Ich auch, Mylady. Allerdings zogen meine Tante Beth und drei meiner Cousinen in diese Zimmer. Es war besser als ihre alte Wohnung.«

Caro wagte nicht, sich vorzustellen, wie deren frühere Räumlichkeiten ausgesehen haben mussten, wenn ein mit Schweinekot geflutetes Zimmer eine Verbesserung ihrer Welt war. »Ich wünschte, deine Cousins und Cousinen könnten auch hier wohnen.«

»Lady Wynters versucht, einen Platz für sie zu finden«, sagte Agnes und schlürfte von ihrer Suppe.

Caro schüttelte den Kopf und wandte sich an einen kleinen Jungen mit blonden Locken. »Und wie heißt du?«

»Timothy, Mylady.«

»Schön, dich kennenzulernen, Timothy. Wie lange lebst du schon hier?«

»Zwei Wochen.«

»Wie gefällt es dir bis jetzt?«

»Ich meine, ich mag es hier. Ich will mich nicht beschweren.« Er drückte seine Augen zu. »Wenn Sie mich entschuldigen wollen, ich glaube, ich sehe mal nach, ob es noch Brot gibt.«

Als Timothy weg war, beugte sich John vor. »Timmy will nicht undankbar klingen. Sein Vater ist vorletzten Monat gestorben, und er hat sich noch nicht daran gewöhnt.«

»Oh je!«, sagte Caro. »Ich wünschte, ich hätte ihn nicht befragt. Ich wusste nicht, dass seine Wunde noch so frisch ist.«

John gab einen abweisenden Laut von sich. »Das konnten

Sie ja nicht wissen. Es ist schwer für Timmy, an seinen Vater zu denken, weil sein Tod ein bisschen ...« Er starrte ins Leere, als ob er nach dem richtigen Wort suchte. »... grausam gewesen ist.«

»Was du nicht sagst.«

»Aye, er arbeitete in der Mühle. Sein Ärmel verfing sich in der Schnalle eines der Riemen. Der riss ihm den linken Arm an der Schulter ab, und er verblutete auf dem Boden.« John schüttelte den Kopf. »Sie wissen schon, das Übliche.«

Caro fand, dass sie nicht in der Lage war, etwas zu erwidern. Es fiel ihr schwer, eine Welt zu begreifen, in der das Abreißen eines Arms *das Übliche* darstellte. »Wie schrecklich«, sagte sie schließlich.

John nickte. »Aye. Lady Wynters will nicht, dass eines von uns Kindern in den Mühlen arbeitet. Wir gehen tagsüber zur Schule, und zwar nicht nur, um Lesen zu lernen, sondern auch Schreiben und Rechnen. Sie hat meinen großen Bruder dazu gebracht, bei einem Schiffsbauer in die Lehre zu gehen, und ich habe vor, ihm in ein paar Jahren zu folgen. Man verdient gut als Schiffsbauer.«

»Ich denke, du hast das Zeug zu einem guten Schiffsbauer, John.«

»Danke, Mylady. In ein paar Jahren wird sie auch für Timmy etwas Gutes finden«, sagte John und nahm einen Löffel seiner Suppe.

Und so wurde das Mittagessen fortgesetzt. Caro entdeckte, dass jeder von Annes kleinen Schützlingen eine schreckliche Geschichte zu erzählen hatte, wie ihre Väter im Kampf gegen die Franzosen gefallen waren, bei der Arbeit in eine Maschine gerieten oder ihrer Vorliebe für Gin erlegen waren. Sie verstand, dass die Mütter nicht genug verdienen konnten, um ihre Kinder zu ernähren und unterzubringen, obwohl sie selbst bis zum Umfallen arbeiteten. Die meisten Kinder erzählten diese Geschichten unbeirrt, auch wenn Caroline bei jeder Geschichte hätte weinen wollen.

Wie trivial ihre eigenen Probleme doch jetzt erschienen - ein gestohlenes Schmuckstückchen und ein Mann, der sie einst beleidigt hatte. Caro versprach sich selbst, mit ihrer Schwester darüber zu sprechen, wie sie helfen könnte. Jetzt, da sie verstand, was diese Kinder durchgemacht hatten, konnte sie nicht mehr tatenlos zusehen.

NACH DEM MITTAGESSEN nahm Anne Caro mit auf einen Rundgang durch das Gebäude, der in ihrem Büro endete, wo eine Kanne Tee auf sie wartete. »Also«, sagte Anne, als sie sich niederließen, »was denkst du?«

»Deine Unterkunft ist wunderbar, Anne. Es ist ...« Caro hob eine Hand vor den Mund und erschrak, als ihre Stimme brach und der Schock und die Trauer, die sie seit einer Stunde unterdrückt hatte, aus ihr heraussprudelten.

Ihre Schwester stellte ihre Tasse beiseite und griff nach ihren Händen. »Du bist es nicht gewohnt.«

»Ich wusste ja, dass die Kinder nicht hier sein würden, wenn ihnen nicht etwas Schreckliches zugestoßen wäre. Aber ich war nicht darauf vorbereitet. Ich glaube, es war die sachliche Art, wie sie ihre Geschichten erzählten. Als ob diese schrecklichen Dinge der Lauf der Welt wären und nicht eine Tragödie.«

»Du hast es genau getroffen«, sagte Anne. »Die Tragödie des einen ist das Lebensschicksal des anderen. Und der Bedarf ist grenzenlos. Ich bin stolz auf die Arbeit, die wir hier leisten, aber es ist nie genug. Auf einen Bewerber, den ich annehmen kann, kommen hundert andere, die es verdient hätten, auch einen Platz zu bekommen. Allerdings habe ich diesbezüglich gute Nachrichten.« Anne drückte

Caros Hände und lehnte sich in ihrem Stuhl zurück. »Lass uns ein paar Minuten über etwas anderes sprechen. Ich weiß, wie schwer das für dich war, und außerdem möchte ich alles über die erste Saison meiner kleinen Schwester erfahren.«

Da Anne in voller Trauer war, galt es als unpassend für sie, an großen Festen teilzunehmen. Für Caros Debütantenball hatte sie eine Ausnahme gemacht, da sie sich den nicht hatte entgehen lassen wollen. Aber abgesehen davon konnten die Schwestern nur wenige Veranstaltungen gemeinsam besuchen.

»Wie war der Ball von Lady Spencer?«, fragte Anne und reichte Caro eine Teetasse.

»Es war schön.«

Annes braune Augen funkelten. »Hat dich ein gewisser Marquess wieder zum Tanz aufgefordert?«

Caro konnte ein Lächeln nicht unterdrücken. Anne bezog sich auf Marcus Latimer, den derzeitigen Marquess Graverley und künftigen Herzog von Trevissick, der als der begehrenswerteste Mann in ganz England galt. Er war nicht nur ein zukünftiger Herzog, sondern hatte auch ein Einkommen, das Gerüchten zufolge bei weit über hunderttausend Pfund pro Jahr lag. »Das hat er«, sagte Caro.

Anne quietschte. »Er tanzt nie mit jemandem. Er steht immer nur am Rande des Ballsaals und sieht gelangweilt zu. Aber jetzt hat er *zweimal* mit dir getanzt. Was hältst du von ihm?«

Caro stellte sich den Marquess vor, mit seinem eleganten Fechterkörper, dem blassblonden Haar, den eisblauen Augen und den Zügen, die fast zu schön waren, um einem Mann zu gehören. »Er ist genauso gut aussehend, wie alle sagen«, sagte sie. »Und er war ... aufmerksam.«

»Ist das so? Was macht Aufmerksamkeit aus?«

Caro hielt inne. »Er fragte, an welchem Tag ich Besucher empfange ...«

»Ich wusste es, er macht dir den Hof!«

»Das tut er nicht«, sagte Caro, obwohl sie wusste, dass ihr nur wenige zustimmen würden. Der Marquess, der nicht tanzte, war bei Caros Debütball nicht nur anwesend gewesen, sondern hatte sie auch um den allerersten Tanz gebeten, so dass die Klatschbasen die beiden fast für verlobt erklärten. Das war lächerlich. Zwei Tänze bedeuteten absolut nichts, und Caro versuchte, sich nicht davon hinreißen zu lassen.

Das hatte noch nie zu etwas Gutem geführt, dachte sie und stellte sich Lord Thetford vor.

Anne ignorierte ihre Proteste. »Meine kleine Schwester wird eine *Herzogin* sein.«

»Ich habe noch nicht einmal entschieden, ob ich den Antrag von Lord Graverley in Betracht ziehen will«, sagte Caro.

»Das ist vernünftig«, beeilte sich Anne zu sagen. »Aber wenn man schon die Aufmerksamkeit des begehrtesten und unnahbarsten Mannes Londons genießt, dann sollte das doch Wunder für die Beliebtheit tun. Und ich weiß, dass es das ist, was du dir in den letzten vier Jahren gewünscht hast. Seit *Lord Thetford*.« Anne sagte seinen Namen, als wäre es die abscheulichste Blasphemie der englischen Sprache, und ihre Augenbraue zuckte heftig. Ihre ältere Schwester war eine der wenigen Personen, denen Caro von dem Vorfall erzählt hatte, ebenso wie ihr Dienstmädchen Fanny und ihre beste Freundin Cecilia Chenoweth. Der Rest ihrer Familie blieb unwissend.

»Ich kann dir gar nicht sagen«, sagte Anne, »wie schwer es war, ihn in den letzten vier Jahren in der Stadt zu sehen und so tun zu müssen, als ob nichts geschehen wäre. Ich schwöre, Caro, ich habe noch nie in meinem Leben jemandem so deutlich gezeigt, was ich ...«

»Das hoffe ich auch nicht.« Ihre Schwester, die gütigste

und wohltätigste Frau in ganz England, hatte das Temperament eines Sonnenstrahls, der auf einen Regenbogen scheint.

»… aber ich würde ihn *erwürgen*, wenn du mich lassen würdest.«

»Ich weiß das zu schätzen, mehr als ich sagen kann. Aber tu es nicht. Bitte.«

Anne schnaubte. »Wenn du darauf bestehst. Auf jeden Fall freue ich mich sehr für dich, Caro, über Lord Graverley und all deine anderen Verehrer. Du hast es verdient.«

Das hatte sie wirklich. Ihre neuerliche Popularität kam nicht von ungefähr. Seit sie diesen schrecklichen Henry Greville dabei erwischt hatte, wie er sie vor seinen Freunden verspottete, war sie fest entschlossen, das begehrteste Mädchen Londons zu werden, sobald sie ihr Debüt gab. Ihr Ziel war einfach: Sie wollte ihm zeigen, was für ein Idiot er gewesen war. Sie wollte, dass er sich absolut krank fühlte, wenn er daran dachte, dass er bei einer wie ihr eine Chance gehabt und alles weggeworfen hatte.

Und so hatte Caro mit einer unerbittlichen Schönheitskur begonnen. Sie studierte ihre Modezeitschriften, bis sie auseinanderfielen, und verbrachte dann stundenlang mit Fanny in der Garderobe, probierte jede Frisur und jeden Schnitt von Kleidern aus, bis sie genau wusste, wie sie ihrem Gesicht und ihrer Figur schmeicheln konnte. Sie gab eine beängstigende Summe für *Olympian Dew* Gesichtswasser aus und benutzte es regelmäßig. Es war jeden Penny wert, denn die Flecken, die sie jahrelang geplagt hatten, waren endlich verschwunden. Und sie und Fanny verbrachten Stunden damit, die Kunst des Auftragens von Rouge auf ihr Gesicht zu üben, damit es nicht *aussah*, als würde sie sich schminken. Bei jeder Veranstaltung im verräuchterten London kam sie strahlend an, als wäre sie über eine Wiese getobt, um dorthin zu gelangen.

Vieles an ihrer Veränderung konnte sie nicht für sich beanspruchen. Immerhin war sie die Tochter ihrer Mutter, und Georgiana Astley, Gräfin von Cheltenham, galt als eine der schönsten Frauen ihrer Generation. Caro ähnelte ihrer Mutter, denn sie hatte das gleiche honigblonde Haar und die gleichen blauen Augen. Man nannte sie die Astley-Augen, denn Lady Cheltenham hatte sie an fünf ihrer sieben Kinder weitergegeben. Nur Anne und Harrington hatten sie nicht. Die Augen der Astleys waren bekanntlich riesig und funkelnd, und sie hatten einen verblüffend intensiven Blauton. Selbst im Alter von fünfzehn Jahren, als sie schlaksig und unbeholfen war und Pickel im Gesicht gehabt hatte, war Caro also nicht ganz ohne Charme gewesen.

Aber erst nach ihrem sechzehnten Geburtstag zeigte Caro Anzeichen dafür, dass sie auch die sehr gute Figur ihrer Mutter geerbt hatte.

Ihr nächster Schritt bestand darin, ihren Charme bei den örtlichen Herren zu testen. Die meisten der Techniken, von denen sie angenommen hatte, dass sie erfolgreich sein würden, um einen Mann anzuziehen (Schmeicheleien, Schwäche und Flirten), waren sehr erfolgreich gewesen. Sie hatte gedacht, dass sich vielleicht auch ihr Witz und ihr Sinn für Humor als Vorteil erweisen würden, war aber in diesem Punkt enttäuscht worden. Caro entdeckte bald, dass nichts einen Mann mehr erschreckte als eine Frau, die intelligenter zu sein schien als er selbst, und sie fand heraus, dass sie viel mehr Erfolg hatte, eine große Schar von männlichen Bewunderern anzuziehen, wenn sie vorgab, hohlköpfig zu sein.

Anne unterbrach ihre Träumerei. »Ich möchte auch etwas über die ägyptische Kostümparty erfahren.«

Das war der Moment, in dem Caro gestehen musste, dass sie die Halskette ihrer Schwester verloren hatte. Sie nahm ihren Mut zusammen. »In Wahrheit gibt es etwas, das ich dir über diese Nacht erzählen wollte. Oh, Anne, es geht um deine ägyptische Halskette ...«

»Wie hat sie an deinem weißen Leinenkleid ausgesehen? Ich war überrascht, dass du sie mir so schnell zurückgeschickt hast. Ich dachte, du könntest sie eine Zeit lang behalten.«

In ihrem Herzen keimte ein Funken Hoffnung auf. War es möglich, dass sie sich in Bezug auf den Geldbeutel geirrt hatte? Dass sie die Halskette auf der Party fallen gelassen hatte und jemand sie Anne zurückgegeben hatte? »Du hast sie also?«

»Natürlich habe ich sie, Dummerchen.« Anne lachte, zog ein Samttäschchen aus ihrer Schreibtischschublade und öffnete es, um eine Kette aus Lapislazuli-Perlen zum Vorschein zu bringen. »Ich habe sie heute mitgebracht. Warum behältst du sie nicht für die Saison? Ich werde noch monatelang trauern; es ist nicht so, dass ich sie selbst tragen kann. Und du siehst in Blau so schön aus, wegen deiner Augen.«

In diesem Moment verstand Caro, dass Anne nie gewollt hatte, dass sie sich den Anhänger mit dem Auge des Ra ausleihen würde. Als Anne ihr gesagt hatte, sie solle die *ägyptische Halskette* von ihrem Schminktisch nehmen, hatte sie an ihre Lapisperlen gedacht.

»Apropos Ägypten«, sagte Anne, »ich muss dir eine gute Nachricht überbringen. Erinnerst du dich an den Anhänger, den ich dir neulich gezeigt habe? In Form des Auges des Ra?«

»Ich erinnere mich gut daran.« Caros Stimme klang in ihren eigenen Ohren ein wenig erstickt.

»Ich habe es letzte Woche von einem Gutachter begutachten lassen, und heute Morgen habe ich seinen Bericht erhalten. Es stellt sich heraus, dass es sich gar nicht um einen *Anhänger* handelt, sondern um ein Amulett, das Tausende von Jahren alt ist.«

»Ein Amulett? Wie ist das möglich? Es sieht nicht so alt aus.«

»Das dachte ich auch. Aber ich habe heute seine Schätzung erhalten, und du wirst es nicht glauben - er glaubt, dass das Amulett bei einer Auktion fünftausend Pfund einbringen wird!«

»Fünftausend Pfund! Das ist ...«

»Wunderbar, es ist absolut wunderbar! Und das führt mich zu meiner guten Nachricht - mit fünftausend Pfund kann ich ein zweites Gästehaus eröffnen.«

Caros Herz machte einen Sturzflug, ungefähr auf die Höhe ihres Nabels. Das Amulett war der Schlüssel dazu, dass ihre Schwester eine zweite Herberge eröffnen konnte. Damit sie Hunderte von Frauen und Kindern wie die kleine Agnes und Timothy aus ihrem Elend befreien könnte.

Und sie hatte es verloren.

CARO KONNTE KAUM ATMEN, geschweige denn sprechen. Sie hatte Mühe, die richtigen Worte zu finden. »Oh, Anne, das ist ... das ist ...«

Anne verstand ihre gestelzte Antwort völlig falsch. »Hältst du es für falsch, dass ich es verkaufe? Weil es das letzte Geschenk meines Mannes an mich war?«

»Natürlich tue ich das nicht.« Caro beugte sich vor und nahm die Hände ihrer Schwester. Der Tod von Lord Wynters war ein Schock gewesen. Es war nur zwei Tage vor Annes Geburtstag passiert. Sie hatte ihren Verlust stoisch verarbeitet. Sie hatte sich gut mit Lord Wynters verstanden, aber es war nie eine Liebesbeziehung gewesen. Immerhin war der Graf so alt wie ihr Vater gewesen. Das Amulett wurde in seinem Schminktisch gefunden, zusammen mit einer Amethyst-Halskette und einem passenden Paar

Ohrringe. Der Kammerdiener von Lord Wynters hatte unter Tränen bestätigt, dass die Gegenstände in dieser Schublade Annes Geburtstagsgeschenke sein sollten.

»Es wird jetzt einen guten Preis erzielen«, sagte Anne, »bei all der Aufregung über die neuen ägyptischen Artefakte im Britischen Museum. Und ich weiß, dass es ein Geschenk sein sollte, aber Wynters wusste, wie viel mir meine Wohltätigkeit bedeutet. So vielen Frauen und Kindern helfen zu können ...« Anne legte eine Hand auf ihr Herz. »Das bedeutet mir alles. Glaubst du, dass ich absolut schrecklich bin, wenn ich es verkaufe?«

»Nein, Anne. Du bist der am wenigsten schreckliche Mensch, den ich kenne«, sagte Caro.

Die Schreckliche, fügte sie leise hinzu, *bin ich.*

Und sie wusste, dass dies der Moment war, in dem sie ihrer Schwester die Wahrheit sagen musste. Aber Anne schwärmte von ihren Plänen für ihre neue Herberge, und jedes Mal, wenn Caro den Mund öffnete, fühlte sich ihre Zunge dick und fremd an, als sei das Sprechen eine unmögliche Fähigkeit, die sie noch nicht beherrschte. Und sie konnte sich nicht dazu durchringen, es zu tun.

Es klopfte an der Tür des Arbeitszimmers, und einer von Annes Lakaien erschien. »Mylady, Sie haben mich gebeten, um halb zwei anzuklopfen.«

»Danke, Hugh«, sagte Anne und erhob sich von ihrem Stuhl. »Ich muss wegen eines Spendenaufrufs weg.«

Irgendwie ging Caro schließlich durch diese Tür, ohne ihrer Schwester die Wahrheit gesagt zu haben. Draußen rollten zwei kleine Mädchen mit Stöcken Reifen auf dem Bürgersteig. Eine von ihnen schaute auf. Es war die kleine Agnes. »Das ist sie«, sagte sie zu ihrer Freundin. »'Es ist Lady Caroline.«

Die beiden Mädchen näherten sich. »Das ist meine

Cousine Eliza, Mylady. Sie ist eine derjenigen, von denen ich Ihnen erzählt habe. Sie wohnt in der Hopkins Street.«

Caro dachte, ihr würde auf der Stelle schlecht werden, als Eliza einen charmanten Knicks machte. Die kleine Eliza, die, ohne es zu wissen, dank Caros Nachlässigkeit dazu verurteilt war, weiterhin in einem Zimmer zu leben, das mit Schweineexkrementen überschwemmt war. Sie zwang ein Lächeln auf ihre Lippen. »Eliza, es ist mir ein Vergnügen«, sagte sie mit erstickter Stimme.

Caro sackte in die Kissen, sobald sich die Kutschentür schloss.

Sie musste ihrer Schwester die Wahrheit sagen. Sie wusste das.

Das Problem war, dass die Wahrheit unerträglich war.

Und plötzlich wurde Caroline wütend. Es war demütigend, dass sie so leichtgläubig gewesen war. Dass sie der alten Frau, die das getan hatte, drei Pence für ein verrottetes Sträußchen gegeben hatte, das nicht einmal einen halben Penny wert war, war ärgerlich. Vor allem aber waren die Lebensbedingungen der Frauen und Kinder, denen ohne dieses Amulett nicht geholfen werden konnte, inakzeptabel.

Das war genau das richtige Wort. Inakzeptabel. Die gesamte Situation war inakzeptabel.

Und bei Gott, sie würde sie nicht akzeptieren.

Jetzt musste sie sich nur noch überlegen, was sie stattdessen tun wollte.

KAPITEL 5

Am nächsten Morgen machte sich Henry mit einem Friedensangebot in Form von rosa Primeln in der Hand auf den Weg zum Stadthaus der Familie Astley.

Er war nicht in der Stimmung für diesen Besuch. Auch ohne die niederschmetternden Nachrichten, die er am Vortag erhalten hatte, vermied er alle Aktivitäten, die ihn in die Nähe von jungen, unverheirateten Frauen brachten - Bälle, gesellschaftliche Besuche und dergleichen. Im Hinterkopf wusste er, dass er eines Tages eines dieser Mädchen würde heiraten müssen. Er hatte nie viel Begeisterung dafür aufbringen können. Einige von ihnen waren ja durchaus hübsch, nahm er an. Aber bei den seltenen Gelegenheiten, bei denen er einen Ball oder eine Dinnerparty besuchte, waren die Gespräche, die er mit anständigen jungen Damen führte, einfach so ... fade. Alles, worüber sie sprechen wollten, war der neue Fächer von Fräulein So und So, oder was Lady So und So über die Gräfin von Wen Kümmert Es gesagt hatte, oder ob es am Tag von Lady Spatzenhirns bevorstehendem Picknick regnen würde.

Natürlich würde es am Tag des verdammten Picknicks regnen. Dies war England, um Himmels willen.

Es war nicht so, dass Henry etwas gegen Smalltalk hatte. Aber hatte denn niemand einen Verstand? Vielleicht einen Sinn für Humor? Sollte er wirklich für den Rest seines Lebens jeden Tag diese unsinnigen Gespräche mit seiner zukünftigen Frau ertragen müssen?

Alles, was er wollte, war ein hübsches Mädchen, das seinen bissigen Witz ertragen und so gut austeilen konnte, wie sie einsteckte. Wenn er ein Mädchen finden würde, das nicht jedes Mal nach ihrem Riechsalz griff, wenn er einen Witz über den Arsch des Anubis machte, würde er sie auf der Stelle heiraten, bei Gott.

Doch seiner Erfahrung nach waren solche Mädchen rar gesät.

Wahrscheinlich musste er der Liste der Eigenschaften, die er von seiner zukünftigen Frau verlangte, nun noch »eine enorme Mitgift« hinzufügen. Damit war so gut wie sicher, dass er sie nie finden würde.

Zweifellos wäre die Suche nach einem rosafarbenen Einhorn eher von Glück gekrönt.

Er seufzte. Er war nur deshalb schlecht gelaunt, weil er kurz davor stand, öffentlich gedemütigt zu werden und dann mit ansehen zu müssen, wie alle, die er liebte, in Armut und Elend versanken.

Das war, wenn man es so betrachtete, eine ziemlich vernünftige Rechtfertigung für eine schlechte Laune. Er schüttelte den Kopf, um ihn zu klären. Heute konnte er sich solchen Gefühlen nicht hingeben. Im Moment war das Einzige, was zählte, dass er die Sache mit Lady Caroline in Ordnung brachte. Er schuldete ihr diese Entschuldigung.

～

HENRY WAR im Frühjahr 1798 einundzwanzig Jahre alt und in seinem vorletzten Jahr in Oxford gewesen. Jedes Jahr im April gab es eine zweiwöchige Pause zwischen Fastenzeit und Ostern. Henry schaffte es nicht, innerhalb von zwei Wochen nach Hause und zurück zu kommen. Aber sein bester Freund, Harrington Astley, stammte aus Cheltenham, nur einen halben Tagesritt von Oxford entfernt, und in jenem Jahr hatte Harrington Henry und eine Handvoll seiner Freunde zu einem Besuch eingeladen.

Es war eine unglaublich gute Zeit. Sie waren sich selbst überlassen und ritten jeden Tag mit den Hunden, genossen jeden Abend ein ausgezeichnetes Essen und blieben dann bis spät in die Nacht auf, tranken Lord Cheltenhams besten Brandy und spielten Karten, bis die Sonne aufging. Bis zum Nachmittag schlafen, aufstehen und von vorne anfangen.

Jeden Abend aßen sie mit Harringtons Familie zu Abend, und zu diesen Abendessen gehörten auch zwei jüngere Schwestern seines besten Freundes. Lady Caroline war fünfzehn Jahre alt gewesen, und die Verliebtheit, die sie Henry gegenüber entwickelte, war sowohl subtil als auch ganz offensichtlich. Insofern subtil, als dass sie ihn nicht ansprach oder versuchte, seine Aufmerksamkeit zu gewinnen. Aber sie konnte nicht verbergen, wie ihre Augen aufleuchteten, wenn er den Raum betrat, und wie ihr Blick ihm folgte, wohin er auch ging. Wenn er zufällig ihren Blick erhaschte, lächelte sie, blickte dann nach unten und dann wieder nach oben in einer Pantomime des schüchternen Interesses, die sicherlich an jedem Ort der Welt und zu jeder Zeit der Geschichte verstanden worden wäre.

Einmal saß er beim Abendessen neben ihr, und sie versuchte schüchtern, aber eifrig, ihn in ein höfliches Gespräch zu verwickeln. Jemand musste ihr beigebracht haben, welche Themen für eine junge Frau angemessen sind. Nachdem sie alle möglichen Beobachtungen über das Wetter ausgeschöpft hatte, fragte sie ihn, was er in Oxford studierte (eine schwierige Frage, da er seit seiner Immatrikulation vor drei Jahren kein einziges Buch mehr aufgeschlagen hatte), was er von der Predigt des Rektors an diesem Morgen hielt (eine weitere Herausforderung, da er den gesamten Gottesdienst verschlafen hatte) und was er über sein Zuhause in Sussex dachte.

Henry langweilte sich zu Tode, aber sie wartete auf jede seiner Antworten. Er erinnerte sich daran, dass er froh gewesen war, als die Damen sich zurückzogen und die Herren ihrem Portwein überließen.

Lady Cheltenham bat die jungen Herren, ihr eine Sache zu gönnen - einen Tanzabend, der am letzten Abend vor der Rückkehr in die Schule stattfinden sollte. Eine von Harringtons anderen Schwestern, Lady Anne, würde in ein paar Wochen ihr Debüt in London geben, und dies war eine gute Gelegenheit für sie, sich ein wenig zu profilieren.

Und so zogen sie ihre Abendgarderobe an und versammelten sich auf der hinteren Terrasse, Henry und Harrington und ihre Freunde Arthur Nichols, Jacob Cartwright und Peter Ferguson. Harrington enthüllte eine Karaffe und einige Gläser, und bald hatten sie den Brandy geleert.

»Ein Toast«, sagte Arthur Nichols, »auf den großen Abend von Thetford.«

»Meinen was?«, fragte Henry.

»Na du weißt schon«, sagte Nichols.

In Wahrheit wusste Henry nicht, aber außer Nichols nickte auch Cartwright. Was war ihm entgangen? Er schüttelte den Kopf, um ihn zu klären. So, wie es hinter seinen Augen schwamm, könnte man meinen, er hätte zu viel Schnaps getrunken, aber es waren doch nur drei Gläser gewesen. Oder waren es vier? Zusätzlich zu dem Rumpunsch, den der Butler der Cheltenhams zuvor in die

Ställe gebracht hatte, war Henry nach einem ganzen Tag Jagd mit den Hunden so ausgedörrt, dass er drei Gläser davon in kurzer Folge getrunken hatte.

Vielleicht sollte er es langsamer angehen lassen. Er hatte … nun, er war sich nicht ganz sicher, wie viel er getrunken hatte, aber mehr, als er hätte trinken sollen, bevor das Abendessen begann. »Da musst du mich schon aufklären«, sagte er zu Nichols.

»Du wirst mit deiner nicht ganz so geheimen Verehrerin tanzen«, sagte Nichols.

Es folgten ein paar Lacher, und Harrington schaltete sich ein. »Komm schon, Nichols, du sprichst von meiner Schwester. Außerdem ist Caro in Ordnung.«

»Ist sie das?«, fragte Henry.

»Das ist sie«, sagte Harrington und legte ihm einen Arm um die Schultern. »Sie hat sich in den letzten zwei Wochen nicht gerade wie sie selbst verhalten, aber sie ist ziemlich lustig. Sarkastisch, sogar.« Harrington hielt inne und starrte mit entrücktem Blick in sein Glas. »Ich habe mich manchmal gefragt, ob ihr zwei …«

Henry starrte seinen besten Freund mit offenem Mund an. »Ob wir zwei … was?«

Harrington zuckte zusammen, als ihm bewusst wurde, dass er den schweren Fauxpas begangen hatte, vor seinen jungen, männlichen Freunden etwas Aufrichtiges zu sagen. »Nichts. Nur … Caro ist ein guter Mensch, und wenn du sie kennenlernen würdest, würdest du sie mögen. Meine Güte«, sagte er und hielt die leere Karaffe hoch, »… was schwatze ich denn da? Was war hier drin? Und wie viel habe ich getrunken?«

»Zu viel? Oder nicht genug?«, sagte Peter Ferguson.

»Nicht genug, um mich davon abzuhalten, uns noch eine Flasche zu holen«, sagte Harrington. »Ihr Schurken redet über etwas anderes und lasst meine kleine Schwester da raus.« Er ging zu einer Seitentür, die zur Bibliothek führte, und sang begeistert, wenn auch nicht sehr melodiös, das Lied von den »Vier betrunkenen Jungfrauen«.

»Also«, sagte Henry, »Karten heute Abend? Das heißt, nach dem Tanzen.«

Nichols wartete auf das Klicken der Tür, dann grinste er. »Wie wäre es mit dem *Bluff des blinden Mannes*? Ich glaube, ich kann eine von Harringtons Schwestern rekrutieren, dass sie sich uns anschließt. Zumindest, wenn du mit der Augenbinde dran bist, Thetford.«

»Sehr witzig«, sagte Henry. »Ich glaube, ich passe.«

»Nun, so viel Glück wirst du nicht haben, wenn du versuchst, dich aus deinem bevorstehenden Tanz mit ihr herauszuwinden«, sagte Cartwright.

»Deiner bevorstehenden Hochzeit, wenn Harrington etwas zu sagen hätte«, fügte Nichols hinzu, woraufhin die beiden kicherten.

»Hört auf damit, ihr beiden«, sagte Ferguson. »Lady Caroline ist ein nettes Mädchen.«

»Nett, ach ja?«, fragte Cartwright. »Pass auf, Thetford, du hast Konkurrenz.«

»Habt ihr beide keine Schwestern?«, fragte Ferguson. Ferguson war ein neuerer Zugang zu ihrem Kreis, den Henry und Harrington in Oxford kennengelernt hatten. Sein Vater hatte sich der Ostindien-Kompanie angeschlossen und sich gleich nach seiner Ankunft hoffnungslos in ein einheimisches Mädchen verliebt. Er hatte sie geheiratet, und seiner Mutter verdankte Ferguson sein dunkles Haar und seinen olivbraunen Teint (seinen schlaksigen Körperbau und den schottische Akzent, zu dem er neigte, wenn er zuviel getrunken hatte, verdankte er seinem Vater). Es stellte sich heraus, dass Fergusons Großvater mütterlicherseits ein wohlhabender Textilhändler gewesen war, und Fergusons Vater verließ bald die East India Company, um das Familienunternehmen zu übernehmen.

Ferguson passte zwar gut in Henrys und Harringtons Kreis in Oxford, aber er war erst seit drei Jahren in England, und das merkte man manchmal. Er war ein wenig gesetzter als die meisten von Henrys verrufenen Freunden aus Eton.

Ferguson fuhr fort: »Es schmerzt mich, wenn ich mir vorstelle, dass irgendein Trottel so über meine kleine Schwester sprechen würde ...«

»Es schmerzt mich!«, schrie Nichols mit viel zu hoher Stimme und fasste sich an sein Herz. »Haben wir Ihr zartes Empfinden verletzt, Ferguson?«

»Schnell«, fügte Cartwright hinzu, »jemand soll ihm das Riechsalz bringen.«

Henry zog eine Grimasse. Selbst wenn Ferguson durchaus Recht hatte, hätte er es besser wissen müssen. Der sicherste Weg, von seinen Freunden verspottet zu werden, war es, über seine *Gefühle* zu sprechen. Sein Vater hatte ihn gelehrt, dass ein Mann stark sein sollte. Stoisch. Unerschütterlich.

Und wenn es um Gefühle ging, vor allem um schmerzhafte Gefühle, *dann Klappe halten.*

»Ihr seid dumm, alle beide«, sagte Ferguson. »Und ich wage zu behaupten, dass ihr in ein paar Jahren diese Worte fressen werdet.«

»Ist das so?«, fragte Nichols.

»Hast du Astleys Mutter gesehen?«, sagte Ferguson. »Denn sie ist es, der Lady Caroline ähnelt. Merk dir meine Worte, das Mädchen ist ein Schwan, und eines Tages wirst du es bereuen, dass du diese Chance, sie zu bezaubern, vertan hast.«

»Was meinst du, Thetford?«, fragte Cartwright. »Wird Lady Caroline London in die Knie zwingen?«

Henry unterdrückte ein Stöhnen. Er hatte versucht, sich aus der Schusslinie zu halten. »Woher soll ich das wissen?«

Cartwright starrte ihn an. »Warte mal ... wirst du etwa rot?«

Henry hatte nicht geglaubt, dass dem so wäre, aber jetzt spürte er, wie ihm die Hitze in die Wangen stieg. »Nein ...«

»Wirst du rot?«, kreischte Nichols. »Du magst sie! Ich wusste es.«

»Tue ich nicht. Ich ...«

»Sollen wir diesen Sonntag das Aufgebot verlesen lassen?«, fragte Cartwright.

»Wir sollten eine Sondergenehmigung beantragen«, sagte Nichols.

»Caroline Greville, Lady Thetford«, sagte Cartwright. »Das hat einen Klang.«

Rückblickend konnte Henry erkennen, dass er sich an einem Scheideweg befunden hatte. Er hätte Fergusons Beispiel folgen und sich für Lady Caroline einsetzen sollen. Es hätte nicht mal ein großer Aufwand sein müssen. Schon ein *Sei nicht so ein Idiot* hätte gereicht.

Aber er hatte sich nur darum gekümmert, dass seine Freunde aufhörten, ihn zu verspotten. Und so sagte er: »Nein, ich mag sie ganz sicher nicht. Ich will nicht einmal mit ihr tanzen. Ich werde es tun müssen. Das müssen wir alle, bei einer so kleinen Party. Aber es graut mir davor. Sie ist ein naives kleines Kind, sie ist dumm wie Brackwasser, und wenn sie irgendwelche Reize hat, sind sie mir entgangen.«

Ferguson schüttelte den Kopf, aber Cartwright und Nichols johlten aufmunternd, also fuhr Henry fort: »Ihr kennt meinen Geschmack, meine Herren, und der geht nicht zu einem Mädchen, das so flach ist wie die Salisbury Plains. Und fangen wir gar nicht erst an mit diesen hässlichen Pickeln ...«

»Sieh mal, was ich gefunden habe«, sagte Harrington und stürmte mit einer Flasche in der Hand auf die Terrasse. »Das ist das *wirklich* gute Zeug - oh, guten Abend, Caro.«

Alle vier erstarrten. Henry erinnerte sich, dass er verwirrt gewesen war und sein Gehirn sich weigerte, Harringtons Worte zu verarbeiten. Caro? Was hatte Harrington damit gemeint, Caro? Sie war nicht da.

Sie ... sie hätte nicht dort sein sollen.

Doch als er sich umdrehte, stand Lady Caroline auf der anderen Seite des Balkons, neben den beiden Türen, durch die Harrington gekommen war und die in den Salon führten. Ein Blick auf ihr Gesicht verriet ihm, dass es nicht nötig war, die offensichtliche Frage zu stellen, ob sie etwas mitgehört hatte.

Ja, sie hatte es gehört. Sie hatte *alles* gehört.

Selbst wenn er so alt werden würde wie Noah, würde er ihren Gesichtsausdruck trotzdem nie vergessen. Es war dieses schreckliche Gesicht, das man macht, wenn die ganze Welt zusammenbricht, aber man muss so tun, als sei alles in Ordnung, als sei alles *großartig*.

Seine Freunde, die noch vor wenigen Sekunden halb betrunken randaliert hatten, waren verstummt. »Also, was führt dich hier raus?«, fragte Harrington seine Schwester.

Zu sagen, dass das Lächeln, das Lady Caroline ihrem Bruder schenkte, nicht bis zu ihren Augen reichte, wäre eine grobe Untertreibung; es erreichte kaum ihre Lippen. Aber selbst von der anderen Seite des Balkons aus konnte Henry erkennen, wie sehr sie sich bemühte. »Mama hat mich gebeten, euch zum Essen zu holen.«

Während Lady Caroline sprach, blieben ihre Augen, die sie nicht länger als drei oder vier Sekunden auf Henry gerichtet hatte, auf den Boden gerichtet.

Harrington runzelte die Stirn. »Sag mal, Caro, ist alles in Ordnung?«

Niemand auf der Terrasse wagte auch nur zu atmen. Denn obwohl Lady Caroline am Boden lag, hatte sie in Wahrheit alle Trümpfe in der Hand. Sie brauchte ihrem Bruder nur zu sagen, was Henry gesagt hatte, und er würde in Ungnade fallen. Seine Freundschaft mit Harrington würde sich nie wieder erholen. So etwas durfte man nicht über die kleine Schwester eines Mannes sagen und erwarten, dass er es mit einem Schulterzucken abtun würde. Mit einem Mal wurde ihm klar, dass Harrington an jeder einzelnen seiner besten Erinnerungen beteiligt war. Dass er der Mensch war, dessen Gesellschaft Henry jedem anderen Menschen auf dieser Welt vorzog.

Bis zu dieser Sekunde war ihm nicht bewusst gewesen, wie viel ihm Harringtons Freundschaft bedeutete. Erst, als er kurz davor war, dass ihm diese Freundschaft entrissen wurde. Lady Caroline brauchte ihrem Bruder nur die Wahrheit zu sagen.

Was sie stattdessen tat, war noch schlimmer.

Eine Sekunde lang sah sie Henry direkt in die Augen. Unter der Demütigung lag ein Funken Wut in ihren Augen, und Henry war sich sicher, dass es vorbei war. Doch dann sah sie ihren Bruder an, und ihre Schultern sackten zusammen. »Ja, ich ... Nein. Ich fühle mich unwohl. Ich habe diese, diese Kopfschmerzen. Ich glaube, es muss eine Migräne sein.«

»Aber du hattest doch noch nie Migräne«, sagte Harrington.

»Nein, das habe ich noch nie gehabt, aber wir haben alle gehört, wie Mrs. Carruthers ihre beschrieben hat, und so fühlt es sich auch an.«

Harringtons Stirnrunzeln vertiefte sich. »Wie das?«

»Dass es so weh tut, dass du dich fragst, ob du sterben wirst«, flüsterte sie, und eine Träne lief ihr über die Wange.

»Ich sage dir, Caro, wenn es so schlimm ist, sollten wir den Arzt holen.«

»Nein! Ich ... ich will mich nur hinlegen. Bitte sag Mama, dass es mir nicht gut geht. Ich bitte um Entschuldigung, meine Herren.« Sie machte einen kurzen Knicks und war durch die Terrassentür verschwunden, bevor Harrington ihr noch etwas nachrufen konnte.

Sie hatte ihn gedeckt. Nachdem er sie auf die abscheulichste Weise behandelt hatte, hatte sie gelogen, um ihn zu schützen.

Es war so ... sportlich von ihr gewesen.

Zu sagen, dass er es nicht verdient hatte, wäre eine grobe Untertreibung.

»Arme Caro«, sagte Harrington und schien das unnatürliche Schweigen seiner vier Freunde nicht zu bemerken. »Es muss furchtbar sein, wenn sie das Tanzen ausfallen lässt. Sie durfte zwar schon an ein paar lokalen Versammlungen teilnehmen, aber heute Abend sollte sie einem richtigen Ball am nächsten kommen. Sie war so aufgeregt.«

Sie machten sich auf den Weg zum Esszimmer, und der Rest des Abends verging, ohne dass Henry sich an Einzelheiten erinnern könnte. Henry war sich sicher, dass er mit Lady Anne und den anderen jungen Damen getanzt hatte, die das Glück hatten, eine solch begehrte Einladung zu erhalten. Aber er erinnerte sich an nichts davon. Vor seinem geistigen Auge konnte er sich nichts anderes vorstellen als das Elend von Lady Caroline.

Am nächsten Morgen stand er im Morgengrauen auf - kaum eine Unannehmlichkeit, denn er hatte nicht schlafen können. Er hatte sich noch nie in seinem Leben so elend gefühlt. Er musste sie sehen, musste sich entschuldigen. Aber sie kam nicht zum Frühstück herunter.

Um ein Uhr waren seine Freunde bereit, nach Oxford

zurückzureisen, aber Lady Caroline hatte ihr Zimmer noch nicht verlassen.

Er wandte sich an Harringtons Mutter und bat sie um Hilfe. »Ich hatte gehofft, mit Lady Caroline zu sprechen. Ist sie gesund genug, um herunterzukommen?«

Lady Cheltenham schickte ein Dienstmädchen nach oben, das nachsehen sollte. Bald darauf kam diese mit der Nachricht zurück, dass Lady Caroline schrecklich leide und nicht aufstehen könne.

»Armes Kind«, sagte Lady Cheltenham. »Ich wusste, dass ihre Kopfschmerzen sehr schlimm sein mussten, wenn Caro dafür sogar das Tanzen verpasste. Dies bestätigt das. Ich bitte um Entschuldigung, Lord Thetford.«

»Darf ich ihr eine Nachricht hinterlassen?«, fragte Henry.

Die Gräfin hob hochmütig eine Augenbraue. »Was haben Sie meiner Tochter mit diesem Brief zu sagen?«

Der hochmütige Blick der Gräfin war erschreckend. Henry rang nach einer plausiblen Erklärung. »Es ist eine persönliche Angelegenheit von großer Bedeutung. Das heißt, es ist wichtig für mich.« Er schluckte, dann sagte er hastig: »Wäre es unverschämt, darum zu bitten, dass die Nachricht nur für Lady Carolines Augen bestimmt ist?«

Lady Cheltenham behielt ihren falkenhaften Blick bei, und Henry wusste, wie das klang. Es klang so, als ob er eine Erklärung abgeben wollte. Oh, aber das war schrecklich - er war sich ziemlich sicher, dass er rot wurde. *Schon wieder.*

Doch dann überraschte ihn Lady Cheltenham. Ihr Gesicht wurde weicher, ein echtes Lächeln legte sich auf ihre Züge. »Nun, Lord Thetford, ich hatte nicht die geringste Ahnung. Caro wird begeistert sein.« Die Gräfin erhob sich und warf ihm einen strengen Blick zu. »Dieses eine Mal werden wir es erlauben.«

Und so setzte er sich an Lady Cheltenhams eigenen Schreibtisch und füllte drei Blätter mit einer unzusammenhängenden, weitschweifigen Entschuldigung. Er bat Lady Caroline, ihm eine Antwort zu schicken, damit er wenigstens wisse, dass sie seinen Brief gelesen habe.

Das hatte sie nie getan. Und so schickte er ihr eine Woche später einen weiteren Brief, und danach noch zwei weitere. Sie reagierte auf keinen einzigen davon.

~

HENRY HATTE ihr nie einen Vorwurf gemacht, dass sie nicht geantwortet hatte. Er sehnte sich nach ihrer Vergebung, aber er konnte nicht so tun, als verdiene er sie. Dennoch wollte er sich bei ihr angemessen entschuldigen. Wenigstens das war er ihr schuldig.

Er war in Astley House angekommen. Normalerweise ist der Verkehr um diese Zeit des Morgens spärlich, aber die Schlange der Kutschen reichte um den ganzen Block. Was war da los?

Er machte sich auf den Weg die Treppe hinauf zur Haustür. Im Foyer herrschte ein Gedränge von Menschen. Warum, zum Teufel, waren so viele Menschen hier? Veranstalteten die Astley-Damen einen Tee-Salon?

In diesem Moment bemerkte Henry den gemeinsamen Nenner zwischen den Menschen, die sich am Eingang drängten. Jeder einzelne war ein Gentleman. Ein unverheirateter Gentleman, basierend auf denjenigen, die Henry erkannte.

Und sie trugen alle Blumen.

KAPITEL 6

*H*enry drängte sich in den Morgenraum, der voller junger Männer war. Er war überrascht, seinen Freund Peter Ferguson zu sehen.

»Ferguson? Was in aller Welt tust du hier?«, fragte er.

Peters Gesichtsausdruck war ganz unschuldig. »Was? Kann ich nicht eine geeignete junge Dame aufsuchen?«

»Das hast du noch nie getan«, bemerkte Henry.

»Stimmt. Aber du siehst, ich hatte Recht.«

»Womit hattest du recht?«

»Lady Caroline. Ich sagte doch, sie ist ein Schwan.«

Henry blickte durch den Raum und fand sie auf einem Sofa sitzend, umgeben von einer Schar von Bewunderern. Natürlich hatte er sie im Ägyptischen Zimmer von Thomas Hope gesehen, aber es war dunkel und ihre Begegnung war nur kurz gewesen.

Sie sah so aus, wie er sie in Erinnerung hatte, mit blondem Haar und großen blauen Augen, und gleichzeitig ganz anders. In den dazwischen liegenden Jahren war Caroline Astley ... gereift. Ihre Figur war sein persönliches Ideal: voll und kurvig an den richtigen Stellen und schlank und geschmeidig überall sonst. Gott, ihre Brüste würden seine Hände komplett ausfüllen, aber ihre Taille war so schmal, dass er sich fragte, ob er sie umspannen könnte ...

Henry schüttelte den Kopf, um ihn zu klären. Bei näherem Nachdenken war dies nicht der richtige Zeitpunkt, sich mit ihrer Figur zu beschäftigen. Nein, dieser Gedankengang hatte eine vorhersehbare Auswirkung auf bestimmte Teile seiner Anatomie, was insofern unglücklich war, als dass er sich in einem überfüllten Raum befand und eine Hose trug, die nichts der Fantasie überließ.

Er würde sich später mit ihrer Figur befassen. Konkret wollte er darüber nachdenken, während er die letzte Aufgabe erledigte, die er jeden Abend vor dem Einschlafen für sich selbst erledigte.

»Siehst du?«, sagte Peter.

Henry grunzte. »Sie ist hübsch genug, nehme ich an.«

»Hübsch genug - das ist ja wohl die Höhe. Sie ist die schönste Frau, die ich je gesehen habe.«

Henry warf seinem Freund einen mitleidigen Blick zu. »Mach dich nicht lächerlich.« Caroline Astley war nicht die schönste Frau, die er je gesehen hatte, nicht einmal annähernd. Schließlich gab es ...

Er durchforstete sein Gedächtnis. Es musste doch jemanden geben - eine Opernsängerin oder eine Balletttänzerin oder ... oder ...

Nun, nur weil ihm im Moment niemand *einfiel*, musste das ja nichts heißen.

Sie lächelte einen ihrer Verehrer an, und Henry vergaß zu atmen.

Die Tür öffnete sich, und Harrington trat ein. »Thetford. Ferguson«, sagte er.

»Was zum Teufel tust du hier, Astley?«, sagte Henry. »Du kannst doch deine eigene Schwester nicht besuchen.«

Harrington gluckste. »Nein. Ich bin wegen des Spektakels

hier«, sagte er und gestikulierte in den vollen Saal. »Eine so gute Farce bekommt man in der Drury Lane nicht zu sehen.«

Als Henry sich im Raum umsah, stellte er in der Tat fest, dass viele der jungen Männer mit recht ... neuartigen Methoden versuchten, Lady Carolines Aufmerksamkeit zu gewinnen. Da waren natürlich die Dichter mit ihren Papierbündeln und pompösen Westen. Er erkannte Tristan Bassingthwaighte, der mitten in der Rezitation vor Lady Caroline kniete und leidenschaftlich gestikulierte, ohne sich um das nahe Teeservice zu kümmern. Ein junger Mann schien ein Porträt zu skizzieren, was Henry nicht störte. Wenigstens war das Skizzieren leise. Aber was in Gottes Namen war das für ein grässliches Gebell?

»Was ist das für ein Geräusch?«, fragte Henry und sah sich im Raum um.

»Dort drüben«, sagte Peter und neigte den Kopf. »Archibald Nettlethorpe-Ogilvy hat sein berühmtes Kontrafagott mitgebracht.« Mr. Nettlethorpe-Ogilvy war der Enkel eines wohlhabenden Industriellen und sollte eines Tages ein Eisenimperium erben. Er war wahrscheinlich der reichste Mann im Raum, aber wenn das seine Vorstellung davon war, wie man ein hübsches Mädchen beeindrucken konnte, hielt Henry nicht viel von seinen Chancen.

»Das Kontrafagott scheint nicht das romantischste Instrument zu sein«, sagte Henry.

»Zu seiner Verteidigung: Er spielt *The Blue Bells of Scotland*«, sagte Harrington.

»Woher willst du das wissen?«, fragte Henry.

Harrington lachte. »Der Punkt ist, dass meine Schwester - meine schelmische, hinterhältige kleine Schwester - der Star von London ist. Sieh mal, sechs Adlige sind hier, um ihr den Hof zu machen - sieben, einschließlich dir, Thetford - und dazu noch die reichsten Männer Englands.« An dieser Stelle wies Harrington auf Peter, dessen Familienvermögen nur gestiegen war, da die Engländer nicht genug von indischen Musselin- und Kaschmirschals bekommen konnten.

»Neben Ferguson und Nettlethorpe-Ogilvy«, so Harrington weiter, »gibt es noch Thomas Hope.« Harrington nickte in Richtung Mr. Hope, der hinter Lady Carolines Schulter schwebte. »Und es würde mich nicht wundern, wenn Lord Graverley auftaucht. Er hat zweimal mit ihr getanzt, und er tanzt nie mit jemandem, wie mir meine Mutter erzählt hat. Aber lasst euch nicht von Graverley entmutigen, mit seinem bevorstehenden Herzogtum und seinen hunderttausend im Jahr. Ich würde sie viel lieber mit einem von euch Rüpeln verheiratet sehen. Ich werde sogar ein gutes Wort für euch beide einlegen. Ich glaube ...« Harrington hielt inne, und obwohl er vordergründig zu beiden sprach, sah er Henry an. »Ich glaube, du hättest wirklich eine Chance.«

Henry zupfte an seiner Krawatte, die sich plötzlich ein wenig eng anfühlte. Harrington hatte keine Ahnung, wie sehr er sich geirrt hatte, in so vielen Punkten. Nicht einmal Lady Caroline wusste von seinen schlimmsten Eigenschaften. Gott, wenn sie die Wahrheit über seine finanzielle Situation wüsste, würde sie ihrem Glücksstern danken, dass er sie vor all den Jahren verschmäht hatte. Gestern Morgen hätte er das Gefühl gehabt, dass er in diesen Raum gehörte, dass er mit Lord Graverley um die Hand dieses schönen Mädchens hätte wetteifern können, wäre der Vorfall vor vier Jahren nicht gewesen.

Aber angesichts der Neuigkeiten, die ihm sein Vater gestern erzählt hatte, kam er sich wie ein Betrüger vor.

Neben ihm schnaubte Peter. »Das bezweifle ich.«

Henry wusste, dass Peter sich auf seinen Fehler auf dem Balkon bezog, aber Harrington, der noch nichts von dem Vorfall wusste, verstand das falsch. »Verkauf dich doch nicht unter Wert, Ferguson. Du bist nicht nur verdammt reich, sondern deine Familie ist auch mit dem Earl of Darrow verbunden.«

Peter hob eine sardonische Augenbraue. »Ich bin mir nicht sicher, ob es eine *Verbindung* ist, Lord Darrows Cousin dritten Grades zu sein.«

Lady Cheltenham erspähte Henry vom anderen Ende des Raumes aus. Sie lächelte und sprach mit einer Stimme, die sich irgendwie über die Dichter, das Getöse und sogar das Kontrafagott erhob. »Caro, Liebling, sieh mal, wer hier ist, um dich zu besuchen - es ist *Lord Thetford.*«

Lady Caroline stockte mitten im Satz. Sie schluckte, dann drehte sie sich um und fand ihn in der Menge. Das Lächeln auf ihren Lippen hätte er als strahlend und einladend beschrieben.

Der Blick in ihren Augen verriet, dass sie nichts lieber getan hätte, als ihm das Herz herauszureißen und es an ein Rudel wilder Hunde zu verfüttern.

Ihre Mutter fuhr unbeeindruckt fort. »Wollen Sie sich nicht zu uns setzen, Mylord? Sie ...« Sie deutete mit ihrem Fächer auf den Mann, der links von Lady Caroline saß. »... gehen Sie doch bitte zur Seite für Lord Thetford.« Der Mann sah verärgert aus, wagte es aber nicht, nicht zu gehorchen.

»Astley«, sagte Henry im Flüsterton, »sind alle Frauen in deiner Familie so ungewöhnlich herrisch?«

Peter betrachtete ihn mit Interesse. »Du hast keine Schwestern, nicht wahr, Thetford?«

»Das ist richtig. Aber ich habe vier Brüder«, antwortete Henry.

Harrington und Peter tauschten ein Grinsen aus. »Er weiß es nicht«, sagte Harrington.

»Ich weiß was nicht?«

Harrington packte ihn an den Schultern und drehte ihn so, dass er sich dem Sofa zuwandte. »Macht nichts, alter

Knabe. Das wirst du noch früh genug herausfinden.« Er gab Henry einen freundlichen Schubs. »Los geht's!«

~

HENRY NÄHERTE sich mit einem Gefühl des Grauens dem Sofa und präsentierte seine Primeln. »Lady Caroline, wie schön, Sie wiederzusehen.«

»Lord Thetford. Ein absolutes *Vergnügen.*«

Er setzte sich neben sie. Nach einem Moment beugte sie sich verschwörerisch vor und flüsterte: »Sagen Sie mir bitte, mein Herr, welcher Teil von *Ich will nie wieder mit Ihnen sprechen* hat Ihren Verstand überfordert?«

»Ich bin hier, um mich zu entschuldigen.«

»Sie haben sich einen ausgezeichneten Ort dafür ausgesucht, während ich gerade dreiundvierzig Herren unterhalte.«

»Woher sollte ich wissen, dass es so einen Andrang geben würde?«

»Sie haben also erwartet, dass ich unbeliebt sein würde. Wie schmeichelhaft.«

Nun, das war ganz falsch rübergekommen. *Wieder.* Glücklicherweise, aber auch *sehr* unglücklicherweise, wurde er von einem jungen Mann mit orangefarbenem Haarschopf, der aufstand, davor bewahrt, antworten zu müssen. »Wenn ich darf«, begann er und errötete, als er Lady Caroline über die Papiere hinweg ansah, die er mit weißen Knöcheln umklammerte, »möchte ich ein selbst verfasstes Gedicht vortragen. Es trägt den Titel *Caroline.*«

Er räusperte sich.

CAROLINE, oh, Caroline!
With eyes like stars and lips so fine,

What can I do to make you mine?
Oh, Caroline!

MY HEART WILL EVER BEAT for thine,
To hold you, Oh! Would be divine!
You are my intoxicating wine,
Oh, Caroline!

»DAS REIMT SICH NICHT EINMAL RICHTIG«, murmelte Henry.

»Und ich nehme an, Sie könnten es besser?«, sagte Lady Caroline.

»Nein, deshalb bin ich auch klug genug, den Mund zu halten.«

»Also probieren Sie mal etwas Neues aus, was?«

Henry spürte, wie sich ein Grinsen auf seinem Gesicht ausbreitete. »Touché, Mylady.«

Tragischerweise war der aufstrebende Dichter noch nicht fertig.

WHY MUST you my heart decline?
Your defenses—labyrinthine!
So cruel, my prickly porcupine,
Oh, Caroline!

»ES WIRD NUR NOCH SCHLIMMER WERDEN«, murmelte er, unfähig, sich die Worte zu verbeißen. »Mit diesem begrenzten Reimschema wird er bald bei *Schwein* sein.«

»Versuchen Sie, nicht so charmant zu sein, Mylord. Ich bin kurz davor, in Ohnmacht zu fallen, und Archibald

Nettlethorpe-Ogilvy liegt auf meiner Lieblings-Ohnmachtscouch.«

»Und dann *Kindelein*«, überlegte er.

»*Blöder Hein* ist das Wort, an das ich bei Ihnen denken muss.«

»Ah, aber das reimt sich auf Ihren Namen, nicht auf meinen.«

»Auf Henry reimt sich nichts. Es hat den Anschein, dass Sie gegen Poesie gefeit sind. In so vielerlei Hinsicht.«

Lady Carolines Augen täuschten über ihr heiteres Lächeln hinweg, weil sie bei dieser Antwort voller Gift waren. Aber Henrys Grinsen war echt. Was war das? Das unscheinbare Mädchen, das über das Wetter diskutierte, als hänge das Schicksal des britischen Empire davon ab, hatte einen scharfen Verstand? Das war ... entzückend, und Henry störte es kein bisschen, dass ihre Beleidigungen gegen ihn gerichtet waren.

Von den weiteren Ergüssen des rothaarigen Dichters wurden sie von ihrer Mutter verschont. »Danke, Sir«, sagte die Gräfin. »Setzen Sie sich doch bitte und ruhen Sie sich aus. Ihre heroischen Bemühungen, die *labyrinthischen* Verteidigungsanlagen meiner Tochter in den sechs Tagen, seit Sie von ihrer Existenz wissen, zu durchbrechen, scheinen Ihre poetischen Fähigkeiten erschöpft zu haben.«

Der nächste Dichter begann mit einem Shakespeare-Sonett, was ein Glücksfall war, denn Henry war sich nicht sicher, wie viele selbst verfasste Verse er noch ertragen konnte. Er neigte seinen Kopf zum Ohr von Lady Caroline. »*Lieblich* kann ich wohl nicht behaupten, aber *mäßig*? Dieser Mann kennt Sie überhaupt nicht.«

»Das ist eine hervorragende Entschuldigung, mein Herr. Welche Dame wäre angesichts solch aufrichtiger Reue nicht gerührt?«

»Da haben Sie mich eiskalt erwischt. Erlauben Sie mir,

etwas passenderes von Shakespeare auszuwählen - verzeihen Sie mir, Lady Caroline. Schließlich ist *Süße Barmherzigkeit das wahre Abzeichen des Adels.*«

»Ganz im Gegenteil, ich finde, dass *nichts die Sünde so sehr ermutigt wie die Barmherzigkeit.*«

»Ich weiß, dass Sie mich verachten, aber es ist schlimmer, als ich dachte, wenn Sie *Timon von Athen* als Ihren moralischen Kompass ausgewählt haben.«

»Dies von dem Mann, der gerade *Titus Andronicus* zitiert hat.«

»In *Timon von Athen* schwört die Titelfigur, alle seine früheren Freunde zu vernichten, und dann irren alle in der Wildnis umher, bis sie alle an einer Geschlechtskrankheit sterben.«

»Dass Ihre Erwähnung der Geschlechtskrankheit nur das zweitbeleidigendste ist, was Sie je zu mir gesagt haben, spricht Bände. Außerdem ist *Titus Andronicus* viel schlimmer. Wenigstens gibt es bei *Timon von Athen* keinen Kannibalismus.«

Henry musste erneut grinsen. »Kommen Sie, Lady Caroline - es ist nur ein winziges bisschen Kannibalismus. Sie brauchen mich doch nicht, um Archibald Nettlethorpe-Ogilvy von Ihrer Ohnmachtscouch zu verscheuchen, oder?«

»Müssen wir über *Titus Andronicus* sprechen?«, schnappte sie.

Tristan Bassingthwaighte, der in der Nähe des Sofas gestanden hatte, hörte das und warf ein: »In der Tat, Thetford, in der Tat. Warum langweilen Sie ein hübsches Mädchen mit Gerede über Shakespeare? Kommen wir nun zu den Themen, die Lady Caroline interessieren könnten. Sollen wir über die gestrige Party sprechen, Mylady? Ihre Lieblingsblumen? Wie bezaubernd Sie in diesem Kleid aussehen?«

Er bemerkte, wie Caroline sich neben ihm versteifte. Ihr

Lächeln schwankte nicht, aber ihre Augen waren furchtsam, als sie mit zusammengepresstem Kiefer Luft holte.

Henry warf ihm einen vernichtenden Blick zu. »Seien Sie nicht so herablassend, Bassingthwaighte. Sie ist keine Idiotin. Jeder kann das nach zwei Minuten Gespräch mit ihr sehen.«

Sie lächelte, als ob sie dankbar wäre, murmelte aber: »Na, das ist ja mal ganz etwas Neues - Sie spielen die Rolle meines Ritters.«

»Möchten Sie lieber, dass ich Sie beleidige?«

»Ich würde es vorziehen, wenn Sie einfach verschwinden würden!«, zischte sie.

Henry wollte gerade antworten, als der Butler den Raum betrat. »Lord Graverley«, intonierte er.

EIN RAUNEN GING durch die Menge. Offensichtlich tanzte Lord Graverley nicht nur nicht, sondern suchte auch keine geeigneten jungen Damen auf.

Bis jetzt.

Der Herr, der zu Carolines Rechten saß, war an der Reihe, Opfer von Lady Cheltenhams Fächer zu werden. Er überließ seinen Platz Graverley, der mit seinem eigenen Strauß, einer Mischung aus rosa, violetten und weißen Schleifenblumen, näher kam.

»Wie originell, Lord Graverley«, sagte die Gräfin, »ich habe noch nie gesehen, dass Orchideen eine so exquisite Wirkung haben.«

Plötzlich war Lady Caroline ganz lieb und leicht und strahlte Graverley mit einem wunderschönen, leeren Lächeln an. »Sie sind umwerfend, Mylord. Ich werde sie sehr genießen.«

»Ich hielt es für das Beste, etwas Einzigartiges mitzubringen«, sagte der Marquess gedehnt. »Für eine so außergewöhnliche Schönheit wie Lady Caroline würde es nicht ausreichen, gewöhnliche Blumen mitzubringen.« Er rümpfte die Nase über Henrys Primeln.

Henry verdeckte sein Schnauben, indem er so tat, als ob er husten würde. Es schien, dass Graverley, wie die dreiundvierzig anderen Herren, die Lady Caroline besuchten, beim Anblick ihrer großen blauen Augen den Verstand verloren hatte.

»In der Tat«, sagte Archibald Nettlethorpe-Ogilvy, der segensreich eine Pause von seinem Kontrafagott machte, »sie ist ein Diamant ersten Ranges.«

»Da kann ich Ihnen nicht zustimmen, Sir«, sagte Graverley. »Obwohl sie die Schönheit eines Diamanten besitzt, könnte Lady Caroline niemals etwas so Gewöhnliches und Farbloses sein. Ich denke eher an einen reichen, funkelnden Saphir.«

»Der Saphir - er ist perfekt!«, rief der rothaarige Dichter des unoriginellen Reimschemas aus. Er kramte in seinem Stapel Papier nach einem leeren Blatt und begann wütend zu kritzeln.

»Nun, dann haben Sie gleich etwas, worauf Sie sich freuen können«, murmelte Henry. »Was reimt sich auf *Saphir*? *Froschtier*? Schnabeltier? *Gartentür*?«

»Für Lady Caroline wären *Zier* und *Begier* die naheliegendste Wahl, Thetford«, sagte Graverley.

»Ich fürchte, Lord Thetford hat kein Talent für Poesie«, trillerte Caroline. Flüsternd fügte sie hinzu: »Oder für das Zusammensetzen von Wörtern in irgendeiner sinnvollen Reihenfolge.«

»Das müssen gerade Sie sagen«, murmelte Henry.

Graverley runzelte die Stirn. »Was haben Sie gesagt, Thetford?«

»Nichts von Bedeutung, Mylord«, sagte Lady Caroline.

»Lalala, die Hälfte der Zeit habe ich keine Ahnung, wovon Lord Thetford redet.«

»Sie schienen mich sehr gut zu verstehen, als wir über Geschlechtskrankheiten sprachen«, murmelte Henry. »Soll ich auf dieses Thema zurückkommen?«

»Halten Sie jetzt mal *die Klappe*?«, zischte sie.

»Also wirklich, Thetford«, sagte Graverley. »Haben Sie einen Frosch mitgebracht und ihr in die Tasche geschoben? Ich erwarte fast, dass Sie sie gleich an den Haaren ziehen werden.«

Caroline strahlte den Marquess an. »Natürlich kann nicht jeder Mann so ritterlich sein wie Sie.«

Graverleys Blick schweifte über Lady Carolines Gesicht, dann wanderte er tiefer und verweilte auf ihrem Dekolleté. »Ich muss gestehen, dass ich nicht ganz so gentlemanlike bin, wie Sie es sich vorstellen.«

Lady Caroline tat so, als würde sie erröten, und schaffte es, gleichzeitig verlegen und erfreut auszusehen. Sie hechelte einen Moment lang, bevor sie sagte: »Ich habe gehört, dass Sie fechten, Lord Graverley.«

»Das tue ich in der Tat.«

»Was gefällt Ihnen daran?«

»Die Strategie. Fechten ist wie ein Vollkontakt-Schachspiel. Es verbindet das Geistige mit dem Körperlichen.«

»Das klingt faszinierend, wie gerne würde ich es ausprobieren.«

Henry verdrehte die Augen, als er gezwungen war, die Gesprächsversuche des glücklichen Paares zu ertragen. »Das hat uns gerade noch gefehlt«, murmelte er. »Sie haben bereits das Herz eines jeden Mannes in London erobert, jetzt können Sie sich auch an unsere Lebern ranmachen.«

Graverley ignorierte ihn. »Es gibt keinen Grund, warum Sie das nicht lernen sollten. Meine kleine Schwester Diana ist eine hervorragende Fechterin. Obwohl die Fußarbeit in einem Rock schwierig auszuführen sein kann.«

»Wie schade, dass ich keine Hosen anziehen kann, wie es Männer tun«, sinnierte Lady Caroline.

Graverley zog eine Augenbraue hoch. »Eine bezaubernde Vorstellung, Mylady.«

Henry unternahm einen halbherzigen Versuch, ein weiteres Augenverdrehen zu unterdrücken. Das war schlimmer als bei den Poeten, ein neuer Tiefpunkt, den er noch vor wenigen Augenblicken nicht für möglich gehalten hätte.

Thomas Hope, der sich hinter dem Sofa aufhielt, räusperte sich. »Lady Caroline, ich habe Neuigkeiten erfahren, die Sie sicher interessieren werden.«

Sie lächelte, drehte sich aber nur halb um, als wolle sie ihr Gespräch mit Graverley nicht unterbrechen. »Oh?«

»Ja«, sagte Mr. Hope, »da Sie ja ein besonderes Interesse daran gezeigt haben, meine neue Eye of Ra-Figur zu sehen. Ich habe von einer neuen Ausstellung mit ähnlichen Gegenständen erfahren.«

Henry spürte, wie sich alle Haare in seinem Nacken aufstellten. Ähnliche Artikel wie eine Eye of Ra-Figur?

Lady Caroline drehte sich um und blickte zu Mr. Hope auf. Für den Bruchteil einer Sekunde war die kokette Maske verschwunden, und ihr Blick war ernst.

Sie setzte ein strahlendes Lächeln auf. »Wie aufregend, Mr. Hope. Wo ist es?«

»Sie wird nächste Woche im Leverian Museum eröffnet. Das Auge des Ra, so soll die Ausstellung genannt werden. Der Inhaber, Mr. James Parkinson, fragte mich, ob ich es inspizieren und ihm ein Zitat zur Verwendung in Zeitungsanzeigen geben könnte.« Er lachte. »Natürlich möchte er meine Unterstützung, denn es gibt keinen größeren Experten für ägyptische Antiquitäten als mich.«

Lady Caroline war in Gedanken versunken. »Das Auge des Ra - das klingt, äh, bezaubernd. Wissen Sie, was dort zu sehen sein wird?«

»Freuen Sie sich nicht zu sehr, Mylady, denn es sind keine bedeutenden Gegenstände dabei, wie die, die ich in zwei Wochen in meinem Ägyptischen Zimmer haben werde. Ich habe gehört, dass die Ausstellung aus kleineren Stücken - Amuletten und dergleichen - bestehen wird. Aber sie wurden noch nie der Öffentlichkeit gezeigt.«

Kleinere Gegenstände - das war Musik in Henrys Ohren. Er bezweifelte, dass jemand so dumm sein würde, die Artefaktenkiste seines Vaters zur Schau zu stellen. Sie war nicht nur erst kürzlich gestohlen worden, sondern war auch so berühmt, dass jeder Amateur-Ägyptologe in London sie als Eigentum von Lord Ardingly erkennen würde.

Dennoch konnte er es sich nicht leisten, irgendetwas unversucht zu lassen.

»Wie sehr ich mich darauf freue, das zu sehen«, sagte Lady Caroline.

»Es wäre mir ein Vergnügen, Sie zu begleiten«, sagte Mr. Hope.

»Können wir morgen gehen?«, fragte sie.

»Leider bin ich mit den letzten Vorbereitungen für mein ägyptisches Zimmer beschäftigt. Es hat sich als notwendig erwiesen, dass ich jede Phase der Arbeit überwache. Ich war gezwungen, den größten Teil der dekorativen Malerei selbst auszuführen. Sie würden schockiert sein, wie schwierig es ist, kompetente Handwerker zu finden.« Mr. Hope schüttelte den Kopf. »Vielleicht kann ich Sie am Donnerstag mitnehmen.«

Lady Caroline verzog das Gesicht. »Oh je, ich kann am Donnerstag nicht gehen. Mrs. Cadogan veranstaltet eine kleine Hausparty, und wir haben versprochen, daran teilzunehmen.«

»Keine Angst, Mylady«, sagte Mr. Hope. »Ich werde dieses Exponat inspizieren und Ihnen sagen, ob es Ihre Zeit wert ist. Wenn ja, werde ich Sie gerne nächste Woche begleiten.«

»Sie sind zu freundlich«, sagte Lady Caroline.

»Sie werden bei Mrs. Cadogans Hausparty anwesend sein, Lady Caroline?«, fragte Graverley.

Sie richtete ihre Aufmerksamkeit wieder auf den Marquess. »Ja, Mylord.«

»Ausgezeichnet«, sagte Graverley. »Ich habe auch eine Einladung erhalten.« Er neigte den Kopf zu Lady Caroline und ließ seinen Blick über ihr Dekolleté gleiten. »Ich habe gerade beschlossen, daran teilzunehmen.«

Ein rothaariges Dienstmädchen durchquerte den Raum und nahm ein paar Blumensträuße mit sich. Sie griff nach den Orchideen auf dem Schoß ihrer Herrin und sagte mit einem dicken kentischen Akzent: »Hier, Herrin, lassen Sie mich das nehmen.« Als sie den Strauß in die Hand nahm, trat sie auf Graverleys Fuß. Er stieß ein scharfes Grunzen aus.

»Fanny«, sagte Lady Caroline, »sei bitte vorsichtig.«

»Ich bitte um Verzeihung, Mylord«, sagte das Dienstmädchen, das schon halb aus dem Zimmer war.

Graverley winkte ab, aber seine Stimme klang erstickt, als er sagte: »Denken Sie sich nichts dabei.«

»Es ist nett von Ihnen, dass Sie das sagen«, sagte Lady Caroline, »aber ich hoffe, Sie wurden nicht verletzt.«

»Nein, überhaupt nicht. Obwohl es sich lohnen würde, jede Verletzung in Kauf zu nehmen, um an Ihrer Seite sitzen zu dürfen.«

»Wie froh ich bin, dass es Ihnen gut geht.« Caroline begleitete diese Bemerkung mit viel Wimperngeklimper.

»Erlauben Sie mir, meine Antwort zu überdenken«, sagte Graverley. »Wenn ich verletzt wäre, würden Sie mich pflegen?«

»La! Ich fürchte, ich habe kein Talent dafür, aber wenn Sie bereit sind, sich auf meine Fummeleien einzulassen, würde ich es gerne versuchen.«

»Erlauben Sie mir, Ihnen zu versichern, Lady Caroline«, sagte der Marquess mit einem besonders lasziven Blick, »dass ich höchst erfreut wäre, der Empfänger einer Ihrer ... Fummeleien zu sein.«

Henry hielt das keinen Moment länger aus. Er erhob sich, um sich an die Gräfin zu wenden. »Ich bitte um Verzeihung, Lady Cheltenham. Ich muss mich verabschieden.«

»In der Tat«, sagte die Gräfin und erhob sich, »schauen Sie auf die Uhr. Meine Herren, ich danke Ihnen für Ihr Kommen. Wir müssen uns von Ihnen verabschieden, hoffen aber, Sie nächste Woche wiederzusehen.«

Die meisten Herren verabschiedeten sich nur langsam und hofften auf ein letztes Lächeln von Lady Caroline. Henry hingegen bahnte sich einen Weg durch das Gedränge und geradewegs zur Tür hinaus. Die Dichter und das Kontrafagott waren schon schlimm genug, aber was wirklich unerträglich war, war, Graverley und Lady Caroline dabei zuzusehen, wie sie übereinander herfielen.

Wenigstens würde er das nie wieder sehen müssen. Er hatte sich bei ihr entschuldigen wollen, aber er würde eine Nachricht an ihre Mutter schicken und einen Termin vereinbaren, an dem keine vierzig anderen Männer im Raum wären. Dann könnte er es endlich hinter sich bringen.

Aber das würde warten müssen. Jetzt musste er erst einmal herausfinden, wo sich dieses Leverian-Museum befand.

KAPITEL 7

$\mathcal{D}$ie Droschke kam auf der anderen Seite der Blackfriars Bridge zum Stillstand. Caro schaute sich um, als sie ausstieg. Sie war noch nie südlich des Flusses gewesen. Man hatte ihr erzählt, dass sich in Southwark, dem Viertel, in dem sie gerade angekommen war, ein Gefängnis, zwei Wohltätigkeitskrankenhäuser, eine Reihe von Leimfabriken und das größte Töpferfeld Londons befanden. Aber das gelbe Backsteinreihenhaus mit dem Schriftzug *Leverian Museum* über dem Portikus sah ganz ansehnlich aus.

Drinnen kaufte Caro Karten für sich und Fanny. »Könnte ich mit Mr. Parkinson sprechen?«, fragte sie.

»Das letzte Mal, als ich ihn sah, war er bei einem anderen Kunden, aber ich werde sehen, ob er verfügbar ist«, sagte der Beamte. »Darf ich ihm sagen, wer ihn zu sehen wünscht?«

»Lady Caroline Astley.«

Bei dem Wort *Lady* weitete der Beamte die Augen, und er eilte davon. Caro drehte sich um, um die Exponate im Eingangsbereich zu begutachten. Gewehre, Gewehre, und noch mehr Gewehre. Harrington hätte es interessant gefunden, aber Caro waren Waffen furchtbar egal. Ah - hier war etwas anders. Sie beugte sich hinunter, um die Bronzetafel oben auf der Glasvitrine zu begutachten: »Bemerkenswerte Hufeisen.«

Sie unterdrückte einen Schrei der Frustration. An jedem anderen Tag hätte sie etwas Interessantes in den Ausstellungsstücken gefunden, sogar in den Hufeisen, aber heute war sie zu nervös, zu besorgt über die Möglichkeit, das Amulett ihrer Schwester zu finden.

Das schnelle Klicken von Schuhen auf Marmor alarmierte sie, als ein älterer Herr das Foyer betrat. Er trug sein Haar lang, in einem Stil, der vor einigen Jahrzehnten beliebt gewesen war, und seine weiße Farbe war nicht auf Puder zurückzuführen. Seine Kleidung war peinlich genau, und seine Haltung war trotz seines fortgeschrittenen Alters kerzengerade.

»Sie müssen Lady Caroline sein«, sagte er und verbeugte sich herzlich. »Entschuldigen Sie, dass ich Sie habe warten lassen.«

Sie schenkte ihm ihr strahlendstes Lächeln. Ihr Plan war einfach: Schritt eins: charmant sein, Schritt zwei: die noch nicht ausstellungsreifen Amulette sehen wollen. »Mr. Parkinson, richtig? Ich habe Ihre wunderbare Sammlung bewundert.«

Er bot seinen Arm an. »Es wäre mir eine Ehre, Sie persönlich herumzuführen, Mylady.«

Und so ging sie, Fanny hinter sich herziehend, mit ihm durch das Museum und rief bei jedem Raum aus. In der Tat waren viele der Exponate faszinierend, insbesondere die Artikel, die Kapitän Cook von seinen Reisen um den Pazifik mitgebracht hatte. Es gab prächtige zeremonielle Umhänge aus roten und goldenen Federn. Es gab alle Arten von Bögen, Pfeilen und Speeren sowie eine kleine Axt namens Tomahawk. Und es gab einen merkwürdigen Schlitten, der von den Eingeborenen der nördlichen Gebiete benutzt wurde, und den Mr. Parkinson ihr als ein von Hunden über den Schnee gezogenes Gefährt vorstellte.

Caro fand sogar Gefallen an den naturkundlichen Exponaten, auch wenn die meisten von ihnen etwas mottenzerfressen waren. Der Elefant und das Nilpferd waren so groß, dass sie im Gartenhaus untergebracht werden mussten, aber drinnen gab es Löwen und Tiger, Krokodile und Alligatoren, ein sehr merkwürdiges Tier aus Südamerika, das Ameisenbär genannt wurde, ein Känguru aus Australien und sogar einen Hammerkopfhai. Es gab einen ganzen Raum mit Affen, einen weiteren mit Reptilien und den Raum dahinter mit den »Monstern«. Caro ging in diesen Raum hinein und gleich wieder hinaus und wünschte sich, sie hätte die seltsamen, in Gläsern einbalsamierten Kreaturen gar nicht erst gesehen.

Ihr Rundgang ging weiter in eine Rotunde mit Oberlicht, die im Stil eines griechischen Tempels dekoriert war. Die gewölbte Decke ragte etwa fünfzig Fuß über ihrem Kopf auf, und Marmorsäulen stützten eine Galerie, die von einer geschnitzten Steinbalustrade umgeben war. Jeder Quadratzentimeter Wandfläche war mit Hunderten von ausgestopften Vögeln in Glasvitrinen bestückt. Caro legte den Kopf schräg und genoss die Aussicht.

»Wie schön diese Rotunde ist«, sagte sie. »Das Licht ist wunderschön.«

Mr. Parkinsons Augen funkelten vor echter Freude. »Es ist schön, dass Sie das sagen, Mylady. Auf diesen Raum bin ich besonders stolz. Sehen Sie«, beugte er sich vor, »ich habe das Gebäude selbst mitgestaltet.«

»Haben Sie das wirklich? Es ist großartig. Ich muss mich entschuldigen, Mr. Parkinson - ich hatte Sie für einen Naturforscher gehalten. Ich wusste nicht, dass Sie Architekt sind.«

»In Wahrheit bin ich weder noch. Ich bin gelernter Gutsverwalter aus Shrewsbury.«

Caro lächelte. »Und wie, wenn ich fragen darf, kam ein Gutsverwalter aus Shrewsbury in den Besitz einer solch bemerkenswerten Kuriositätenkammer?«

»Ganz zufällig, das versichere ich Ihnen. Die Sammlung wurde von Sir Ashton Lever zusammengestellt, der sie vor etwa achtzehn Jahren zum Verkauf anbot. Er veranstaltete eine Lotterie. Es stellte sich heraus, dass meine Frau Sarah ein Ticket gekauft hatte, ohne etwas darüber zu sagen.« Sein Gesicht verfinsterte sich ein wenig. »Aber bevor die Verlosung stattfand, ist sie verstorben.«

Caro drückte seinen Arm. »Es tut mir so leid.«

»Mir auch, Lady Caroline. Mir auch.« Er räusperte sich. »Auf jeden Fall stellte sich heraus, dass meine Frau das gewinnende Los gekauft hatte. Es gab eine Verlosung, und niemand meldete sich, um den Preis zu erhalten. Erst fünf Wochen später fand ich den Zettel - zufällig, wohlgemerkt - und stellte fest, dass ich nun Besitzer einer mumifizierten Hand aus einem irischen Moor, zweier verschiedener Faultierarten, eines Eisbären aus Grönland samt Jungtier und all dem anderen Zeug war.« Ein Ausdruck der Verblüffung ging über sein Gesicht, als ob er es auch nach achtzehn Jahren noch nicht ganz glauben konnte. »Es ist schon seltsam, welche Wendungen das Leben nehmen kann.«

Das hatte Caro in der vergangenen Woche nur zu gut gelernt. »Das ist in der Tat so, Mr. Parkinson. Das ist es in der Tat.«

Sie schrak auf, denn sie hatten einen Raum betreten, in dem sich eine Miniatur-Mumienkiste befand, die der in Thomas Hopes Herrenhaus sehr ähnlich war, sowie eine Auswahl ägyptischer Urnen. Sie eilte zu dem Glaskasten hinüber.

»Ähm ...«, begann Mr. Parkinson: »Ich sollte Sie warnen ...«

»Oh!« schrie Caro und zuckte zurück. »Sind das ...«

»So sieht eine Mumie aus, wenn sie ausgepackt ist«, sagte Mr. Parkinson. »Die Hände und Füße auf jeden Fall, und ein paar ... ähem ... andere Teile.«

Caro lachte nervös. »Ich hatte gehofft, dass ich ein paar Amulette finden würde. Jemand hat mir von einer neuen Ausstellung erzählt. Etwas über das Auge des Ra?«

»Sie haben richtig gehört, obwohl die Ausstellung erst am Samstag eröffnet wird.«

»Oh. Wie bedauerlich.« Caroline gab sich keine Mühe, ihre Enttäuschung zu verbergen. »Ich hatte solche Sehnsucht, sie zu sehen.«

Mr. Parkinson enttäuschte sie nicht. »Kommen Sie. Ich würde mich freuen, sie Ihnen zu zeigen.«

~

ER FÜHRTE sie in sein Büro im hinteren Teil des Museums, mit Fanny im Schlepptau. »Darf ich fragen, was Sie an dieser Ausstellung besonders interessiert?«

Caro hatte gewusst, dass diese Frage kommen würde, und hatte eine Antwort vorbereitet. »Meine Schwester hat kürzlich ein wunderschönes Amulett des Auges von Ra geschenkt bekommen. Es ist aus Lapislazuli gefertigt, mit einigen Gold- und Elfenbeindetails. Ich habe gehofft, etwas Ähnliches zu erwerben.«

Mr. Parkinson nahm eine Holzkiste aus einem Regal. »Ich fürchte, Sie werden in unserer Ausstellung nichts so Schönes finden. Aber es gibt einige schöne Beispiele«, sagte er und stellte die Kiste auf seinem Schreibtisch ab. »Sehen Sie dieses türkisfarbene Material? Das nennt man Fayence, eine Form von Porzellan. Dieses hier ist aus Onyx«, sagte er und deutete auf ein kunstvoll geschnitztes Auge, das so groß wie Carolines Handfläche und mit komplizierten Ausschnitten versehen war. »Das hier ist aus Lapis, aber wie Sie sehen können, ist es ein falkenköpfiger Gott und nicht das Auge des Ra.«

Ein kurzer Blick bestätigte, dass Annes Amulett nicht dabei war. Caros Herz sank, aber sie achtete darauf, sich das nicht anmerken zu lassen. Sie nahm sich einige Augenblicke Zeit, um die etwa ein Dutzend Amulette zu bewundern, die zu der Ausstellung gehörten. »Sie sind wunderschön«, sagte sie und stellte überrascht fest, dass sie es ernst meinte. »Darf ich fragen, wo Sie sie erworben haben?«

»Der Earl of Bessborough hat vor zwei Wochen einen Großteil der Sammlung seines Vaters versteigert. Ich war zufällig nicht der Käufer. Der Gewinner war ein junger Mann namens Richard Cuming, der in der Nähe wohnt. Er ist ein großer Verehrer des Leverian Museums, und diese werden den Anfang seiner eigenen Sammlung bilden. Er erlaubt mir, sie ein paar Wochen lang auszustellen.«

Caro überlegte. Diese Amulette waren auf einer Auktion verkauft worden und stammten aus der Privatsammlung eines Grafen. Sie hatten mit Sicherheit keine Verbindung zu den gesuchten Dieben. Aber vielleicht konnte die ja etwas herausfinden. »Wie enttäuschend, dass ich die Auktion von Lord Bessborough verpasst habe. Es klingt, als hätte ich dort finden können, was ich suche.«

»Machen Sie sich keine Sorgen, Mylady. Es waren hauptsächlich Gemälde. Soweit ich weiß, gab es nur wenige Antiquitäten.«

»Wissen Sie, wo ich etwas Ähnliches finden könnte?«

Er legte den Kopf schief und überlegte. »Ich bin nicht der beste Mann für diese Frage. Heutzutage bin ich nicht mehr so sehr im Ankaufsgeschäft tätig, da ich ja schon eine größere Sammlung besitze, mit der ich nichts anzufangen weiß.«

»Natürlich«, sagte Caro und fühlte sich entkräftet. Leider würde sie heute nichts Wertvolles lernen.

Sie griff gerade nach ihrem Täschchen, als Mr. Parkinson sagte: »Mr. Cuming hingegen ist an denselben Dingen interessiert wie Sie, Mylady. Ich glaube, er hatte Kontakt zu einigen ... anderen Quellen.«

Caro erstarrte. »Oh?« Mr. Parkinson sagte nichts mehr, also drängte sie: »Könnten Sie mir dazu vielleicht Genaueres sagen? Natürlich, wenn Sie meinen, dass Sie das nicht sollten, weil ich gegen Ihren Freund Mr. Cuming bieten würde ...«

Er schüttelte den Kopf. »Das ist es nicht. Cuming kann sich Dinge wie diese hier leisten, aber er ist der Sohn eines Handwerkers. Ein edles Stück aus Lapis und Gold, wie Sie es beschrieben haben, würde seine Mittel bei weitem übersteigen.«

»Doch ich spüre Ihr Zögern.«

»In Wahrheit habe ich nicht genug Informationen, um Sie mit seinen Quellen in Kontakt zu bringen, selbst wenn ich es wollte. Aber Sie haben recht, Mylady. Ich zögere, und ich werde Ihnen sagen, warum. Als Cuming diese letzte Woche hier vorbeibrachte, erwähnte er, dass jemand anderes ihn wegen ähnlicher Gegenstände - Amulette, kleiner Götzenbilder und ähnlichem - angesprochen hatte. Natürlich fragte er nach ihrer Herkunft, und der Verkäufer sagte, sie stammten aus der Auktion von Lord Bessborough.«

»Dann haben sie sie nur gekauft, um sie weiterzuverkaufen?«

»Das haben sie nicht.« Mr. Parkinson beugte sich über seinen Schreibtisch. »Erinnern Sie sich, dass Cuming seine eigenen Amulette bei der Bessborough-Auktion gekauft hat. Er untersuchte jedes einzelne Stück und suchte speziell nach ägyptischen Gegenständen. Wären die ihm gezeigten Exemplare Teil des Bessborough-Verkaufs gewesen, hätte er sie sofort erkannt. Aber er sagte, er habe sie noch nie zuvor gesehen.«

»Wie seltsam. Warum sollten sie über so etwas lügen? Könnten es Fälschungen sein?«

»Das könnten sie. Cuming fand aber, dass sie durchaus echt aussahen.« Mr. Parkinson hielt inne. »Haben Sie schon vom Stein von Rosette gehört, Lady Caroline?«

»Das habe ich.« Einem von Napoleons Soldaten war eine große Platte aus schwarzem Granit aufgefallen, die Teil einer Verteidigungsmauer im Fort Julien in der Nähe der Stadt Rosette war. Dieser Stein war jedoch anders. Er war mit ägyptischen Hieroglyphen, griechischen Schriftzeichen und einer Art koptischer Schrift beschriftet. Der Stein von Rosette, wie er genannt wurde, hatte für große Aufregung gesorgt, da man vermutete, dass es sich bei den drei Textblöcken um Übersetzungen ein und derselben Botschaft handeln könnte. Wenn ja, könnte es jemandem gelingen, endlich das Geheimnis der ägyptischen Hieroglyphen zu entschlüsseln, die kein lebender Mensch lesen könnte. »Er wurde kürzlich im Britischen Museum ausgestellt, nicht wahr?«, fragte Caroline. »Zusammen mit den anderen Schätzen, die der französischen Armee abgenommen wurden?«

»In der Tat, das stimmt. Es gibt jedoch Gerüchte, dass nicht alles, was von den Franzosen erbeutet wurde, seinen Weg in das Britische Museum fand. Es gibt Gerüchte, dass eine Kiste mit kleineren Gegenständen verschwunden ist.«

»Verschwunden?« Caro spürte, wie sich die Haare in ihrem Nacken aufstellten. »Meinen Sie ... Denken Sie, sie wurde gestohlen?«

»Nun, bedenken Sie, dass in den hundert Jahren vor der jüngsten Invasion nicht mehr als drei Dutzend Engländer einen Fuß nach Ägypten gesetzt haben. Die einzigen ägyptischen Altertümer des Landes befinden sich in ihren Sammlungen. Sie sollten also in der Lage sein, die Herkunft aller ägyptischen Gegenstände, die zum Verkauf angeboten werden, bis zu einem dieser Männer zurückzuverfolgen - dem verstorbenen Earl of Sandwich, Richard Pococke, Edward Wortley Montagu, von dem ich übrigens viele Gegenstände besitze, und so weiter. Ägypten war in den letzten drei Jahren ein Schlachtfeld. Im Moment kommt dort nichts heraus, außer den Schätzen, die die britische Armee kürzlich nach Hause gebracht hat. Ich frage Sie also: Wenn es Gerüchte über eine verschwundene Kiste gibt und eine zwielichtige Person auftaucht, die mit Schmuckstücken hausieren geht, die zwar echt aussehen, aber eine offensichtlich falsche Herkunft haben, was ist dann die wahrscheinlichste Erklärung?«

»Dass sie aus der verschwundenen Kiste stammen. Und dass sie gestohlen wurden.«

»Ganz genau, Mylady.«

»Es gibt also eine Gruppe von Dieben da draußen, die mit gestohlenen ägyptischen Artefakten hausieren geht. Das ist ...« -*genau das, wonach ich suche* - »... höchst alarmierend.« Caro hielt inne und überlegte, wie sie ihre nächste Frage formulieren sollte. »Mr. Parkinson, ist sonst noch etwas verschwunden? Glauben Sie, dass diese Diebe noch andere Gegenstände gestohlen haben könnten?«

»Ich habe nichts gehört, außer den Gerüchten über diese eine Kiste. Aber es würde mich nicht überraschen. Cuming ist ein guter Mann aus einer guten Familie, aber er kommt aus Southwark, nicht aus Mayfair. Er erkennt einen Schurken, wenn er einen sieht. Und er beschrieb den Mann, der ihn ansprach, als *verschlagen*.«

Caro wählte ihre Worte sorgfältig. »Nun, ich muss sicher sein, dass ich diese Diebe meide. Ich würde keinen gestohlenen Gegenstand kaufen wollen. Hat Mr. Cuming Ihnen noch weitere Beschreibungen gegeben?«

Mr. Parkinson verschränkte seine Finger und dachte nach. »Cuming sagte, als er die Herkunft der Amulette in Frage stellte, wurde der Mann abwehrend. Er bestand darauf, dass zu seinen Kunden einer der renommiertesten Sammler Englands gehört.«

Caro lehnte sich vor. Vielleicht meinte er Thomas Hope, und sie konnte ihn um eine Beschreibung bitten. »Hat er den Namen des Käufers genannt?«

»Hat er nicht. Er sagte, wenn seine Amulette für einen ehemaligen Premierminister gut genug seien, um sie neben den Schätzen aus der Villa des Kaisers Hadrian auszustellen, dann seien sie sicher auch gut genug für einen Zinngießer aus Southwark.«

»Ein ehemaliger Premierminister - meine Güte.« Nun, das würde Mr. Hope ausschließen. »Haben Sie eine Ahnung, wen er gemeint hat?«

»Ich weiß es nicht, Mylady.«

Es klopfte an der Tür, und der Beamte trat ein. »Verzeihung, Mr. Parkinson, aber Mr. Gilchrist ist hier, um Sie zu sehen.«

»Vielen Dank, Mr. Waring.« Mr. Parkinson stand auf, und Caro erhob sich mit ihm. »Ich fürchte, ich muss mich entschuldigen, Lady Caroline.«

»Natürlich. Vielen Dank, dass Sie sich heute Zeit genommen haben, Mr. Parkinson. Ich habe Ihr wunderbares Museum wirklich genossen.«

Er bot seinen Arm an, um sie hinauszubegleiten. Caros Gedanken rasten. Sie musste sich mit diesem Richard Cuming in Verbindung setzen, aber unter welchem Vorwand konnte die Tochter eines Grafen darum bitten, mit einem Zinngießer aus Southwark bekannt gemacht zu werden? Mr. Parkinson unterbrach ihre Träumerei. »Es ist ein ziemlicher

Zufall, Lady Caroline, aber Sie sind heute schon der zweite Besucher, der die Amulette sehen möchte.«

»Wirklich? Wie seltsam.«

»Ja, und nicht nur das - der Gentleman, der sie heute Morgen sehen wollte, verkehrt in Ihren Kreisen.« Sie hatten sich auf den Weg zurück ins Foyer gemacht. »Oh, da ist er ja schon.«

Caro spürte, wie ihr flau im Magen wurde. Es war nur ein Mann im Raum. Er stand mit dem Rücken zu ihr und beugte sich über die Kiste mit den *erstaunlichen Hufeisen*. Er war groß und breitschultrig, hatte kurzes braunes Haar und trug einen tadellos geschnittenen blauen Mantel. Und noch bevor er sich umdrehte, wusste sie es irgendwie.

Mr. Parkinson fuhr fort, als sei alles normal und als sei sie nicht in die Gegenwart ihres Todfeindes gestoßen worden. *Schon wieder.* »Ich frage mich, ob Sie beide einander möglicherweise kennen? Lady Caroline, darf ich Ihnen Lord Thetford vorstellen?«

Er drehte sich um, und sein strahlendes Lächeln stand in direktem Gegensatz zu ihrem unbeherrschten Gesichtsausdruck. »Nun, Lady Caroline«, sagte er mit einer Verbeugung, »was für ein reizender Zufall.«

KAPITEL 8

Caro hatte ihr falsches Lächeln bereits aufgesetzt, als Mr. Parkinson sich ihr zuwandte. »Dann kennen Sie einander bereits?«

»Oh ja«, sagte Lord Thetford, »Lady Carolines Bruder ist mein engster Freund.«

»Ausgezeichnet.« Mr. Parkinson beugte sich geschickt über Caros Hand. »Dann werde ich Sie in Lord Thetfords Schutz lassen.«

Sobald Mr. Parkinson weg war, stürmte Caro zur Tür hinaus und ignorierte den Viscount. Sie suchte die Straße ab. »Siehst du unsere Droschke, Fanny? Ich glaube, sie ist weg. Und dabei habe ich dem Fahrer einen Schilling fürs Warten bezahlt.«

»Das funktioniert normalerweise«, sagte eine tiefe Stimme. Der lästige Mann war ihr nach draußen gefolgt. »Wie schade, dass Sie an einen skrupellosen Fahrer geraten sind.«

»Nun«, sagte Caro mit einer Fröhlichkeit, die sie nicht spürte, »ich bin sicher, dass bald ein anderer kommen wird.«

. . .

»SIE WERDEN FESTSTELLEN, dass es südlich des Flusses nur wenige Droschken gibt. Aber es wäre mir eine Freude, Sie nach Hause zu begleiten.« Er deutete auf einen stattlichen Phaeton mit goldenem Korbsitz und nachtblauen Samtpolstern. Es wurde von einem Paar wunderschöner, zusammenpassender Grauschimmel gezogen, die von seinem Stallburschen, einem sommersprossigen Jungen von vielleicht zehn Jahren, gehalten wurden. »Was für ein Glück, dass wir uns zufällig begegnet sind.«

Caro blickte in sein selbstgefälliges Gesicht. »*Glück* ist nicht das Wort, das ich verwenden würde. Und ich würde lieber wieder reingehen und die mumifizierte Hand essen, die jemand aus einem irischen Moor gezogen hat, als in Ihren Phaeton zu steigen.« Sie wandte sich von ihm ab. »Wenn Sie mich jetzt entschuldigen würden.«

EINE STUNDE später fand sich Caro im Phaeton von Lord Thetford wieder.

Es war schon bemerkenswert, was für eine Reihe von Unglücken sich ereignet hatte, um sie an diesen Punkt zu bringen. Sie konnte eine ausreichend distanzierte Perspektive einnehmen, um das einzuschätzen. Die Dinge hatten eigentlich vielversprechend begonnen. Lord Thetford hatte versucht, mit ihr zu sprechen, lästiger Mensch, der er war. Aber Fanny, Gott schütze sie, hatte erklärt, dass Caro nicht in der prallen Sonne stehen sollte, und hatte dem Viscount die Spitze ihres Sonnenschirms direkt ins Gesicht gehalten. Dann hatte sie sich wie der dreiköpfige Hund, der die Tore der Hölle bewacht, vor ihre Herrin gestellt.

Das hatte ihr ein Gespräch mit ihm erspart, aber so sehr es sie auch schmerzte, zuzugeben, dass er Recht gehabt hatte, so verging doch mehr als eine halbe Stunde, ohne dass eine einzige Mietkutsche vorbeikam. Es war klar geworden, dass sie einen neuen Plan brauchte.

Selbiger Plan hatte jedoch nicht beinhaltet, in Lord Thetfords Phaeton einzusteigen. Lady Caroline Astley ließ sich nicht so leicht besiegen. Sie hatte Fanny mitgeteilt, dass sie die Blackfriars Bridge zu Fuß überqueren würden, um auf der anderen Seite einen Wagen zu finden.

Der Spaziergang hatte prächtig begonnen, wenn man unter prächtig eine Reihe von Obszönitäten verstehen wollte, die selbst Harrington zum Erröten gebracht hätten. Diese Obszönitäten waren an ihr Ohr gedrungen, als die Fahrer zweier Fuhrwerke auf dieselbe Einfahrt zufuhren und beinahe zusammenstießen. Daraufhin war es zu einem Faustkampf gekommen. Dann war ein lüsterner Trunkenbold vorbeigetorkelt und hatte beide Arme nach Caros Busen ausgestreckt. Wieder einmal wurde sie von ihrer unbeugsamen Magd gerettet, die sich vor ihre Herrin stellte, ihren Sonnenschirm wie eine Streitaxt schwang und rief: »Denk nicht einmal daran, du büffelköpfiges Vieh!«

Und das, nachdem Caro anfangs enttäuscht gewesen war, kein schickes französisches Dienstmädchen zu haben. Sie nahm sich vor, Fanny am Nachmittag mit zu Gunters zu nehmen. Sie liebte das Eis dort.

Nach dem Trunkenbold hatte sie nur noch versuchen müssen, den üblen Geruch der Themse nicht zu tief einzuatmen und Lord Thetfords flehende Rufe zu ignorieren, diese Dummheit aufzugeben und in seine Kutsche zu steigen (denn natürlich war der verfluchte Mann ihr gefolgt).

Aber sie hatte ihn ignoriert und war weitergegangen. Und als dann das Ende der Brücke in Sicht kam, hatte sie geglaubt, sie würde es schaffen, das hatte sie wirklich.

Aber dann war sie hineingetreten.

Wörtlich.

Lord Thetford grinste, als er neben ihr auf den Sitz kletterte. »Ich frage mich, aus was für einer Kreatur das wohl gekommen ist?«

Caro würdigte ihn keiner Antwort, aber sie war sich ziemlich sicher, dass es ein Schwein gewesen sein dürfte. Ihr Vater war von seiner Herde Gloucestershire Old Spots begeistert, so dass sie mit dem Thema einigermaßen vertraut war.

»Was auch immer es war, es hatte einen bemerkenswerten Fall von Bandwurm«, überlegte er.

Sie blickte schweigend über die Themse.

»Meine Lieblingsstelle«, fuhr er fort, »war, als es Ihnen den Pantoffel vom Fuß saugte und selbiger sofort durchnässte. Ich nehme es Ihnen nicht übel, dass Sie ihn dort gelassen haben ...«

»Was für ein großartiges Gespann Sie haben, Mylord. Soll ich sie für Sie fahren, oder sind Sie mit dem Verfahren vertraut?«

Er warf einen Blick zurück, um sich zu vergewissern, dass Fanny und sein Stallbursche Billy sich auf den winzigen Rumpelsitz hinter ihnen zusammengequetscht hatten, dann trieb er die Grauen an. Caro drehte sich um und rückte so nah an die Tür heran, wie es ihr möglich war. Seit ihrem Debüt hatten fünf Herren mit ihr eine Spazierfahrt im Hyde Park unternommen. Sie wusste, dass ihre Phaetons genauso eng gewesen waren wie dieser hier. Aber aus irgendeinem Grund hatte deren Nähe sie überhaupt nicht beeinflusst.

Neben Lord Thetford sitzend, fühlte sie sich dagegen ausgesprochen entlarvt. Der Phaeton fuhr über eine Bodenwelle, und seine Schulter stieß gegen ihre. Sie fuhr fast aus ihrer Haut.

»Kommen Sie, Lady Caroline«, sagte er nach einem Moment, »es ist besser so.« Sie blieb stumm, und so fuhr er fort: »Ich weiß, dass Sie mir aus dem Weg gehen wollen.

Aber was Sie nicht bemerkt haben, ist, dass wir, wie Sie sagen, dem Untergang geweiht sind.«

»Dem Untergang geweiht. Wie genau Sie meine Gefühle erfasst haben.«

»Zuerst sind wir einander in Gegenwart des mumifizierten Kindes im Ägyptischen Zimmer von Thomas Hope begegnet. Heute war es das Leverian Museum, mit seinen verschiedenen Moorteilen und einem Raum voller Monster. Das führt die Sache doch langsam ad absurdum. Wo werden wir uns das nächste Mal treffen - im Hunterian Museum? Dort ist das Skelett eines irischen Riesen ausgestellt. Und wenn Sie geglaubt haben, die Monster im Leverian seien grotesk ...«

»Möchten Sie wissen, was ich im Leverian Museum am abscheulichsten fand?«, fragte sie sanft. »Ich gebe Ihnen einen Tipp. Es befand sich im selben Raum wie *die bemerkenswerten Hufeisen.*«

Er hatte die Unverfrorenheit zu lachen. »Ich will damit sagen, dass es für mich viel besser ist, wenn ich meine Entschuldigung heute hinter mich bringe. Denn anscheinend hat uns das Schicksal dazu verdammt, uns in jedem Haus eines Verrückten und bei jeder Freakshow in London zu begegnen, bis ich meine Chance bekommen habe. Und Sie glauben gar nicht, wie viele Freakshows es in London gibt.«

Wie ärgerlich, dass er Recht hatte. Sie stieß einen gequälten Seufzer aus. »Gut. Sie können fortfahren.«

Sie blickte ihn aus den Augenwinkeln an. Er sah nervös aus.

Das sollte er auch.

»Ähm ... hervorragend«, begann er unbeholfen. »Nun. Vor vier Jahren habe ich Ihnen einen Brief geschickt. Ich habe Ihnen eigentlich vier Briefe geschickt. Haben Sie, ähm...«

»Habe ich sie ins Feuer geworfen, ohne sie überhaupt zu öffnen? Aber ja, das habe ich.«

Hinter ihnen gab Billy, sein Stallbursche, einen leisen Pfiff von sich.

»Ich verstehe«, sagte Lord Thetford. »Dann wissen Sie nicht, worum es in ihnen ging. Was ich geschrieben habe, war ...«

»Lassen Sie mich raten«, sagte Caro. »Mich auf dem Balkon stehen zu sehen, war einer der schlimmsten Momente Ihres Lebens. Es war nie Ihre Absicht, mich zu beleidigen oder mir Schmerzen zuzufügen. Sie fühlen sich elend, es tut Ihnen verzweifelt leid, und Sie bitten mich um Vergebung. Und so weiter, und so fort. Habe ich das Wesentliche verstanden?«

»Sie verstehen mich bemerkenswert gut. Es fällt mir schwer, überhaupt Worte zu finden, um ...« Er warf ihr einen gequälten Blick zu. »Caro, ich kann Ihnen nicht sagen, wie leid es mir tut. Ich war danach wochenlang unglücklich. Ich denke immer noch jeden Tag daran und erschaudere bei dem Gedanken, wie ich ...«

»Wie Sie gesagt haben, dass Sie mit mir nicht einmal tanzen würden? Wie sehr Sie sich *davor gefürchtet haben?*«

»Ja, ich ... uff!« Es gab ein lautes dumpfes Geräusch, und er stöhnte vor Schmerz.

»Verzeihung, Mylord«, sagte Fanny laut, »ich habe gerade meinen Sonnenschirm aufgespannt.«

Er rieb sich den Hinterkopf. »Ich weiß nicht, wozu Sie überhaupt einen Sonnenschirm brauchen. Wir stehen voll im Schatten.«

»Hmmm«, gab Fanny zurück.

»Und was haben Sie dann gesagt?«, sagte Caro. »Ach ja, dass Sie nicht wollten, dass ich Ihnen *hinterherlaufe,* weil ich ein *naives kleines Kind* ohne jeglichen Charme sei, dass ich *so flach wie die Salisbury-Ebene* sei ...«

»Oh, das ist sehr schlimm«, sagte Billy in einem Ton, den er zweifellos für ein Flüstern hielt.

»In der Tat sehr übel«, stimmte Fanny zu.

»Ich meine, sieh sie dir an. Ist er blind?«, fragte Billy.

»Entweder das oder dumm«, murmelte Fanny.

»Das Problem ist, dass er keine Schwestern hat«, fuhr Billy fort. »Vier Brüder, aber keine Mädchen. Ich habe drei Schwestern, und ich weiß ziemlich genau, wie ...«

»Billy!«, schnappte Lord Thetford. »Dein Kommentar ist weder erforderlich noch erwünscht.«

»Ja, Mylord. Ich bitte um Verzeihung, Mylord.«

»Und mein persönlicher Favorit«, sagte Caro, »war, als Sie sagten, ich sei *langweilig wie Brackwasser.*« Als sie ein Rascheln hinter sich hörte, drehte sie sich um und hob eine Hand. »Danke, Fanny, aber es gibt keinen Grund, ihn noch einmal zu schlagen.«

Fanny hatte bereits ihren Sonnenschirm erhoben. »Ich wusste nicht, dass er das alles gesagt hat!«

»Ich habe dir doch gesagt, dass er mich vor seinen Freunden auf dem Balkon aufs Schlimmste beleidigt hat.«

»Sie haben dabei ein paar wichtige Details ausgelassen«, brummte Fanny.

»Zurück zur Sache«, sagte Lord Thetford. »Ja, das habe ich auch gesagt. Ich kann es nicht leugnen. Ich kann Ihnen nur sagen, wie sehr es mir leid tut ...«

»Dass es Ihnen leid tut, erwischt worden zu sein«, spottete Caro.

»Das ist es nicht. Das ist es überhaupt nicht.«

»Als Nächstes werden Sie erklären, wie Sie zu viel getrunken hatten. Wie Ihre Freunde Sie angestachelt haben. Wie ...«

»Beides stimmt zufällig. Aber diese Dinge sind völlig irrelevant. Ich hätte sie zur Rede stellen sollen. Es ist meine Schande, dass ich das nicht getan habe. Nein, ich möchte mich nicht herausreden, ich möchte mich entschuldigen. Der einzige Grund, warum ich das gesagt habe, ist, dass ich ein Idiot war.«

»Nach unseren jüngsten Gesprächen scheint Ihre Verwendung der Vergangenheitsform ein wenig optimistisch zu sein.«

»Ich werfe Ihnen nicht vor, dass Sie skeptisch sind, und ich werfe Ihnen auch nicht vor, dass Sie mich hassen. Aber ich habe mich durch diesen Tag verändert. Das habe ich«, beharrte er, als er ihren zweifelnden Blick sah. »Früher habe ich nie an die Gefühle anderer gedacht, nur an meine eigenen. Ich bin heute alles andere als perfekt. Aber ich versuche es zumindest. Ich kann nicht ehrlich sagen, dass ich das auch früher getan habe. Und ich bin nicht mehr mit Arthur Nichols und Jacob Cartwright befreundet. Ich fing an, eine Gemeinheit in ihnen zu bemerken, und ich fand, dass ich den Mann, der ich in ihrer Gesellschaft wurde, nicht besonders mochte.« Er schüttelte den Kopf. »Ein Gutes hatte dieser schreckliche Tag, denn ich hatte eine brutale Selbsterkenntnis. Wenigstens bin ich kein Schuft mehr, wie ich es mit einundzwanzig Jahren war.«

Caro starrte auf die vorbeiziehende Landschaft und nahm seine Worte in sich auf. In Wahrheit war es eine bessere Entschuldigung, als sie von ihm erwartet hatte. Sie hatte eine Reihe von Ausreden erwartet. Zu ihrem Erstaunen stellte sie fest, dass er es ernst meinte.

Aber es gab noch ein Problem.

»Ich glaube Ihnen«, sagte sie. »Ich glaube, Sie bereuen, dass Sie es jemals gesagt haben. Ich glaube sogar, dass es Ihnen aufrichtig leid tut, mich verletzt zu haben. Aber ...« Sie hob eine Hand, als er sie unterbrechen wollte. »... ich glaube auch, dass Sie jedes Wort, das Sie an jenem Tag gesagt haben, ernst gemeint hatten.«

»Ich ... ich ...« Sein Gesichtsausdruck war klagend, seine Stirn vor Verzweiflung gerunzelt.

»Machen Sie sich gar nicht erst die Mühe, es zu leugnen«, sagte Caro.

»Die Sache ist die, dass es nichts mit Ihnen persönlich zu tun hatte. Mit einundzwanzig Jahren hatte ich kein Interesse an jungen Frauen ...«

Hinter ihnen stieß Fanny ein lautes Schnauben aus, das sie nur sehr halbherzig als Husten zu tarnen versuchte.

Lord Thetford seufzte himmelwärts. »*Fein*. Das heißt, ich war nicht an *respektablen* jungen Damen interessiert.«

»So ist es schon besser«, murmelte Fanny.

»Mmmh,« stimmte Billy zu.

»Der Punkt ist«, sagte Lord Thetford und warf einen Blick über seine Schulter, »der Fehler lag ganz bei mir. Und Billy hatte vorhin recht.« Er schenkte ihr ein reumütiges halbes Lächeln. »Schauen Sie sich jetzt an. Das schönste Mädchen in London. Ich bin nicht froh darüber, Ihnen Schmerzen bereitet zu haben, aber ich glaube, dass das Endergebnis in jeder Hinsicht besser für Sie sein wird. Sie würden sich nie für jemanden wie mich interessieren.« Sein Gesicht verfinsterte sich, als er seinen Blick wieder auf die Pferde richtete. »Sie werden wahrscheinlich noch vor Monatsende mit Lord Graverley verheiratet sein.«

Caro war sich da nicht so sicher. Sie hatte sich noch nicht einmal entschieden, ob sie sich jemals für Lord Graverley entscheiden wollte. Und auf jeden Fall gab es keine angemessene Antwort auf eine solche Bemerkung. »Hm«, sagte sie zögernd.

Er holte tief Luft. »Ich habe nie zu hoffen gewagt, dass Sie mir verzeihen würden. Ich hatte nie das Gefühl, dass ich das verdient hätte. Aber ...«

Sie winkte dies ab. »Oh, ich bin sicher, ich werde Ihnen verzeihen.« Er blickte auf, sein Gesicht strahlte Schock und Hoffnung und ... etwas anderes aus. Caro fiel es schwer, den Blickkontakt aufrechtzuerhalten, wenn er einen solchen Gesichtsausdruck trug. Es war ein bisschen so, als würde man direkt in die Sonne starren. »Ihre offensichtliche Aufrichtigkeit macht es schwer, Sie weiter zu hassen.«

»Glauben Sie dann ... Meinen Sie, wir könnten Freunde sein, Caro?«

Sie schloss für einen Moment die Augen. »Nein, Mylord. Ich glaube ehrlich gesagt nicht, dass wir das jemals könnten.« Sie hob eine Hand, um seinen Protest zum Schweigen zu bringen. »Wir werden uns in Zukunft wiedersehen. Wir bewegen uns in denselben Kreisen; das lässt sich nicht vermeiden. Ich werde Sie nicht schneiden, wenn das passiert. Darüber brauchen Sie sich keine Sorgen zu machen. Ich werde nicken und lächeln. Ich werde *guten Abend* sagen, wenn die Umstände es erfordern. Aber bei den Gelegenheiten, bei denen wir uns treffen, ist es das Netteste, was Sie für mich tun können, mich in Ruhe zu lassen.«

»Aber ... Aber ... ich werde Sie nie wieder so respektlos behandeln. Darauf haben Sie mein Ehrenwort. Und ...«

»Das ist nicht das Problem. Das Problem ist, dass Sie nur mit mir befreundet sein wollen, weil Sie Mitleid mit mir haben.«

»Das ist nicht wahr ...«

»Ihr erster Eindruck von mir war, dass ich nervig und fade bin. *So fade wie Brackwasser.* Und seit ich Sie vom Balkon aus belauscht habe, halten Sie mich für die arme, armselige Caro. Ja, das tun Sie«, sagte sie, als er protestieren wollte. »Sie hätten mich nie aufgesucht, wenn ich nicht gehört hätte, was Sie an jenem Tag gesagt haben. Hätten Sie nicht Mitleid mit mir gehabt. Und es gibt nichts, absolut nichts, was ich mehr verabscheue, als bemitleidet zu werden. Ich kann es nicht ertragen. Der Hass der Welt ist mir viel lieber als ihre Herablassung. Das ist der Grund, warum ich dieses schreckliche Gespräch all die Jahre vermieden habe.«

»Aber ich mag Sie«, protestierte er.

Sie hob skeptisch eine Augenbraue zu ihm. »Das haben Sie vor vier Jahren nicht.«

»Nein«, stimmte er zu. »Aber gestern - das war doch schön, oder?«

Es war nicht damenhaft, die Augen zu verdrehen, aber wer konnte es ihr verdenken? »Erlauben Sie mir, das klarzustellen - Ihre Vorstellung von *schön* beinhaltet also, dass Sie mich mit einem Schwein und einer Kuh vergleichen, dass ich Sie im Gegenzug als idiotisch bezeichne, dass Sie von Geschlechtskrankheiten sprechen, gefolgt von Kannibalismus, und dass ich Sie anfauche, dass Sie die Klappe halten sollen, bevor jemand die gottlosen Dinge hört, die aus Ihrem Mund kommen?«

»Nun, es hat mir Spaß gemacht«, murmelte er.

»Ich weiß, dass Sie das glauben. Aber die Wahrheit ist, dass Sie heute nur deshalb glauben, mich zu mögen, weil Sie fest entschlossen sind, es zu tun. Weil Sie sich schuldig fühlen. Ihre wahre Meinung über mich ist das, was Sie vor vier Jahren auf dem Balkon gesagt haben.«

»Das ist nicht wahr. Ich hatte einen völlig falschen Eindruck von Ihnen ...«

»Das glaube ich Ihnen nicht.« Er warf ihr wieder diesen Blick zu, den er schon während des ganzen Gesprächs aufgesetzt hatte. Es war beschwörend. Geknickt. Mitleidig.

Sie konnte es nicht *ertragen.*

Sie starrte ihn an. »Würden Sie bitte aufhören, mich so anzuschauen? Wie sind wir in ein solch rührseliges Gespräch gestolpert? Das ist absolut untragbar. Ich hätte mir nie vorstellen können, dass ich diese Worte in einem anderen

Zusammenhang sagen würde, aber ich habe es vorgezogen, wenn wir über Geschlechtskrankheiten gesprochen haben.«

Er stieß ein Lachen aus. »Um ehrlich zu sein, ich auch.«

»Wie schockierend, dass wir uns einig sind. Jetzt sind wir fast am Ziel. Tun Sie mir einen Gefallen und sagen Sie etwas völlig Widerwärtiges, damit ich Sie wieder verabscheuen kann. Einfach das Erste, was Ihnen in den Sinn kommt. Sie haben so ein natürliches Talent dafür.«

Er grinste sie an. »Nun gut, ich werde mein Bestes tun. Darf ich ganz offen sprechen?«

»Verstehe ich das richtig, dass unsere Gespräche bis zu diesem Zeitpunkt Ihre höflichste Umsicht waren? Das ist sehr beunruhigend.«

»Sie, Caroline Astley, sind voller Schmutz. Weiß einer Ihrer Verehrer, was für eine saure Zunge Sie wirklich haben?«

»La! Das tun sie nicht, und ich habe auch nicht die Absicht, ihnen die schreckliche Wahrheit zu sagen. Zumindest nicht, bis ich einen von ihnen in der Mausefalle vor dem Altar gefangen habe.«

Er schüttelte den Kopf. »Haben Sie bedacht, dass Sie vielleicht alles falsch angehen? Dass Sie sich einen Mann suchen sollten, der Ihren Witz zu schätzen weiß?«

»Einen solchen Mann gibt es nicht. Eher werde ich ein Einhorn finden.«

Aus irgendeinem Grund sah er zu ihr auf, als sie das sagte. »Das ist nicht wahr. Manch ein Mann würde Ihren Witz anziehend finden.«

»Gesprochen wie ein Mann. Glauben Sie mir, wenn ich sage, dass Witz bei einer Frau nicht geschätzt wird; er wird sogar kaum toleriert. Nein, es ist etwas, das ich um jeden Preis verbergen muss.«

»Und doch haben Sie sich damit ohne zu zögern auf mich gestürzt.«

»Das liegt daran, dass es mir völlig egal ist, was Sie von mir denken.« Normalerweise grinste er über ihre Sticheleien, aber dieses Mal zuckte er zusammen. Sie richtete ihren Blick zum Himmel. »Das ist erbärmlich. Sie können doch nicht glauben, dass Sie in irgendeiner Weise meine Achtung verdienen.«

»Ich wäre der Erste, der zugeben würde, dass ich das nicht tue. Aber wir Männer sind seltsame Geschöpfe. Sie können mir auf meinen Dickschädel schlagen, und es wird mich nicht im Geringsten stören. Aber ich bitte Sie, verletzen Sie nicht meinen Stolz.«

Caro tat, als würde sie sich ans Herz greifen. »Ich habe drei Brüder. Ich bin mit Ihrem zarten, männlichen Stolz nur allzu vertraut.«

»Sie sind damit nicht so vertraut, wie Sie denken, wenn Sie tatsächlich glauben, dass es sich in der Mitte meiner Brust befindet. Sie befindet sich ein Stück weiter südlich ...«

»Ist das Ihre Vorstellung davon, wie man eine Dame anspricht? Sie haben Glück, dass ich Harringtons Schwester und an skandalöse Bemerkungen gewöhnt bin. Jede andere Frau wäre sofort in Ohnmacht gefallen.«

»Ich habe damit gerechnet«, antwortete er. Sie hatten den Cavendish Square erreicht. »Nun, Lady Caroline, da wären wir. Sie werden mich endlich los sein.«

Caro stand und wartete darauf, dass Billy die Leiter aufstellte, damit sie hinuntersteigen konnte. Lord Thetford umrundete sie, um ihr hinunterzuhelfen. »Die Leiter, Billy«, sagte er. »Wo ist sie?«

Der junge Stallknecht war verzweifelt. »Sie ... sie ist weg, Mylord. Tut mir leid, ich habe sie wohl nicht richtig verstaut und ...«

»Vergiss es, Billy. Wir fahren zurück und holen sie.«

Nun, das war ein Problem. Der Phaeton war ein echter Überflieger, das bedeutete, dass die Korbsitze sich auf

Augenhöhe mit einem Mann befanden. Wie um alles in der Welt sollte sie ...

Lord Thetford löste dieses Dilemma, indem er seine großen, starken Hände um ihre Taille legte und sie nach unten hob. Sie war auf den plötzlichen Abstieg nicht vorbereitet und begann zu fallen, sobald ihre Füße den Boden berührten. Sie packte ihn an den Schultern im gleichen Moment, als er sie in seine Arme nahm.

Carolines letzter zusammenhängender Gedanke war, dass sie in großen Schwierigkeiten steckte.

Denn ohne dass sie Zeit hatte, sich darauf vorzubereiten, hielt Henry Greville, der Gegenstand ihrer Jugendliebe und der einzige Mann, in den sie sich jemals wirklich verliebt hatte, sie in seinen Armen.

Und es fühlte sich *glorreich* an.

OH, Gott. Seine Arme umschlangen sie zärtlich, und sein Körper lag eng an ihrem. Das wollte sie nicht. Sie mochte ihn nicht einmal. Aber ... warum zitterte sie am ganzen Körper? Und warum riss ihr das Herz gleich aus der Brust? Sie stellte mit Erschrecken fest, dass sie neulich Recht gehabt hatte, als sie darüber nachgedacht hatte, dass er unter seinem Leinen noch perfekter geformt sein würde als die Statue von Thomas Hope. Denn sie hatte seine Schultern unter ihren Händen und seine breite, prächtige Brust lag an ihre gepresst, und sie wusste jetzt ohne den geringsten Zweifel, dass jeder Zentimeter von ihm so hart wie gemeißelter Marmor war.

Sie fühlte sich seltsam träge, als ob sie sich nicht von ihm hätte entfernen können, selbst wenn ihr Leben davon abgehangen hätte. Sie spürte, wie seine Hände langsam ihren Rücken hinaufglitten, dann hob sich eine von ihnen, um ihren Hals zu streicheln, und sie hörte sich selbst einen wimmernden Laut von sich geben, von dem sie nicht wusste, dass sie dazu fähig war. Sie spürte, wie ihr Kopf nach hinten kippte und ihr Mund offen stand, und das letzte, was sie sah, bevor ihr die Augen zufielen, war der Bogen seiner Lippen, der sich langsam auf die ihren senkte ...

Und das war der Moment, in dem Fanny ihren Ellbogen packte und sie aus seinen Armen riss.

Caro war völlig perplex. »Fanny, was ... Warum ... wer ...«

»Sie stehen mitten auf dem Cavendish Square«, zischte Fanny. »Und Araminta Grenwood ist auf dem Weg hierher.«

Oh, du meine Güte. Araminta Grenwood war so alt wie Caro, hatte ihr Debüt aber ein Jahr früher gegeben. Caro kannte Miss Grenwood; ihre Mütter waren befreundet, auch wenn die beiden Mädchen sich nie näher gekommen waren. Araminta Grenwood war nicht nur eine berüchtigte Klatschtante, sondern hatte zu Beginn dieser Saison auch damit geprahlt, dass sie die Frau sein würde, die sich Lord Graverley angeln würde.

Es erübrigte sich, darauf hinzuweisen, dass die Aufmerksamkeiten, die Caro von dem Marquess erhalten hatte, nichts dazu beigetragen hatten, sie bei Miss Grenwood beliebt zu machen.

Caro versuchte ein Lächeln. »Ah, Miss Grenwood, guten Tag.«

»Er ist zumindest wirklich interessant«, antwortete Miss Grenwood im Vorbeigehen. Sie hob eine Augenbraue, als sie bemerkte, dass Caro nur einen Pantoffel trug. »Ein wirklich sehr interessanter Nachmittag.«

Caro schluckte. Nun, das war eine Katastrophe. Sie drehte sich zu Lord Thetford zurück, musste aber feststellen, dass er nicht mehr neben ihr stand. Er saß bereits auf seinem Phaeton und konnte sich nicht schnell genug von ihr entfernen.

Sie spürte, wie ihr die Beschämung in die Wangen stieg. Sie hatte geglaubt, er würde sie küssen, aber das war nur ihre Einbildung gewesen. Es gab eine Stelle ganz tief in ihrem Gehirn, die nicht begreifen konnte, dass dieser Mann nicht an ihr interessiert war und es auch nie sein würde.

»Caro«, sagte er, und sein Atem ging schwer. »Warten Sie. Wir sollten ...«

Sie hatte nicht die Absicht, zu warten, und wollte den mitleidigen Blick auf seinem Gesicht nicht noch einmal sehen. Sie knickste vor ihm. »Danke, dass Sie mich nach Hause gebracht haben. Auf Wiedersehen, Mylord.«

Hinter sich hörte sie, wie er ihren Namen rief, aber sie hatte nicht vor, stehen zu bleiben. Sie war bereits die halbe Treppe hinaufgestiegen, und wenn es einen barmherzigen Gott im Himmel gäbe, dann wäre dies das letzte Mal, dass sie sich mit Leuten wie Henry Greville auseinandersetzen müsste.

KAPITEL 9

An diesem Nachmittag beriet sich Caro mit Fanny bei einem Eis bei Gunter's. Sie sprachen nicht darüber, was mit Lord Thetford geschehen war, aber sie sprachen über ihre beiden möglichen Spuren im Zusammenhang mit dem verschwundenen Amulett. Zwei Männer - Richard Cuming und ein mysteriöser ehemaliger Premierminister - hatten sich mit den Dieben getroffen und könnten weitere Informationen haben. Das Problem war nur, dass sie keine Ahnung hatte, wie sie sich mit Mr. Cuming in Verbindung setzen könnte, und sie wusste auch nicht, um welchen Premierminister es sich handeln könnte. Soweit sie zählen konnte, gab es fünf lebende Männer, die irgendwann einmal als Premierminister gedient hatten.

Sie beschlossen, dass Fanny einen Freund aus Southwark bitten würde, Mr. Cuming für sie aufzutreiben. Und Caro wollte herausfinden, ob Harrington einen Premierminister kannte, der ägyptische Antiquitäten sammelte. Wenn sie jemandem trauen konnte, ihr bei einem haarsträubenden Plan zu helfen, dann ihrem Sündenbock von einem Bruder.

Doch als Caro an diesem Abend ihren Kopf durch

Harringtons Tür steckte, fand sie ein reges Treiben vor. Auf dem Bett stand eine offene Truhe, und der Diener ihres Bruders wuselte im Zimmer herum und füllte sie. »Harrington«, sagte sie, »was ist hier los?« Sie bemerkte, dass er zum Reiten gekleidet war. »Hast du den Stanhope-Ball vergessen? Wir müssen in einer halben Stunde aufbrechen.«

Er sah verlegen aus. »Es gab eine Komplikation.«

»Darf ich fragen, um welche Art von Komplikation es sich handelt?«

»Ich wünschte, du würdest das nicht tun, denn das ist eine Art von Komplikation, die man mit seiner kleinen Schwester nicht besprechen sollte.«

Caro verschränkte ihre Arme. »Es geht also um eine Frau?« Er sagte nichts, also drängte sie. »Harrington?«

»Du sollst verstehen, dass ich nichts falsch gemacht habe. Es ist doch nicht meine Schuld, dass sie mich Markham vorgezogen hat, oder?«

»Darf ich hoffen, dass Glückwünsche angebracht sind?«, fragte Caro.

Harrington schaute verblüfft. »Auf keinen Fall.«

»Das dachte ich auch nicht«, sagte Caro und rieb sich die Stirn. »Ich nehme an, dieser Markham will dich jetzt erschießen?«

»So ähnlich. Schau, es wird alles gut. Er ist Leutnant bei der Marine, und wie ich hörte, wird er in ein oder zwei Wochen auslaufen. Wenn ich mich bis dahin bedeckt halten kann, wird sich die ganze Sache in Luft auflösen.«

»Daher der Truhenkoffer.« Caro seufzte. Sie hatte vorgehabt, Harrington alles zu erzählen. Wenn sie nach Southwark zurückkehren würde, um Richard Cuming zu befragen, würde sie es vorziehen, einen ihrer Brüder an ihrer Seite zu haben. Aber da Harrington die Stadt verließ, Edward zu Hause in Gloucestershire war und Freddie erst dreizehn Jahre alt und in Eton war, würde das nun nicht mehr möglich sein.

»Also«, sagte Harrington, »was führt dich hierher? Abgesehen von dem Wunsch, dich in meiner erhabenen Gegenwart zu sonnen?«

»Ich hatte gehofft, du könntest mir bei einem Rätsel helfen«, sagte sie und beschloss, dass es keinen Sinn hatte, ihm zu sagen, was sie vorhatte, wenn Harrington sowieso nicht in der Nähe sein würde. »Eines, das mir von, äh, Mr. Hope gestellt wurde. Weißt du, welcher Premierminister ägyptische Altertümer sammelt?«

»Ich habe keine Ahnung«, sagte er, öffnete eine Ledertasche und untersuchte die beiden darin befindlichen Steinschlosspistolen. »Aber ich kann dir sagen, wer es wissen dürfte, und das ist Thetford.«

Caro blieb der Mund offen stehen. »Lord Thetford? Woher sollte er so etwas wissen?«

Harrington klappte den Waffenkoffer zu. »Sein Vater ist verrückt nach allem, was ägyptisch ist, und so wuchs er umgeben davon auf. Man kann im Haus der Grevilles keine tote Katze schwingen, ohne, nun ja, ein Glas mit einer toten Katze zu treffen.«

Caro lehnte sich mit dem Rücken gegen den Türrahmen und hob das Gesicht zur Decke. Sie hatte das größte Pech. Von allen Leuten in ganz London, an die sie sich um Hilfe wenden müsste ...

»Er wird sogar heute Abend dort sein«, sagte Harrington. »Auf dem Stanhope-Ball. Normalerweise hält er nicht viel von so etwas, aber gestern Abend erwähnte er, dass seine Mutter ihn zwingt, daran teilzunehmen.«

»Ein wunderbarer Zufall«, murmelte Caro.

»Ja, gut.« Ein Klicken ertönte, als Harringtons Kammerdiener Andrews die Schlösser an seinem Koffer schloss. Harrington nahm seinen Pistolenkoffer und schritt durch die Tür, wobei er innehielt, um Caro einen Kuss auf die Wange zu drücken. »Ich sehe dich in zwei Wochen. Entschuldige mich bei Mutter, ja? Denk dir etwas Gutes aus, etwas, das sie nicht dazu bringt, mir das Taschengeld zu streichen.«

»Du kannst dich auf mich verlassen«, antwortete sie, als er den Flur hinunterging. »Versuch, nicht erschossen zu werden.«

»Wird gemacht«, rief er über die Schulter.

EIN PAAR STRAßEN weiter betrat Henry das Stadthaus seiner Eltern. Er war gekommen, um seine Mutter abzuholen, die er zum Stanhope-Ball begleiten sollte. Ein Lakai sprach ihn im Foyer an. »Ihr Vater wünscht Sie in der Bibliothek zu sprechen, Mylord.«

Er fand seinen Vater, der im Zimmer auf und ab ging. Henry schlenderte zur Karaffe hinüber, denn es sah so aus, als könnte sein Vater einen Drink gebrauchen. »Guten Abend, Vater. Du hast nach mir geschickt?«

»Das habe ich.« Er winkte den von Henry angebotenen Brandy ab, woraufhin Henry sich vor den Schreibtisch setzte und selbst einen Schluck nahm. Sein Vater nahm den Platz gegenüber ein und legte die Finger zusammen. »Ich werde es ganz offen sagen. Ich habe heute einen Besuch vom Duke of Trevissick erhalten.«

»Oh?«, sagte Henry. Das war an und für sich schon ungewöhnlich. Der Herzog war der Vater von Lord Graverley und hatte den Ruf, ein Einsiedler zu sein. Er ging nur selten aus, und soweit Henry wusste, hatte seit dem Tod seiner Frau vor fast zwei Jahrzehnten kein Besucher mehr einen Fuß in das Londoner Herrenhaus des Herzogs gesetzt. Henry war dem Mann noch nie begegnet, aber nach dem, was er gehört hatte, sollte der Herzog ein bisschen verrückt und mehr als nur ein bisschen grausam sein. »Was wollte er besprechen?«

»Offenbar ist ganz London aufgeregt über die Meldung, dass du heute Nachmittag mit Lady Caroline Astley einen Ausflug gemacht hast.«

Henry bewegte sich in seinem Stuhl. »Ich habe sie zufällig im Leverian Museum getroffen. Ihr Droschkenkutscher hatte sie im Stich gelassen, also bot ich ihr an, sie nach Hause zu fahren. Es war nichts weiter als das.«

»Und die Berichte, dass du sie mitten auf dem Cavendish Square fast geküsst hast?«

»Diese Gerüchte sind ...« -*völlig richtig* - »... übertrieben. Beim Absteigen aus dem Phaeton verlor sie das Gleichgewicht. Ich habe sie nur festgehalten.«

»Das ist nicht das, was hier gesagt wird.«

»Und die Gerüchteküche ist immer korrekt? Komm schon, Vater. Ich konnte sie kaum auf den Bordstein fallen lassen. Warum kümmert sich der Herzog von Trevissick überhaupt darum?«

»Er hat deutlich gemacht, dass sein Sohn Lady Caroline als seine zukünftige Herzogin haben möchte.«

»Und er wird sie wahrscheinlich kriegen. Er ist der Mann, von dem alle erwarten, dass sie ihn heiratet.« Henry studierte seinen Vater. Auf seiner Stirn glänzte ein Schweißfilm. »Trevissick will also den Weg für seinen Sohn frei machen«, fuhr Henry fort. »Graverley kann sein Bestes tun, um sie zu gewinnen, wie jeder andere Mann in London. Was geht uns das an?«

Sein Vater kniff sich in den Nasenrücken. »Du erinnerst dich, dass ich dir gesagt habe, dass ich einen Kredit über fünftausend Pfund aufgenommen habe.«

»Ja. Du sagtest, es sei eine Ehrenschuld, gegenüber einem anderen Herrn. Eine, die zurückgezahlt werden müsste.«

Henry hörte ein Rauschen in seinen Ohren. »Willst du mir sagen, dass du dir fünftausend Pfund von dem verrückten Herzog geliehen hast?«

»Es wäre klug, ihn nicht so zu nennen, wenn man bedenkt, dass er unser Schicksal in seinen Händen hält«, schnauzte der Graf.

Henry lehnte sich ungläubig in seinem Stuhl zurück. »Ich nehme an, Trevissick hat gedroht, uns zu ruinieren.«

»Er hat gedroht, uns bloßzustellen, was auf dasselbe hinausläuft, wenn du dich zwischen seinen Sohn und Lady Caroline stellst. Du musst dich also von dem Küken fernhalten. Es ist mir egal, ob du mit ihrem Bruder befreundet bist. Sprich nicht mit ihr, tanze nicht mit ihr, lasse dich nicht in ihrer Gesellschaft sehen ...«

Henry stand auf. »Nun gut, ich werde sie meiden. Wenn es sonst nichts gibt?«

Sein Vater winkte ihn ab. »Solange du begreifst, was getan werden muss.«

Henry verstand das problemlos. In Wahrheit hatte sich durch die Enthüllung seines Vaters nichts geändert. *Das Beste, was Sie für mich tun können, ist, mich in Ruhe zu lassen.* Seit sie diese Worte ausgesprochen hatte, hatte er akzeptiert, dass es so sein würde. Er hatte Caroline Astley schon genug angetan. Natürlich würde er ihre Bitte erfüllen. Auch wenn ...

Er hatte gewusst, dass sie hübsch war, dass sie sogar außergewöhnlich hübsch war. Mehr noch, Caroline Astley war genau das, was er mochte, mit ihren großen blauen Augen, dem Körper einer Göttin und vor allem diesem schelmischen Lächeln, das sie immer aufsetzte, kurz bevor sie den Mund öffnete, um ihn in Stücke zu reißen. Er hatte das alles gewusst, aber er war nicht auf den Moment vorbereitet gewesen, als ihr Körper in seinen stürzte. Das Einzige, womit er es vergleichen konnte, war, vom Blitz getroffen zu werden. Gott, das Gefühl, wie sie sich an ihn presste, ihre üppigen Kurven an seiner Brust, ihre Taille unter seinen Händen. Wie sollte ein Mann denken können, wenn er ein Mädchen wie Caroline Astley im Arm hatte?

Kurzum, so stand Henry mitten auf dem Cavendish Square, hielt die Frau, der er gerade geschworen hatte, sie für den Rest seines Lebens zu meiden, und hatte eine rasende Erektion bekommen.

Dann wurde sie mit einem Ruck aus seinen Armen gerissen. Er konnte nicht einfach *da stehen*, während sein Schwanz auf Vollmast stand. Er hatte einen Gehrock getragen, um Himmels willen. Ihr Dienstmädchen hätte ihn mit ihrem Sonnenschirm erschlagen, und das konnte er nicht in seinem Nachruf stehen lassen.

Wenn einer von Caros Brüdern dabei gewesen wäre, hätten sie ihn zum Duell fordern müssen. Und Harrington zum Beispiel war ein hervorragender Schütze.

Also war er auf seinen Phaeton geklettert. Die sitzende Position bot ihm zumindest ein wenig Tarnung. Aber Caro hatte es geschafft zu entkommen. Er machte ihr keinen Vorwurf, weil sie geflüchtet war, aber er wünschte, er hätte die Gelegenheit gehabt, sich zu entschuldigen.

Ein vertrautes Thema, wenn es um Caroline Astley ging.

Nun gut. Er fragte sich, ob sie auf Lady Stanhopes Ball anwesend sein würde. Wahrscheinlich schon, denn es war die wichtigste Veranstaltung des Abends. Aber er würde einen großen Bogen um sie machen, wie sie es gewünscht hatte.

Wenn sie dort war, würde er sie ignorieren. Er würde sich ihr nicht nähern.

Er hatte definitiv nicht vor, mit ihr zu tanzen.

KAPITEL 10

Zwei Stunden später dachte Henry darüber nach, dass Caroline Astley für ein Mädchen, das zum Toast von London gekrönt worden war, eine bemerkenswert schlechte Tänzerin war.

Nicht, dass er mit ihr getanzt hätte.

Auf jeden Fall nicht absichtlich.

Streng genommen tanzte sie mit Lord Graverley, und seine eigene Partnerin war Peter Fergusons kleine Schwester Charlotte, die Ferguson gebeten hatte, sie zum Debüt zu begleiten. Es war Charlottes erste Saison, hatte Ferguson gesagt, und sie war besorgt, als Mauerblümchen abgestempelt zu werden.

Aber der Tanz war ein Kotillon, bei dem sich die Paare in Quadraten aufstellten, mit je einem Paar auf jeder Seite. Henry hatte versucht, sich in eine Gruppe am Ende der Reihe zu schleichen.

Lady Stanhope hat dem ein Ende gesetzt. »Meine Güte, Lord Thetford«, sagte sie, »wir können jemanden von Ihrem Rang nicht so weit unten in der Reihe haben. Nein, Sie gehören genau hierher.« Und sie führte sie direkt zur

Gruppe von Caro. Er konnte seine Gastgeberin kaum zurückweisen, ohne eine Szene zu verursachen.

Noch schlimmer war, dass er und Charlotte direkt gegenüber von Caro und Graverley gelandet waren, was bedeutete, dass er, ob es ihm gefiel oder nicht, mit Caro fast genauso viel tanzen musste wie ihr eigentlicher Partner. Und er tat es direkt vor Graverleys Nase.

Sein Vater würde ihn *töten*.

Er zog eine Grimasse, sah aber nicht nach unten, als Caro ihm auf den Fuß trat. *Schon wieder*. Um die Wahrheit zu sagen, hatte sie sich die ganze Nacht über seltsam verhalten. Als er das erste Mal hereinkam, hatte sie seinen Blick bemerkt und den Kopf zur Seite geneigt. Sie wiederholte diese Geste sieben Mal. Hätte er es nicht besser gewusst, hätte er gedacht, dass sie ihn einzuladen versuchte, sich ihrer Schar von Verehrern anzuschließen, aber das konnte nicht stimmen.

Sie schien einen ... Krampf zu haben. Ja, ein Krampf. In ihrem Nacken.

Aber dann, als er mit Ferguson am Erfrischungstisch stand und sich über die Demütigungen eines jeden Anlasses beschwerte, bei dem Kniebundhosen erforderlich waren, hatte sich Caro aus der Schar ihrer Verehrer gelöst und war herübergekommen, um sich ihre eigene Limonade zu holen.

Welche junge Dame holte sich schon ihr eigenes Getränk, wenn sie eine Meute von zwanzig jungen Böcken hatte, die sich überschlugen, um ihr diesen Dienst zu erweisen? Henry war gezwungen, Ferguson am Arm zu packen und sich eilig in die Bibliothek zurückzuziehen, wobei er etwas davon murmelte, dass er sich auf die Suche nach stärkeren Erfrischungen machen wollte.

Beim Gedanken an stärkere Erfrischungen fragte er sich, ob ein junger Schelm es für einen Scherz gehalten hatte, etwas Schnaps in die Bowle zu schütten. Das könnte Caros seltsames Verhalten erklären.

Irgendetwas stimmte eindeutig nicht mit ihr. Sie hatte ihm gerade einen Ellbogenstoß in die Rippen versetzt.

Das Schlimmste daran war, dass er sie nicht einmal für ihren Mangel an Anmut verspotten durfte. Das hätte er sehr genossen. Aber nein, sie hatte ihn gebeten, sie in Ruhe zu lassen, und so starrte er stoisch an die Wand.

Sie begannen mit einer Reihe von *Allemandes*, bei denen die Paare die Arme hinter dem Rücken der anderen verschränkten und sich im Kreis drehten. Es war eine Herausforderung, die richtige Position einzunehmen, ohne seinen Partner auch nur anzusehen, aber welche Wahl hatte er schon? Er überlegte, dass er die Situation so gut meisterte, wie es ihm unter den gegebenen Umständen möglich war.

In diesem Moment kniff sie ihn hart in die Seite.

»Autsch!« Er blickte sie an und bemerkte, dass sie ihn mit einem finsteren Blick ansah. »Was ist denn los mit Ihnen?«, zischte er. »Sie sind mir viermal auf den Fuß getreten, und ...«

Die Figuren des Tanzes brachten sie auseinander, und er sah, wie sie ein fades Lächeln auf ihr Gesicht klebte, als sie mit Graverley die *Allemande* tanzte. Auf der anderen Seite der Tanzfläche sah er, wie der Marquess ihn ungläubig anstarrte.

Endlich endete der endlos erscheinende Tanz. Caroline lächelte, applaudierte den Musikern und strahlte Lord Graverley an. Henry verbeugte sich über Miss Charlottes Hand und wollte sich eilig zurückziehen, als eine vertraute Stimme trällerte: »Ich bitte um Verzeihung, Lord Thetford. Aber Sie haben Ihre Schnupftabakdose fallen lassen.«

Mann, er sollte nicht mit ihr reden, schon gar nicht vor den Augen von Graverley. »Das ist nicht meine«, sagte er.

»Ich habe gesehen, wie sie aus Ihrer Tasche gefallen ist«,

sagte Caroline und sprach jedes Wort so aus, als ob sie mit einem besonders dummen Kind sprechen würde.

»Ich nehme nicht einmal Schnupftab...«

»Nun nehmen Sie sie schon, Sie Einfaltspinsel!«, zischte sie und drückte sie ihm in die Hand.

Das, was sie ihm reichte, fühlte sich eher wie ein gefaltetes Stück Papier an als eine Dose. Es fühlte sich fast wie ... eine Notiz an. »Oh. *Diese* Schnupftabakdose«, murmelte er und steckte sie in seine Tasche.

Es dauerte etwa zehn Minuten, bis er in einen verlassenen Flur gelangte, wo er den Zettel in Ruhe lesen konnte.

Ich muss mit Ihnen sprechen. Wir treffen uns in der Orchesterpause beim Pavillon im hinteren Garten.

EINE HALBE STUNDE später wartete Caro, versteckt im Schatten hinter dem Gartenhäuschen. Lord und Lady Stanhope veranstalteten diesen Ball in ihrer Villa am Rande Londons, was bedeutete, dass sie Platz für einen ganzen Garten hatten. Der Pavillon war eine Miniaturversion eines griechischen Tempels, bestehend aus fünf Säulen, die von einem offenen Ring gekrönt waren, mit einer rustikalen Steinbank im Inneren.

Es war eine herrliche Frühlingsnacht, klar, aber kühl, und es war Vollmond. Die Geräusche des Festes waren fast verklungen, nur das Trillern einer Nachtigall war zu hören. Caro konnte den süßen Duft der in der Nähe blühenden Schlüsselblumen wahrnehmen, der an Aprikosen erinnerte.

Dann hörte sie es - das Knirschen von Schritten auf dem Kiesweg. Sie lugte hinter einer Säule hervor und sah Lord Thetford auf sich zukommen.

Mit einem Mal lebte sie den Traum ihrer Kindheit. Und

damit meinte sie nicht, dass es sich um eine Situation handelte, wie sie sich jedes junge Mädchen an einem Sommernachmittag ausdenken könnte.

Das war ihre *spezifische* Mädchenfantasie. Mitternacht auf einem Ball. Ein romantischer Pavillon in einem Garten. Eine in Mondlicht getauchte Bank.

Und Henry Greville, der sich von der Party wegstahl, um *sie* zu treffen, sich umschaute ... umschaute ...

Er sah so herzzerreißend gut aus in seinem schneeweißen Leinenhemd und seinem schwarzen Mantel, dass es unmöglich schien, dass er echt sein könnte.

Sie dachte an ihren Tanz an diesem Abend. Nicht, dass es wirklich *ihr* Tanz gewesen wäre. Er hatte sie nie zum Tanzen aufgefordert und würde es wahrscheinlich auch nie tun. Aber es war so einfach gewesen, so zu tun, als sei er in Wahrheit ihr Partner. Es war wie damals, als sie fünfzehn gewesen war - selbst nachdem sie akzeptiert hatte, dass er nicht dasselbe empfand, hatte sie sich danach gesehnt, mit ihm zu tanzen, nur ein einziges Mal. Diese Hoffnung war gar nicht so lächerlich. Auf einer so kleinen Party müssten doch alle Freunde ihres Bruders sie mindestens einmal auffordern.

Aber das hatte er natürlich nie getan. Und heute Abend, als sie tanzten, konnte sie ihn nicht einmal dazu bringen, sie anzuschauen. Nicht ein einziges Mal, so sehr sie auch versuchte, seine Aufmerksamkeit zu gewinnen.

Und sie wusste, dass das ungerecht war. Sie wusste, dass er sie nur deshalb ignoriert hatte, weil sie ihn gebeten hatte, sie in Ruhe zu lassen. Weil er glaubte, dass es das war, was sie wollte.

Dennoch fühlte es sich wie eine allzu passende Allegorie für ihre Beziehung an.

Als er die Stufen zum Pavillon heraufstieg, trat Caroline aus dem Schatten hervor. »Danke, dass Sie sich mit mir treffen.«

Er zuckte zusammen und grinste dann. »Natürlich.« Er nahm auf der Bank Platz. »Ich bin neugierig, worum es hier geht. Ich dachte eigentlich, Sie wollten nie wieder mit mir sprechen.«

»Tue ich nicht. Ich meine, ich habe es nicht getan. Ich meine ...« Sie wandte den Blick ab und versuchte, ihre Nerven zu beruhigen.

»Sie meinen?«, forderte er. Sie spähte den Weg entlang, um zu sehen, ob jemand kam. »Wenn Sie Angst haben, gemeinsam entdeckt zu werden«, fuhr er fort, »dann würden wir jemanden kommen hören. Haben Sie meine Schritte nicht gehört?«

»Sie haben Recht. Das habe ich.« Er gab ihr ein Zeichen, sich zu ihm auf die Bank zu setzen, und sie tat es behutsam, wobei sie darauf achtete, genügend Abstand zwischen ihnen zu lassen.

Sie verschränkte die Arme vor ihrer Brust, während sie überlegte, was sie sagen sollte. Er begann, sich aus dem Mantel zu schälen.

Sie erbleichte. »Was machen Sie da?«

»Ihnen ist kalt«, sagte er, als er sein Handgelenk aus einem Ärmel befreite.

Sie hob die Hände, als wolle sie sich vor jeder freundlichen Geste von ihm schützen. »Das müssen Sie nicht tun.«

»Das weiß ich. Aber was ich möchte, Caro, ist, einmal im Leben etwas Nettes für Sie zu tun.«

Er legte ihr den Mantel um die Schultern, und es war ohne Frage das Schrecklichste und Wunderbarste, was ihr je widerfahren war. Es lag nicht nur daran, dass sein Mantel so warm war (was er auch war), oder dass er himmlisch roch (was er auch tat), mit einem Hauch von Zimt, Leder, einem Hauch von Brandy und diesem undefinierbaren Duft, der *Henry* war.

Nein, das eigentliche Problem war die Art und Weise, wie er sie ansah, als sei sie ihm wirklich wichtig, und der ritterliche Akt, ihr seinen Mantel anzubieten, um sie warm zu halten. Ganz zu schweigen von der unerträglichen Zärtlichkeit, die diese Dinge in der allgemeinen Umgebung ihres armen, dummen Herzens auslösten.

Sie musste sich eingestehen, dass sie diesen Mann immer noch wollte. Selbst nachdem er sie gedemütigt hatte, nachdem sie die letzten vier Jahre damit verbracht hatte, ihn mit jeder Faser ihres Seins zu hassen, wollte sie ihn so sehr wie beim ersten Mal, als sie ihm begegnet war.

Das bedeutete aber nicht, dass sie ihm vertraute. Wenn Henry Greville sie eines gelehrt hatte, dann, dass Herzen zerbrechliche Dinge waren. Sie wollte ihres nicht noch einmal riskieren.

»Danke.« Erst nach einem Moment erinnerte sie sich daran, dass sich das gehörte, und wickelte seinen Mantel um sich. Ihr war wirklich kalt gewesen.

»Gern geschehen, Caro.«

»Sie nennen mich ständig so«, sagte sie, ohne nachzudenken.

»Ich entschuldige mich«, sagte er schnell.

»Das ist es nicht. Ich habe mich eher gefragt ... warum.«

»Harrington spricht von Ihnen als Caro. Sie waren zunächst ein Abstraktum, eines seiner vielen Geschwister, die ich noch nicht kannte. Aber nach dem Vorfall auf dem Balkon ... Seitdem habe ich jeden Tag daran und damit an Sie gedacht. Und indem ich jeden Tag an Sie denke ... Ich nehme an, Sie kommen mir dadurch vertraut vor.« Er schenkte ihr ein zaghaftes Lächeln. »Macht es Ihnen etwas aus?«

Sie überlegte. »Wissen Sie, ich glaube nicht, dass es mir etwas ausmacht.«

Er atmete erleichtert aus. »Gut.« Er stieß sie mit seinem

Ellbogen an. »Sie dürfen mich Henry nennen, wenn Sie das wünschen.«

Wie viele tausend Mal hatte sie sich vorgestellt, ihn genau so zu nennen? Das war der Haken an der Sache: *Henry* war der Mann, der sie nicht nur einmal, sondern zweimal zum Tanzen auffordern würde (und der versuchen würde, einen dritten Tanz an ihrer Mutter vorbeizuschmuggeln). *Henry* war der Mann, der sie aufsuchen würde, nicht weil er sie erbärmlich fand, sondern weil er sie bezaubernd fand. Und *Henry* war der Mann, der sie in der Gartenlaube treffen würde, weil er sich nach einem Kuss sehnte, nicht, weil sie ihn dorthin bestellt hatte.

Er war nicht dieser Mann. Und es war fast schmerzhaft, daran zu denken, ihn etwas so Intimes wie *Henry* zu nennen, da sie wusste, dass er nichts von den Gefühlen empfand, die sie mit diesem Namen verband.

»Ich werde darüber nachdenken«, sagte sie.

»Gut. Wollen Sie mir nun nicht sagen, was hier los ist?«

Sie schluckte. »Sie haben gesagt, Sie wollen etwas Nettes für mich tun. Ich hoffe, Sie haben das ernst gemeint.«

»Ich versichere Ihnen, dass ich das ernst gemeint habe. Warum sagen Sie das?«

Sie stieß einen unwilligen Seufzer aus, dann hob sie den Blick und sah ihm in die Augen. »Ich brauche Ihre Hilfe.«

WÄHREND DER NÄCHSTEN zehn Minuten hörte Henry zu, als Caro ihm eine Geschichte erzählte, die ihn abwechselnd wütend und aufgeregt machte. Er war wütend bei dem Gedanken, dass dieser Taschendieb Hand an sie legte.

Aber er sah auch die Chance. Denn dank seines Vaters hatte er Informationen und Verbindungen. Er konnte ihr bei dieser Sache helfen, das wusste er.

In den letzten vier Jahren hatte er sich nach nichts mehr gesehnt als nach Caroline Astleys Vergebung. Und das hier war seine Chance, einen großen Akt der Wiedergutmachung zu vollziehen. Wenn er das für sie tat, wenn er ihr half, das Amulett ihrer Schwester wiederzuerlangen, dann würde sie ihm sicher, *sicher* verzeihen.

Und mehr noch, er wollte ihr zeigen, dass er nicht der Schuft war, für den sie ihn hielt. Dies war seine Chance, wahrscheinlich seine einzige Chance, ihr zu zeigen, was für ein Mann er wirklich war.

Wenn er das könnte, dann würde sie vielleicht … vielleicht könnten sie …

Er wusste nicht einmal, wie er diesen Gedanken zu Ende bringen sollte.

Er schüttelte sich. Wenn es eine Diebesbande gab, die ägyptische Artefakte stahl, war die Wahrscheinlichkeit groß, dass sie auch die verschwundene Schatulle seines Vaters hatten. Wenn er durch die Hilfe für Caro auch sich selbst helfen konnte, war das umso besser.

Henry kam etwas in den Sinn.

»Beschreiben Sie mir das Amulett Ihrer Schwester«, sagte er. »Sie sagten, es hätte die Form des Auges des Ra?«

»Ja. Es ist ungefähr so groß«, sagte sie und zeichnete einen Umriss auf ihrer Handfläche nach. »Er ist dunkelblau, aus Lapislazuli, mit Elfenbein und Onyx als Auge und goldenen Verzierungen überall.«

Henry runzelte die Stirn. In Wahrheit klang das sehr ähnlich wie die fehlende Schachtel seines Vaters. »Sind Sie mit Fayence vertraut? Es ist eine Form von Porzellan und ein gängiges Material für Amulette. Sind Sie sicher, dass es nicht aus Fayence ist?«

»Ich bin mir sicher. Ich habe einige Fayence-Amulette gesehen, seit ich in diesen Schlamassel geraten bin. Dieses ist aber definitiv aus Lapislazuli.«

»Und Sie sind sich sicher, dass es ein Amulett ist? Kann es nicht etwas anderes sein, zum Beispiel eine Kosmetikbox?«

»Nein, es ist ein Amulett. Ich bin mir sicher. Es war flach und so dünn«, sagte sie und deutete mit den Fingern an, was sie meinte. »In Wahrheit dachte ich, es sei ein Anhänger. Er hatte sogar oben ein kleines Loch, damit ich ihn an eine Kette hängen konnte.«

Henry spürte, wie sich seine Schultern entspannten. Die Schachtel seines Vaters hatte kein solches Loch. Ungeachtet der Ähnlichkeiten im Design handelte es sich um zwei verschiedene Gegenstände.

»Zu diesem Zeitpunkt«, fuhr sie fort, »habe ich zwei Hinweise in Gestalt von zwei Männern, die von den Dieben angesprochen wurden und Gegenstände zum Kauf anbieten. Einer davon ist dieser Richard Cuming. Jemand aus Southwark versucht, ihn für mich ausfindig zu machen. Mr. Parkinson vom Leverian Museum wies auf den anderen Herrn hin, aber er kannte seinen Namen nicht. Ich habe es aufgeschrieben, damit ich es mir genau merken kann. Es war etwas über ... den Kaiser Hadrian? Harrington sagte, Sie wüssten, auf wen er sich bezieht.«

Sie zog einen Zettel hervor und hielt ihn in das Mondlicht, das durch die Säulen drang. Henry beugte sich vor, um zu sehen, ob er tatsächlich helfen konnte. »Ein Premierminister ... gut genug, um ihn neben den Schätzen aus der Villa des Kaisers Hadrian auszustellen«, las er. Er sah auf und erschrak darüber, wie dicht sie beieinander saßen, die Köpfe zusammengesteckt, während sie auf den Zettel starrten. Er spürte, wie ihr Atem seine Krawatte zerzauste, und er fühlte, wie sich die Haare in seinem Nacken aufstellten. Gott, sie sah im Mondlicht wunderschön aus. Unter seinem Mantel trug sie ein einfaches weißes Baumwollkleid, auf dessen Vorderseite mit weißem Garn Blumen aufgestickt waren. Diese weißen Kleider schienen die vorherrschende Mode zu sein; die Hälfte der anwesenden Frauen trug etwas Ähnliches. Aber der Anblick von Caroline in diesem einfachen weißen Kleid und seinem Mantel war ... war so ...

Sie ist nichts für dich, erinnerte er sich. *Graverley will sie. Der verrückte Herzog wird dich ruinieren.*

Nicht. Für. Dich.

Sie blickte auf und erschrak über die Nähe zwischen ihnen. Ihr stieg die Röte in die Wangen, und sie rutschte auf der Bank so, dass sie nicht mehr so dicht beieinander saßen.

Er räusperte sich. »Das ist Lansdowne.«

»Der Marquess von Lansdowne?«

»Das muss er sein. Die meisten seiner Statuen sind römisch, aber er hat auch eine Handvoll ägyptischer Stücke. Ein Großteil seiner Sammlung stammte aus den Ausgrabungen der Hadriansvilla. Und natürlich war er vor Jahren Premierminister.«

»Was für ein Glück, dass Lord Lansdowne morgen Abend eine Veranstaltung gibt. Mama und ich sollen dabei sein.«

»Ich dürfte auch eine Einladung erhalten haben. Lansdowne und mein Vater sind ... nicht gerade Freunde, aber sie diskutieren gerne über ihre Sammlungen. Ich plane, daran teilzunehmen.«

Sie biss sich auf die Lippe. »Das wird nicht nötig sein. Ich möchte Sie nicht in Schwierigkeiten bringen. Jetzt, wo ich weiß, mit wem ich sprechen muss ...«

»Es ist keine Mühe. Und ich glaube, Sie werden mich dort brauchen. Ich kenne Lansdowne schon mein ganzes Leben lang. Er ist ein schwieriger Mann. Man muss wissen, wie man sich bei ihm einschmeicheln kann.«

Caro brach in Gelächter aus, und zum ersten Mal an diesem Abend zeichnete sich ein echtes Lächeln auf ihren Zügen ab, das sich sowohl von dem hellen, leeren Gesichtsausdruck, den sie vor ihren Verehrern trug, als auch von dem Ausdruck des Unbehagens unterschied, den sie in den letzten fünfzehn Minuten getragen hatte. Henry war erstaunt, dass er den Unterschied erkennen konnte, obwohl er sie erst seit ein paar Tagen kannte.

»Wollen Sie damit sagen, dass ausgerechnet ich nicht weiß, wie man einem Mann am besten schmeichelt? Geben Sie mir fünf Minuten, und ich werde alle dunklen Geheimnisse von Lord Lansdowne erfahren.«

»Wenn jemand das könnte, dann Sie. Ich habe Sie ja in Aktion gesehen, wie Sie Ihre Schar von dreiundvierzig Herrenbesuchern geschickt angeleitet haben.« Henry konnte ein Erschaudern nicht unterdrücken.

»Und was, bitte schön, ist mit meinen dreiundvierzig Herrenbesuchern nicht in Ordnung? Ich mag sie sehr gerne.«

»Offensichtlich hat Archibald Nettlethorpe-Ogilvys Kontrafagott-Serenade jemandem auf dieser Bank mehr Spaß gemacht als bestimmten anderen Personen auf dieser Bank.«

»Wenn Sie glauben, dass Sie mich dazu bringen können, Mr. Nettlethorpe-Ogilvy zu verunglimpfen, dann irren Sie sich gewaltig. Er ist süß in seiner Aufrichtigkeit. Außerdem ist seine Interpretation von *The Blue Bells of Scotland* zwar etwas, äh, eigenartig, aber immer noch besser als die meiste andere Poesie.«

»Aber, Lady Caroline - ich bin schockiert, absolut schockiert, zu hören, dass Sie die Dichter *verleumden*. Was würde Ihre Mutter dazu sagen?«

»La, wenn Sie meine Mutter kennen würden, wüssten Sie, dass sie von Herzen zustimmen würde, und sie würde es Ihnen ins Gesicht sagen. Ich hingegen beziehe mich nur auf Tristan Bassingthwaighte. Sie selbst sagten, er sei herablassend, und Sie hatten nicht Unrecht. Sie können also so viele Vorwürfe gegen ihn erheben, wie Sie wollen.«

»Ich weiß, wie Sie die perfekte Rache an Mr.

Bassingthwaighte üben können: Sie sollten sich bereit erklären, mit ihm zu tanzen.«

Ihr Mund öffnete sich zu einem perfekten kleinen Kreis, bevor sie merkte, dass er sie aufzog. Sie stieß ihn in die Schulter. »Sie sollten wissen, dass ich eine ausgezeichnete Tänzerin bin.«

»Meine Füße sind da anderer Meinung.«

»Ich habe versucht, Ihre Aufmerksamkeit zu gewinnen.«

»Eine wahrscheinliche Geschichte«, sagte er und hielt ihr Handgelenk fest, als sie ihn erneut anstupsen wollte. Sie versuchte das Gleiche mit der anderen Hand, und er fing auch diese ein. Sie lachten jetzt beide, und sie rangelte mit ihm, um ihre Hände zu befreien. Er wandte den ersten Trick an, den ein Junge auf dem Spielfeld in Eton lernt, indem er seine Arme abrupt lockerte, damit sie das Gleichgewicht verlor.

Natürlich hatte Caroline Astley nie einen Fuß auf das Spielfeld in Eton gesetzt, und der Trick funktionierte nur allzu gut. Als sich plötzlich kein Widerstand mehr regte, kippte sie nach hinten und begann, von der Bank zu rutschen.

Was für ein Gentleman wäre er, wenn er nicht die Hand ausstrecken und sie um die Taille fassen würde, um sie am Fallen zu hindern?

Sie landete fast auf seinem Schoß, einen Arm um seinen Hals geschlungen, den anderen an seine Brust gelehnt. Er bemerkte, dass eine seiner Hände höher gelandet war, als er beabsichtigt hatte, und jetzt ruhte sein Daumen auf der unteren Wölbung ihrer Brust. Sie atmete schwer und schnell, und ihr Mund war nur wenige Zentimeter von seinem entfernt. Ihre wunderschönen Augen waren so blau, dass man die Farbe sogar im Mondlicht erkennen konnte, und wenn er es nicht besser wüsste, hätte er gesagt, dass sie voller Sehnsucht waren.

Und er wollte sie küssen. Er wollte sie mit jeder Faser seines Wesens küssen. Ohne nachzudenken, legte er eine Hand auf ihren Rücken und begann, sich vorzubeugen.

Doch als er die Augen schloss, kam ihm das Bild seines Vaters in den Sinn, wie er ihn angrinste.

Nicht. Für. Dich.

Er atmete stöhnend aus und ließ sie wieder auf die Bank sinken. Sobald sie sich ihrer intimen Position bewusst wurde, errötete sie und sah überall hin, nur nicht zu ihm. Sie setzte sich so hin, dass ein halber Meter Abstand zwischen ihnen war.

Er räusperte sich. »Was Lord Lansdowne angeht ... ich bezweifle nicht, dass Sie ihn bezaubern können. Aber ...« Da kam ihm ein Bild in den Sinn, wie Caro mit Lansdowne flirtete, diesem kalten, räuberischen alten Bock, von dem Henry zufällig wusste, dass er auf der Suche nach einer dritten Frau war. Etwas in ihm knurrte vor Protest. Es gefiel ihm nicht, daran zu denken, und er war überrascht, wie sehr der Gedanke ihn ärgerte.

Er fuhr fort: »Ich möchte nicht, dass Sie sich in diese Situation begeben müssen. Nicht, wenn es einen anderen Weg gibt.«

Sie zuckte mit den Schultern. »Wie Sie wollen.«

»Wir haben also unseren Plan. Kommen Sie.« Er erhob sich und bot ihr seinen Arm an. »Sie sollten zur Party zurückkehren, bevor Ihre Abwesenheit bemerkt wird.«

Bald kam das Haus in Sicht. Henry spähte um einen großen Hortensienstrauch herum. »Alles frei. Sie gehen zuerst rein. Ich warte zehn Minuten und komme dann nach.«

»In Ordnung.« Sie hielt inne, ihr Blick wurde unwillig. »Danke.«

»Gern geschehen.« Sie ging auf das Haus zu, und er griff nach ihrem Arm. »Haben Sie nicht etwas vergessen, Caro?«

Ihre Wangen erröteten. »Was?«

»Sie werden mehr zu erklären haben als eine fünfzehnminütige Abwesenheit vom Ballsaal, wenn Sie da drin mit meinem Mantel auftauchen.«

»Oh!« Im Handumdrehen hatte sie den Mantel abgestreift. »Auch dafür vielen Dank«, sagte sie und reichte ihm das Kleidungsstück.

Im Handumdrehen war sie weg.

Er wartete zehn Minuten und versuchte, ihren süßen Duft zu ignorieren, der an seiner Jacke haftete. Als er wieder zum Ball stieß, stellte er erfreut fest, dass seine Mutter bereit war zu gehen.

Während der Heimfahrt in der Kutsche schmiedete er einen Plan für den Umgang mit Lord Lansdowne.

Zumindest versuchte er, sich darauf zu konzentrieren. Aber er musste immer wieder an eine bestimmte junge Frau denken, die auf seinem Schoß lag, und an den Kuss, den sie im Mondlicht beinahe geteilt hätten.

KAPITEL 11

Am nächsten Abend im Lansdowne House hatte Caro überhaupt keinen Erfolg.

Sie hatte versucht, sich bei Lord Lansdowne einzuschmeicheln. Sie hatte versucht, mit den Lidern zu klimpern. Sie hatte sogar versucht, ihren Busen herauszustrecken.

Lord Lansdowne hatte einen Blick auf ihren Busen geworfen. Was er nicht tat, war, auf ihre Gesprächsangebote einzugehen.

Sie setzte ein Lächeln auf und unternahm einen vierten Versuch. »Mylord, ich habe gehört, dass Sie ägyptische Antiquitäten sammeln. Könnten Sie mir etwas über Ihre ...«

»Sagen Sie mal, Waldegrave«, warf Lord Lansdowne ein, der einen vorbeigehenden Gentleman abfing, »was höre ich da, dass Sie den Duties Continuance Act unterstützen?«

Es kam zu einem Streit, während Caroline ignoriert wurde. Nun, das war erniedrigend. Aber sie konnte nicht aufgeben.

Lord Waldegrave entfernte sich von ihr. Caro wollte es gerade noch einmal versuchen, als Lord Thetford erschien.

»Mylord«, sagte er und verbeugte sich vor dem Marquess, »ich hatte gehofft, Sie hätten eine Minute Zeit für mich. Ich werde aus dem Gesetz über die Yeomanry and Volunteers, das zur Abstimmung ansteht, nicht schlau. Darf ich Sie nach Ihrer Meinung dazu fragen?«

Caro zog sich zurück, blieb aber noch in Hörweite. Lord Lansdowne, der jede ihrer Fragen mit einem Grunzen beantwortet hatte, wurde nun redselig und hielt Lord Thetford mit großem Enthusiasmus einen Vortrag über die Gründe, warum die Yeomanry trotz des vor zwei Monaten mit Frankreich geschlossenen Friedensabkommens weiterhin militärische Übungen absolvieren sollte. Lord Thetford verstand es ausgezeichnet, Lord Lansdowne in seinen Bann zu ziehen, ihm bei jedem Wort zuzuhören und ihn mit interessierten Fragen zu löchern.

Nach etwa zehn Minuten wechselte Lord Thetford das Thema. »Ausgezeichnet. Gott sei Dank habe ich Sie noch erwischt, sonst hätte ich das nie durchschaut. Es gibt noch eine Sache, die ich Sie auf Wunsch meines Vaters gerne fragen würde. Ich nehme an, Sie wissen bereits, um was es da geht.«

Der Anflug eines Lächelns ging tatsächlich über Lord Lansdownes Gesicht. »Ich habe vage Vorstellung.«

»Ich habe gehört, dass Sie einige Neuerwerbungen haben.«

»Die habe ich. Kleine Gegenstände, aber einige schöne Stücke. Ein paar Amulette und die Statuette einer Katze.«

»Sie wissen vermutlich, dass ich Ärger mit meinem Vater bekommen werde, wenn ich nicht mit einer vollständigen Beschreibung zurückkomme. Darf ich es mir ansehen?«

»Das dürfen Sie.« Der Marquess winkte und bedeutete ihm, seinen Weg selbst zu finden. »Sie sind bei den restlichen ägyptischen Gegenständen.«

»Darf ich fragen, woher Sie sie haben? War es die Bessborough-Auktion?«

»Sie stammen aus der Sammlung von Bessborough, obwohl sie nicht Teil der Auktion waren. Offenbar werden einige der kleineren Gegenstände über einen Drittanbieter veräußert. Das war derjenige, der mich angesprochen hat.«

»Ich weiß, dass mein Vater sich mit diesem Verkäufer in Verbindung setzen möchte. Darf ich seinen Namen erfahren?«

»Es war Brownwood - nein, Browntree - oh, ich kann mich nicht erinnern. Kleiner Mann, roter Bart. Ich habe seine Adresse aufgeschrieben. Ich schicke sie an Ihren Vater.«

»Das würde ich sehr zu schätzen wissen, Mylord. Ich will Ihre Zeit nicht länger in Anspruch nehmen«, sagte Henry und verbeugte sich.

Die Aufmerksamkeit des Marquess hatte sich sowieso bereits auf etwas anderes gerichtet. »Sagen Sie, Stafford, was höre ich da, dass Sie das Gesetz über Rückerstattungen und Kopfgelder unterstützen?«

Henry ging auf die Haupttreppe zu. Moment - er wollte doch sicher nicht ohne sie auf die Suche nach den Amuletten gehen?

Sie hielt seinen Arm fest. »Nun, Lord Thetford, guten Abend. Ich hoffe, Sie haben Ihr Versprechen, mir eine Limonade zu bringen, nicht vergessen. Ich merke, dass ich völlig ausgedörrt bin.«

Er zog skeptisch eine Augenbraue hoch, führte sie aber zurück zum Erfrischungstisch. Sie brachten ihre Getränke in den Speisesaal, der offen gelassen worden war, damit die Gäste von Lord Lansdowne die schönen römischen Skulpturen an den Wänden bewundern konnten.

»Ich weiß etwas, das Ihnen gefallen wird«, murmelte sie, als sie sich in eine ruhige Ecke begaben.

»Was ist das?«, fragte er.

»Dass ich zugebe, dass Sie Recht gehabt haben. Ich habe wirklich Ihre Hilfe bei Lord Lansdowne gebraucht.«

»Lansdowne ist ein seltsamer Kerl. Er spricht nie über etwas anderes als Politik. Man muss genau wissen, wie man ihn spielen muss.«

»Nun, danke. Oh!« Sie wies auf die Büste eines jungen Mannes mit ägyptischem Kopfschmuck. »Ist das seine ägyptische Sammlung?«

»Nein. Diese Statue ist römisch. Das ist Antinoos, der Lieblingsliebhaber des Kaisers Hadrian.«

Caro warf ihm einen Seitenblick zu. »Sind Sie sicher, dass Sie mir das sagen sollten?«

»Nein, obwohl mich das noch nie abgehalten hat. Antinoos starb während eines Besuchs in Ägypten und ließ Hadrian mit gebrochenem Herzen zurück. Hadrian gab Hunderte von Statuen von ihm im ägyptischen Stil in Auftrag. Aber der Punkt ist, dass dies nicht die ägyptische Sammlung von Lansdowne ist. Die bewahrt er in seiner persönlichen Bibliothek auf. Wo ich hin wollte, bevor mich *jemand* davon abgehalten hat.«

Sie ignorierte seine Anschuldigung. »Ausgezeichnet. Wann können wir uns auf den Weg in die Bibliothek machen?«

»*Wir* werden uns nirgendwo hin auf den Weg machen. *Ich* werde hoch in die Bibliothek gehen und mich dort umsehen.«

»Auf keinen Fall. Sie haben das Amulett meiner Schwester ja noch nie gesehen ...«

»Ich erkenne es anhand Ihrer Beschreibung gut genug.«

Wahrscheinlich konnte er das wirklich, jedenfalls gut genug, um festzustellen, ob eine nähere Untersuchung gerechtfertigt wäre. Aber auch wenn er ihr heute Abend geholfen hatte, vertraute sie ihm noch immer nicht ganz.

Mehr noch, etwas in ihr sträubte sich gegen den Gedanken, die Ermittlungen an jemand anderen abzugeben. Dies war ihr Problem und damit ihre Verantwortung. Sie musste etwas tun.

»Kommen Sie schon, Caro«, sagte er, »ich kann in der Bibliothek von Lansdowne erwischt werden, ohne dass es Konsequenzen hat. Das Gleiche kann man von Ihnen nicht behaupten. Und wenn wir beide dort *zusammen* entdeckt werden ...«

»Dann müssen wir dafür sorgen, dass wir nicht entdeckt werden.« Er begann zu protestieren, aber sie unterbrach ihn. »Ich bin fest entschlossen. Es hat keinen Sinn, mit mir zu streiten. Die einzige Entscheidung, die Sie treffen müssen, ist, ob Sie mir den Weg zur Bibliothek erklären werden, damit ich mich davonschleichen und Sie dort treffen kann, oder ob Sie mich zwingen werden, auf der Suche danach durch das Haus zu gehen, was die Gefahr erhöht, erwischt zu werden.«

Er stieß einen langen, leidenden Seufzer aus. »Es ist im zweiten Stock. Wir treffen uns in zehn Minuten oben auf dem Treppenabsatz.«

Sie strahlte ihn an. »Ausgezeichnet. Danke für die Limonade, Mylord.« Sie machte auf dem Absatz kehrt und ging.

ZEHN MINUTEN später erreichte sie das obere Ende der Treppe. Henry trat aus einer schattigen Nische hervor. »Wir sind bereit. Beeilen Sie sich.«

Er führte sie in ein Zimmer, das etwa auf halber Strecke des Flurs lag. Im Gegensatz zu den formelleren Räumen im Erdgeschoss wirkte dieser Raum wie ein Ort, der täglich genutzt wurde. Auf dem Schreibtisch lag ein Stift auf einem Stapel Papiere. Der Raum roch nach Tabakrauch, und das Leder des abgenutzten Sessels vor dem Kamin war angenehm zerknittert.

Außerdem gab es eine Handvoll ägyptischer Antiquitäten - zwei lebensgroße Götterstatuen aus schwarzem Granit, eine Sphinx aus grünem Basalt und ein halbes Dutzend kleinerer Statuetten.

Caro begann, den Raum nach den Amuletten zu durchsuchen. Henry hingegen blätterte in den Papieren auf dem Schreibtisch.

»Was machen Sie denn?«, fragte sie. »Die Amulette werden da sicher nicht dazwischenliegen.«

»Nein, aber vielleicht ist die Adresse des Verkäufers hier irgendwo zu finden.«

Sie suchten schweigend. »Nun, ich sehe nichts«, sagte er, nachdem er den letzten Stapel Papiere überprüft hatte. »Das ist vielleicht nicht überraschend.«

»Wissen Sie, was ich überraschend fand?«, fragte Caro, während sie die ein Bücherregal durchstöberte. »Ihnen zuzusehen, wie Sie Lord Lansdowne bezauberten.«

»Warum hat Sie das überrascht?«, sagte er und schlenderte hinüber, um das Bücherregal neben ihrem zu inspizieren.

»Es genügt zu sagen, dass, wenn ich an Sie denke, *charmant* nicht das allererste Wort ist, das mir in den Sinn kommt.«

Er grinste, wie er es immer tat, wenn sie ihn beleidigte. »Aber, Lady Caroline, Sie verletzen mich.« Er nahm ihre Hand und hob sie an seine Lippen, und sie spürte, wie ihr Herz in ihrer Brust ein militärisches Tattoo zu hämmern begann.

Er erhob sich leicht, hielt aber seinen Kopf zu ihr

hinunter geneigt. Seine Augen leuchteten vor Schalk und vor etwas, das sie vor lauter Angst nicht einmal zu definieren versuchte. Er drückte ihre Hand, als er sagte: »Möchten Sie, dass ich Ihnen demonstriere, wie charmant ich sein kann?«

»Nein!« Das Wort brach reflexartig aus ihr heraus. Es war eine glatte Lüge, aber nach reiflicher Überlegung beschloss sie, sie zu wiederholen. »Nein. Sie würden Ihre Zeit vergeuden.«

»Es ist keine Zeitverschwendung, wenn es mir Spaß macht. Und welcher Mann flirtet nicht gerne mit einer schönen Frau?«

»Außer, dass Sie mich nicht schön finden.«

»Ich habe neulich mit Ihren dreiundvierzig Besuchern gesprochen. Wie es scheint, habe ich mich geirrt.«

»Ist das Ihre Vorstellung von Charme? Einem Mädchen mitzuteilen, dass Sie nur deshalb mit ihr flirten, weil alle anderen sie anziehend finden?«

»Nein«, sagte er, hob seine Hand zu ihrem Gesicht und neigte seinen Kopf zu ihrem. »Meine Vorstellung von Charme besteht darin, Ihnen zu sagen, meine schöne, geistreiche Caro, dass ich endlich genau das gefunden habe, was ich suche.«

Sie hatte vergessen, wie man atmet. Er beugte sich vor, und seine Hand war nur Zentimeter von ihrer Wange entfernt. In einer weiteren Sekunde würde er ... er würde ...

Er griff an ihrem Gesicht vorbei und holte etwas aus dem Regal hinter ihr, dann trat er grinsend zurück. Er hielt einen Ziegenlederbeutel hoch. »Und hier ist es.« Er ließ es in seiner Handfläche wippen, um das Gewicht zu testen. »Ungefähr das richtige Gewicht für ein paar Amulette.«

Er wandte sich dem Schreibtisch zu und begann, an dem

Knoten in der Kordel zu zupfen. Caro bemühte sich, ihre Gesichtszüge unter Kontrolle zu bringen. Gerade als sie spürte, dass sie ihm gegenüber weich wurde, weil er ihr bei Lord Lansdowne geholfen hatte, drehte er sich um und erinnerte sie daran, was für ein Mann er wirklich war. Er hatte nie vorgehabt, sie zu küssen, nicht als er sie von seinem Phaeton herunterhob, nicht gestern Abend auf der Bank und auch nicht heute Abend.

Für ihn war das alles ein Scherz. *Sie* war ein Scherz für ihn.

Und doch war er der Mann, der eine animalische Reaktion in ihr auslöste, eine Reaktion, die sie noch nie in den Griff bekommen hatte. Sie konnte in der Nähe dieses Mannes nicht eine Sekunde lang unvorsichtig sein. Sie musste ihre Rüstung jederzeit tragen.

Sie zwang sich zu einem unbekümmerten Lächeln und nahm vorsichtig eine Position auf der gegenüberliegenden Seite des Schreibtisches ein. Der Knoten löste sich, und er schüttete eine Handvoll Gegenstände auf die Tischplatte, jeder in ein Taschentuch gewickelt. »So.« Er griff nach einem davon. »Schauen wir mal, was hier drin ist, ja?« Er blickte zu ihr auf und runzelte dann die Stirn.

»Schauen Sie mich nicht so an«, sagte er. Er ließ das kleine Bündel auf den Schreibtisch fallen und vergaß es.

Sie lächelte noch intensiver. »Ich weiß nicht, wovon Sie sprechen.«

»*Das* ist es, wovon ich spreche. Dieses unterwürfige Lächeln, mit dem Sie Graverley und den anderen gegenübertreten. Das dreht mir den Magen um. Ich würde es viel lieber sehen, wenn Sie mich anfunkeln würden.«

Sie schloss ihre Augen. »Das lässt sich einrichten.«

Als sie die Lider wieder öffnete, zogen sich seine Augenbrauen in echter Bestürzung zusammen. »Caro, ich habe nur einen Scherz gemacht ...«

»Es war unfreundlich.« Sie war entsetzt, als sie das Zittern in ihrer Stimme hörte, als sie es sagte. Sie wollte dieses Gespräch nicht führen, wollte nicht, dass er die Wahrheit sah, dass sie immer noch verletzlich war. Aber die Worte sprudelten nur so heraus. »Sie wissen, wie ich mich vor vier Jahren gefühlt habe. Das wissen Sie genau. Und dass Sie jetzt da stehen und so tun, als seien Sie in keiner Weise an mir interessiert ...« Sie wandte den Kopf, unfähig, ihm in die Augen zu sehen. »Das ist zutiefst unfreundlich.«

Sie hörte, wie er um den Schreibtisch herumkam, spürte, wie er ihre Hand nahm. »Caro, bitte. Sehen Sie mich an.« Sie starrte auf das Bücherregal. Er seufzte. »Sie haben so eine gute Fassade aufgebaut. Ich weiß, dass ich Ihnen vor Jahren wehgetan habe, aber Sie sind so schnell dabei, mich in die Schranken zu weisen, dass ich ehrlich gesagt nicht daran gedacht habe, dass ich Sie heute wieder verletzen könnte.«

Sie behielt ihr steinernes Schweigen bei, also fuhr er fort: »Ein Teil des Problems ist, dass ich das Sparring mit Ihnen so sehr genieße, dass ich dazu neige, mich hinreißen zu lassen. Aber so unangemessen mein Verhalten auch war, eines kann ich nicht zulassen: dass Sie sich einreden, es sei eine Lüge gewesen.«

Dann sah sie ihn misstrauisch an. »Sie können nicht ernsthaft erwarten, dass ich das glaube.«

Er bewegte sich unbehaglich, schaute aber nicht weg. »Sie werden als die schönste Frau gefeiert, die in dieser Generation ihr Debüt gegeben hat. Jeder zweite Mann in England will Sie. Warum sollten Sie von mir etwas anderes erwarten?«

»Weil Sie vor vier Jahren klargestellt haben ...«

»Ich glaube, wir haben festgestellt, dass ich vor vier Jahren ein Idiot war. Außerdem haben Sie sich seitdem so sehr verändert, dass Sie genauso gut ein ganz anderer Mensch sein könnten.«

Sie riss ihre Hand aus seiner. »Es spricht nicht für Sie, dass Sie mich nur deshalb für würdig halten, mich zu achten«, sagte sie und deutete auf sich selbst vom Hals abwärts.

Er schaute finster drein. »Das ist nicht das, was ich meinte. Obwohl ich nicht leugnen werde, dass mir *deshalb* gefällt«, sagte er mit einer Handbewegung. »Ich bin ein Mann, kein verdammter Heiliger. Und dieser Mann unterscheidet sich kein bisschen von den anderen dreiundvierzig Herren, die Ihnen den Hof gemacht haben, wenn ich das hinzufügen darf. Aber was ich meinte, war die Konversation mit Ihnen. Hätten Sie vor vier Jahren mit mir mit einem Zehntel der Lebendigkeit gesprochen, die Sie heute an den Tag legen, wären wir Freunde geworden.«

»Ja, es war unhöflich von mir, fünfzehn Jahre alt und schüchtern gewesen zu sein. Und ich möchte vorsichtig darauf hinweisen, dass die Schuld nicht allein bei mir liegt. Sie wären schockiert, wie schwierig es ist, ein Gespräch zu führen, wenn Ihr Tischgenosse schon vor dem ersten Gang betrunken ist und auf alles, was Sie sagen, mit einem desinteressierten Grunzen reagiert.«

Er zog eine Grimasse. »Ich bezweifle nicht, dass Sie Recht haben. Mein Verhalten war in jeder Hinsicht rüpelhaft. Aber Sie sprechen einen interessanten Punkt an. Sie werfen mir vor, ich würde meine Meinung über Sie nur aus oberflächlichen Gründen ändern. Warum waren Sie denn überhaupt an mir interessiert? Für meinen Reichtum und meinen Titel, würde ich wetten. Sie hätten mich nicht einmal angesehen, wenn ich der zweite Sohn wäre, der schlichte *Mr. Greville*, und für die Kirche bestimmt.«

»Das hatte nichts damit zu tun!«

»Mein hübsches Gesicht hat Sie also so aus der Fassung gebracht?«

»Das war es auch nicht.« Sein Gesicht war ein Beispiel

für Skepsis. Sie seufzte. »Harrington ist mein Bruder, das wissen Sie. Er ist nicht der beste Korrespondent, aber er hat gelegentlich geschrieben. Und im Laufe der Jahre habe ich ...« Sie brach ab.

Sein Blick schärfte sich. »Im Laufe der Jahre haben Sie was?«

»Ich hatte das Gefühl, dass ich Sie auch kennengelernt habe. Harringtons Briefe waren voll von den Missgeschicken, die Sie mit ihm erlebt haben. Ich weiß alles über Ihren ersten Tag in Eton und die Ziege. Dass ihr beide zwanzig Schläge bekommen habt ...«

»Harrington bekam zwanzig Schläge. Ich bekam fünfundzwanzig.«

Sie legte verwirrt die Stirn in Falten. »Aber warum haben Sie mehr bekommen als er?«

»Weil, als die Ziege in das Buch biss, war ich derjenige, der sagte: *Das Kapitel mochte ich sowieso nie.*«

Caro spürte, wie sich ihre Mundwinkel ungewollt hoben. Es bedurfte eines kurzen Kampfes, um ihre Gesichtszüge ernst zu machen. »Ja, nun, ich weiß alles über Ihre vielen Missgeschicke. Und Harrington hat jede witzige Bemerkung aufgezählt, die Sie in jenen dreizehn Jahren gemacht haben ...«

»Das kann unmöglich wahr sein. Ich mache sehr viele witzige Bemerkungen.«

Sie schlug ihm gegen die Schulter, aber dieses Mal konnte sie ihr Lächeln nicht unterdrücken. »Ich weiß, was für ein guter Reiter Sie sind. Ich weiß von Ihrer ekelhaften Neigung, alles mit Gurken zu belegen. Ich weiß, dass Sie Angst vor Blutegeln haben ...«

»Harrington weiß also von den Blutegeln.« Henry schüttelte den Kopf. »Ich hatte Angst, er könnte es erraten haben. Und er hat es Ihnen sogar gesagt. Obwohl ich weiß, dass er Ihnen fehlen wird, hoffe ich, dass Sie verstehen, dass ich Ihren Bruder ermorden muss.«

»La! Ich würde gerne sehen, wie Sie es versuchen. Auch auf die Gefahr hin, Ihren zarten, männlichen Stolz zu verletzen, wissen wir beide, dass Harrington der bessere Schütze ist. Aber die Blutegel sind nicht das Schlimmste - ich weiß sogar von Ihrem kleinen Zwischenfall mit dem Pfau, der Jolle und dem Zwicker des Rektors des Trinity College ...«

»*Mein* Zwischenfall? Was wollen Sie damit sagen, *mein* Zwischenfall? Das war Ihr Bruder!«

Sie zog skeptisch eine Augenbraue hoch. »Wirklich.«

»Ja. Man wird den Anblick seines besten Freundes nicht vergessen, der splitternackt über den Hof des Trinity College läuft, mit Ausnahme eines wütenden Pfaus, den er vor seine ... äh ... seine Familienjuwelen hält.« Er schnaubte. »Ich kann nicht glauben, dass er versucht hat, mir das anzuhängen.«

Sie lachte. »Es klingt wie etwas, das Harrington tun würde. Aber der Punkt ist, dass ich mich schon seit Jahren darauf gefreut hatte, Sie kennenzulernen. So wie Harrington Sie beschrieb, hatten Sie dieses unbändige Temperament und den besten Sinn für Humor, und ... ich wusste, dass wir Freunde werden würden, dass wir die besten Gespräche führen würden. Ehrlich gesagt hatte ich vorher an nichts anderes gedacht ...« Sie senkte den Blick, unfähig, ihm in die Augen zu sehen. »Nun, bis ich Sie sah. Es wäre mir völlig gleichgültig gewesen, wenn Sie der zweite Sohn gewesen wären. Ich war nur enttäuscht, dass Sie keine Ähnlichkeit mit dem Menschen hatten, den ich mir vorgestellt hatte.«

Seine Hand streichelte ihre Wange und hob ihren Blick, um seinen zu treffen. »Und was ist jetzt? Bin ich so anders als der Junge, den Ihr Bruder in seinen Briefen beschrieben hat?«

Sie sagte nichts. Sie hatte Angst, die Antwort auf diese

Frage auch nur zu denken, geschweige denn sie laut auszusprechen.

Irgendwann war er näher an sie herangetreten, so dass er über ihr aufragte. Sie war eingepfercht, mit dem Rücken an ein Bücherregal gelehnt, aber sie hatte keine Lust zu fliehen. Sie spürte, wie sein Atem die kleine Locke zerzauste, die Fanny an ihrer Schläfe geformt hatte. Und dann spürte sie, wie seine andere Hand ihren Nacken hinaufglitt und ihr ganzer Körper in einer bisher unbekannten Kombination aus Schock und Vergnügen bebte.

»Du kannst immer noch beschließen, dass du mich hasst«, sagte er mit leuchtenden und aufrichtigen Augen. »Dass du mir nie verzeihen kannst, was ich gesagt habe. Dass nichts, was ich jemals sagen oder tun werde, gut genug sein wird. Aber ich werde nicht akzeptieren, dass du denkst, dass dies eine Lüge ist«, sagte er und strich mit seinem Daumen über ihre Kieferpartie, was sie am ganzen Körper erschauern ließ. »Hast du eine Ahnung, wie sehr ich dich gestern Nachmittag und, *Gott*, gestern Abend küssen wollte? Ich habe heute an nichts anderes gedacht als daran, wie du dich in meinen Armen angefühlt hast, wie du mich im Mondlicht angeschaut hast. Ich werde dich nie anlügen, Caro. Das verspreche ich dir. Ich habe nicht gelogen, als ich dir sagte, dass es mir aufrichtig leid tut. Und *dies* ist keine Lüge.«

Ein Arm legte sich um ihren Rücken und zog sie an seinen Körper. Sein Kopf senkte sich zu ihrem. Vor einer Stunde hätte sie noch geschworen, dass sie nicht wollte, dass er sie küsste. Aber jetzt war sie sicher, dass sie sterben würde, wenn er es nicht tat. Sie spürte, wie ihr die Augen zufielen und ihre Lippen sich öffneten, und sie zitterte vor Erwartung, weil sie sich nach seinem Kuss sehnte.

Sie atmete zittrig ein und neigte ihren Kopf zur Seite.

Sie nahm einen weiteren Atemzug, dann einen dritten. Warum, in Gottes Namen, brauchte er so lange?

Verärgert riss sie die Augen auf, um festzustellen, dass er den Kopf gehoben hatte und zur Tür starrte.

»Hörst du das?«, flüsterte er.

In diesem Moment bemerkte sie es … Schritte im Flur.

Schritte, die immer lauter wurden.

Er ließ sie so abrupt los, dass sie stolperte. »Es kommt jemand«, zischte er. »Versteck dich!«

KAPITEL 12

Sie schoben Caroline unter Lansdownes Schreibtisch. Henry konnte keinen anderen Ort finden, der auch nur die Chance auf ein Versteck bot. Es handelte sich um einen großen Partnerschreibtisch aus Mahagoni mit dicken Sockeln auf jeder Seite, der so konzipiert war, dass zwei Männer einander gegenüber arbeiten konnten. Das bedeutete, dass es eine höhlenartige Öffnung gab, in der sie sich verstecken konnte.

Das bedeutete auch, dass Caro von zwei Seiten sichtbar war.

Henry ließ sich im Stuhl von Lansdowne nieder. »Bleib so nah wie möglich an dieser Seite«, zischte er und blickte nach unten.

Den Anblick von Caroline Astley, die zu seinen Füßen kniete, mit geröteten Wangen und ihren wunderschönen blauen Augen, die ihn flehend anblickten, würde er nie vergessen.

Eines war verdammt sicher, er würde später am Abend darüber nachdenken, während er sich selbst befriedigte, bevor er in den Schlaf sank. In den letzten Tagen hatte er nur an sie gedacht, während er diese Tätigkeit ausübte.

Aber jetzt war nicht der richtige Zeitpunkt. Der Türknauf drehte sich, die Tür schwang auf, und ...

Verdammt noch mal, konnte es denn niemand anderes als ausgerechnet *der* sein?

»Lord Graverley«, verkündete er, »was zum Teufel machen Sie hier?«

Der Marquess warf ihm einen hochmütigen Blick zu, der andeutete, dass seine eigene Anwesenheit ebenso unwillkommen war. »Das Gleiche könnte ich Sie fragen, Thetford.«

»Lord Lansdowne sagte, ich dürfe einen Blick auf seine neuen ägyptischen Amulette werfen«, sagte Henry und deutete auf den Lederbeutel. Für eine Ausrede war es eine gute, und sie war sogar wahr. »Mein Vater wird davon erfahren wollen.«

»Ach ja, Ihr Vater und sein berüchtigter Fetisch für Gläser mit Eingeweiden.« Graverley erschauderte.

»Ich nehme an, Sie haben mit meinen Eltern zu Abend gegessen.«

»Das habe ich«, sagte Graverley und musterte den Raum. »Ich fand, dass ich keinen großen Appetit auf die Schildkrötensuppe hatte. Sagen Sie das aber bitte nicht zu Ihrer armen Mutter. Ich habe noch nie einen Menschen gesehen, der so gedemütigt aussah.«

»Es wird Sie freuen zu hören, dass ich meinen Vater davon überzeugt habe, seine Einmachgläser aus dem Esszimmer zu entfernen.«

»Prächtig«, murmelte Graverley.

»Sie haben noch nicht gesagt, was Sie hier tun«, sagte Henry.

»Das habe ich gesucht«, sagte Graverley und griff nach der

Karaffe. Er schenkte sich selbst ein Glas ein, ohne Henry eines anzubieten, und nahm dann auf der gegenüberliegenden Seite des Schreibtisches Platz. »Ich brauchte ein paar Minuten Abstand von der Menge da unten.«

»Ist das so?«

»Ja. Ein paar Minuten. *Allein*.«

Henry ignorierte die Andeutung. Er konnte kaum gehen, während Caroline unter dem Schreibtisch festsaß, und so war Graverley zur Enttäuschung verdammt. »Dann wollen wir doch mal sehen, was Lansdowne erworben hat.«

Er wickelte ein Taschentuch aus und hielt Graverley das Amulett vor die Nase. »Ein schönes Exemplar«, erzählte er laut, damit Caro es verstehen würde. »Eine Miniatur-Mumie aus grünem Jaspis.«

»Faszinierend.« Graverley blickte durch den Raum, während er einen Schluck von seinem Getränk nahm.

»Hier ist ein weiteres schönes Stück - Skarabäuskäfer wie dieser sind in ägyptischen Dekorationen sehr verbreitet.« Der Marquess machte sich nicht einmal die Mühe, Interesse zu heucheln. Henry packte das dritte Bündel aus. »Dieses letzte hat die Form des Auges des Ra. Der rötlich-orangefarbene Stein wird Karneol genannt. Ein schönes Exemplar. Mein Vater wird neidisch sein.«

»Sie scheinen dem Irrglauben zu unterliegen, dass mich das einen Scheiß interessiert.«

Unter dem Schreibtisch erschrak Caro so sehr über Graverleys Obszönität, dass ein deutlicher Schlag zu hören war.

Graverley warf Henry einen scharfen Blick zu. »Was war das?«

»Äh - nichts. Nur ein, ähm, Beinkrampf«, sagte Henry.

»Hmm. Nun, da Sie nun nicht mehr von Ihren kleinen Schmuckstücken schwärmen ...«

»Amulette.«

»Sie werden sich zweifellos wieder der Gruppe unten anschließen wollen.«

»Wissen Sie, der Brandy sieht köstlich aus«, sagte Henry, um Zeit zu schinden. »Ich glaube, ich werde auch einen nehmen.«

Er musste seinen Platz verlassen, um zur Karaffe zu gelangen, aber Graverley rührte sich nicht von seinem Platz auf der gegenüberliegenden Seite.

»Also.« Henry nahm wieder Platz und überlegte, was er sagen sollte. »Wie gefällt Ihnen die Saison bis jetzt?«

»Um Himmels willen«, murmelte Graverley, lehnte sich in seinem Stuhl zurück und fuhr sich mit der Hand über die müden Augen. Er erstarrte. Er schien Caro unter dem Schreibtisch angerempelt zu haben, denn sie kletterte fast auf Henrys Schoß und versuchte, so weit wie möglich von Lord Graverleys Seite wegzukommen. Der Marquess begann, mit dem Fuß unter dem Schreibtisch zu wippen. »Was war das?«

»Das war mein Fuß, Sie Trottel«, antwortete Henry.

Der Marquess tastete sich unbeeindruckt weiter vor. »Es hat sich nicht wie ein Fuß angefühlt.«

Dann schob er seinen Stuhl zurück und beugte sich vor, um unter den Schreibtisch zu schauen.

HENRY MUSSTE sich etwas einfallen lassen, um ihn aufzuhalten. Irgendwas. »Der Grund, warum ich frage, ob Sie die Saison genießen«, sagte er laut, »ist Ihr ungewöhnliches Verhalten.«

Zumindest hielt der Mann auf seinem Weg unter den Schreibtisch inne, um ihn ungläubig anzustarren. »*Sie* finden *mein* Verhalten ungewöhnlich?«

»Gegenüber Lady Caroline Astley«, stellte Henry klar.

»Ganz London spricht darüber. Ich würde gerne wissen, was Sie vorhaben.«

Graverley lehnte sich in seinem Stuhl zurück und sah Henry mit zusammengekniffenen Augen an. »Ich habe nicht die Angewohnheit, meine *Absichten* mit einem Mann zu besprechen, den ich kaum kenne. Vor allem, wenn dieser Mann die Konkurrenz darstellt.«

»Wie kommen Sie darauf?«

»Lady Cheltenham überlässt nichts dem Zufall. Zwei Männer nahmen neben Lady Caroline auf dem Sofa Platz. Dachten Sie, ich würde den anderen Empfänger einer solch begehrten Ehre nicht bemerken?«

»Hmm«, sagte Henry.

»Vielleicht sollte ich Ihnen die gleiche Frage stellen«, sagte Graverley. »Beabsichtigen Sie, Lady Caroline einen Antrag zu machen?«

»Sie ist viel zu gut für einen wie mich.«

»Ich kann Ihnen nur zustimmen. Aber das ist nicht das, was ich Sie gefragt habe.«

»Vielleicht sollte ich das tun«, sagte Henry abwehrend. »Irgendeinen Glückspilz muss sie ja schließlich akzeptieren. Sie könnte es schlechter treffen als mich.«

»Sie könnte auch deutlich besser abschneiden.«

»Ich werde eines Tages ein Graf sein.«

»Sie wird ein besseres Angebot erhalten«, sagte Graverley deutlich.

»Woher wissen Sie das?«, fragte Henry und beugte sich über den Schreibtisch.

Graverleys eiskalter Blick wankte nicht. »Was denken Sie denn?«

Sie verfielen in Schweigen, keiner von ihnen brach den Blickkontakt ab. Die Botschaft von Graverley war unausweichlich. Ein Herzog war ranghöher als ein Graf.

Das bessere Angebot wäre das seine.

Das Gefühl der Erniedrigung, das Graverleys Äußerung begleitete, war wirklich nicht zu erklären. Sein Vater hatte ihm bereits gesagt, dass der Mann beabsichtigte, Caro zu seiner Herzogin zu machen. Henry wusste, dass er sich von ihr fernhalten musste, sonst würde ihn Graverleys Vater ruinieren.

Und doch …

Er schluckte, als er sich daran erinnerte, wie sie sich noch vor wenigen Minuten in seinen Armen angefühlt hatte.

Gott, er musste aufhören, diese Gedanken zu denken. Dieser Weg war der Wahnsinn. Er musste aufhören, daran zu denken, wie hübsch sie war, wie witzig, und wie sehr sie ihn zum Lachen brachte. Er musste aufhören, darüber nachzudenken, dass es verdammt reizvoll war, mit ihr zu reden. Er musste aufhören, darüber nachzudenken, dass sie seinen respektlosen Humor nicht nur tolerierte, sondern ihn sogar zu genießen schien, und dass sie sogar mit ihm zusammen sticheln konnte. Und er musste unbedingt aufhören, darüber nachzudenken, dass er jahrelang gesagt hatte, das sei das Einzige, was er sich von einer Frau wünsche.

Und er musste unbedingt aufhören, darüber nachzudenken, was sie vor wenigen Augenblicken gesagt hatte, dass das, was sie vor all den Jahren zu ihm hingezogen hatte, die Geschichten waren, die Harrington in seinen Briefen nach Hause über ihn erzählt hatte. Das, was sie geliebt hatte, war nicht sein Reichtum (den er nicht mehr hatte) oder sein Titel oder sogar sein hübsches Gesicht gewesen, sondern sein »unbändiger Geist«. Dass das, was Caroline Astley gefallen hatte, eben … er selbst gewesen war.

Er musste aufhören, über all diese Dinge nachzudenken, denn sie würde ihn niemals haben wollen. Sie hasste ihn aus gutem Grund, und selbst wenn sie ihn nicht hasste, so hatte sie doch gehört, wie Lord Graverley, der künftige Herzog mit seinen Hunderttausend im Jahr und seinem märchenhaft guten Aussehen und dieser dummen Anstecknadel in seiner Krawatte mit einem Diamanten von der Größe eines Wachteleis, erklärte, dass sie ein *besseres Angebot* erhalten würde. Sie würde einen wie ihn niemals heiraten, selbst wenn er noch im Besitz seines Familienvermögens wäre, was er nicht war.

Die Chancen waren so gering, dass es keinen Sinn hatte, auch nur davon zu träumen. Und ehrlich gesagt, allein der Gedanke, Caro seine finanzielle Notlage zu beichten, ließ ihn einen Nesselausschlag bekommen. Er dachte daran, wie sie ihn angeschaut hatte, als er sie in seine Arme nahm - sehnsüchtig.

Eine erschrockene, wohlwissende Sehnsucht nach einem Irrtum, soviel war klar, aber dennoch eine Sehnsucht.

Wenn Caroline Astley einen Mann einmal so ansah, konnte er nie wieder zurück. Und deshalb konnte Henry es nicht ertragen, den Spott - oder schlimmer noch, das Mitleid - in ihren Augen zu sehen, sobald sie herausfand, dass er *arm* war.

»Worüber«, sagte Graverley und unterbrach seine Träumerei, »in Gottes Namen, denken Sie nach? Ich habe Grimaldi schon oft auf der Bühne gesehen, aber ich glaube nicht, dass er im Laufe der Jahre auch nur halb so viele Emotionen gezeigt hat, wie Sie in den letzten zwei Minuten.«

Henry räusperte sich. »Ja. Nun. Wir sollten jetzt nach unten gehen, nicht wahr?«

»*Wir?*« Graverley zuckte zurück, als hätte er es mit einer Klapperschlange zu tun.

»Auf jeden Fall«, sagte Henry. Graverley dachte bereits, dass ihm nur noch zwei Johannisbeeren zu einem Banbury-Kuchen fehlten. Wenn es das war, was er zur Verfügung hatte, dann würde er es auch verwenden. Er umrundete den

Schreibtisch, ergriff Graverleys Arm und zog ihn auf die Beine. »Wie heißt es so schön? Halte dir deine Freunde nahe und deine Feinde näher. Ich werde Sie nicht aus den Augen lassen.«

»Was, zum Teufel, ist los mit Ihnen ...?«

»Kommen Sie schon.« Er legte dem Marquess einen Arm um die Schultern. »Lassen Sie uns nach unten gehen.«

Graverley hatte einen wirklich beeindruckend hochmütigen Blick. »Wenn Sie so freundlich wären, mich loszulassen.«

Henry zerrte ihn zur Tür hinaus. »Ha-ha, Marcus, das ist ein guter Witz!«

Jetzt sah der Mann wütend aus. »Die einzige Person auf dieser Welt, der ich erlaube, mich mit meinem Vornamen anzusprechen, ist meine eigene Schwester.«

Sie waren auf halbem Weg durch den Flur. »Ist das so?«

»Das ist es.«

Sie hatten den Treppenabsatz erreicht. Henry ließ Graverley los und tätschelte demonstrativ seine Manteltaschen. »Oh je. Meine Schnupftabakdose muss mir aus der Tasche gefallen sein. Ich gehe besser zurück und hole sie. Gehen Sie schon mal runter, ich komme gleich nach.«

Graverley, der in seiner Eile bereits ein ganzes Stockwerk weiter unten stand, machte sich nicht die Mühe, zu antworten.

HENRY VERWEILTE LANGE GENUG am oberen Ende der Treppe, um sich zu vergewissern, dass die Luft rein war, bevor er zurück in die Bibliothek eilte.

»Er ist weg«, sagte er, als er durch die Tür stürmte. »Du kannst jetzt rauskommen.«

Caro kam unter dem Schreibtisch hervor und sah sehr

erleichtert aus. »Danke, dass du mich gedeckt hast. Ich weiß das wirklich zu schätzen ...« Sie biss sich auf die Lippe und versuchte allem Anschein nach, ein Lächeln zu unterdrücken.

Es war ansteckend. »Was?«

»*Wie gefällt Ihnen die Saison bisher?*«, äffte sie nach, und beide brachen in Gelächter aus.

Es dauerte eine ganze Minute, bis sie wieder einigermaßen zur Ruhe kamen. Henry bot Caro sein Taschentuch an, mit dem sie sich die Augen abtupfte. »Wenn du mich hättest sehen können, als du das gesagt hast. Ich musste auf meinen Handschuh beißen, um zu schweigen.«

»Ich musste etwas sagen!«

»Ich will ja auch keine Kritik üben«, beeilte sie sich zu sagen. »Du warst wunderbar.«

»Es hat ein paar Minuten gedauert, aber schließlich habe ich das gefunden, was jeden vernünftigen Menschen vertreibt: das Angebot meiner Gesellschaft.«

»Es ist grausam von dir, mich so reinzulegen. Es fallen mir so viele verlockende Antworten ein, wie soll ich mich da jemals für eine entscheiden?«

»Und? Ich will sie alle hören.«

Sie lächelte ihn an, ihr echtes Lächeln, nicht den polierten Ausdruck, den sie bei allen anderen Männern benutzte. Sie sah zu Boden und dann wieder zu ihm auf. Ihr Gesichtsausdruck war ein wenig schüchtern und ein wenig ehrfürchtig. Es fiel ihm auf, dass sie ihn nicht mehr so angesehen hatte, seit sie fünfzehn Jahre alt gewesen war.

Er könnte sich durchaus daran gewöhnen, dass Caroline Astley ihn so ansah. Tatsächlich verspürte er ein plötzliches Verlangen danach, dass sie ihn für den Rest seines Lebens jeden Tag auf genau diese Weise ansah.

Sie ist nichts für dich, erinnerte er sich.

»Du wirst heute Abend nichts davon zu hören

bekommen«, sagte sie. »Nicht, nachdem du deinen Hals so weit herausgestreckt hast.«

»Ich habe mich richtig zum Narren gemacht.«

»Ja. Aber du hast es für mich getan.«

Sie verfielen in Schweigen, und die leisen Geräusche der Party unter ihnen drangen in den Raum. Caro seufzte. »Wir können nicht verweilen. Vielleicht kommt ja noch jemand. Ich nehme an, keines der Amulette gehörte meiner Schwester?«

»Nein, keines war eine Übereinstimmung. Aber wir haben eine Spur - Lansdowne wird meinem Vater diese Adresse schicken. Sobald er das tut, werde ich mal dort hingehen und ...«

»*Wir* werden dort hingehen. Denk nicht einmal daran, ohne mich zu gehen.«

»Komm schon, Caro. Diese Menschen könnten gefährlich sein. Und sie wissen, wer du bist, weil sie dir das Amulett gestohlen haben. Ich habe zumindest eine gewisse Hoffnung, unerkannt zu bleiben.«

Ihre Schultern sanken herab. »Daran habe ich nicht gedacht. Aber du musst mich sofort benachrichtigen, wenn du etwas herausfindest. Und du darfst nichts tun, ohne dich mit mir abzusprechen.«

»Ich bin mir nicht sicher, ob das möglich sein wird. Wirst du die nächsten Tage nicht außerhalb der Stadt sein, um an dieser Hausparty teilzunehmen?«

»Meine Güte, das hatte ich ganz vergessen. Nun, ich werde mir eine Ausrede einfallen lassen müssen, um da herauszukommen. Nichts ist im Moment wichtiger, als das Amulett meiner Schwester wiederzubekommen.«

»Nun gut. Ich werde dich benachrichtigen, sobald ich etwas höre. So viel kann ich versprechen. Also, schauen wir mal.« Er öffnete die Bibliothekstür einen Spalt und spähte in den Flur hinaus. »Die Luft ist rein«, sagte er und gab ihr ein Zeichen, ihm zu folgen.

Anstatt auf den Treppenabsatz zuzugehen, führte er sie weiter den dunklen Flur hinunter. Er musste zwei Türen öffnen, fand aber schließlich die Treppe für die Bediensteten. Er eilte zwei Stockwerke hinunter, um sich zu vergewissern, dass niemand dort war, und eilte dann wieder zu Caroline hinauf. »Hier entlang kommst du hinter der Galerie heraus. Kannst du dir den Weg zurück auf den Ball bahnen?«

»Ich schaffe das schon«, sagte sie mit leuchtenden Augen. Er wollte sich schon zur Haupttreppe umdrehen, als er spürte, wie sie seine Hand ergriff.

»Henry«, sagte sie. Der Klang seines Namens auf ihren Lippen überflutete ihn wie eine Liebkosung. Sie drückte seine Hand, ihre Augen waren aufrichtig. »Danke.«

Bevor er antworten konnte, ließ sie seine Hand los und eilte die Treppe hinunter.

KAPITEL 13

Es stellte sich heraus, dass es einfacher war, sich vor der Teilnahme an der Hausparty von Mrs. Cadogan zu drücken, als Caro befürchtet hatte. Am nächsten Morgen erwies sich Fanny als Zauberkünstlerin mit einem Töpfchen Lippenpomade und tupfte einen sehr überzeugenden Ausschlag auf Caros Hände und Füße. Kurz vor dem Eintreffen des Arztes wurde ihr ein heißer Waschlappen auf die Stirn gelegt, um die Illusion von Fieber zu erzeugen. Sie klagte über Hals- und Kopfschmerzen, wie Fanny es ihr beigebracht hatte.

Ihre Mutter, die sich vor dem Krankenzimmer fürchtete, lauerte an der Tür. »Machen Sie sich bitte keine Sorgen, Mylady«, beruhigte der Arzt sie. »Ihre Tochter wird sich etwa eine Woche lang ziemlich unwohl fühlen, aber ihr Zustand ist nicht gefährlich. Sie ist jedoch hochgradig ansteckend, und die Krankheit könnte sich im ganzen Haushalt verbreiten.«

»Ach, Liebling«, sagte die Gräfin, als der Arzt gegangen war, »was für ein Pech, ausgerechnet am Tag der Hausparty davon betroffen zu sein.«

Caro bemühte sich, das richtige Gleichgewicht zwischen großer Enttäuschung und dem Gefühl, zu krank zu sein, um sich zu bewegen, zu finden. »Und Lord Graverley wird anwesend sein«, sagte sie und schlug den Arm über die Augen, um ihr Elend zu zeigen.

Vor einer Woche wäre ihre Angst noch aufrichtig gewesen. Aber nicht heute. Schließlich war es nicht der Gedanke an Lord Graverley, der sie die halbe Nacht wach gehalten hatte, zu glücklich und aufgeregt, um zu schlafen.

Lady Cheltenham wandte sich an den Lakaien, der in der Nähe verweilte. »Sag Muriel, sie soll meinen Koffer auspacken.«

»Oh nein, Mama, das darfst du nicht«, sagte Caro, die sich heldenhaft auf einen Ellbogen stützte. »Mrs. Cadogan ist deine Cousine. Ich weiß, wie sehr du dich darauf gefreut hast. Und außerdem hast du den Arzt gehört - dieser Ausschlag ist ansteckend. Es wäre besser für dich, wenn du ein paar Tage aus dem Haus gehst, damit du dich nicht auch noch ansteckst.«

Ihre Mutter runzelte die Stirn. »Ich weiß nicht, Caro. Ich lasse dich hier nur ungern allein.«

»Ich werde nicht allein sein. Ich werde Fanny und den größten Teil des Hauspersonals zur Verfügung haben. Und ich brauche wohl kaum eine Anstandsdame. Ich werde ein paar Tage lang nicht ausgehen. Nicht so, wie ich gerade aussehe.« Sie hob reumütig ihre picklige Hand.

Es dauerte weitere fünf Minuten, bis die Mutter schließlich überzeugt war. Und so kam es, dass Lord und Lady Cheltenham gegen Mittag zum Cadogan-Anwesen zwei Stunden außerhalb Londons aufbrachen und Caro das Stadthaus der Familie für sich allein hatte.

～

CARO WUSSTE, dass sie zumindest ein paar Tage lang den Anschein erwecken musste, krank zu sein, damit das Hauspersonal keinen Verdacht schöpfte. Um ehrlich zu sein, war ihr Terminkalender seit ihrer Ankunft in London unerbittlich, und der Gedanke, ein oder zwei Tage mit einem guten Buch zu faulenzen, war ungeheuer verlockend.

Nicht, dass sie es sich mit einem Buch gemütlich machen könnte. Sie stellte fest, dass ihr nichts mehr Freude bereitete, als in die Ferne zu starren und von einem gewissen Viscount zu träumen.

Sie hatte sich damit abgefunden, dass sie sich in den letzten vier Jahren geirrt hatte. Nicht, dass ihre Gefühle ungerechtfertigt gewesen wären, aber sie verstand jetzt, dass es falsch gewesen war, ihre Meinung von Henry nur auf den schlimmsten Fehler zu stützen, den er je gemacht hatte. In ihm steckte mehr, als diese schrecklichen Worte auf dem Balkon vermuten ließen. Das konnte sie jetzt sehen. Es war ihr erster Instinkt, der richtig gewesen war, der ihr sagte, dass sie Freunde sein würden und dass niemand solche Gespräche führen würde wie sie beide. Und dann, sobald sie ihn sah, wusste sie, dass sie füreinander bestimmt waren.

Sie hatte die ganze Zeit recht gehabt. Sie *waren* füreinander bestimmt. Sie verliebte sich wieder in ihn, in sein freches Mundwerk und sein verruchtes Lächeln. Und noch gefährlicher für ihr Herz war die Art und Weise, wie er ihr bei ihren Ermittlungen geholfen hatte, selbst um den Preis seiner eigenen Würde.

Ja, sie hatte sich wieder in ihn verliebt. Nur dass er sich dieses Mal auch in sie verliebte. Sie war sich sicher, dass es so war.

Es klopfte an der Tür, und Fanny schlüpfte mit einem Teetablett herein. Es war nur allzu leicht gewesen, die übrigen Dienstmädchen davon zu überzeugen, dass ausschließlich Fanny sich um ihre Herrin kümmern sollte, um Caros Krankheit so gut wie möglich einzudämmen.

»Bitte sehr, Mylady«, sagte Fanny. »Es ist kein besonders gutes Abendessen, aber es war das Beste, zu dem ich die Köchin überreden konnte, für jemanden zu kochen, der eigentlich ausruhen sollte.«

Caro untersuchte das Tablett. Es gab Tee und Brühe, Brot mit Butter und Pudding zum Nachtisch. »Das wird reichen, Fanny. Ich danke dir.«

»Jetzt«, sagte ihr Dienstmädchen und setzte sich auf die Bettkante, »werde ich mich heimlich mit meinem Freund treffen, um zu sehen, welche Fortschritte er bei der Suche nach Richard Cuming gemacht hat. Ich werde erst spät zurückkommen. Kann ich Ihnen noch etwas bringen? Wenn Sie später nach irgendetwas klingeln, wird jeder merken, dass ich nicht im Haus bin.«

»Ich sollte für den Abend gut gerüstet sein, Fanny. Ich danke dir.«

Zwei Stunden später war die Nacht über London hereingebrochen, und Caro beschloss, einen letzten Versuch mit ihrem Buch zu unternehmen, bevor sie zu Bett ging. Als sie die erste Seite umblätterte, klopfte etwas gegen ihr Fenster. Wahrscheinlich ein Insekt, das vom Licht im Inneren angezogen wurde. Sie ignorierte es.

Eine Minute später klopfte es erneut, dann ein drittes Mal. Das war zu viel des Zufalls. Sie kletterte aus dem Bett und spähte aus dem Fenster.

In der Dunkelheit unter ihr sah sie Henry, der sich am Rande des leuchtenden Kreises aufhielt, den die Lampen seines Phaeton auf die Einfahrt warfen. Er entdeckte sie am Fenster, bedeutete ihr mit einer Kopfbewegung, herunterzukommen, und zog sich dann zurück.

Sie zog ein Morgenkleid mit Schnürung und eine dunkelgraue Pelisse an und steckte ihren Zopf am

Hinterkopf hoch. Dann ging es darum, sich unbemerkt aus dem Haus zu schleichen. Dies erwies sich als das Einfachste von allem. Angesichts ihrer *ansteckenden Krankheit* hielt sich niemand im Familientrakt des Hauses auf.

Caro schlüpfte in den hinteren Garten und dann durch die Seitentür, die auf die Straße führte. Henry eilte an ihre Seite, und das freudige Lächeln auf seinem Gesicht spiegelte sich in dem ihren wider.

Er ergriff ihre Hand und zog sie zu seinem Phaeton. »Wir machen uns besser auf den Weg, bevor wir entdeckt werden. Lass uns ein bisschen herumfahren, und ich erzähle dir meine Neuigkeiten.«

Billy, der die Pferde hielt, lachte, als sie aufstieg. »Sieh an, sieh an, sieh an, wenn das nicht die reizende Lady Caroline ist. Wie ich sehe, ist es jemandem gelungen, sich wieder in Ihre Gunst zu schmuggeln. Bei meiner Perücke - das erklärt eine Menge.«

»Guten Abend, Billy«, antwortete Caro. »Was erklärt das?«

»Warum Seine Lordschaft schon den ganzen Tag so gut gelaunt ist«, antwortete Billy frech.

Henry stöhnte, als er neben ihr hochkletterte. »Das solltest du ihr nicht sagen, Billy. Es gibt einen Kodex unter Männern.«

Billy zwinkerte ihr zu, während er zu seinem Platz im hinteren Teil des Wagens ging. »Ist das so? Ich bitte um Verzeihung, Mylord.«

Henry zog das Verdeck des Phaetons hoch, was ihnen eine Art Versteck gewährte. Er nahm die Zügel in die Hand, und sie fuhren los.

»Heute Nachmittag«, begann er, »hat Lansdowne meinem Vater die Adresse des Mannes geschickt, der ihm die Amulette verkauft hat, wie versprochen. Es ist ein Mr. John Brownwood, aus der Montague Street.«

»Montague Street - wo ist das?«

»In der Nähe des Bedford Square.«

»Bedford Square - das klingt ja geradezu seriös. Und es ist nicht weit von hier.«

»Weniger als eine Meile. Zufällig bin ich mit dem Bedford Square gut vertraut. Jetzt müssen wir unseren Plan ausarbeiten. Morgen werde ich diesen Brownwood aufsuchen und ...«

»*Wir* werden Mr. Brownwood aufsuchen.«

»Caro, du weißt, dass wir das nicht tun können. Dies sind gefährliche Männer. Und sie werden dich wahrscheinlich wiedererkennen, wenn man bedenkt, dass sie dir das Amulett direkt vom Hals gestohlen haben.«

»*Mr.* Brownwood hat das Amulett nicht gestohlen. Es war eine kleine alte Dame, die sich als Blumenverkäuferin ausgab.«

»Die zweifellos mit Mr. Brownwood und seinesgleichen im Bunde war. Es kann kein Zufall sein, dass du von allen Anwesenden die einzige warst, die ausgeraubt wurde. Ich bin mir sicher, dass es andere Damen gab, die Schmuckstücke trugen, die genauso viel oder mehr wert waren als dieses Amulett. Aber diese Leute handeln mit ägyptischen Antiquitäten, und das war es, wonach sie suchten. Das Amulett deiner Schwester ist nicht der einzige Gegenstand, den sie gestohlen haben. Zusätzlich zu den Gegenständen aus dem Britischen Museum wurde vor kurzem eines der wertvollsten Stücke meines Vaters gestohlen - ein kleines Kosmetikkästchen, ebenfalls in Form des Auges des Ra.«

»Ach, du meine Güte - willst du damit sagen, dass sie in dein Stadthaus eingebrochen sind und es gestohlen haben?«

Henry runzelte die Stirn. »Weißt du, ich bin mir nicht sicher. Mein Vater hat mir die Einzelheiten nicht erzählt. Das ist aber unwahrscheinlich. Das wäre nicht nur schwierig, sondern mein Vater hat das Haus mit Antiquitäten vollgestopft. Wenn sie reingekommen wären, hätten sie mehr als ein Stück gestohlen.« Er schüttelte den Kopf. »Ich nehme an, sie haben ihm die Taschen geleert, so wie sie es bei dir getan haben.«

»Nun, damit ist eine meiner Fragen beantwortet. Ich habe mich gefragt, was du neulich im Leverian Museum gesucht hast. Ganz zu schweigen vom Ägyptischen Zimmer von Thomas Hope.«

»Das habe ich mich auch bei dir gefragt. Ich hatte zufällig das Gleiche vor - die Suche nach dem Auge des Ra meines Vaters. Aber zurück zu den Dieben - sie werden dich wiedererkennen, Caro. Deshalb muss ich mich allein mit Brownwood treffen.«

Caro erlaubte sich, ein wenig Trübsal zu blasen. Er hatte Recht, aber es musste ihr nicht gefallen. »Könnten wir wenigstens an der Adresse vorbeifahren und uns umsehen?«

Er überlegte einen Moment. »Ich nehme an, ja. Es ist ja auch nicht weit.«

Sie fuhren über den Bedford Square und dann am Britischen Museum vorbei. »Wir suchen die Nummer acht«, murmelte Henry, als sie in die Montague Street einbogen.

Als sie sich näherten, öffnete sich eine Tür, und ein anständig gekleideter Mann trat heraus. Caro ergriff Henrys Unterarm. »Da«, zischte sie, »Nummer acht.«

Henry hielt seine Pferde an, als der Mann die Tür hinter sich schloss. Er begann, den Bürgersteig entlang zu gehen, direkt auf sie zu. Als er durch den Lichtkreis der Fackeln des Phaetons ging, konnte Caro einen Blick auf ihn werfen.

»Kleiner Mann, roter Bart«, flüsterte sie und wiederholte damit Lord Lansdownes Beschreibung des Mannes, der ihm die Amulette verkauft hatte. »Henry, denkst du, was ich denke?«

Offensichtlich tat er das, denn er fuhr mit dem Phaeton

halb um den Block und wendete ihn. »Wir folgen diskret in einigem Abstand.«

Sie beschatteten den Mann bis zur anderen Seite des Bedford Square und sahen dann, wie er in eine enge Gasse einbog.

»Gresse Street«, sagte Henry und zügelte die Pferde. »Das ist eine fiese Gegend ...«

»Henry!«, protestierte Caro. »Wir dürfen ihn nicht entkommen lassen.«

»Es ist zu gefährlich.«

»Das wird es nicht sein. Wir werden einfach vorbeifahren und sehen, wohin er geht.«

Er schüttelte den Kopf. »Wie ich schon sagte, es ist eine raue Gegend. Ich habe die Pflicht, für deine Sicherheit zu sorgen.«

Es war an der Zeit, die Kanonen einzusetzen. Caro legte ihre Hand auf seinen Arm und blickte ihn mit flehenden Augen an. »Bitte, Henry?«

Er sah zerrissen aus. »Wir sollten nicht ...«

Sie schluckte, als sie sich daran erinnerte, was er gestern Abend gesagt hatte, wie sehr er sie küssen wollte. Darüber, dass er an nichts anderes gedacht hatte als daran, wie sie im Mondlicht aussah. *Sei mutig, Caro.* »Bitte, Henry, willst du es nicht tun?« Sie lehnte ihren Kopf an seine Schulter, ohne den Blickkontakt zu unterbrechen. »Für mich?«

Er starrte sie an und wirkte ein wenig benommen. »Also gut.« Er lachte reumütig, während er die Pferde vorwärts trieb. »Du, Caroline Astley, bist gefährlich.«

Sie stieß ihn mit ihrem Ellbogen an. »Und das solltest du besser nie vergessen.«

KAPITEL 14

Caro spähte am Verdeck des Phaetons vorbei. Es war bemerkenswert, wie sehr sich die Stimmung verschlechterte, als sie in die Gresse Street einbogen. Hier gab es keine Straßenlaternen; die einzige Lichtquelle waren ihre Wagenlampen und ein hell erleuchtetes Haus in der Sackgasse vor ihnen. Zwei Frauen, die aus ihren Miedern herausquollen, standen an der Eingangstür und riefen einigen Herren, die sich näherten und eintraten, aufreizende Dinge zu. Caro erschrak, als sie erkannte, dass es ein Bordell war. Die anderen Häuser waren traurig und baufällig, mit bröckelnden Ziegeln und zugenagelten Fenstern.

»Siehst du ihn?«, flüsterte Henry.

Caro blinzelte in die Dunkelheit, dann drückte sie Henrys Arm. »Dort«, sagte sie, »bei dem Haus an der Ecke.«

Henry brachte die Pferde zum Stillstand. Vor ihnen lag die Sackgasse, aber eine Gasse führte um dieses Haus herum und verband sich auf der anderen Seite wieder mit der Hauptstraße. Sie konnten diesen Weg jedoch nicht nehmen, weil die schmale Gasse durch einen Wagen blockiert war. Der bärtige Mann sprach mit drei Männern, die etwas

Großes aus dem hinteren Teil des Wagens hoben. »Du bist spät dran, Brownwood«, sagte einer von ihnen. »Und jetzt hilf uns mit dieser verdammten Statue.«

Sie tauschte einen bedeutungsvollen Blick mit Henry aus. Dies war also der John Brownwood, den Lord Lansdowne in seiner Notiz erwähnt hatte. Und er war dabei, eine *Statue* abzuladen? Sie beobachtete, wie die vier damit durch eine Seitentür ins Haus taumelten. In der Dunkelheit war es schwierig, viel zu erkennen, aber die Statue schien fast so groß wie ein Mann zu sein, und sie hatte den Eindruck, dass sie aus einem dunklen Stein gehauen war. Es sah ganz sicher nicht griechisch oder römisch aus.

Einige Minuten später kamen einige Männer aus dem Gebäude, darunter John Brownwood. Sie kletterten alle in den Wagen, bis auf einen. »Wir sind in einer Stunde mit dem Rest zurück«, sagte der Mann, der Brownwood ermahnt hatte, und nahm neben dem Fahrer Platz. »Rühr dich nicht vom Fleck, bis wir zurück sind, hörst du?«

»Aye«, antwortete der andere Mann und verschwand durch die Tür.

Der leere Wagen rumpelte laut, als er über das Kopfsteinpflaster rollte, die Gasse hinunter und außer Sichtweite.

»Es hört sich so an, als wäre er der Einzige, der noch hier ist«, flüsterte Caro.

»Ja«, stimmte Henry zu.

»Ich wünschte, wir könnten ...«

Sie erstarrte, als sie hörte, wie sich ein Schlüssel im Schloss drehte. Der Mann, dem befohlen worden war, vor Ort zu bleiben, schlüpfte hinaus, schloss die Tür hinter sich und eilte auf das hell erleuchtete Haus am Ende der Sackgasse zu.

»Zurück für mehr, Mr. Hulston?«, rief eine der Frauen.

»Aye. Ich habe eine Stunde Zeit, und die will ich nicht

vergeuden.« Eine der Frauen gab ihm einen Klaps auf den Hintern, als er durch die Tür ging und außer Sichtweite war.

Caro ergriff Henrys Arm. »Henry, das ist unsere Chance.«

»Nein.«

»Aber das Haus ist leer, und ...«

»Nein.«

»Aber das Amulett meiner Schwester ist wahrscheinlich gerade da drin, ohne dass es jemand bewacht. Wir können direkt hineinschlüpfen und es uns schnappen. Verstehst du denn nicht? Dies ist meine Chance, meinen Fehler zu korrigieren. Es wird meine Schuld sein, wenn meine Schwester ihr neues Haus nicht kaufen kann. Hunderte von Frauen und Kindern, die auf der Straße leben, ohne einen Bissen zu essen, und ich bin schuld daran. Ich kann es nicht ertragen, Henry, ich kann es nicht!« Er starrte auf sie herab, traurig, aber ungerührt. Ihr kam etwas in den Sinn. »Und hältst du es nicht für wahrscheinlich, dass das Kästchen deines Vaters auch da drin ist?«

Er warf einen Blick auf die Nummer vier und runzelte unschlüssig die Stirn. »Die Tür ist verschlossen.«

Caro kramte eine Haarnadel unter ihrer Haube hervor und hielt sie ihm hin. »Wenn es hier nur jemanden gäbe, der Schlösser knacken kann.«

Er stöhnte. »Das hat Harrington auch erwähnt, oder?«

»Das hat er.«

Er seufzte und kletterte hinunter. »Also gut. Ich werde reingehen. *Alleine.* Billy, setz dich hier oben zu Lady Caroline. Bring die Kutsche zum Bedford Square und fahre herum, bis ich ...«

»Auf keinen Fall.« Caro erhob sich, schob ihre Röcke hoch und streckte ein Bein über die Seite des Phaetons. Ihr Fuß fand die Speiche eines Rades, rutschte aber ab, und sie klammerte sich an der Seite des Wagens fest.

Sie spürte, wie Hände nach oben griffen, sie um die Taille packten und auf den Boden setzten. »Verdammt, Caro«, murmelte Henry. »Könntest du wenigstens versuchen, dir nicht das Genick zu brechen?«

»Ich komme mit dir mit.«

»Ja, das habe ich mir gedacht.«

Billy kletterte auf den Fahrersitz. »Ich werde einen sicheren Ort finden, um Wache zu halten, Mylord.« Er schnippte mit der Peitsche, und die Grauen setzten sich in Bewegung.

Henry und Caro eilten zur Seitentür, wo Henry das Schloss überprüfte. »Es ist ein doppelt wirkender Becher.«

»Was soll das bedeuten?«

»Es ist ein gutes Schloss.«

»Ausgezeichnet. Das deutet darauf hin, dass es auf der anderen Seite etwas Wertvolles zu bewachen gibt. Kannst du es knacken?«

Er steckte ihre Haarnadel in das Schlüsselloch. »Das werden wir gleich herausfinden.«

Es stellte sich heraus, dass Harringtons Lob für Henrys unlautere Fähigkeiten wohlverdient war, denn das Schloss gab in weniger als einer Minute nach. Im Inneren war es stockdunkel, abgesehen von einem schwachen Lichtschein, der von einer Tür auf der anderen Seite des Raumes ausging.

»Warte hier«, flüsterte Henry.

Er schlüpfte durch die Tür und kehrte Sekunden später zurück. »Komm schon«, sagte er und gab ihr ein Zeichen, sich zu beeilen.

Caro holte tief Luft und machte sich bereit, das Versteck der Diebe zu betreten.

~

Es schien ein gewöhnlicher Lagerraum zu sein. Der Boden bestand aus nackten Brettern, die Fenster waren mit Brettern vernagelt, und überall im Raum waren Kisten gestapelt. Alles war trist und schmucklos.

Mit Ausnahme des schimmernden Sarkophags in der Mitte des Raums.

Caro wanderte ehrfürchtig hinüber. Es war ein großes, imposantes Rechteck, das aus Holz bestand. Aber es als *hölzern* zu bezeichnen, wäre eine Verleumdung gewesen. Selbst nach Tausenden von Jahren in einem staubigen Grab leuchteten die gemalten Figuren, die den Sarg bedeckten, in Ocker- und Mitternachtsblautönen sowie in einem jenseitigen, leuchtenden Türkis auf dem goldglänzenden Holz. Caro hatte keine Ahnung, was die Figuren darstellten, aber es war eine feierliche Prozession von seltsamen Göttern, ähnlich denen in Mr. Hopes Salon.

Auf dem Deckel breitete eine Göttin ihre Flügel über einem Trio schakalköpfiger Götter aus, die Rituale an einer Mumie durchführten. Es gab kaum einen Zentimeter Holz, der nicht mit irgendetwas verziert war - einer krokodilköpfigen Göttin, einer Umrandung aus Skarabäuskäfern und einer Reihe von Schriftzeichen, die kein lebender Mensch lesen konnte.

Henry stand neben ihr. »Es ist wunderschön«, sagte sie.

»Das ist es, nicht wahr? Mein Vater würde töten, um das zu besitzen. Aber wir haben nicht viel Zeit.« Er warf einen Blick auf seine Taschenuhr. »Wir sollten uns nicht mehr als eine halbe Stunde Zeit lassen, falls die Diebe früher als erwartet zurückkehren.«

Gemeinsam begannen sie, die Kisten zu durchsuchen. Ägyptische Antiquitäten waren nicht die einzigen Gegenstände, die die Diebe schmuggelten. Der größte Teil ihrer Beute war eher konventioneller Art - Fässer mit französischem Wein, Kisten mit Tee und, was für Caro besonders verlockend war, eine Kiste mit indischen Kaschmirschals, weich wie ein neugeborenes Kätzchen.

Sie fanden einige ägyptische Artefakte, darunter die Statue, die sie gesehen hatten, als die Männer sie vom Wagen abluden. Es stellte sich heraus, dass es sich um eine wunderschöne schwarze Steinstatue der geflügelten Göttin aus dem Deckel des Sarkophags handelte. Es gab Gefäße mit Tierköpfen als Deckel, die laut Henry dazu dienten, menschliche Organe aufzubewahren, die während des Mumifizierungsprozesses entnommen wurden - eine Information, die Caro dazu veranlasste, ihre Hände wegzureißen und von der Kiste zurückzuschrecken.

Henry lachte und ordnete die Gläser sorgfältig in ihrem Strohbett neu an. »Immer mit der Ruhe, Caro. Es gibt hier einen Mangel an Sofas für den Fall einer Ohnmacht.«

Sie fanden sogar einige Amulette, darunter einen wunderschönen, mit Juwelen besetzten Skarabäus-Käfer, aber nicht Annes Auge des Ra. »Du hast das Kästchen deines Vaters nicht gesehen?«, fragte Caro.

Henry schüttelte den Kopf. »Keine Spur davon.« Er schaute auf seine Taschenuhr. »Verdammte Scheiße - es sind schon fünfzig Minuten vergangen. Wir müssen hier raus ...«

»Da ist nur noch eine Kiste zu überprüfen. Komm und hilf mir mit dem Deckel.«

»Vergiss die letzte Kiste. Wir müssen los.«

»Wir werden uns beeilen.«

Auf Henrys Stirn zeichnete sich eine Ader ab. »Caro. Wir gehen jetzt.«

»Das würde nur eine Minute dauern, wenn du ...«

Aus dem Nebenraum, durch den sie gekommen waren, hörte man das Schaben von Metall auf Metall. Das Geräusch war leise, aber unüberhörbar.

Ein Schlüssel, der gegen das Schloss klapperte, während

jemand in der Gasse versuchte, das Schlüsselloch in der Dunkelheit zu finden.

Henry ergriff Caros Hand. »Durch die Vordertür«, zischte er. Sie eilten durch den Raum, aber die Tür, die der einzige andere Ausgang des Zimmers war, erwies sich als verschlossen.

Caro kämpfte mit zitternden Händen um eine Haarnadel. »Du musst es knacken ...«

Da ertönte das unheilvolle Geräusch des sich drehenden Schlüssels im Schloss. »Wir haben keine Zeit«, zischte Henry und suchte den Raum nach einem Versteck ab.

»Hulston!«, rief eine Männerstimme aus dem Nebenraum. »Komm und hilf uns mit dieser Last.«

Oh Gott, oh Gott, oh Gott, sie würden entdeckt werden, denn Caro konnte kein Versteck mehr sehen. Die Kisten waren alle bündig an der Wand gestapelt, und die meisten waren zu schwer, um sie zu bewegen, selbst wenn sie die Zeit hätten, sie zu verschieben, die sie nicht hatten, und ...

»Hier rüber.« Henry packte Caros Hand und zog sie in die Mitte des Raumes.

»Hier rüber?« Caro schaute sich um, aber es gab keine Deckung. »Hier kann man sich nicht verstecken.«

Seine Augen waren intensiv. »Es gibt nur einen Ort, an dem wir uns in diesem ganzen Raum verstecken können. Im Inneren des Sarkophags.«

KAPITEL 15

Ihr Unterkiefer klappte herunter. »Das kann nicht dein Ernst sein.«

Er war bereits dabei, den Holzdeckel zur Seite zu schieben. »Das ist unsere einzige Möglichkeit.«

»Aber ... aber ... aber ... was ist, wenn da eine Mumie drin ist?«, fragte sie in Panik.

Er hatte den Deckel schief aufgesetzt, so dass ein Mensch gerade so hindurchklettern konnte. »Dann werden wir eine Wahnsinnsgeschichte haben.«

Sie musste es tun. Sie wusste das, natürlich wusste sie das. Aber oh! Wie sehr sie sich wünschte, sie müsste das nicht tun. Es war stockdunkel in der Kiste, und nur Gott wusste, was darin war, und ...

»Hulston!«, rief eine ungeduldige Stimme von draußen. »Beweg deinen Arsch hier raus!«

Sie schluckte. Sie musste damit zurechtkommen. Sie nahm Henrys angebotene Hand an, setzte sich auf den Rand der Holzkiste und schwang ihre Füße hinein. Sie versuchte, die in ihrer Brust aufsteigende Panik zu unterdrücken, schloss die Augen und ließ sich in den Sarg gleiten.

Henry stand direkt hinter ihr, seine Brust drückte gegen ihre, als sie sich in den engen Sarg zwängten. Er griff nach oben und schob den Deckel wieder zurück, und im Nu waren sie in Dunkelheit gehüllt.

Wirklich, in einem tausend Jahre alten Sarkophag gefangen zu sein, war nicht annähernd so schrecklich, wie alle sagten. Zum einen hätte sie erwartet, dass es muffiger sein würde. Es war so eng, dass sie von den Knien bis zum Hals an Henry gedrückt wurde, aber wenigstens war die Kiste lang genug, um sie unterzubringen. Und um die Wahrheit zu sagen, es gab schlimmere Schicksale, als Brust an Brust mit Henry Greville zu liegen. Sie spürte, wie sich ihr Herzschlag beschleunigte, und das nicht nur, weil die Diebe vor der Tür standen.

Sie war auch unendlich erleichtert, dass sie nicht auf einer Mumie lag. Aber da war etwas drin, eine Art grober Stoff, der unter ihnen lag. Oh Gott, was, wenn es eine Art Mumienverpackung war? Nur weil hier keine ganze Mumie drin war, hieß das nicht, dass es keine ... Mumienteile gab.

Und da spürte sie es - etwas Hartes, das sie direkt in den Magen stieß. Gute Güte, wieso hatte sie das nicht sofort bemerkt? Es war riesig! Sie griff nach unten, um es beiseite zu schieben. Das Mumientuch hatte sich zwischen ihrem und Henrys Körper verkeilt, aber sie konnte durch den rauen Stoff hindurch spüren, dass da etwas war. Er war lang und hart, und sie konnte es nicht loswerden.

»Henry!«, zischte sie.

»Ja?« Sein Flüstern klang seltsam erstickt.

»Da ist etwas bei uns drin. Es ist keine ganze Mumie, aber ich denke, es könnte ein Oberschenkelknochen sein. Obwohl ...« Sie hielt inne und tastete umher. »... es scheint zu dick dafür zu sein. Auf jeden Fall ist es lang und hart, und es ist alles in diesem Tuch verheddert. Ich kann es nicht befreien. Kannst du ...«

Ihr Handgelenk wurde plötzlich mit einem eisernen Griff umschlossen. »Das ist *kein* Oberschenkelknochen«, zischte er. »Und ich will, dass du aufhörst, es anzufassen. *Unverzüglich.*«

Verständnis dämmerte. »Oh. Gute. *Güte!*«

»Du hast keine Ahnung«, murmelte er.

Aus irgendeinem Grund versetzte der Gedanke, dass sie seine - seine *Familienjuwelen* - gestreichelt hatte, sie in eine regelrechte Panik. »Henry, es tut mir leid, ich wollte nicht ...«

»Pst, ist ja gut, Caro.«

»Ich wusste nicht, dass das dein ... dein ...«

»Ich weiß, Schatz. Wir müssen jetzt leise sein.«

»Ja! Leise!« Sie wusste, dass er recht hatte, aber ihr Mund lief wie von selbst. »Ja, natürlich müssen wir das. Leise. Ich kann still sein. Ich kann das. Ich kann wirklich, wirklich ...«

Sie spürte eher, als dass sie sah, wie er sich bewegte, wie seine Hand in der Dunkelheit tastete, bis sie sich auf ihrer Wange niederließ und seine Lippen die ihren bedeckten. Genau siebzehn Schläge ihres rasend schnellen Herzens lang lag sie da, wie erstarrt vor Schreck. Dann durchfuhr ein heftiges Schaudern ihren Körper, und sie wölbte sich gegen ihn. Ihr Mund öffnete sich zu einem Stöhnen, und sie spürte, wie seine Zunge sanft die Innenseite ihrer Lippen umspielte.

Sie war noch nie geküsst worden. Sie hatte keine Ahnung, was sie da tat. Aber als seine Zunge über ihre Lippen streichelte, war es, als ob etwas in ihr zerbrach. Sie wusste zwar nichts über Küsse, aber sie kannte Vergnügen gut genug, und das war genau das, was Henry ihr gab. Obwohl sie durch die Wände des Sarkophags aneinander gefesselt waren, zerrte sie mit ihren Händen an seinem Mantel und versuchte verzweifelt, ihn irgendwie noch näher an sich heranzuziehen. Einer ihrer Füße in den zarten Pantoffeln wickelte sich um sein Bein und glitt nach oben, wobei sie sich nach noch mehr Kontakt zwischen ihrem und seinem Körper sehnte.

Ihre Zunge streckte sich zaghaft aus, um die Konturen seiner Lippen zu erkunden, und sie wurde belohnt, als er sich ihr mit einem anerkennenden Laut öffnete. Dreiundzwanzig atemlose Herzschläge lang tanzten ihre Zungen zärtlich miteinander. Dann war er an der Reihe zu stöhnen, und er übernahm das Kommando, seine Hand glitt in ihr Haar, um sie so zu positionieren, wie er es wollte, seine Zunge fegte durch ihren Mund, seine Lippen verschlangen ihre.

Ja, das war es, was sie wollte, seinen Mund auf dem ihren, besitzergreifend. Ihr ganzer Körper zitterte. Und warum nicht - hatte sie nicht seit Jahren auf diesen Moment gewartet, auf den Moment, in dem Henry Greville sie endlich küssen würde? Einer seiner Arme stützte ihren Kopf, der andere wanderte ihre Hüfte hinauf und über ihre Taille, bevor er sich seitlich auf ihrer Brust niederließ. Eine unvorstellbare Freiheit, die sie sich noch vor fünf Minuten nicht erlaubt hätte. Aber jetzt gab ihr Körper ein klares *Ja* auf die Frage, ob sie Henry Grevilles Hand dort haben wollte oder nicht, und sie hörte, wie sie aufschrie, als er seinen Daumen in den engen Raum zwischen ihren Körpern schob, um ihre Brustwarze zu reiben.

Sie drückte sich in seine Hand, wand sich gegen ihn und wollte, dass er es noch einmal tat, als das Geräusch einer aufschlagenden Tür sie in die Gegenwart zurückholte.

Sie befanden sich in einem *Sarkophag*. Umgeben von Kriminellen.

Sie durften keinen Laut von sich geben.

Henry drückte sie stumm und erinnerte sich im selben Moment an sich selbst. Sie nickte ihm in den Nacken.

Caro konnte das Gespräch der Diebe durch die Wände des Sarkophags hindurch hören.

»... ein verdammter Narr, Hulston.«

»Halt dein Maul, Schlangengesicht«, brummte eine zweite Stimme. »Es ist doch alles noch da. Siehst du?«

»Und du hast Glück, dass das der Fall ist, sonst würde ich dich bei lebendigem Leib häuten. Dieser Raum ist zu bewachen. Einer von uns muss hier sein, wach und aufmerksam, jede Minute eines jeden Tages, bis wir das letzte Stück verkauft haben. Dazu gehört nicht, dass du zum Nuttenhaus rennst, sobald ich mich umdrehe.«

Eine neue Stimme rief aus dem Nebenraum. »Könnt ihr mal mit dem Gejammer aufhören? Wir müssen alle zusammenarbeiten, um diese verdammte Säule zu bewegen.«

»Obelisk«, sagte jemand. »Der Begriff ist *Obelisk*.«

»Denkst du, das interessiert mich?«

Die Stimmen zogen sich zurück. Caro stellte fest, dass ihr Körper erneut zitterte, aber dieses Mal war es nicht die angenehme Art von Zittern. Sie hörte die Worte des Diebes in ihrem Kopf, immer und immer wieder.

Der Raum sollte bewacht werden. Jede Minute eines jeden Tages.

»Henry«, flüsterte sie, »wie sollen wir hier rauskommen?«

NEBEN IHR HATTE Henry das Gleiche gedacht. Wenn die Diebe ihre Beute rund um die Uhr bewachen würden ...

Sie steckten in großen, großen Schwierigkeiten.

Man hörte schwere Schritte und ein paar vereinzelte Grunzer.

»Pass auf den Türrahmen auf, Wallace!«

»Mein Gott, ist das schwer.«

»Lass es uns hier absetzen.«

»In die Ecke, du faules Stück Dreck!«

»Und warum nicht hier?«

»Wir kriegen die Statuen nie rein, wenn wir die Tür blockieren, Idiot.«

Es gab noch ein paar Grunzlaute, gefolgt von einem lauten Aufprall.

»Ich verstehe nicht, warum wir uns die Mühe mit diesen großen Teilen gemacht haben«, murrte jemand. »Wir finden kaum Käufer für die kleinen Dinge. Jeder möchte wissen, aus wessen Sammlung es stammt, damit er weiß, dass es nicht gestohlen ist. Wen sollen wir überzeugen, diesen ganzen Mist zu kaufen?« Der Sprecher unterstrich diese Aussage, indem er gegen die Ecke des Sarkophags trat, in dem sie sich versteckten. Henry spürte, wie sich Caros Hände in sein Hemd gruben, und er drückte sie beruhigend.

»Zufällig habe ich seit heute Neuigkeiten darüber«, sagte eine feinere Stimme, derselbe Mann, der darauf bestanden hatte, dass die *Säule* ein *Obelisk* war. »Ich habe einen Gentleman-Sammler gefunden, der als Liaison fungieren wird.«

»Was in sieben Höllen ist eine Liaison?«

»Ein Mittelsmann, du Tölpel. Er wird sich mit den Käufern treffen und alles als Stücke aus seiner eigenen Sammlung präsentieren.«

»Nun, das ist eine Erleichterung. Wenigstens habe ich mir dann nicht umsonst das Kreuz gebrochen, als ich diesen verdammten Felsbrocken getragen habe.«

»Wenn einer von euch also einen potenziellen Käufer findet, wendet er sich an unseren Verbindungsmann. Er wird jeden Freitag zwischen zwei und drei Uhr im Britischen Museum in der gleichen Galerie wie der Stein von Rosette warten, um Geschäfte zu tätigen. Sagt ihnen, sie sollen nach dem Mann Ausschau halten, der eine Lotusblume am Revers trägt.«

»Starke Arbeit, Brownwood«, sagte der, der sich

Snakeface nannte. »Also, da sind noch drei Kisten und die großen Statuen. Wallace, du ...«

Draußen auf der Gasse wieherte ein Pferd vor Schreck. Henry hörte das Stampfen von Hufen und das Klappern eines Wagens, der mit voller Geschwindigkeit über das Kopfsteinpflaster raste.

»Was zum Teufel ...«, rief Snakeface. Es gab ein Gewirr von Schritten, als die Diebe zur Tür rannten.

Der Raum war völlig still geworden. Sie würden keine bessere Chance als diese bekommen. »Beeil dich«, sagte Henry und schob den Deckel des Sarges schief.

Er kletterte hinaus und zog Caro auf die Beine. Sie eilten durch die Seitentür.

Henry spähte in die Gasse hinaus. Irgendetwas musste die Pferde, die den Wagen der Diebe zogen, erschreckt haben, denn sie waren im Galopp davongestürmt. Er konnte mindestens fünf Männer sehen, die die Gasse entlang sprinteten. Henry ergriff Caros Hand und zog sie in die entgegengesetzte Richtung.

Sie machten sich auf den Weg zurück zur Hauptstraße. »Tu so, als ob nichts wäre«, flüsterte Henry. Caro nickte und wischte sich ein Staubkorn von der Schulter.

Es hatte zu regnen begonnen, leicht, aber beständig. Nachdem sie aus der Gasse gekommen waren, bogen die Pferde scharf rechts ab und waren fast außer Sichtweite. Vier Männer verfolgten sie, konnten sie aber nicht einmal annähernd einholen.

Zwei weitere Männer rannten in die andere Richtung, an Caro und Henry vorbei, aber auf der gegenüberliegenden Straßenseite. »Komm zurück, du kleiner Scheißer!«, schrie einer von ihnen. In diesem Moment bemerkte Henry den Jungen, den er verfolgte. Als der Junge unter einer Straßenlaterne hindurchlief, drehte er den Kopf, um zu sehen, wie nah seine Verfolger waren.

Billy. Ihre Flucht war kein glücklicher Zufall, sondern sein unerschrockener Stalljunge hatte sich angeschlichen und die Pferde der Diebe aufgescheucht, wodurch sie ihre Chance bekamen.

Und nun waren die Diebe hinter ihm her.

Er sah, wie Billy einen scharfen Haken nach rechts schlug und um eine Ecke verschwand. Henry entspannte sich ein wenig, denn er wusste, wo Billy hinwollte.

Noch eine Kurve, und Billy wäre in einem Marstall, in dem Pferde in der Stadt untergebracht waren. Dort würde er wahrscheinlich Unterschlupf finden.

Schließlich lebte und arbeitete er selbst in einem.

»Komm mit«, flüsterte Henry und führte Caro über die Straße zum Bedford Square.

»Was ist mit Billy? Wir müssen ihm helfen.«

»Das werden wir. Ich habe einen Plan.« Der Regen wurde stärker, und sie begannen zu laufen.

»Henry, warte.« Sie zog ihn in einen Türrahmen. Er bot nicht viel Schutz vor dem immer stärker werdenden Regen, aber es war besser als nichts. »Was werden wir tun?«

»*Wir* werden gar nichts tun. *Ich* werde zurückgehen und sicherstellen, dass er entkommen ist.«

Sie schluckte. »In Ordnung. Ich warte hier auf dich.«

»Den Teufel wirst du tun. Glaubst du wirklich, ich würde dich mitten auf dem Bedford Square um Mitternacht *allein* lassen?«

»Was ist die Alternative?«

Henry hielt inne. »Vertraust du mir?«

Sie sagte nicht sofort etwas, und Henry hielt den Atem an. Ihre Antwort war für ihn von Bedeutung. Mit Erschrecken stellte er fest, wie sehr das der Fall war.

Als sie sprach, klang es, als ob ihre Antwort selbst sie überraschte. »Weißt du, ich glaube, ich tue es.«

Er atmete aus und nahm ihre Hand. »Dann komm mit mir.«

Sie rannten durch den mittlerweile strömenden Regen. Es durchnässte seinen Mantel im Nu, aber sie hatten es nicht weit.

Er führte sie zu einem Stadthaus aus dunklem Backstein auf der anderen Seite des Platzes. Er zog einen Schlüssel aus der Tasche und öffnete im strömenden Regen mühsam die Tür.

»Henry? Wo sind wir?«

Die Tür gab nach. Dies war der Moment der Wahrheit, denn obwohl sie gesagt hatte, dass sie ihm vertraute, hatte sie nicht verstanden, wohin er sie führen wollte.

Henry drehte sich zu ihr um. »Ich habe eine eigene Wohnung in der Stadt. Die ist hier drin. Möchtest du ... Würdest du hier drin warten? Um dem Regen zu entkommen?«

Ihr Mund öffnete sich zu einem perfekten kleinen Kreis. Es schien, dass Caroline Astley ausnahmsweise einmal die Worte fehlten.

KAPITEL 16

Ihre Sprachfähigkeiten hatten sie im Stich gelassen.

Hatte sie sich den Kopf gestoßen, als sie aus dem Sarkophag kletterte? Denn dies musste eine Art von Gehirnerschütterung mit Wahnvorstellungen sein.

Wenigstens wusste sie, was sie sagen sollte, sobald sie wieder sprechen konnte. Denn auf die Frage, ob sie mit *Henry Greville* in seiner Junggesellenwohnung allein sein wollte oder nicht, brauchte sie keine zwei Sekunden zu überlegen.

Sie schloss ihren Mund, der wie bei einem Fisch aufgesprungen war. »In Ordnung«, sagte sie, und ihre Stimme klang ein wenig piepsig.

Henry führte sie eine Treppe hinauf und nahm dann einen Schlüssel heraus, um eine Tür am oberen Ende des ersten Stocks aufzuschließen. »Im Moment ist niemand zu Hause«, erklärte er. »Es ist der freie Abend meines Kammerdieners. Gibson ist Mitglied eines Gesangsvereins, der sich donnerstags abends in einer örtlichen Kneipe trifft. Er wird erst in ein paar Stunden zurück sein.«

Als sie die Schwelle überschritt, schaute sich Caro mit unerträglicher Neugierde um. Das Zimmer war … enttäuschend gewöhnlich, um ehrlich zu sein. Die Einrichtung mit dunklem Hartholz und mitternachtsblauen Polstermöbeln wirkte natürlich maskulin. Doch statt der Lasterhöhle, die sie sich vorgestellt hatte, hätte es auch das Vorzimmer eines beliebigen Pfarrers in England sein können.

Henry kniete vor dem Kamin, füllte den Rost mit Kohlen und zündete sie an. »Billy wohnt in einem Zimmer über dem Marstall auf der anderen Seite des Platzes, wo ich meine Pferde halte. Dorthin wollte er fliehen. Ich kann mir vorstellen, dass er ein Versteck gefunden hat, aber ich muss mich vergewissern.«

Er erhob sich, um sich ihr zuzuwenden, dann erstarrte er, die Stirn in Falten gelegt. »Komm mit mir«, sagte er nach kurzem Zögern. Er führte sie durch eine Tür, und ihre Augen wurden groß wie Untertassen, denn nun befand sie sich in Henry Grevilles *Schlafzimmer*. Sie brauchte keinen Spiegel, um zu wissen, dass sie rot wurde.

Er räusperte sich, als er eine Tür öffnete, hinter der sich ein kleines Ankleidezimmer verbarg. »Du brauchst etwas Trockenes zum Anziehen. Bedien dich an allem, was vielversprechend aussieht.« Er fuhr sich mit der Hand durch die Haare und verteilte ein paar Regentropfen in dem kleinen Raum. »Gut, ich bin im Handumdrehen zurück.«

Und dann war sie allein. Sie schaute sich um. Weitere Möbel waren aus dunklem Holz, und die Vorhänge und die Bettdecke waren in einem tiefen Tannengrün gehalten. Die neueste Ausgabe von *The Sporting Magazine* lag auf dem Nachttisch. Sie ging hinüber, um an seinem Waschtisch herumzuschnüffeln. Oh, er benutzte dieselbe Zahnpulvermarke wie sie. Sie fand die Flasche, die sein Rasierwasser enthielt, und atmete tief ein, wobei sie einen

Hauch von Zimt und Orangen wahrnahm. Plötzlich tauchte in ihrem Kopf das Bild eines frisch rasierten Henry auf, der ohne Hemd vor dem langen, ovalen Spiegel stand und sich das Tonikum ins Gesicht spritzte. Ihr imaginärer Henry warf seinen Kopf langsam hin und her, während die Tropfen auf seine makellos geformte Brust fielen, und sie spürte, wie sich ihr Herzschlag beschleunigte.

Sie betrat sein Ankleidezimmer. Dort hing neben seinem Ausgehmantel sein Morgenmantel. Behutsam streckte sie eine Hand aus, um den Ärmel zu berühren. Es war aus mitternachtsblauem Satin und mit dem weichsten Samt gefüttert, den sie je angefasst hatte.

Jetzt stellte sich Caro vor, wie Henry aus dem Bett kletterte und sich diesen wunderschönen, plüschigen Morgenmantel über den nackten Körper streifte, der darum bettelte, gestreichelt zu werden. (Warum sie beschlossen hatte, dass er nackt schlafen musste, konnte sie nicht sagen, aber sie stellte es sich keuchend vor, also hatte sie nicht vor, ihrem imaginären Henry ein Nachthemd zuzuwerfen.)

Und da traf Caro eine Entscheidung. Ihre Hände zitterten so sehr, dass es schwierig war, die Bänder zu öffnen, aber sie zog alle ihre nassen Kleider aus.

Und sie griff nach dem Morgenmantel.

HENRY KLOPFTE UND WARTETE, bis er bis zehn gezählt hatte, bevor er seine eigene Tür öffnete. Er fragte sich, was er dahinter finden würde. Das erste, was ihm auffiel, war Caros Kleid, das über einem Stuhl hing, der dicht vor dem Feuer stand.

Das nächste, was ihm auffiel, waren ihr Unterhemd und ihr Korsett, die direkt daneben hingen.

In der Mitte seines Wohnzimmers blieb er stehen. Wenn

Caro nichts von diesen Dingen trug, stellte sich die Frage, *was* sie trug. In seinem Kopf entstanden mehrere Dutzend faszinierende Möglichkeiten.

Ihr Kopf tauchte über der Lehne des Sofas auf, das vor dem Kamin stand, und er sah, dass sie seinen Morgenmantel übergeworfen hatte.

Zu sehen, dass Caro etwas von ihm trug, insbesondere ein so intimes Kleidungsstück, weckte etwas Ursprüngliches in ihm. *Mein* war das Wort, das ihm einfiel. Es war so einfach, sich tausend Nächte wie diese vorzustellen, Nächte, in denen er sie in seinem Zimmer, nur mit seinem Morgenmantel bekleidet, vorfinden würde. Ihr Gesicht würde aufleuchten, wenn er den Raum betrat, er würde sie langsam auspacken, und dann würden sie den Abend auf die angenehmste Art und Weise zusammen verbringen.

Gott, er wollte diese Zukunft so sehr, dass es ihm wehtat. Und da war sie, diese Zukunft, vor ihm ausgebreitet.

Nur ... ihr Lächeln fehlte. Caro machte einen geradezu bestürzten Eindruck. Sie sagte etwas. Er bemühte sich um Aufmerksamkeit.

»Billy - ach, ja«, sagte er, als ihm die Erkenntnis dämmerte. »Es geht ihm gut. Er flüchtete in einen Stall, und die anderen Pferdepfleger deckten ihn. Er ist in seinem Zimmer sicher, während wir hier sprechen.«

Caro drückte eine Hand auf ihr Herz. »Gott sei Dank.«

»In der Tat.« Henry merkte, dass er Regenwasser auf den Teppich tropfte. »Entschuldige mich.«

In den drei Minuten, die er brauchte, um aus seinen nassen Kleidern zu kommen, überlegte er, ob es klug war, sich neben Caro auf sein Sofa zu setzen. Sie war eine Unschuldige. Wahrscheinlich hatte sie keine Ahnung, was für ein erotisches Bild sie abgab, wie sie vor dem lodernden Feuer saß, mit ihrem goldenen Haar, das ihr über den

Rücken fiel, und nichts anderes trug als seinen Morgenmantel aus Satin und Samt. Es war nicht so, dass sie versuchte, ihn zu verführen. Aber da sie so begehrenswert aussah, war es unmöglich, dass er zurückgehen und einen einzigen Gedanken haben konnte, der sich nicht darum drehte, sie zu verführen.

Nein, was er tun musste, war, sich komplett anzuziehen und in seinem Zimmer zu bleiben, bis der Regen nachließ, dann konnte er sie nach Hause begleiten.

Ja, das war genau das, was er tun wollte. Er würde sich weit, weit von Caroline Astley fern halten.

Egal, wie sehr er sich danach sehnte, mit ihr auf dem Sofa zu sitzen.

Christ, wie sehr wollte er sich zu ihr auf das Sofa setzen.

Nein! Er war ein Gentleman, verdammt noch mal. Er würde genau hier bleiben. Er würde dort nicht wieder hineingehen, bevor der Regen nachließ.

Natürlich würde er das nicht.

GENAU EINE MINUTE, nachdem er sich diese Dinge gesagt hatte, kam Henry aus seinem Schlafzimmer, nur mit einer lockeren Hose und einem am Hals offenen Hemd bekleidet. Caro lächelte und tätschelte das Sofakissen neben sich. »Setz dich hierher. Es ist schön warm am Feuer. Ich habe uns einen Tee gemacht.«

Sie drehte sich, um die Teekanne vom Beistelltisch zu holen. Dies hatte zur Folge, dass sein Morgenmantel zur Hälfte aufklaffte. Gott, ihre Beine waren umwerfend - er erhaschte einen Blick auf schlanke Knöchel und fein geformte Waden und eine verlockende Andeutung ihrer Oberschenkel.

Er stellte auch fest, dass sie allem Anschein nach unter seinem Morgenmantel nackt war.

Heilige Mutter Christi.

Sie drehte sich um, und ihre Finger berührten seine, als sie ihm eine Teetasse reichte.

Er nahm einen Schluck, dann lächelte er. »Du weißt, wie ich meinen Tee trinke.«

»Ich hatte die Gelegenheit, dir vor vier Jahren einmal eine Tasse genau so zuzubereiten, und ich habe mir das sofort eingeprägt.« Sie blickte zu Boden, ihre Wangen erröteten. »Du erinnerst dich wahrscheinlich nicht mehr.«

»Tue ich nicht. Ich wünschte allerdings, es wäre anders. Ich wünschte ...« Er lachte reumütig. »Ich wünschte, ich hätte in dieser Woche einiges anders gemacht.«

»Es ist schon in Ordnung«, sagte sie und sah zu ihm auf. Es waren fünf einfache Worte, aber Henry spürte, wie sich etwas in ihm bewegte, denn er konnte erkennen, dass sie sie ernst meinte. Wie durch ein Wunder war ihm vergeben worden.

»Es gibt etwas, das ich mich schon immer gefragt habe«, sagte er. »Wenn du Harrington gesagt hättest, was ich gesagt habe, hättest du am nächsten Tag meinen Kopf auf einem Tablett zum Frühstück genießen können. Aber du hast damals nichts gesagt, und ich bin mir ziemlich sicher, dass du es auch später nie getan hast. Warum nicht?«

Sie seufzte. »Glaube mir, es war nicht um deinetwillen. Es war ausschließlich für Harrington. Weil ich wusste, dass deine Freundschaft ihn wirklich glücklich gemacht hat. Und obwohl ich ihn mindestens dreimal pro Woche erwürgen möchte, liebe ich meinen Bruder und möchte, dass er glücklich ist.«

»Das war geradezu sportlich von dir. Ich weiß noch, dass ich in Panik war, weil ich wusste, dass ich ihn als Freund verlieren würde. Auch wenn es nicht um meinetwillen war, bin ich trotzdem dankbar. Schließlich brauche ich jemanden, mit dem ich verrückte Abenteuer erleben kann.«

»Ich bin mit deinen Heldentaten mit Harrington aufgewachsen. Dabei habe ich es geschafft, die ersten neunzehn Jahre meines Lebens zu verbringen, ohne so etwas wie ein richtiges Abenteuer zu erleben. Aber hier bin ich - dein neuer Komplize.« Sie lachte. »Ich hätte nicht gedacht, dass es noch besser gehen könnte, als sich unter jenem Schreibtisch vor Lord Graverley zu verstecken. Ich konnte ja nicht ahnen, dass ich mich in der nächsten Nacht vor jemandem namens Snakeface in einem Sarkophag verstecken würde.«

Er streckte die Hand aus und strich ihr eine Locke hinters Ohr. »Ich hatte im Laufe der Jahre einige wilde Momente mit deinem Bruder, aber nichts war so wie heute Abend.«

Sie schien darüber erfreut zu sein. »Nein?«

»Nein. Es dürfte ein Schock sein, aber ich habe deinen Bruder noch nie in einem Sarkophag geküsst.«

Sie lachte, nahm seine Teetasse und stellte sie auf den Beistelltisch. Sie sah zu ihm auf, lächelte und wurde gleichzeitig rot. »Das war mein erster Kuss.«

Ihr Geständnis löste ein Gefühl von unerträglicher Zärtlichkeit in seiner Brust aus. »Ist das so?«

»Allerdings. Es ist nur so, dass ...« Sie gestikulierte mit den Händen, weil sie wollte, dass er es verstand. »Ich bin nicht die Art von Mädchen, die ihren ersten Kuss in einem Sarkophag bekommt.«

Er zog eine Augenbraue hoch. »Es gibt eine Art von Mädchen, die ihren ersten Kuss in einem Sarkophag bekommt?«

Und dann lachte sie, und dann lachte er, und dann schlang sie ihre Arme um seinen Hals, und als ihre Lippen sich seinen näherten, waren sie immer noch in der Form ihres Lächelns gebogen.

Es gab kein größeres Vergnügen, das Henry in seinen ganzen fünfundzwanzig Jahren erlebt hatte, als Caroline Astley zu küssen. Alles an ihr war schön, und ihre Haut fühlte sich an wie Rosenblüten. Selbst nachdem sie in einem muffigen Sarg gelegen und es geregnet hatte, roch sie irgendwie nach nächtlichen Blüten, und ihr Mund war unbeschreiblich weich und süß unter seinem.

Aber ihr Kuss hatte etwas an sich, das ihn mehr berührte, als die Summe ihrer reizvollen Teile erklären konnte. Er küsste nicht nur ein wunderschönes Mädchen, das nach Jelängerjelieber duftete; er küsste *Caroline*. Er kannte sich gut mit der Lust aus, aber das ...

Dies war etwas anderes. Oh, aber sie war gefährlich. Er mochte ein starrköpfiger Mann sein, der dreiundzwanzig Stunden am Tag eher mit seinem Schwanz als mit seinem Kopf dachte, aber er war nicht so dumm, sich einzureden, dass sie wie jedes andere Mädchen war, mit dem er je hatte schlafen wollen. Caroline Astley war etwas Besonderes.

Für ein Mädchen, das erst vor einer Stunde seinen ersten Kuss bekommen hatte, war sie jedenfalls wirklich eifrig. Sie hatte zwar wenig Ahnung von dem, was sie tat, aber ihr Enthusiasmus machte den Mangel an Technik mehr als wett. Sie öffnete sich ihm sofort und versuchte spielerisch, seinen Kuss zu erwidern, wobei sich ihre Zunge zärtlich mit seiner verhedderte.

Tief im Inneren wusste er, dass dies eine schreckliche Idee war. Sein Schwanz war zum Leben erwacht, sobald er über den Gefrierpunkt hinaus erwärmt war. Jetzt schrie er förmlich danach, den Morgenmantel aufzureißen und etwas zu tun, um den verzweifelten Schmerz zu lindern.

Er wollte sich gerade dazu durchringen, den Kuss abzubrechen, als Caro ihn erneut überraschte, indem sie sich auf das Sofa zurücksinken ließ und ihn auf sich herunterzog.

Ihre Beine hatten sich instinktiv geöffnet und hielten seine stramme Erektion genau dort, wo er sie haben wollte, direkt an ihrem Geschlecht. Sie waren nur durch ein paar Lagen Stoff voneinander getrennt, was ihn über alle Maßen verlockte. Er wusste, dass dieser Weg in den Wahnsinn führte, aber er konnte sich nicht überwinden, mit dem Küssen aufzuhören.

Sie schob ihre Hände unter sein Hemd und streichelte schüchtern seinen Rücken. In einer Mischung aus Schock und Erregung zuckte er zusammen und stieß unwillkürlich gegen sie.

Sie stieß einen Schrei aus, der sich sehr nach Vergnügen anhörte, spreizte ihre Beine weiter und wölbte sich gegen ihn.

Stöhnend brach er den Kuss ab und vergrub sein Gesicht in dem Kissen neben ihrem Kopf.

»Henry?«, fragte sie. »Ist … stimmt etwas nicht?«

Er stützte sich auf einen Ellbogen und strich ihr über die Stirn. »Es stimmt alles, Liebling, und genau das ist das Problem.«

Wunderschöne blaue Augen blinzelten ihn verwirrt an. »Ich … ich kann dir gerade nicht folgen.«

Er richtete sich auf, zog sie neben sich und starrte ins Feuer. »Ich bin am Ende meiner Selbstbeherrschung. Ich muss aufhören, dich zu küssen, bevor ich dir den Morgenmantel vom Leib reiße und vierzehn verschiedene Dinge tue, die du morgen bereuen wirst.«

Er war dabei, den Verstand zu verlieren. Er verlor seinen gottverdammten Verstand, wenn Caroline Astley unter ihm lag, nur mit seinem Samtmantel bekleidet, sich an seinem Schwanz rieb und vor Lust schrie. Wie sollte ein Mann klar denken können, wenn ihm das ganze Blut aus dem Kopf in die Leistengegend geronnen war?

Weil er nicht klar denken konnte, nicht einmal

annähernd. Das war die einzige Erklärung für das, was er glaubte, sie als nächstes sagen zu hören.

Er musste träumen. Es war unmöglich.

Denn er glaubte, sie sagen zu hören: »Ich würde es nicht bereuen.«

KAPITEL 17

Caroline wurde rot. Der Versuch, einen Mann zu verführen, war schwieriger als sie erwartet hatte. Sie hatte versucht, nichts anderes als seinen Morgenmantel zu tragen. Sie hatte versucht, ihn zu küssen. Sie hatte sogar versucht, ihn auf sich zu ziehen. Irgendwie kam ihre Botschaft nicht an.

Dennoch, als sie angekündigt hatte, dass sie es nicht bereuen würde, ihm einige ... Freiheiten zu gewähren, hatte sie erwartet, dass er böse grinsen würde. Dass er erregt aussehen würde. Lustvoll, vielleicht.

Stattdessen sah er einfach nur ... verblüfft aus. Plötzlich erinnerte sie sich an einen Nachmittag vor vielen Sommern, als Harrington einen Kricketschläger an den Kopf bekommen hatte. Gut drei Tage lang war er verwirrt herumgetorkelt.

Genau so sah Henry sie im Moment an.

Gott, aber das war geradezu entmutigend.

»Das heißt«, stammelte sie in die peinliche Stille hinein, »ich darf natürlich nicht schwanger werden. Und ... ich bin nicht sicher, ob ich bereit bin, meine ... meine

Jungfräulichkeit zu verlieren. Aber ... wir werden wahrscheinlich nicht viele Gelegenheiten wie diese bekommen. Zusammen allein zu sein. Und ... und ... gibt es nicht noch andere, ähm, Dinge? Die wir tun könnten?«

Sie hatte ihre Entscheidung getroffen, als sie in seinem Ankleidezimmer stand. Sie war nicht bereit, ihm alles zu geben. Jedenfalls nicht, bevor er ihr einen Antrag gemacht hätte. Aber sie war sich sicher, dass ein solcher Antrag kommen würde.

Sie waren dabei, sich ineinander zu verlieben. Sie wusste es einfach. Sie war schon halb in ihn verliebt, und sie war sich sicher, dass er sich dieses Mal auch in sie verliebt hatte. Eine bessere Chance als diese würden sie wohl erst bekommen, wenn sie Mann und Frau wären, was noch Monate dauern könnte. Und es würde überhaupt nicht schaden, ihrem zukünftigen Ehemann ein paar Freiheiten einzuräumen.

Vor allem, wenn ihr eigener Körper diese Freiheiten so heftig begehrte, dass ihr der Atem stockte.

Henry starrte sie eine gefühlte Ewigkeit lang fassungslos an. »Lass mich das klarstellen«, sagte er schließlich. »Du schlägst vor, dass wir uns beide ausziehen und ich dann ...« Er hielt inne und starrte konzentriert an die Decke. »... elf der vierzehn Dinge tue, die mir vorschweben, und du wirst kein einziges davon bereuen?«

»Ähm. Ja?«

Sein Ausatmen war wie ein Segen, und da war es - das Grinsen, auf das sie gehofft hatte. Es war verrucht und erregt und lüstern zugleich.

Endlich.

Er stand auf, und sie erhob sich mit ihm. »Äh ... sollen wir dann ins Schlafzimmer gehen?«, fragte sie.

»Nein.« Er wanderte in die hinterste Ecke des Raumes. Was hatte er *vor*?

Er drehte sich um, ein Kissen in der Hand. »Wir werden genau hier bleiben.« Er sammelte überall im Zimmer Kissen ein, die er zu einem kleinen Haufen auf dem Teppich vor dem Kamin auftürmte. »Perfekt«, sagte er. Er nahm sie in seine Arme und ließ sie sanft hinunter, so dass sie sich an den Kissenberg lehnte. Sie fühlte sich wie Kleopatra, prächtig zurückgelehnt.

Er legte sich neben sie und streichelte ihren Körper durch den Morgenmantel hindurch. Oh, das fühlte sich *köstlich* an, das Gefühl des weichen, luxuriösen Samtes, der ihre Haut umschmeichelte.

Er küsste ihre Schläfe. »Hast du eine Ahnung, was wir gleich tun werden?«

»Eine gewisse Vorstellung«, gestand sie. »Als ich zwölf war, habe ich zwei Hausmädchen bestochen, damit sie mir eine sehr, ähm, detaillierte Beschreibung geben. Von dem, was passiert. Und von, du weißt schon, einigen anderen Dingen.«

Die »anderen Dinge«, die die Dienstmädchen beschrieben hatten, bestanden darin, den Mund auf den Intimbereich des Geliebten zu legen, und allein der Gedanke daran hatte sie im Alter von zwölf Jahren in Schrecken versetzt. Jetzt, im Alter von neunzehn Jahren, war sie mehr erschrocken als entsetzt.

Aber wenn sie ehrlich war, war sie auch ... fasziniert.

»Hast du dich jemals selbst berührt?«, murmelte er leise in ihr Ohr, während er sie mit seinen langsamen, verruchten Händen streichelte.

»Nein«, flüsterte sie.

»Dann hast du noch nie einen Höhepunkt gehabt.« Er vergrub sein Gesicht an ihrem Hals. »Gott, ich werde das so gut für dich machen, Caro ...«

»Das habe ich nicht gesagt!«, platzte sie heraus.

Er blickte wie erstarrt auf. »Aber wenn du keine Erfahrung hast und dich noch nie berührt hast, wie dann?«

»Ich hatte diesen .. diesen Traum«, stammelte sie.

Seine Augen waren wie geschmolzen. »Sprich weiter.«

»Das hat mich mitten in der Nacht geweckt, und ich war ... ich war ...«

»Ja?«

Sie schluckte. »Ich kam. Ich weiß, dass es so war. Es war genau so, wie die Dienstmädchen es gesagt hatten. Meine Beine zitterten, und mein ... Mein Eingang drückte immer und immer wieder, und es fühlte sich ... es fühlte sich ...«

Seine Stimme in ihrem Ohr war wie schwarze Lakritze, dunkel und würzig und süß zugleich. »Wie hat es sich angefühlt, Liebling?«

»Es fühlte sich ...« Sie kniff die Augen zusammen. »... so *gut* an.«

Er atmete scharf aus, und seine Hände begannen, ihre Brüste durch die Schichten seines Morgenmantels hindurch zu streicheln. Seine Liebkosungen ließen den Samt an ihren Brustwarzen reiben, was sich ... herrlich anfühlte. Sie ließ ihren Kopf zurückfallen.

»Wann war das?«, fragte er.

Oh, Gott, das fragte er doch nicht wirklich, oder? »Es war, als ...« Sie schluckte und nahm ihren Mut zusammen. »Das war, als ich fünfzehn Jahre alt war.«

Er erstarrte. »Fünfzehn Jahre alt«, sagte er langsam. »Wovon hast du geträumt?«

Und da war sie - die andere Frage, die sie nicht beantworten wollte. Sie drehte ihren Kopf zum Feuer. »Warum fragst du?«

Er drehte ihr Gesicht wieder in seine Richtung. »Weil ich das Gefühl habe, dass es für uns beide viel besser wird, wenn du es mir sagst.«

»Es ging um dich, Henry«, gestand sie.

»Oh. Mein. *Gott*,« stöhnte er. »Was habe ich in deinem Traum getan, Liebling?«

»Nun, normalerweise würdest du ...«

»*Normalerweise?* Willst du mir sagen, dass das mehr als einmal passiert ist?«

Gute Güte, ihre Wangen standen in Flammen, und das hatte nichts mit ihrer Nähe zum Feuer zu tun. »Ein paar Mal in der Woche. Vielleicht ein Dutzend Mal insgesamt, im Laufe der Jahre.«

Sein Gesicht verfinsterte sich. »Ich nehme an, dass ein anderer Glückspilz meinen Platz eingenommen hat, nachdem ich auf dem Balkon meine Meinung gesagt habe.«

»Nein, das warst immer du.« Sie schüttelte den Kopf. »Du kannst dir nicht vorstellen, wie verwirrt ich war, als es das erste Mal passierte, nachdem ... nun, du weißt schon. Ich wollte dich nicht *wollen*. Es war, als ob mein eigener Körper mich verraten hätte. Letztendlich hatte ich keine andere Wahl, als es zu akzeptieren. Du hast diese seltsame Wirkung auf mich. Niemand sonst hat mir je dieses Gefühl gegeben.«

Er lächelte sie so zärtlich an und sah so erfreut über ihr Geständnis aus, dass sie sich ein wenig zu entspannen begann. Er erhob sich und kniete sich über sie. »Ich habe gute Nachrichten für dich, Caro.«

»Was wäre das?«

Er grinste verrucht, als er das Gürtelband an ihrer Taille öffnete. »Ich bin dabei, all deine wildesten Träume wahr werden zu lassen.«

Er öffnete den Morgenmantel, erstarrte und blickte auf sie herab. Instinktiv wollte sie die Augen schließen, aber sie zwang sich, sie offen zu halten. So verletzlich sie sich auch fühlte, sie wollte keine Sekunde ihres ersten Mals mit Henry verpassen. Es war beängstigend, so entblößt vor ihm zu liegen, aber dann sah sie, wie sich sein Gesichtsausdruck zu einer Mischung aus Sehnsucht und nacktem Verlangen verdichtete.

So hatte sie sich immer erträumt, dass Henry Greville sie ansehen würde. Es gab nichts, wofür man sich schämen musste. Das hier war *richtig*. Sie war dazu bestimmt, mit diesem Mann zusammen zu sein, und dies sollte die beste Nacht ihres gesamten Lebens werden.

Als er sprach, lag ein Hauch von Ehrfurcht in seiner Stimme. »Gott, Caro, ich hätte mir nie vorstellen können, dass ...« Er schluckte. »Du bist so schön.«

Er half ihr, die Arme aus den Ärmeln des Morgenmantels zu ziehen und ihn so auszubreiten, dass er ein Samtbett bildete, auf dem sie liegen konnte. Sie wölbte ihren Rücken und genoss das Gefühl des weichen Stoffes unter ihr und die Wärme des Feuers auf ihrer nackten Haut.

Henry starrte sie wie gebannt an. »Mach das noch mal«, knurrte er, und sie lachte, als sie sich fügte.

»Großer Gott«, stöhnte er. »Du sagtest, du hättest dich noch nie angefasst. Ich nehme nicht an, dass du heute Abend damit anfangen willst?«

»Wie es der Zufall will, habe ich das nicht vor. Ich bin mehr an deinem Versprechen interessiert, alle meine Träume wahr werden zu lassen.«

Er wollte sich neben sie legen. »Ich bin ein Mann, der sein Wort hält.«

Sie hielt ihn mit einer Hand auf seiner Brust auf. Sie spürte, wie ihre Wangen brannten, aber sie zwang sich zu sagen: »Dann musst du dein Hemd ausziehen.«

Er entledigte sich sofort des beleidigenden Kleidungsstücks. Caro spürte, wie ihr die Kinnlade herunterfiel, und sie wusste, dass sie ihn anstarrte. Und sie war fest davon überzeugt, dass es keine Rolle spielte.

Sie hatte schon öfter Jungen ohne Hemd gesehen - ihre älteren Brüder und die Jungen aus der Nachbarschaft wie

Michael Cranfield, die an einem heißen Sommernachmittag schwimmen gingen. Der Anblick des zwölfjährigen Michael Cranfield, der ohne Hemd schwamm, war … gelinde gesagt, wenig inspirierend gewesen. Dieser Mann hingegen war ein Kunstwerk. Alles, was der Anblick seiner Kleidung versprochen hatte, traf hundertfach zu. Seine Schultern waren breit, seine Taille schlank. Sein Bauch war von diesen faszinierenden kleinen Muskelringen bedeckt, die unter dem Hosenbund verschwanden, zusammen mit einer Spur von Haaren, die unterhalb seines Nabels begann. Er hatte ein paar Haare auf der Brust, aber nicht sehr viel.

Sein Gesichtsausdruck, als er sah, wie sie ihn beobachtete, zeugte von purer männlicher Befriedigung. »Ich nehme an, dass ich die Anforderungen erfülle?«

Ihre Stimme klang rau, als sie antwortete: »Ja.«

Er setzte sich zu ihr auf das samtene Kissenbett. »So gut wie deine Träume?«

»Noch besser. Ich …« Sie hielt mitten im Satz inne. »Mein Gott, Henry. Ist das dein *Bauch*?« Ihre Hände hatten sich von selbst nach ihm ausgestreckt, um ihn zu berühren.

»Natürlich ist es das. Warum fragst du das?«

»Der ist so hart wie der Tisch.« Sie strich mit ihren Händen über ihn und staunte.

»Es ist nicht der einzige Teil von mir, der hart ist. Ich weiß aus zuverlässiger Quelle, dass ich auch etwas Langes und Hartes habe, und …«

»Du bist furchtbar. Ich kann nicht glauben, dass ich nicht gemerkt habe, dass das dein … dein …«

»Du kannst ihn übrigens gerne noch einmal streicheln. Aber zuerst …«

Und dann fanden seine Lippen die ihren, und er begann sie zu berühren. Sie merkte, dass er es langsam angehen wollte, er küsste sie sanft und streichelte ihre Schultern. Aber sie war bereits unerträglich erregt und verlangte schon beim ersten Kuss mehr von ihm. Ihre Hände waren überall - sie strichen über seine schön geformten Schultern, fuhren im Zickzack über seine Brust und seinen Bauch hinunter und griffen nach diesem wunderschönen, geformten Oberkörper, um ihn an ihren zu ziehen.

In dem Moment, in dem ihr Körper mit seinem verschmolz, fühlte sich der Kontakt zwischen seiner warmen, samtigen Haut und ihrer so gut an, dass sie den Kuss abbrach und vor Vergnügen aufschrie. Das war genau wie in einem ihrer Träume, nur tausendmal stärker. Ein pochender Puls, fast wie ein zweiter Herzschlag, hatte sich zwischen ihren Schenkeln gebildet. Sie drückte sich verzweifelt gegen ihn, griff dann nach seinem Rücken, wollte mehr Kontakt und versuchte, ihn auf sich zu ziehen.

Als er dem nicht nachkam, wimmerte sie protestierend. »Caro, Liebling, ich versuche, langsam zu machen. Damit es gut für dich ist.«

»Es ist gut für mich, Henry. Es ist sehr gut. Ich brauche mehr. Ich brauche so viel mehr.« Sie wand sich gegen ihn, seine warme, glatte Haut streichelte ihre Vorderseite, der kühle, flüssige Samt ihren Rücken. »Ich bin schon so nah dran. Ich möchte kommen, Henry. Ich *brauche es*. Bitte, willst du mir nicht helfen?«

Als er sah, wie weit sie schon war, beeilte er sich, ihrem Wunsch nachzukommen. Er kniete sich hin und zog sie hoch, so dass sie vor ihm kniete, mit dem Rücken zu seiner Vorderseite. Er spreizte ihre Knie weit. Sie spürte, wie sein Schwanz hart und eindringlich durch den Stoff seiner Hose in ihren Rücken drückte. Seine Stimme war dunkel wie Mitternacht in ihrem Ohr und triefte vor Sex. »Weißt du, wie man sich selbst zum Kommen bringt, Caro?«

»Nein. Es ist immer einfach ... passiert.«

Er streichelte ihre Brüste, und sie stöhnte auf. Oh, *Gott*, das war so gut ...

»Ich werde es dir zeigen«, murmelte Henry. »Weißt du, wie Männer das Geschlecht einer Frau nennen?« Sie schüttelte den Kopf. Eine seiner Hände bewegte sich langsam über ihren Bauch, nicht annähernd so schnell, wie sie es brauchte. »Sie nennen es ihre Pussy, ihr Kätzchen. Willst du wissen, wie es zu diesem Namen kam?«

»Wie?«, hauchte sie und drückte sich in seine warmen, geschickten Hände.

»Weil Miezekatzen gerne gestreichelt werden. Sie wölben ihren Rücken vor Vergnügen, pressen sich in deine Hände und betteln darum, gestreichelt zu werden, gestreichelt und gestreichelt. Und deine Pussy mag es auch, gestreichelt zu werden, Caro. Sie bettelt geradezu darum, dass jemand sie streichelt. Und da du heute Abend so brav warst, werde ich es tun. Ich zeige dir eine magische Stelle zwischen deinen Beinen und reibe dich ein wenig. Mal sehen, wie es dir gefällt.«

Dann glitt seine Hand zwischen ihre Beine und wanderte direkt zu der Stelle, die wie ein Herzschlag pochte. Und dann begann er, sie auf die sanfteste und neckischste Weise zu reiben. Oh, großer Gott, das fühlte sich so gut an. Oh, Gott, sie brauchte mehr, sie brauchte mehr, sie brauchte ...

»Du bist so nass, Caro. Ich liebe es, dass du für mich nass bist. Was für ein gutes, gutes Mädchen du bist, dass du nur für mich so feucht bist. Ich werde dich belohnen müssen.« Aber die Berührung seiner Hand blieb wahnsinnig langsam.

»Henry!«, rief sie. »Oh, Gott, ich bin so nah dran. Ich möchte kommen. Bitte, ich möchte kommen, ich ...«

»Ist es das, was du brauchst, Liebling?«, fragte er und beschleunigte das Tempo seiner Finger um eine Winzigkeit.

Aber Caro konnte nicht antworten, denn plötzlich war sie kurz davor, sie war kurz davor, und wenn er ihr nur ein kleines bisschen mehr geben würde, würde sie ... sie würde ...

Wie durch ein Wunder verstand er ihr wortloses Flehen,

und er strich mit seinen Fingern ganz leicht und schnell und *köstlich* über die kleine Perle zwischen ihren Beinen, und sie stammelte laut. »Oh, *Gott,* Henry, das fühlt sich so gut an, das fühlt sich *so gut an*, und bitte hör nicht auf, bitte bleib genau da und bitte hör nie, nie, nie auf, und ... oh. Oh. Oh! Oh, mein *Gott*! Henry! Ja! Ja! *Ja*!«

Als sie aufschrie, explodierte sie in seinen Armen, ihre Beine zitterten wild, ihre Öffnung pochte mit einer Lust, die exquisiter war als alles, was sie sich je hätte vorstellen können. Sie war völlig außer sich, ihr Rücken wölbte sich, ihr Kopf rollte in Ekstase zur Seite, als sie kam und kam und kam und *kam*. Die ganze Zeit über hielt er sie fest, drückte sie an seine warme, weiche Brust und verstand es, seine Berührungen zu verlangsamen, wenn die herrlichen Empfindungen zu viel wurden, um sie zu ertragen.

Er legte sie auf den samtenen Morgenmantel, legte sich neben sie und wiegte ihren Kopf an seine Schulter. Sie war erschöpft, fühlte sich knochenlos, gesättigt. Er hingegen war angespannt, jeder Muskel war angespannt. Sie schmiegte sich an ihn und genoss das Gefühl seiner Haut an der ihren.

Er stöhnte wie unter Qualen, rollte sich auf den Rücken und lockerte seine Hose. »Es tut mir leid, Caro«, sagte er gebrochen. »Ich hatte vor, langsam zu gehen. Aber nachdem ich gesehen habe, wie du kamst, kann ich es kaum erwarten.«

»Oh!« Es war ein äußerst befriedigendes Gefühl, zu wissen, dass sie nicht die einzige war, die unerträglich erregt war. »Kann ... kann ich helfen?«

Er kniete sich über sie und schob seine Hose ein paar Zentimeter nach unten. Mit unsicheren Händen versuchte er, sein Glied herauszuziehen. Sie spürte, wie sich ihre Augen weiteten. Wie sie im Sarkophag schon geahnt hatte, war er tatsächlich hart, und er war größer, als sie es sich vorgestellt hatte. Nicht, dass sie es heute Abend tun würden, aber wie um alles in der Welt sollte er dort hinein…

»Ich möchte dich ansehen«, sagte Henry. »Kannst du dich winden? So wie du es vorhin getan hast?«

Sie kam dem nur allzu gerne nach, und er stöhnte auf. Er pumpte sich schnell mit der Hand. »Oh, *verdammt*, Caro, das ist gut. Berühre deine Brüste für mich, mein Schatz.«

Sie konnte sehen, wie sehr Henry von ihrem Anblick erregt war. Er konnte seinen Blick nicht abwenden. Sie stellte fest, dass es ihr gefiel, wie er sie ansah. Das brachte sie dazu, ihre Finger schneller über ihre Brustwarzen kreisen zu lassen.

Um ehrlich zu sein, wollte sie ihre Hände nach unten bewegen, um den Punkt zu streicheln, den er ihr zwischen ihren Beinen gezeigt hatte.

Seine Hand wurde langsamer. »Hättest du …« Er schluckte. »Würde es dir etwas ausmachen, wenn ich mich auf deiner Brust verausgabe?«

Caro blieb bei diesem Vorschlag der Mund offen stehen, aber ihre Reaktion war nur Überraschung, nicht Missbilligung. Sie konnte an seinem Gesichtsausdruck erkennen, wie sehr er es sich wünschte. »In Ordnung.«

Er bewegte sich so, dass er zwischen ihren Beinen kniete, und begann, sich wieder zu streicheln, ohne seinen Blick von ihr zu nehmen. Seine Bewegungen wurden bald hektisch. Sein Mund öffnete sich mit einem Stöhnen, und sein Gesicht bekam einen Ausdruck, den sie für Qualen gehalten hätte, wenn sie nicht gewusst hätte, dass es sich dabei um die größte Freude handelte. Und dann war er an der Reihe, ihren Namen zu rufen. »Caro. Caro, ich … Gott, ist das gut. Oh, *Gott*, Caro, das ist so gut, ich … Oh, verdammt. Oh, *verdammt*, Caro … Ja! Ja! Ja!«

Und dann spürte sie es - warme, klebrige Nässe, die ihren Oberkörper hinauf und über ihre Brüste lief. Sie konnte das glasige Vergnügen in seinen Augen sehen, als er beobachtete, wie seine Essenz über ihren Körper floss.

Er schloss die Augen, ließ die Schultern hängen und sackte in eine sitzende Position. Nachdem er ein paar Mal schwer geatmet hatte, öffnete er die Augen und lächelte sie an. Sie erwiderte das Lächeln, und dann musste sie lachen.

»Was?« fragte er, immer noch lächelnd, während er ein Handtuch vom Teetablett mit warmem Wasser aus dem Kessel befeuchtete. Behutsam begann er, das klebrige Zeug von ihrem Körper zu entfernen.

»Ich kann es nicht glauben«, antwortete sie. »Vor zwei Stunden hatte ich noch nie einen Mann geküsst. Und jetzt habe ich einfach ...«

»... dafür gesorgt, dass ich so heftig komme, dass ich fast ohnmächtig geworden wäre?« Er warf das Handtuch beiseite, legte sich hin und nahm sie in seine Arme. Sie schnurrte, als sie sich an ihn schmiegte.

»Ich weiß nicht, ob ich das für mich in Anspruch nehmen kann. Ich war kaum beteiligt.«

Er schnaubte. »Du hast mich fast dazu gebracht, in meine Hosen zu kommen. Ich war nicht mehr so erregt, seit ...« Er hielt inne. »Ich bin mir nicht sicher. Vielleicht noch nie. Wenn du aber eine aktivere Rolle spielen willst, bekommst du die Gelegenheit dazu. In etwa drei Minuten.«

»Du meinst ... werden wir es wieder tun?«, fragte Caro fröhlich.

»Du hast verdammt Recht, das werden wir wieder tun. Es ist, wie du gesagt hast - wer weiß, wann wir wieder so eine Chance bekommen. Das will ich voll ausnutzen.« Er unterstrich diese Aussage, indem er mit seiner Hand den ganzen Rücken von Caro hinunterfuhr, vorbei an der Wölbung ihrer Pobacke, was sie vor Erwartung erzittern ließ.

»Ich hätte nichts dagegen.« Um die Wahrheit zu sagen,

hier neben Henry zu liegen, machte sie ziemlich begierig auf eine weitere Runde. Sie liebte das Gefühl, wie sich seine Brust an ihre presste, und sie wollte ihn in seiner ganzen Länge spüren. »Zieh das aus«, befahl sie und zerrte an seiner Hose.

»So anspruchsvoll«, sagte er und versuchte, gekränkt zu klingen, was ihm nicht gelang.

Er erledigte die Aufgabe schnell und nahm sie in seine Arme, diesmal ohne dass sie etwas trennte. »Mmmmm«, stöhnte Caro, die das Gefühl all dieser Haut, die sich an ihre presste, genoss.

»Das gefällt dir«, sagte er. »Wie du dich ganz an mich schmiegst.«

»Das tue ich. Und dir gefällt ...« Sie brach verlegen ab.

Er drückte sie an sich. »Was?«

»Dir gefällt es, laut lüsterne Dinge zu sagen.« Sie spürte, wie seine Brust gegen die ihre rumpelte.

»Das stimmt«, sagte er durch sein Lachen hindurch. »Das macht mich total heiß.« Er zog eine Augenbraue zu ihr hoch. »Aber ich habe gemerkt, dass es dir überhaupt nicht gefallen hat.«

Sie errötete. »Ich nehme an, es war ziemlich ... anregend.«

»Apropos anregend«, sagte er. Sein Glied, das von Minute zu Minute steifer wurde, stieß ihr nun eindringlich in den Magen. »Ich könnte jetzt ein bisschen Stimulation gebrauchen.«

»Oh! Ja, natürlich.« Sie schluckte, nahm ihren Mut zusammen, griff nach unten und tastete nach ihm. »Ich habe keine Ahnung, wie man das macht, also musst du mir zeigen ...«

Ihr Handgelenk wurde in einem schraubstockartigen Griff gefangen. »So sehr ich deine begeisterte Teilnahme schätze, du überspringst Schritte, Liebling. Ich habe versprochen, dass ich elf verschiedene Dinge mit dir machen werde. Bitte geh nicht direkt zu Nummer zehn über.«

Er rollte sie auf den Rücken und kam neben ihr zum Liegen. Seine Hände waren so warm, und er fing an, sie über ihren ganzen Körper zu streicheln, ihre Arme hinunter, ihren Bauch hinauf, bis zu ihrem Hals, überall.

»Und sieh nur, was ich beim ersten Mal für einen Mist gebaut habe«, fuhr er fort und ließ seine Hände zu ihren Brüsten wandern. »Es ist eine absolute Farce, dass ich dich hier noch nicht geküsst habe.«

Er rutschte hinunter, um dieses Versäumnis zu beheben, und küsste jeden Zentimeter ihrer rechten Brust in einer großen, sich verengenden Spirale, bis er ihre spitze Brustwarze erreichte, an der er zu saugen begann. Seine Hand spiegelte die Bewegung auf ihrer anderen Brust wider, und sie konnte Schwielen an seinen Händen spüren, die zweifellos von der Arbeit mit seinen Pferden stammten. Aber diese Schwielen sorgten für die köstlichste Reibung, und als er allmählich seine Saugkraft an ihrer Brustwarze verstärkte, wölbte sich ihr Rücken und sie bettelte um noch mehr. Dann bewegte er seinen Mund zu ihrer anderen Brust, und sie hörte, wie sie vor Vergnügen stöhnte.

Als er sich neben sie legte, war ihre Atmung unregelmäßig, und der seltsame kleine Herzschlag zwischen ihren Beinen war wieder da. »Gut?«, fragte er.

»Sehr gut.«

Und dann küsste er sie, seine Zunge zeichnete die Konturen ihres Mundes nach, während seine Hände weiterhin überall hinwanderten. Er fuhr mit seiner Zunge leicht über ihren Mundwinkel, und ihr ganzer Körper zitterte. Sie spürte, wie sich sein Glied sehnsüchtig in ihren Bauch drückte.

Als sie am ganzen Körper zitterte und kurz davor war, vor lauter Verlangen nach einem weiteren Höhepunkt den

Verstand zu verlieren, zog er sich mit einem frechen Grinsen auf dem Gesicht zurück. »Jetzt kommen wir zu dem Teil des Abends, an dem ich dir in allen Einzelheiten erzähle, was ich mit dir machen werde, was dich hoffentlich vor Sehnsucht in den Wahnsinn treiben wird.«

»Ich bin schon ganz verrückt vor Sehnsucht!«

»Ja, das sehe ich. Das wirkt Wunder für mein Selbstwertgefühl.«

»Dein Selbstwertgefühl braucht keine Ermutigung. Ich schwöre, Henry Greville, wenn du aufhörst, mich anzufassen ...«

Er gluckste, als er sich neben sie legte und seine Lippen an ihr Ohr legte. »Fürchte dich nicht, meine liebe Caro.« Er küsste ihr Ohr, was sie aufstöhnen ließ, und strich mit seiner Hand ganz sanft über ihr Schlüsselbein.

Als er in ihr Ohr sprach, klang seine Stimme heiser vor Verlangen. »Also, Caro«, sagte er, »ich habe dir die magische Perle zwischen deinen Beinen gezeigt. Du weißt jetzt, wie du dir selbst Vergnügen bereiten kannst. Wirst du dich dort berühren? Nachts in deinem Bett? Wenn du ein Bad nimmst, vielleicht?«

Ihr Atem ging stoßweise. Seine Hand glitt hinunter zu ihren Brüsten, und er begann, ihre Brustwarzen zu necken. »Und?«, forderte er. »Würdest du dich selbst berühren, Caro?«

»Ja«, hauchte sie.

»Weil du wieder kommen willst.«

»Ja.«

»Und an wen wirst du denken, wenn du das tust?«, fragte er und ließ seine Hand über ihren Bauch gleiten.

»Dich - ich werde an dich denken«, gestand sie.

»Gutes Mädchen. Wie sehr ich es genießen werde, mir vorzustellen, wie du dich selbst befriedigst, während du in deinem Bad sitzt und an mich denkst. Das wird mir sehr,

sehr viel Spaß machen. Und das meine ich wörtlich. Denn ich berühre mich jeden Abend vor dem Schlafengehen. Weißt du, an wen ich in der letzten Woche jede Nacht gedacht habe?«

»An wen?«

Er küsste ihren Hals. »Dich, mein Schatz. Nur an dich.« Das Herzklopfen zwischen ihren Beinen war stärker geworden, eindringlicher. »Und jetzt«, sagte er, küsste sich ihren Bauch hinunter und drückte mit seinen Händen ihre Knie auseinander, »werde ich dir einen meiner Lieblingspunkte auf der Liste der elf Dinge zeigen, die ich heute Abend mit dir machen werde. Wenn ich mich nicht sehr täusche, wird dir das auch gefallen.«

Er küsste sich an den Innenseiten ihrer Oberschenkel hinauf, die zitterten. Caro hatte eine Ahnung, was er vorhatte. Die kleine Perle zwischen ihren Beinen schrie förmlich nach seiner Berührung. Aber sie fühlte sich peinlich berührt bei dem bloßen Gedanken, dass er seinen Mund … *dort* ansetzen wollte. War er sicher, dass er …

Anscheinend schon, denn er teilte ihre Falten und fuhr mit seiner Zunge ganz leicht über sie. Sie erstarrte. Das fühlte sich … Das fühlte sich sehr … Er leckte sie erneut, dieses Mal bewegte er seine Zunge neckisch von einer Seite zur anderen, während er über sie strich.

»Henry.«

»Ja, Liebling?« Er wiederholte die Berührung.

»*Henry*.«

Er reizte sie mit einer Reihe von leichten, kitzelnden Bewegungen, und sie glaubte, ihre Hüften würden sich vom Boden erheben. »Fühlt sich das gut an, Caro?«

»*Henry*. Oh, mein *Gott*.«

»Sag es mir, Liebling.«

»Es fühlt sich so … so …«

»Ja?«

»Ich ... ich kann es nicht beschreiben.«

»Soll ich also aufhören?«

»Wage es *nicht*, aufzuhören, du *furchtbarer* Mann ...«

Kichernd erlöste Henry sie von ihrem Elend, schob seine Hände unter ihren Po und vergrub sein Gesicht zwischen ihren Beinen. Oh. *Oh*. Das war *genau* das, was sie gebraucht hatte, und *oh, gute Güte*, als er mit seiner Zunge über diese Stelle fuhr, das fühlte sich ... das fühlte sich ... Sie bemerkte, wie jemand stöhnte, ziemlich laut. Moment, war sie das? Nun, sie hatte im Moment keine Zeit, sich dafür zu schämen. Sie war zu sehr mit ihren Gefühlen beschäftigt. Was er tat, fühlte sich so gut an, wenn er nur ein kleines bisschen *schneller* und nur einen *Tick* höher gehen würde und ... und ...

»Oh. Oh! Oh, mein *Gott*, Henry. Genau da. *Genau* da. *Das* ist die Stelle. Genau so. Hör nicht auf, was immer du tust, *bitte* hör nicht auf ...«

Er verdoppelte seine Bemühungen, wirbelte seine Zunge so schnell und leicht und an *genau* der richtigen Stelle, und die ganze Welt zerbrach. Sie kannte nichts anderes als das Vergnügen. Ihr Rücken hob sich aus den Kissen, und sie hörte, wie sie seinen Namen schrie, als sich die Muskeln tief in ihrem Inneren wieder und wieder *und wieder* anspannten. Sofort ließ er seine Zunge sanft wandern und verlängerte ihr Vergnügen mit neckischen Berührungen, dann hob er den Kopf, als sie ohne Knochen auf die Kissen zurücksank.

Er nahm sie in seine Arme und drückte ihren Kopf an seine Schulter. Er küsste ihre Schläfe. »Ich nehme an, das hat dir gefallen.«

»Mmmmm«, war die einzige Antwort, die sie geben konnte.

»Gott weiß, dass ich es genossen habe.«

»Hmmm«, sagte sie träge.

Er hielt sie fest und streichelte ihren Rücken. Nach ein paar Minuten sagte er: »Ähm ... so ungern ich deine derzeitige Glückseligkeit unterbreche, ich nehme nicht an, dass du daran interessiert bist, den Gefallen zu erwidern?«

Caro sah zu ihm auf und biss sich auf die Lippe, als sie lächelte. Das war's also. Sie spürte, wie sich seine Härte in ihren Bauch drückte. Er war bereit, und so ängstlich sie auch sein mochte, ihr war klar, dass sie das tun wollte. Sie wollte es für ihn genauso gut machen, wie er es für sie gemacht hatte.

Sie küsste ihn, versuchte, mutig zu sein, und ließ ihre Hände über seine wunderschöne Brust gleiten. Sie wagte sich tiefer vor, berührte mit den Fingerspitzen seinen Bauch, bis sie nur noch Zentimeter von seinem Glied entfernt waren.

Plötzlich erinnerte sie sich an seine Freude, über das zu sprechen, was sie taten, und daran, wie es ihn noch mehr zu erregen schien. Vielleicht würde es ihm gefallen, wenn sie es auch versuchen würde. Sie nahm ihren Mut zusammen. »Oh. Oh je, Henry. Schau mal, was wir hier haben. Du wirkst sehr, ähm ... hart.«

Während sie sprach, legte sie ihre Hand um ihn und versuchte, ihn auf und ab zu streicheln, so wie sie es bei ihm selbst gesehen hatte. Sein Blick veränderte sich in dem Moment, als sie begann, ihn zu streicheln, und wurde unkonzentrierter. Sie konnte das Vergnügen sehen, das sie ihm bereitete. »Ich war noch nie in meinem Leben härter, Caro.«

»Ich mag es, dich hart zu machen. Dein ... äh ... dein Glied hart zu machen.«

Er grinste. »Mein *Glied*?«

»Das heißt, deine, äh ... Männlichkeit.«

Jetzt lachte er. »Meine *Männlichkeit*?«

Sie starrte ihn an. »Wage es nicht, mich auszulachen, Henry Greville. Das ist neu für mich. Willst du, dass ich aufhöre?«

»Gott, nein. Ich will, dass du weiter meinen *Schwanz* streichelst, Caro. Meinen Schaft, meinen Schwanz, meinen Roger, meinen Stab, mein...«

»Danke, Henry. Ich habe es verstanden.«

»Das hast du ganz sicher. Du lernst so schnell, mein Schatz. Und jetzt leihst du mir ein paar von diesen köstlichen Säften, die du netterweise gemacht hast.« Er griff ihr zwischen die Beine und streichelte neckisch über ihre Nässe, die er dann über seinen Schwanz schmierte. »Gott, das ist ein herrliches Gefühl.« Er nahm ihre Hand und legte seine eigene darüber, um ihr zu zeigen, wie er es mochte, gestreichelt zu werden. »Du kannst mich fester drücken - ja, Caro, genau so. Mach ein bisschen schneller, Darling, das ist gut, das ist so verdammt gut.«

Er legte sich zurück auf die Kissen, aber seine Augen blieben auf sie gerichtet, während sie seinen Schwanz streichelte. Nach ein paar Minuten rutschte sie zwischen seine Beine. Aus ihrem Gespräch mit den Dienstmädchen vor all den Jahren wusste sie, dass eine Frau ihren Mund auch bei einem Mann einsetzen konnte, aber sie hatte keine Ahnung, wie sie es anstellen sollte.

Als er sah, was sie vorhatte, stöhnte Henry auf. »Gott, ja, Caro. Bitte.«

Sie machte eine zaghafte Annäherung und küsste ihn sanft auf die Spitze seines Schwanzes. Sie drückte Küsse auf seine Länge und wieder zurück.

Er ließ seine Hände in ihr Haar gleiten und zog sie sanft zurück. »Das ist schön, Liebling. Aber weißt du noch, wie du dich bei unserem ersten Mal gefühlt hast, als ich dich sanft berührte und du unbedingt kommen wolltest?«

»Ja.«

»Das ist der Punkt, an dem ich gerade bin.«

»Oh! Ähm, was soll ich dann tun?«

»Hier.« Er legte ihre Hand wieder auf seinen Schwanz

und half ihr, ihren Rhythmus wiederzufinden. »Das fühlt sich so gut an, Liebling. Jetzt nimm auch deinen Mund und gleite mit ihm gleichzeitig mit deiner Hand an mir auf und ab ... Ja. *Ja*, Caro. Gott, das fühlt sich gut an. Am empfindlichsten bin ich jetzt direkt an der Schwanzspitze. Wenn du so weitermachst wie jetzt, aber auch mit der Zunge darüber fährst ... oh, *verdammt*. Oh, verdammt, oh ... oh, mein verdammter *Gott*, Caro! Ich werde ... Wenn du nicht willst, dass ich in deinem Mund komme, solltest du jetzt aufhören, weil ich ... Oh, Gott, oh, *verdammt*, oh ... Ja, Caro! Ja! Ja! Ja!«

Und dann schmeckte sie es - Schub um Schub seines Spermas, das in ihren Mund floss. Der Geschmack war nicht unangenehm, und sie schluckte unwillkürlich. Seine Hände wanderten zu ihrem Hinterkopf und zeigten ihr, wie sie sanft streicheln sollte. Nach einem Moment zog er sie von sich herunter und dann an seinem Körper hinauf, so dass sie neben ihm lag. Er küsste sie tief und ließ sie dann mit ihrem Kopf auf seiner Schulter ruhen.

»Danke, mein Schatz. Das war großartig.«

Sie lagen dort, auf seinem weichen Samtmantel, vor dem Feuer. Caro dachte darüber nach, dass sie sich in ihrem Leben noch nie so zufrieden gefühlt hatte. In Henry Grevilles Junggesellenwohnung zu sein, nackt in seinen Armen - das war eine Situation, die noch vor einer Woche unvorstellbar, ja entsetzlich gewesen wäre.

Aber heute Abend fühlte es sich wie die natürlichste Sache der Welt an. Es fühlte sich ... perfekt an.

Sie kuschelte sich an seine Brust. Sie bedauerte es nicht im Geringsten.

KAPITEL 18

Eine Stunde später hatte der Regen nachgelassen. So gern Caro auch verweilt hätte, Henrys Kammerdiener musste bald zurückkehren. So zog sie sich ihr feuchtes Kleid an, und sie stiegen in eine Droschke, die sie nach Hause bringen sollte.

Sobald sie sich händchenhaltend in der Kutsche niedergelassen hatten, lachte Caro. »Ich denke, wir sollten über das Amulett meiner Schwester sprechen. Wie willst du da weiter vorgehen? Ich finde, wir sollten gleich morgen früh in die Bow Street gehen und ...«

Henry schüttelte den Kopf. »Wir können nicht in die Bow Street gehen. Noch nicht.«

»Warum eigentlich nicht? Wir sahen die Artefakte mit eigenen Augen und hörten sogar, wie die Diebe über ihre Schwierigkeiten sprachen, die Leute davon zu überzeugen, dass die Stücke nicht gestohlen sind. Wir haben doch sicher genug Beweise ...«

»Sie sprachen von einem neuen Kontakt. Der Mann, der im Britischen Museum warten wird. Ein Gentleman, der ihre

Gegenstände als Stücke aus seiner eigenen Sammlung ausgibt, so sagten sie.«

»Was ist mit ihm?«

Henry seufzte. »Es gibt nur ein halbes Dutzend Männer in ganz England, auf die diese Beschreibung zutrifft, und sie sind alle Freunde meines Vaters. Ich kenne diese Art von Männern. Es sind gute Männer, aber die meisten von ihnen ... man könnte sagen, sie stecken mit dem Kopf in den Wolken. Solche, die in ihrer Aufregung leicht reingelegt werden können.« Er runzelte die Stirn. »Es könnte sehr wohl Lord Coddington sein. Er ist mein Patenonkel, Caro. Ich weiß, dass er nie absichtlich mit gestohlenen Waren handeln würde, aber ...«

Sie drückte seine Hand. »Natürlich nicht. Was sollen wir also stattdessen tun?«

»Heute ist zufällig Freitag. Ich werde zum Britischen Museum gehen und sehen, wer dieser neue Kontakt ist. In der Annahme, dass sie überlistet wurden, erkläre ich ihm, dass die Kiste mit den Gegenständen verschwunden ist, und versuche, ihn dazu zu bringen, die Zusammenhänge zu erkennen. Dann kann ich ihn direkt in die Bow Street marschieren lassen, und er kann derjenige sein, der sie ausliefert.«

»Ein ausgezeichneter Plan, bis auf ein paar Details. Soweit ich weiß, kann es Wochen dauern, bis man Karten für das British Museum bekommt ...«

»Das kann es, ja.« Henry grinste. »Aber ich kenne einen Weg hinein.«

»Ausgezeichnet. Was mich zu Punkt zwei bringt - was soll das Gerede, dass *du* ins British Museum gehen wirst? Ich glaube, das Wort, das dir nicht eingefallen ist, ist *wir*. Wenn du glaubst, du könntest mich zurücklassen ...«

Henry lachte. »In der Tat, nein. Du wolltest mich nicht einmal die Diebeshöhle alleine durchsuchen lassen.«

»Natürlich nicht. Und ich sehe nicht, dass du dich darüber beschwerst, wie der Abend geendet hat.«

Er hob ihre Hand an seine Lippen und drückte ihr einen Kuss auf die Handfläche. Als er den Kopf hob, leuchteten seine Augen selbst im schummrigen Innenraum des Wagens. »Ganz im Gegenteil.«

»Gut. Du bist also einverstanden, dass ich mitkomme?«

»Wir können weder diesem mysteriösen Kontakt noch den Läufern der Bow Street verraten, dass wir zusammen in einem Sarkophag lagen und die Verbrecher belauscht haben. Es braucht weit weniger als das, um dich zu ruinieren, Caro.«

Ihre Schultern sanken herab. »Ein gutes Argument. Aber ich will dabei sein, um zu sehen, was passiert. Ich kann Fanny mitbringen, und wir werden diskret von der anderen Seite der Galerie aus zusehen. Und sobald du aus der Bow Street zurück bist, will ich einen vollständigen Bericht.«

»Und du wirst einen bekommen. Ich sollte dem wahrscheinlich nicht zustimmen, aber wenn es bedeutet, dass ich dich morgen sehen kann ...«

Caros Herz schlug höher, als sie hörte, dass er Gefühle andeutete, die ihre eigenen widerspiegelten. »Mir geht es genauso«, gestand sie, blickte zu Boden und dann wieder zu ihm auf.

»Gut.« Er drückte ihre Hände. »Also, wir treffen uns in den Gärten, nicht am Haupteingang des Museums. Sagen wir um zwei Uhr?«

»Zwei Uhr also. Es gibt nur noch ein Problem: Wir sollen unseren Ansprechpartner an der Lotusblume an seinem Revers erkennen. Ich muss gestehen, dass ich keine Ahnung habe, wie eine Lotusblume aussieht.«

»Ich schon. Ich weiß es ganz genau. Sie gelten als eines der heiligen Symbole Ägyptens, und deshalb ist mein Vater natürlich von ihnen besessen. Da das Klima in England nicht mit dem in Ägypten vergleichbar ist, musste er einen speziellen Teich in unserer Orangerie anlegen lassen, damit er sie züchten konnte.«

Caro lachte. »Ich wusste, dass ich auf dich zählen kann.«

Die Droschke kam zum Stehen. Caro seufzte, weil sie nicht wollte, dass die Nacht vorbei war. Sie bemerkte, dass Henry keine Anstalten machte, die Tür zu öffnen. Sie lehnte ihren Kopf an seine Schulter und genoss das Gefühl von ...

»Wir sind da«, rief der Fahrer. »Steigen Sie aus oder nicht?«

Henry nahm ihre Hand und führte sie an seine Lippen. »Ich würde dir ja hinaushelfen, aber ich sollte wahrscheinlich nicht aussteigen. Wir können nicht riskieren, zusammen gesehen zu werden.«

Caro seufzte. »Du hast Recht. Ich weiß, dass ich gehen muss.« Sie drückte seine Hand. »Aber ich danke dir, Henry, für den heutigen Abend. Für alles.«

Als sie die Kutschentür öffnen wollte, wurde sie zurück auf den Sitz gezerrt. Henry küsste sie, schnell, aber zärtlich, und schob sie dann zurück zur Tür.

Caro grinste idiotisch, als sie sich zurück in ihr Zimmer schlich, und noch lange danach.

AM ANDEREN ENDE der Stadt war Arnold Jenner, der wegen seiner Glatze und seiner Glupschaugen besser als Snakeface bekannt war, in denkbar schlechter Stimmung. Er hatte fast zwei Stunden damit verbracht, diesen verdammten Pferden hinterherzujagen, und sie hatten den kleinen Scheißer nicht erwischt, der es für komisch gehalten hatte, sie zu erschrecken. Endlich hatten sie die Pferde beruhigt und waren zum Eingang der Gasse zurückgekehrt. Aber es gab immer noch etwas abzuladen, und er war müde, sein Rücken tat weh, und das bisschen Geduld, das er zu Beginn der Nacht noch gehabt hatte, war längst aufgebraucht.

Während er eine Kiste nach hinten auf den Wagen schob, beugte sich sein neuer Mitarbeiter, John Brownwood, in die Gasse hinaus. »Es gibt etwas, das du sehen solltest.«

Er fluchte. Brownwood war derjenige, der sie in diesen Schlamassel gebracht hatte. Er war Assistent des Unterbibliothekars für Gott weiß was für einen verrotteten Scheiß im Britischen Museum. Zumindest war er das bis vor einem Monat gewesen, als er von seinem Posten entlassen wurde. Brownwood hatte sich selbst ein kleines Abschiedsgeschenk in Form einer Schachtel mit ägyptischen Schmuckstücken gemacht. Dann hatte er von dieser Ladung gehört, die vom Kontinent kam, und er hatte sich an Snakeface gewandt, weil er einen Platz zum Lagern und Muskelkraft zum Transportieren brauchte.

Vielleicht würden sie große Beute machen, wie Brownwood sagte. Aber er hatte mehr und mehr das Gefühl, dass es viel mehr Mühe machte, als all diese bröckelnden Steine wert waren.

Snakeface folgte Brownwood in den Lagerraum. »Was ist es?«

»In unserer Eile, die Pferde aufzuhalten, hat sich niemand die Mühe gemacht, die Tür abzuschließen«, sagte Brownwood.

»Scheiße«, antwortete Snakeface. »Wurde etwas gestohlen?«

»Es scheint nichts zu fehlen. Aber sieh dir das an«, sagte Brownwood und deutete auf den Sarkophag. »Das war schon so, als ich reinkam.«

Snakeface verstummte. Der Sarkophag war nicht beschädigt. Er stand in der Mitte des Raumes, genau dort, wo er hingehörte.

Nur dass der Deckel schief auflag.

»Jemand war hier«, sagte Snakeface. Das Ganze - die Pferde, der Junge - war weder ein Unfall noch ein bloßer Streich.

Einer seiner Männer taumelte mit einer schweren Kiste in den Raum. »Bring das zurück auf den Wagen«, befahl Snakeface. Er wollte protestieren, aber Snakeface zeigte auf den offenen Sarkophag. »Sieh dir das an, ja?«

Der Rest der Mannschaft kam herein, um zu sehen, was es damit auf sich hatte.

»Wir wurden entlarvt«, sagte Snakeface.

KAPITEL 19

Am folgenden Nachmittag traf Henry eine Viertelstunde vor der vereinbarten Zeit in den Gärten des British Museum ein. Er wanderte wie betäubt über die Kieswege und nahm die exotischen Pflanzen, die ihn umgaben, kaum wahr.

Seine Welt hatte sich in den letzten vierundzwanzig Stunden aus den Angeln gehoben. Er wusste schon seit einiger Zeit, dass Caroline Astley schön war, dass sie geistreich war und dass sie ihn zum Lächeln brachte, bis sein Gesicht schmerzte. Seit sein Vater ihm mitgeteilt hatte, dass die Familie Greville zahlungsunfähig war, wusste er auch, dass all diese schönen Eigenschaften mit einem »aber« verbunden waren. Aber sie hasste ihn, aber er durfte sich ihr nicht nähern, damit der Herzog von Trevissick sie nicht ruinierte, und vor allem aber würde sie ihn niemals heiraten, sobald sie erfuhr, dass das Greville-Vermögen weg war.

Aber wenn er an die vergangene Nacht dachte ...

Die vergangene Nacht war eine Offenbarung gewesen. Nicht nur das Vergnügen, das sie geteilt hatten, obwohl das besser war als alles, was er je erlebt hatte. Aber zwischen den fantastischen Liebesspielen hatten sie miteinander geredet und gelacht, und Henry hatte sich zufrieden gefühlt, zufriedener, als er es jemals gewesen war. In seinen früheren Beziehungen war er nie auch nur im Geringsten versucht gewesen, über Nacht zu bleiben. Aber bei Caro hatte er mit einer Vehemenz, die ihn erschreckte, gewollt, dass sie blieb. Er wollte sie in sein Bett tragen, die ganze Nacht mit ihr schlafen und mit ihr in seinen Armen aufwachen. Er wollte auch den ganzen heutigen Tag mit ihr verbringen.

Und dann wollte er diesen Prozess wiederholen, jeden Tag für den Rest seines Lebens.

Die Folgen waren offensichtlich: Er musste Caroline Astley heiraten.

Natürlich gab es Hindernisse, die ihm im Weg standen. Unüberwindbare Hindernisse.

Er musste sie einfach verdammt nochmal überwinden.

Zumindest das erste Hindernis war schon gefallen - sie hasste ihn nicht mehr. Die beiden anderen Probleme, Lord Graverley und das Fehlen eines persönlichen Vermögens, waren miteinander verknüpft, denn wenn er seine finanziellen Probleme lösen könnte, hätte Graverley nicht mehr die Macht, ihn zu ruinieren.

Abgesehen von den wenigen Stunden Schlaf, die er irgendwie gefunden hatte, hatte Henry das Problem immer wieder in seinem Kopf durchgespielt. Und je mehr er darüber nachdachte, desto mehr zeichnete sich eine Lösung ab.

Im vergangenen Jahr hatte sein gerade erst aufgebauter Zuchtstall erstmals Gewinn gemacht. Es war ein bescheidener Gewinn von zweiundfünfzig Pfund, elf Shilling und vier Pence, aber es war ein Gewinn, nichtsdestotrotz. Und seine Einnahmen würden zwangsläufig steigen, weil er jedes Jahr mehr Pferde zum Verkauf bereithalten wollte. In diesem Jahr hatte er bereits einen Umsatz von etwa zweihundertfünfzig Pfund erzielt, und er hatte nur ein Viertel seines verfügbaren Bestands verkauft. Natürlich musste er die Ausgaben berücksichtigen, aber er schätzte, dass er in diesem Jahr etwa fünfhundert Pfund Gewinn machen würde und im nächsten Jahr vielleicht doppelt so viel.

Das war bei weitem nicht genug. Aber es war zumindest ein Anfang.

Und noch eine andere Idee war ihm an diesem Morgen gekommen. Während er sich ankleidete, erinnerte ihn sein Diener Gibson daran, dass für morgen ein Pferderennen angesetzt war. Percival Thistlethwaite hatte ihn zu einem Wettrennen im Sattel herausgefordert, bei dem hundert Pfund gesetzt waren.

Da er in den letzten fünf Jahren kein Rennen verloren hatte, genoss Henry einen gewissen Ruf. Jede Woche wurde er von jungen Möchtegern-Korinthern herausgefordert, die ihren Status festigen wollten, indem sie einen der besten Reiter Englands besiegten. Henry schreckte sie normalerweise ab. Aber es kam ihm in den Sinn, dass er das vielleicht nicht tun sollte.

Wenn er öfters Rennen ritt, musste er irgendwann verlieren. Es kam zu Unfällen - Pferde verloren Hufeisen oder begannen aus anderen Gründen plötzlich zu lahmen. Sättel verrutschten. Jeder hatte mal einen schlechten Tag. Aber er war zuversichtlich, dass er mehr gewinnen könnte als er verlor, viel mehr, und seine Gewinne könnten kurzfristig etwas Druck abbauen.

Henry hatte noch nicht alle Details ausgearbeitet, aber es zeichnete sich bereits ein Plan ab. Er verfügte zwar nicht über den üblichen Geschäftssinn, aber er hatte seine eigenen Fähigkeiten.

Das Einzige, was er nicht tun konnte, war, Caro von seinen finanziellen Problemen zu erzählen. Sie würde ihn niemals heiraten, wenn sie es wüsste. Verdammt, als sie sich unter Lord Lansdownes Schreibtisch versteckt hatte, hatte sie gehört, wie Lord Graverley seine Absicht erklärt hatte, ihr einen Antrag zu machen.

Sie mochte ihn. Er wusste, dass sie es tat. Aber die Wahrheit war, dass Zuneigung in diesen Dingen sehr wenig zählte, zumindest für die Tochter eines Grafen. Er war nicht so dumm zu glauben, dass sie ihr Vertrauen in seine zweiundfünfzig Pfund Gewinn setzen würde, nicht wenn sie die Chance hatte, eine Herzogin mit hunderttausend im Jahr zu sein.

Nein, er konnte Caro nicht von seinen aktuellen Problemen erzählen, nicht jetzt und niemals. Die Worte seines Vaters hallten in seinem Kopf nach.

Ein Mann ist stark. Ein Mann ist stoisch. Ein Mann ist standhaft. Ein Mann belastet seine Mitmenschen nicht, indem er über seine Probleme jammert. Er zeigt der Welt ein starkes Gesicht, zeigt niemals Schwäche. Er erträgt seine Sorgen stoisch und lässt seine Frau aus dem Spiel.

Selbst wenn er diese unglückliche Episode hinter sich gelassen hätte, gab es keinen Grund für Caro, jemals davon zu erfahren.

CARO ERBLICKTE Henry auf der anderen Seite des Gartens und beschleunigte ihre Schritte. Neben ihr richtete Fanny ihren Blick wachsam auf ihre Herrin.

»Fanny«, schimpfte Caro, »sieh mich nicht so an.«

»Eine Nacht«, murrte ihr Dienstmädchen. »Ich lasse Sie eine Nacht lang aus den Augen, und Sie treiben sich mit diesem Mann herum.«

»Du reagierst über. Es ist nichts passiert.« Das war natürlich nicht ganz richtig, aber ihre Jungfräulichkeit war intakt, so dass es der Wahrheit nahe kam.

Fanny packte Caro am Arm und zerrte sie hinter den Stamm eines Birnbaums, als Henry in Sicht kam. Caro sah das abgelenkte Lächeln auf seinem Gesicht und erwiderte es. Sie erkannte diesen Ausdruck.

Es war schließlich derselbe Ausdruck, den sie in den letzten zwölf Stunden getragen hatte.

»*Nichts*, aber sicher doch«, murmelte Fanny. »Es gibt nur eine Sache, die einem Mann so ein entrücktes Grinsen aufs Gesicht zaubert, und ich weiß genau, was es ist.«

»Das ist doch lächerlich. Ich erwarte, dass du dich benimmst. Du sollst Seine Lordschaft nicht mit deinem Sonnenschirm schlagen.«

»Ich werde ihn ganz sicher schlagen! Ich sehe ganz klar, dass er es verdient hat.«

Caro verdrehte die Augen und trat dann hinter dem Birnbaum hervor.

Henrys Gesicht erhellte sich. »Caro«, sagte er und eilte zu ihr.

»Henry.« Sie lächelte ihn an, und er lächelte sie an, und sie standen im Schatten des Birnbaums und grinsten sich an wie Idioten.

Es war Fanny, die das Schweigen brach. »Hmpf«, sagte sie, wobei ihr Blick von Henry zu Caro und wieder zurück wanderte. Sie klemmte ihren Sonnenschirm unter den Arm. »Dann ist das wohl in Ordnung«, murmelte sie.

Henry warf ihr einen fragenden Blick zu, woraufhin Caro mit den Schultern zuckte. Sie verschränkte ihren Arm mit seinem und führte ihn zu einer abgelegenen Bank. »Wie gefällt Ihnen meine Haube?«, fragte sie und deutete auf die riesigen Klappen, die ihr Gesicht fast völlig verdeckten. »Ich bin verkleidet«, flüsterte sie laut. »Trotzdem sollte ich mich so weit wie möglich von den Hauptwegen fernhalten. Es ist unwahrscheinlich, dass ich hier einen Bekannten treffe, aber ich soll ja krank im Bett liegen.«

»Ich sage es dir nur ungern, aber deine Verkleidung ist ein Reinfall. Du könntest einen Sack aus gröbstem Leinen tragen und wärst immer noch die schönste Frau in London.«

Sie drückte seinen Arm, als sie sich auf die Bank setzten. »Und wie kommen wir ohne Eintrittskarten ins Museum?«

Er zog eine Augenbraue hoch. »Wer sagt, dass wir reingehen müssen?«

»Aber ... der Kontakt wird in der gleichen Galerie wie der Stein von Rosette warten.«

»Ganz genau.« Er wies auf einen Holzschuppen in der Ecke des Gartens. »Und der Stein von Rosette ist gleich da drüben.«

Caro erschrak. »Dort? Du willst mir erzählen, dass der Stein von Rosette in einem Schuppen aufbewahrt wird?«

»Genau so, zusammen mit allem, was unsere Armee von Napoleons Leuten beschlagnahmte. Sie haben drinnen keinen Platz mehr, also mussten sie so vorgehen.«

Caro gluckste. »Sie haben Ihren Wert wieder einmal bewiesen, Henry Greville. Ich wäre nie auf die Idee gekommen, in dem Schuppen hinter dem Haus nachzusehen.«

Henry schaute auf seine Taschenuhr. »Es ist fünf nach zwei, also gehe ich rein und sehe nach, was los ist.«

»Perfekt. Ich warte zehn Minuten, dann komme ich nach.« Sie hob eine Hand, als er zu protestieren begann. »Bitte mich nicht, noch länger zu warten. Solange du mich nicht herüberwinkst, werde ich diskret sein. Aber ich kann mich gerade so davon abhalten, sofort durch diese Türen zu stürmen, um zu sehen, wer dieser mysteriöse Verbindungsmann ist.«

»So lange sollte ich nicht brauchen. Wahrscheinlich bin

ich bis dahin längst wieder hier draußen, und du brauchst gar nicht mehr hineinzugehen.«

Sie lachte. »Wie auch immer, ich möchte reingehen. Ich würde gerne diesen Stein von Rosette sehen, von dem alle reden.«

»Nun gut. Merke dir meine Worte, Caro, in zehn Minuten werden all unsere Probleme ein Ende haben.«

Es dauerte einen Moment, bis sich Henrys Augen an die schummrige Beleuchtung des Schuppens gewöhnt hatten. Eine Handvoll Menschen bewunderte die unbezahlbaren ägyptischen Antiquitäten, die in ihrer bescheidenen Umgebung so fehl am Platz wirkten. Er schaute sich nach dem Kontakt um und schloss eine fünfköpfige Familie, ein Trio, das wie Studenten aussah, und ein Paar Matronen, die durch abgegriffene Monokel einen Sarkophag bewunderten, aus.

Damit blieb ein Mann am anderen Ende des Schuppens übrig. Er war ein Gentleman, wer auch immer er war; Henry konnte selbst im Halbdunkel erkennen, dass seine Garderobe von bester Qualität war. Sein Körper stand im Profil zu Henry, und sein Kopf war gedreht, um mit dem diensthabenden Unterbibliothekar zu sprechen, so dass Henry sein Gesicht nicht sehen konnte.

Er hatte jedoch einen ungehinderten Blick auf die weiße Lotusblume, die in der Brusttasche des Mannes steckte.

Henry schritt durch den Raum. Gerade als ein Gruß über seine Lippen kommen wollte, drehte sich der Mann um, und sein Gesicht wurde enthüllt.

»Vater?«, stotterte Henry. »Was in aller Welt machst du denn hier?«

KAPITEL 20

Der Earl of Ardingly betrachtete seinen ältesten Sohn kühl. »Du bist doch nicht wirklich überrascht, mich hier zwischen den Antiquitäten zu finden?«

Eine der Matronen rief den Unterbibliothekar zu sich, der durch den Schuppen ging, um ihre Frage zu beantworten. Henry zog seinen Vater in die hinterste Ecke. »Ich bin nicht überrascht, dich hier zu finden. Ich bin überrascht, dich hier an einem Freitag zwischen zwei und drei Uhr mit einer Lotusblume am Revers anzutreffen, denn das hat eine besondere Bedeutung. Und das weißt du auch.«

Sein Vater erbleichte. »Ich ... ich weiß nicht, wovon du sprichst ...«

»Du arbeitest mit ihnen zusammen!«, schnappte Henry. »Die Kriminellen, die dein Antiquitätenkästchen gestohlen haben. Sie haben eine Kiste mit Gegenständen aus dem Britischen Museum gestohlen, wusstest du das? Und sie haben eine noch größere Beute in die Hände bekommen: einen Sarkophag, einige Statuen und noch mehr Kisten mit Gegenständen. Gott weiß, woher sie die gestohlen haben.«

»Woher weißt du das?«, wollte sein Vater wissen.

»Du hast mich gebeten, zu versuchen, die Kiste mit dem Auge des Ra zu finden, und das habe ich getan. Ich habe mit Lady Caroline Astley zusammengearbeitet, die eine Spur hatte. Ihr wurde auch etwas gestohlen, ein kleiner Anhänger vom Auge des Ra, den sie sich von ihrer Schwester geliehen hatte ...«

»Mein Gott, Henry. Kannst du wirklich so dumm sein?«

»Das ist unangebracht, Vater. Ich habe bei dieser Untersuchung gute Arbeit geleistet. Wir haben die Kriminellen erfolgreich aufgespürt. Ich weiß, wo sie alles lagern ...«

»Das ist nicht das, was ich meine. Ich beziehe mich auf die Tatsache, dass der *Anhänger* von deiner Lady Caroline gar kein Anhänger ist. Das ist *meine* Schatulle. Das ist derselbe Gegenstand, du Idiot!«

»Das ist nicht wahr. Ich habe mir anfangs die gleichen Sorgen gemacht, aber da ist ein Unterschied. Ihres ist aus Lapislazuli ...«

»Sie glaubt, es sei Lapis, weil sie nur die gewöhnliche türkisfarbene Form der Fayence gesehen hat, nicht die dunkelblaue.«

»Nun, ihres ist nicht mehr als einen Viertelzoll dick und hat ein Loch, so dass man es an eine Kette hängen kann ...«

»Das ist der Deckel.«

Henry runzelte die Stirn. »Der hätte die richtige Dicke, aber es ist kein Loch darin.«

»Oh ja, das hat er. Er dreht sich auf einem Zapfen, der ihn mit dem Boden des Kastens verbindet. Man sieht es nicht, wenn die beiden Teile zusammen sind, aber wenn man den Deckel ganz abhebt, hat er auf jeden Fall ein Loch.«

»Was auch immer die Ähnlichkeiten sein mögen, es kann nicht derselbe Gegenstand sein. Das hat Lord Wynters vor Monaten als Geburtstagsgeschenk für seine Frau gekauft. Beschuldigst du etwa Wynters, es gestohlen zu haben?«

»Natürlich hat er es nicht gestohlen. Ich habe es ihm gegeben.«

Jetzt war Henry völlig verwirrt. »Du hast es ihm gegeben? Warum solltest du das tun?«

Sein Vater seufzte. »Ich habe es bei einem Kartenspiel eingesetzt.«

»War das bevor oder nachdem du das Kästchen als Bürgschaft für das Darlehen des Herzogs von Trevissick benutzt hast?«

»Danach.«

Henry wusste, dass er nicht schreien durfte, aber er flüsterte wütend: »Warum in *sieben Höllen* würdest du dann genau den Gegenstand verwetten, den wir brauchen, um das Darlehen zu tilgen?«

Sein Vater hatte die Gnade, unbehaglich auszusehen. »Wynters und ich haben zweimal pro Woche gespielt. Das Glück schwankte hin und her. Wenn es brenzlig wurde, setzte er diese Taschenuhr ein, die ein Geschenk seines Großvaters war. Und ich setzte das Kästchen. Wir gaben uns gegenseitig die Chance, jedes Mal, alles zurückzugewinnen, was wir verloren hatten. Ich habe diese Schachtel wahrscheinlich Hunderte von Malen an ihn verloren und wiedergewonnen. Alles hätte in Ordnung sein müssen. Wie hätte ich vorhersehen können, dass er mir wegstirbt, bevor ich es zurückgewinnen konnte?«

Henrys Geduld war am Ende. »Warum hast du mir nicht von Anfang an die Wahrheit gesagt? Ich habe Lady Caroline versprochen, ihr bei der Wiederbeschaffung des Amuletts ihrer Schwester zu helfen.«

»Weil es nicht wichtig war. Du solltest dich doch sowieso von dem Küken fernhalten, weißt du noch?«

Was, wenn sein Vater herausfand, dass sie gerade hier war? In Henrys Kopf pochte es von den Folgen dessen, was sein Vater ihm gesagt hatte. Weil er dieses Kästchen brauchte. Er brauchte es, damit Trevissick der Welt nicht erzählte, dass die Grevilles zahlungsunfähig waren, damit er ein wenig Zeit gewinnen konnte, um die Familienfinanzen in Ordnung zu bringen und einen Funken Hoffnung zu bewahren, dass er Caro davon überzeugen konnte, ihn zu heiraten.

Aber sie brauchte es auch. Er erinnerte sich daran, wie verzweifelt sie gewesen war, als sie von den hungernden Waisenkindern ihrer Schwester und von einem Raum voller Abwasser erzählte. Er konnte sich den Schmerz in ihrem Gesicht vorstellen, die Schuldgefühle, als sie ihre missliche Lage beschrieb.

Sie brauchten es beide, aber nur einer von ihnen konnte es bekommen. Und Henry wusste beim besten Willen nicht, was er jetzt tun sollte.

Ihm kam etwas in den Sinn. »Warum arbeitest du überhaupt mit diesen Kriminellen zusammen?«, fragte er.

»Sie haben mir versprochen, mein Kästchen mit dem Auge des Ra zurückzugeben, wenn ich Käufer für die anderen Artikel finde. Das und eine zehnprozentige Beteiligung an dem, was verkauft wird.«

»Das ist er also, der todsichere Plan, von dem du mir letzte Woche erzählt hast. Du arbeitest mit bekannten Kriminellen zusammen und gibst Gegenstände, die rechtmäßig dem König und dem Land gehören, als deine eigene Sammlung aus, um Profit zu machen.«

Sein Vater schnaubte. »Ich würde gerne sehen, dass du eine bessere Lösung finden kannst ...«

»Wenn man bedenkt, dass deine Lösung von dem Ehrenwort eines Mannes namens *Snakeface* abhängt, kann man sich kaum eine schlechtere vorstellen. Aber zufällig habe ich einen Plan ...«

Licht durchflutete das Innere des Schuppens, und Henry blinzelte. Jemand hatte die Tür geöffnet.

Er blickte auf und sah Caro, die um den Türrahmen spähte. Jeden Moment würde sie ihn entdecken.

Und sie würde die Lotusblume am Revers seines Vaters entdecken.

~

HENRY STÜRZTE sich auf seinen Vater und riss ihm die Lotusblume vom Mantel. Er zerdrückte das Ding in seiner Faust und blickte dann schuldbewusst auf. Er sah, wie Caro ihn entdeckte, seine Hand noch immer erhoben. Er winkte unbeholfen mit der Faust, und sie begann, die Galerie zu durchqueren. Henry bemühte sich, eine natürliche Haltung einzunehmen, während er seine Hand hinter dem Rücken hielt.

»Du hast sie *hergebracht*?«, zischte sein Vater. »Ich habe dir gesagt, du sollst dich von ihr fernhalten.«

»Lord Thetford«, sagte sie, »was für ein unerwartetes Vergnügen.«

»Lady Caroline, guten Tag. Wurden Sie meinem Vater vorgestellt?« Sie schüttelte den Kopf. »Darf ich Ihnen meinen Vater, den Earl of Ardingly, vorstellen? Vater, das ist Lady Caroline Astley, die Tochter von Lord Cheltenham.«

Caro machte einen respektvollen Knicks, aber sein Vater nickte nur kurz. »Lady Caroline. Ein Vergnügen.« Sein schroffer Tonfall täuschte über jede Wärme hinweg, die seine Worte vermittelt haben könnten. »Wenn Sie uns entschuldigen, mein Sohn und ich müssen uns verabschieden.«

»Oh!« Caros Blick flog zu Henry. »Ich hatte gehofft, ähm ...«

»Geh du schon vor, Vater«, sagte Henry. »Ich würde Lady Caroline gerne die Galerie zeigen.«

Der Graf warf ihm einen Blick zu, und Henry erwiderte

ihn, ohne zu blinzeln. Der Graf zuckte zuerst zusammen. »Gut«, sagte sein Vater. »Guten Tag«, rief er über die Schulter, als er schon auf halbem Weg zur Tür war.

»Ist alles in Ordnung?«, fragte Caroline.

»Ja! Alles ist in Ordnung. Bitte entschuldige meinen Vater. Er war enttäuscht, als ich ihm sagte, dass ich sein verschwundenes Kästchen noch nicht gefunden habe.«

»Oh. Ja, natürlich.« Sie schaute sich im Schuppen um. »Hast du unseren geheimnisvollen Kontaktmann gesehen?«

Henry drückte die Lotusblume, die er in seiner Faust hielt. »Noch nicht«, log er. »Vielleicht verspätet er sich.«

»Oh, wie enttäuschend. Schauen wir uns doch ein wenig um, während wir warten.« Caro lachte. »Da ich deinen Vater noch nie zuvor gesehen habe, nahm ich an, dass *er* der Kontaktmann sein muss. Kannst du dir das vorstellen?«

Henry konnte sich das gut vorstellen. Er konnte sich das viel besser vorstellen, als ihm lieb war. »Mein Vater«, sagte er, und seine Stimme klang erstickt. »Das ist ein guter Witz.«

»Du siehst deinem Vater nicht sehr ähnlich.«

»Das würde ich gerne glauben«, murmelte Henry.

Caros Kopf ruckte herum, und sie starrte ihn an. »Was war das, Henry?«

»Äh ... nichts. Überhaupt nichts.«

»Ich wollte nicht andeuten, dass dein Vater jemals unter Verdacht stehen würde«, beeilte sie sich hinzuzufügen. »Mir war nicht klar, mit wem du sprachst.«

»Nein, ich verstehe. Ich habe es mir nicht zu Herzen genommen. Aber natürlich dient mein Vater nicht als krimineller Verbindungsmann. Allein die Vorstellung ist lächerlich.«

Natürlich war Henrys ganzes Leben im Moment lächerlich. Es sollte ihn eigentlich nicht überraschen, dass der neue Geschäftspartner seines Vaters, des Grafen, ein

Mann namens Snakeface war. Das war genau die Art von Woche, die er gerade durchlebte.

»Natürlich ist es das«, stimmte Caro zu. »Das muss dann wohl der berühmte Stein von Rosette sein.«

»Eigentlich sollten wir dort drüben anfangen«, sagte Henry und deutete auf die hintere Ecke.

Als Caro und Fanny sich umdrehten, um zu sehen, worauf er deutete, warf er die zerknitterte Lotusblume hinter einen Sarkophag.

SIE BESICHTIGTEN den Schuppen eine gute halbe Stunde lang. Henry tat sein Bestes, um Überraschung darüber zu heucheln, dass der Kontaktmann nicht aufgetaucht war.

Sie zogen sich auf ihre einsame Bank zurück, um sich neu zu sammeln, während Fanny nur einen Meter entfernt verweilte. Caro war enttäuscht, dass ihre Ermittlungen ins Stocken geraten waren. »An diesem Punkt«, sagte sie, »denke ich, dass wir alles an die Bow Street übergeben sollten.«

Das war das Letzte, was Henry tun konnte, denn es war sehr wahrscheinlich, dass sein Vater von Snakeface und seinen Freunden verraten werden würde. »Ich muss zuerst versuchen, diesen Kontakt zu finden.«

Caro seufzte. »Das Amulett meiner Schwester soll am übernächsten Montag versteigert werden. Wenn wir noch eine Woche warten, um uns mit dem Verbindungsmann zu treffen, bleibt uns nur sehr wenig Zeit.« Sie sah zu ihm auf. »Könntest du deinen Patenonkel Lord Coddington aufsuchen? So könnten wir ihn zumindest ausschließen.«

»Das ist eine gute Idee. Ich werde ihn morgen aufsuchen.«

Caro strahlte ihn an, was sich seltsam bittersüß anfühlte.

Allerdings fühlte er sich wie ein König, wenn sie ihn so ansah.

Aber sie würde ihn nicht so ansehen, wenn sie die Wahrheit wüsste - dass er sie gerade angelogen hatte und dabei war, nach Hause zu gehen und sich zu überlegen, ob er sie weiter anlügen oder offenbaren sollte, dass er sie in der letzten Woche angelogen hatte, weil er nicht der Mann war, für den sie ihn hielt.

»Oh, ich habe noch eine weitere Neuigkeit«, sagte sie und zog einen Zettel aus ihrem Täschchen. »Fannys Freundin konnte eine Adresse von Mr. Richard Cuming auftreiben. Wie du dich vielleicht erinnerst, ist er befreundet mit Mr. Parkinson im Leverian Museum, und Mr. Brownwood zeigte ihm die gestohlenen Amulette. Es ist wahrscheinlich nicht mehr relevant, da wir ihr Lager entdeckt haben, aber ich dachte, ich sollte es erwähnen.«

»Nein, es ist eine gute Information. Er wird dann später noch als Zeuge der Staatsanwaltschaft gebraucht.«

»Sollen wir also versuchen, mit ihm zu sprechen?«

Henry überlegte. Es gab wirklich keinen Grund, mit dem Mann zu sprechen, aber eine Verlängerung der Ermittlungen würde ihm zumindest etwas Zeit verschaffen. »Ich glaube schon«, sagte er, stand auf und bot seinen Arm an. »Ich habe morgen früh ein Pferderennen, aber vielleicht können wir ihn am Nachmittag besuchen.«

Caro strahlte ihn an, als sie seinen Arm nahm. »*Wir.* Endlich lernst du es, Henry.«

»Darf ich das behalten?« Henry hielt den Zettel in die Höhe. »Ich muss die Adresse nachschlagen.«

»Natürlich. Wer ist also der Unglückliche, der morgen ein Pferderennen verlieren wird?«

»Ich hoffe, die Antwort auf diese Frage lautet Percival Thistlethwaite und nicht ich.«

»La! Ich kenne Percival Thistlethwaite, und ich vermute, *ich* könnte ihn in einem Pferderennen schlagen.«

»Man weiß nie. Vielleicht hat Mr. Thistlethwaite ja verborgene Tiefen.«

»Das bezweifle ich. Aber sei vorsichtig, Henry.« Sie drückte seinen Arm, und der Ausdruck in ihren schönen blauen Augen ...

Er schaute weg. Das musste er.

Er schüttelte sich. »Ich danke dir. Das werde ich. Und ich schicke Mr. Cuming gleich morgen früh eine Nachricht. Ich werde dir Bescheid geben, sobald ich etwas von ihm höre.«

»Ausgezeichnet.«

Sie erreichten den Ausgang. Von Henrys Wohnung bis zum Britischen Museum war es nur ein Häuserblock, deshalb hatte er sich nicht die Mühe gemacht, seinen Phaeton mitzunehmen.

Er hatte jedoch seinen jungen Stallknecht mitgebracht, um die Gärten zu genießen. »Billy«, rief Caro, als sie ihn entdeckte. »Da ist der mutigste Junge in ganz London.«

»Oh, meine Güte, Lady Caroline«, antwortete Billy. »Es war doch gar nichts.«

»Das war es auf jeden Fall«, sagte sie. »Dein schnelles Denken hat uns gerettet. Und ich habe zufällig ein kleines Zeichen meiner Wertschätzung mitgebracht.« Sie kramte in ihrem Täschchen und holte einige Zettel heraus. »Eintrittskarten für Astley's Amphitheatre.«

Billy fiel die Kinnlade herunter, und Henry lächelte. Das war genau das richtige Geschenk für einen zehnjährigen Jungen. Philip Astley war ein spektakulär geschickter Sattellos-Reiter, der Künste auf dem Pferderücken vollführte; sogar Henry war von den Fähigkeiten des Mannes beeindruckt. Neben seinen reiterlichen Kunststücken bot sein Theater eine Vielzahl anderer Darbietungen, die einen kleinen Jungen ansprechen würden - Akrobaten, Seiltänzer, Clowns, Kraftprotze und dergleichen.

»Warten Sie«, sagte Billy. »Sie sind Lady Caroline Astley. Wollen Sie mir etwa sagen, dass Sie mit *Philip Astley* verwandt sind?«

Caro lachte. »Ich fürchte, ich kann keine Verbindung behaupten.«

»Oh«, sagte Billy. »Natürlich nicht. Ich meine, Sie hätten es sofort erwähnt, wenn das anders wäre. Philip Astley - das wäre wirklich etwas Besonderes.«

Henry überlegte, dass die meisten Menschen lieber mit einem Grafen als mit dem Sohn eines Schreiners verwandt sein würden. Billy gehörte jedoch eindeutig nicht zu ihnen.

Caro reichte ihm die Karten, und Billy fiel die Kinnlade herunter, als er sie zählte. »Ich kann meinen Freund Sebastian und ein paar andere Leute mitbringen. Ich werde der beliebteste Junge der Marställe sein.« Er sah zu Caroline auf, seine Augen waren ernst. »Das ist großartig, Mylady. Ich danke Ihnen.«

»Das ist nicht der Rede wert, Billy.«

Henry stupste Caroline an. »Wenn du damit fertig bist, meinen Knecht zu verwöhnen ...«

»Ihn verwöhnen? Ich hoffe, du behandelst ihn gut. Ohne ihn hätten wir es nicht geschafft, zu entkommen.«

»Ich habe ihm schon ein ganzes Pfund Toffee-Bonbons geschenkt. Die mag er lieber als alles andere.«

»Gut.« Sie lächelte zu ihm auf, und er lächelte zu ihr hinunter, und er spürte, wie sein Herz sich zusammenzog, und ...

»Ähm!« Fanny schlug ihren Sonnenschirm auf den Boden. »Je länger Lady Caroline auf dem Bürgersteig herumlungert, desto größer ist die Wahrscheinlichkeit, dass jemand vorbeifährt und sie entdeckt.«

Fanny hatte Recht, und Henry rief ihnen eine Droschke heran.

Dann machte er sich auf den kurzen Weg nach Hause, während Billy ihm mit seinen wertvollen Eintrittskarten in der Hand folgte.

Für den Rest des Nachmittags überlegte Henry, was zum Teufel er als Nächstes tun sollte.

Als er in einen lustlosen Schlaf fiel, hatte er es immer noch nicht herausgefunden.

Am Ende war es am einfachsten, den Deckel der Schatulle zurückzubekommen.

Henry begann den Tag damit, Percival Thistlethwaite um seine hundert Pfund zu erleichtern. Als er nach Hause zurückkehrte, fand er zwei Zettel vor.

Der erste war von Richard Cuming, der ihn einlud, ihn am Nachmittag aufzusuchen. Rein zufällig würde Mr. Brownwood noch einmal vorbeikommen, da er eine Auswahl neuer Artikel habe. Wenn Henry also diesen Brownwood-Burschen persönlich treffen wollte, brauchte er nur um drei Uhr vorbeizukommen.

Die zweite Nachricht kam von Caroline:

MEINE SCHWESTER ANNE ist heute gekommen, um mich zu pflegen, also muss ich so tun, als wäre ich krank. Schick mir eine Nachricht und lass mich wissen, wie es mit Lord Coddington und mit Mr. Cuming weitergehen wird. –C.A.

. . .

HENRY KAM EINE IDEE. Es bedurfte einer Unterwürfigkeit, die er nicht wiederholen wollte, aber es gelang ihm, Lord Lansdowne zu überreden, ihn zum Haus von Richard Cuming in Southwark zu begleiten.

Mr. Cuming schien nervös genug zu sein, weil ein Viscount zu Besuch kam, und seine Augen traten fast aus dem Kopf, als Henry den ehemaligen Premierminister vorstellte. Doch die beiden Männer verband das Interesse an Antiquitäten, über die sie sich unterhielten, während sie auf die Ankunft von John Brownwood warteten (zumindest, wenn Lord Lansdowne nicht gerade Mr. Cuming einen Vortrag über den Post Horse Duties Act hielt, einem Thema, zu dem Mr. Cuming weder besondere Kenntnisse noch ein verstärktes Interesse zu haben schien, was er aber stoisch ertrug).

Dann tauchte Brownwood auf und trug eine Holzkiste mit einem Griff an der Oberseite. Er wirkte hocherfreut über die Erkenntnis, dass zwei weitere Kunden anwesend waren. Henry stellte sich nur als »Viscount Thetford« vor. Er hatte sich gefragt, ob Brownwood den Höflichkeitstitel für den Erben des Grafen von Ardingly erkennen und somit wissen würde, wer er war. Doch der Mann lächelte selbstvergessen und zeigte ihnen seine Auswahl an Amuletten.

Als Brownwood am Ende seiner Sammlung angelangt war, griff er nach zwei schwarzen Samtbeuteln. »Ich zeige die beiden letzten Gegenstände nur selten, weil sie so teuer sind, aber so anspruchsvolle Herren wie Sie werden sie zweifellos zu schätzen wissen.«

Aus dem ersten Beutel zog er ein wunderschönes Amulett in Form eines Skarabäuskäfers, das mit Gold, Lapis, Karneol und Türkis besetzt war.

Der zweite Gegenstand war der Deckel der Schatulle seines Vaters.

»Nun, ich will verdammt sein«, sagte Henry und tat so, als wäre er überrascht. »Das ist der Deckel der berühmten Auge des Ra-Schatulle meines Vaters. Er sagte mir, dass es vor Monaten gestohlen wurde. Sie erkennen es doch auch, nicht wahr, Lord Lansdowne?«

Der Markgraf betrachtete das Auge des Ra durch sein Monokel. »In der Tat. Es ist der Stolz der Sammlung des Grafen. Es gehört Lord Ardingly. Zweifelsohne.«

Unter den Augen des ehemaligen Premierministers blieb Brownwood nichts anderes übrig, als Henry den Deckel zu überreichen und eine Entschuldigung zu stammeln. »Es tut mir furchtbar leid, Lord Thetford. Mein Kollege hat mir versichert, dass es auf der Bessborough-Auktion erworben wurde.«

»Unmöglich«, sagte Mr. Cuming. »Ich habe mir jeden Artikel der Bessborough-Auktion angesehen. Daran hätte ich mich erinnert.« Er wandte sich an Lord Lansdowne. »Auch die Amulette, die er mir vor drei Wochen angeboten hat, waren nicht von der Auktion in Bessborough, wie er damals behauptete.«

Jetzt sah Brownwood panisch aus. »Bitte, meine Herren, das ist alles ein Irrtum. Ich wurde von meinem Partner in die Irre geführt ...«

»Natürlich«, sagte Lord Lansdowne mit überraschender Sanftmut. »Aber Sie werden verstehen, dass wir diesen Partner von Ihnen untersuchen müssen. Geben Sie uns alles, was Sie über ihn wissen.«

Cuming stellte Papier und Stift zur Verfügung, und Brownwood schrieb dieselbe Adresse auf, die Henry und Caro zwei Nächte zuvor besucht hatten.

»Ausgezeichnet«, sagte Lord Lansdowne und nahm das Papier entgegen. »Wir werden uns diesen Arnold Jenner ansehen.« Er warf einen Blick auf Mr. Brownwood. »Und Sie werden im Newgate-Gefängnis warten, während wir das tun.«

~

ES HÄTTE sich wie ein Triumph anfühlen müssen, aber das tat es nicht.

Stunden später, lange nachdem die Nacht hereingebrochen war, fand sich Henry in seinem Wohnzimmer wieder, wo er auf und ab ging.

Er wusste, was er zu tun hatte, und das war, Caro den Deckel zu übergeben. Er hatte ihr versprochen, ihr bei der Wiederbeschaffung zu helfen. Hinzu kam, dass es rechtmäßig ihrer Schwester, Lady Wynters, gehörte. Sein Vater hatte den Spieleinsatz schlicht und einfach verloren. Und was Motivationen betraf, so konnte ein verschwenderischer Antiquar Hunderten von hungernden Waisenkindern nicht das Wasser reichen.

Er konnte sich vorstellen, wie er den Deckel an Caro übergab. Er konnte die Freude in ihren Augen sehen, die Erleichterung. Er konnte sich vorstellen, wie sie ihm die Arme um den Hals warf und in Tränen ausbrach, so tief war ihre Dankbarkeit.

Er würde wirklich ihr Held sein.

Er würde ihr Held sein, bis er enthüllte, dass sein Vater die Zukunft seiner Familie verpfändet hatte, um sich einen zweiten Sarkophag kaufen zu können.

Und dann konnte er sich vorstellen, wie sich ihr Gesicht verändern würde. Wie ihre Gesichtszüge sich von Schock über Abscheu bis hin zu Mitleid veränderten.

Er könnte es nicht ertragen, wenn Caro ihn so ansah. Nicht nachdem, wie sie ihn in den letzten drei Tagen angeschaut hatte. Es trug nicht gerade zu seinem Seelenfrieden bei, dass er sich vorstellte, wie sie hier, vor diesem Feuer, nackt auf dem Morgenmantel lag, der jetzt über seine Schultern drapiert war.

Und das bedeutete, dass er nur eines tun konnte, nämlich die Schatulle behalten. Er hatte nicht vor, sie seinem Vater zu überlassen. Erst nachdem sie die Ausgabengewohnheiten des Grafen erörtert und sich auf einige Grenzen für die Zukunft geeinigt hatten.

Aber es gab eine Reihe komplizierter Manöver, die er ausführen musste, um überhaupt eine Chance zu haben, Caroline zu gewinnen, und das erste bestand darin, dem Herzog von Trevissick das Kästchen mit dem Auge des Ra zu übergeben. Dies war für ihn im Moment der einzige Weg nach vorne. Selbst wenn es falsch war, war jede andere mögliche Zukunft einfach undenkbar.

Eines Tages, in einigen Jahren, wenn er die Finanzen seiner Familie wiederhergestellt hatte, würde er der Wohltätigkeitsorganisation von Lady Wynters eine Spende in Höhe des vollen Wertes der Schatulle zukommen lassen. Er würde die Dinge in Ordnung bringen.

Aber nicht jetzt.

Als er sich um drei Uhr morgens hinlegte, war sein Entschluss endgültig gefasst. Er würde die Schatulle behalten.

Gott, all diese Sorgen, und er musste sich immer noch überlegen, wie er seinen Vater vor dem Gefängnis bewahren wollte und wie er die untere Hälfte der Schatulle aus dem Haus der Wynters zurückholen konnte.

Er stöhnte. Warum konnte eine Katastrophe nicht nach der anderen eintreten?

KAPITEL 22

Am Tag nach ihrem Besuch im British Museum hörte Caro nichts mehr von Henry. Am nächsten Morgen war sie so aufgeregt, dass sie Fanny mit einem Zettel losschickte, mit dem sie Henry bat, sie am Vormittag auf dem Platz vor seiner Junggesellenwohnung zu treffen.

Henry war nirgends zu sehen, als sie aus der Droschke stiegen. Nur die Bewohner des Platzes hatten einen Schlüssel für das Tor, also ließen sie und Fanny sich nieder, um zu warten.

Nach ein paar Minuten kam ihr Lieblingsstallknecht Billy, der einen wunderschönen braunen Hengst führte, vorbei. »Guten Morgen, Billy«, sagte Caro.

Er lächelte und brachte den Hengst zum Stillstand. »Guten Morgen, Lady Caroline.«

»Ist das eines von Lord Thetfords Pferden?«

»Ja, Mylady. Das ist Brandywine. Sie dürfen ihn streicheln, wenn Sie möchten. Er hat ausgezeichnete Manieren.«

Caro streichelte den Hals des Hengstes. »Guten Morgen, Brandywine. Bist du nicht ein hübscher Kerl?« Sie wandte sich an Billy. »Warst du gestern Abend im Astley's Amphitheatre?«

»Oh ja, Mylady, es war wunderbar! Sie würden nicht glauben, welche Tricks Philip Astley im Sattel vollführen kann. Oder sollte ich sagen, außerhalb vom Sattel - er brauchte nicht einmal einen Sattel! Er kann im vollen Galopp auf dem Pferderücken aufstehen, er kann ein Taschentuch vom Boden aufheben, er kann sogar einen Handstand machen ...«

Caro lächelte, während Billy von der Show schwärmte, ohne zu merken, dass sie von der anderen Seite des Platzes beobachtet wurden.

ARNOLD »SNAKEFACE« JENNER dachte darüber nach, dass er nie in das Geschäft mit gestohlenen Antiquitäten hätte einsteigen sollen. Jahrelang hatte er mit den Waren, die er kannte - Getränke, Tabak und dergleichen - gute Geschäfte gemacht. Daran hätte er sich halten sollen.

Aber nein, er hatte auf den verdammten John Brownwood gehört, und nun sah er sich den Schlamassel an, in dem er steckte. Brownwood hatte sich gestern mit allen kleineren Stücken auf den Weg gemacht und darauf bestanden, einen Kunden zu haben. Dazu gehörte auch ihr wertvollstes Stück, der kleine blau-goldene Anhänger in Form eines Auges.

Snakeface wusste nicht, wohin Brownwood gegangen war, aber er hatte es mit Sicherheit bemerkt, als der Kerl nicht wieder zurückkam. Und wo auch immer er war, er hatte Beute im Wert von mehreren tausend Pfund mitgenommen.

Jetzt versuchte er über seine Kontakte herauszufinden, ob sich Brownwood mit der Ware aus dem Staub gemacht hatte oder ob er verhaftet worden war. Er vermutete Letzteres. Brownwood hielt sich mit seinem schicken Cambridge-Abschluss für etwas Besseres als die anderen, aber Snakeface kannte diese Art von Männern gut genug. John Brownwood war ein Köter in weißer Weste. Er hatte nicht den Mut, irgendwas selbst zu machen.

Und wenn die Charlies ihn hatten, war John Brownwood die Art von Kerl, der ihn verraten würde. Dessen war sich Snakeface sicher.

Und so machte er sich auf den Weg zu seinem Haus in Bloomsbury, um zu sehen, ob es von den Bow Street Läufern überrannt worden war. Damit wäre seine Frage schon beantwortet.

Als er am Bedford Square vorbeikam, bemerkte er ein Pferd, das auf dem Platz anhielt. Es war die Art von Pferd, die man einfach bemerken musste - sechzehn Hand hoch, perfekt gebaut, glänzendes rotbraunes Fell, vier weiße Socken und eine weiße Blesse im Gesicht. Die Art von Pferd, die mehr einbringen würde, als ein Mann wie er in seinem ganzen Leben verdienen konnte.

Dieses verdammte Pferd hat wahrscheinlich besser gefressen als die meisten Männer in England.

In diesem Moment bemerkte er den Jungen, der die Leine hielt. Verdammt ... das war die kleine Göre von neulich Abend, die ihre Pferde erschreckt hatte. Snakeface verlangsamte seine Schritte.

Als er vorbeikam, sah er den Grund, warum der kleine Scheißer mitten auf der Straße stehen geblieben war. Er unterhielt sich mit einer Frau, einer echten Beute, so wie sie aussah.

Und dann blieb er wie angewurzelt stehen.

Das war nicht nur irgendeine Beute.

Das war die Kleine, der er den fehlenden Anhänger gestohlen hatte.

Er würde sie überall erkennen. Sie war nicht die Art von Mädchen, die ein Mann gerne vergisst, nicht mit diesem Aussehen. Brownwood hatte auf sie hingewiesen, als sie vor zwei Wochen die Party betrat, und Snakeface hatte dafür gesorgt, dass ihr jemand die Halskette abnahm, als sie ging.

Er erinnerte sich sogar an ihren Namen - Lady Caroline Astley.

Der Junge war also ihr Stallknecht. Plötzlich passte alles zusammen - die verängstigten Pferde, der verschobene Sargdeckel. Irgendwie hatte diese Lady Caroline Wind davon bekommen, wer ihre Halskette gestohlen hatte, und sie wollte sie zurückbekommen.

Die Schlampe hatte das Ding vermutlich schon wieder in den Fingern.

Aber nicht für lange.

Als er sah, wie Lady Caroline ihren Stallburschen anlächelte, musste Snakeface grinsen, denn jetzt hatte er das Druckmittel, das er brauchte.

BILLY SCHWÄRMTE GUT fünf Minuten lang von den Wundern des Astley's Amphitheatre, ohne auch nur einmal Luft zu holen. Seine Träumerei wurde von einer tiefen Stimme unterbrochen. »Wie benimmt sich Brandywine heute Morgen?«

Caro drehte sich um und sah Henry auf sich zukommen. Hatte ein Mann jemals so gut ausgesehen in den hohen Stiefeln, Hirschlederhosen und einem Mantel aus flaschengrünem Wollstoff, der sich wie eine zweite Haut an seine prächtigen Schultern schmiegte? Das bezweifelte sie aufrichtig.

»Sehr gut, Mylord«, antwortete Billy. »Paul ist heute Morgen mit ihm nach Hampstead geritten, damit er richtig ausgaloppieren konnte. Ich habe seine Abkühlung fast beendet.«

»Gut.« Henry streichelte den Hals des Hengstes, und das Pferd schnaubte fröhlich und drückte seine Schnauze in die Hand seines Besitzers. »Ja, ich habe etwas für dich«, sagte Henry und holte einen Würfel Zucker aus seiner Tasche. Er streichelte den Hals des Hengstes noch ein paar Mal und betrachtete ihn. »Reibe ihn gut ab, Billy. Ich garantiere, dass er es verdient hat.«

»Das werde ich, Mylord. Komm mit, Brandywine«, sagte Billy und schnalzte mit der Zunge. »Nochmals vielen Dank für die Karten, Lady Caroline.«

»Gern geschehen, Billy«, antwortete Caro. Sie wandte sich an Henry. »Sollen wir einen Spaziergang machen?«

»Tun wir das.« Henry lächelte sie an, aber nur für eine Sekunde. Er drehte sich um und öffnete das Tor zur Grünanlage.

»Da Sie ja hier auf dem Platz nicht in allzu viel Ärger geraten können, werde ich die Leine nicht zu kurz nehmen«, sagte Fanny. Sie richtete ihren Sonnenschirm auf Henry. »Aber Sie sollten wissen, dass ich Sie im Auge behalten werde.« Sie wanderte zur anderen Seite des Grüns.

Eine Gelegenheit, unter vier Augen mit Henry zu sprechen - dieser Morgen wurde immer besser. Caro nahm Henrys Arm, und sie begannen eine Runde über den Kiesweg des Platzes. »Also«, sagte sie, »ich würde zu gern wissen, was gestern passiert ist. Hast du den Preis für dich beansprucht?«

Henry stolperte über seinen eigenen Fuß und kam dann mitten auf dem Weg zum Stehen. Seine Augen waren groß wie Untertassen. »Habe ich ... habe ich was?«

»Das Pferderennen«, sagte Caro verwirrt. »Ich habe mich gefragt, ob du Percival Thistlethwaite besiegt hast, oder ob ...«

»*Das Pferderennen*. Natürlich meintest du das ... Ja, ich habe gewonnen.«

Caro strahlte zu ihm auf. »Glückwunsch, Henry. Das wundert mich nicht im Geringsten.«

»Danke.«

»Ich möchte alles darüber erfahren, aber zuerst muss ich wissen, was du gestern noch herausgefunden hast. Hast du deinen Patenonkel besucht?«

»Das habe ich nicht.«

»Oh! War er nicht verfügbar?«

»Ja ... nicht verfügbar ... das ist es. Ich, äh, ich werde es heute wieder versuchen.«

Bildete sie sich das nur ein, oder war da ein leichter Schweißschimmer auf Henrys Schläfe? Wie seltsam. Der Morgen war angenehm kühl.

»Sehr gut«, sagte Caro. »Und was ist mit Mr. Cuming? Konntest du ihn aufsuchen?«

»Ja. Ich habe mich mit ihm getroffen. Gestern Nachmittag.«

Sie wartete ein paar Takte, dass er etwas sagte, aber er schwieg. »Und was hatte er zu sagen?«, fragte sie.

»Nichts, was wir nicht schon wussten«, sagte Henry, den Blick auf den Weg vor ihnen gerichtet. »Es war Zeitverschwendung, fürchte ich.«

»Oh, das tut mir leid, das zu hören. Trotzdem vielen Dank, dass du dir die Mühe gemacht hast, ihn aufzuspüren.«

Seine Antwort war ein Grunzen. Caroline blickte zu ihm auf. Sie kannte ihn zwar noch nicht so lange, aber Henry verhielt sich nicht so, wie sie es gewohnt war.

Sie brachte ihn zum Stillstand. »Henry, stimmt etwas nicht?«

»Was soll nicht stimmen? Nein. Warum fragst du?«

»Du verhältst dich ein bisschen seltsam.«

»Ich habe letzte Nacht nicht gut geschlafen. Das ist alles.«

Caro zog konsterniert die Stirn in Falten. Er hatte ihr nicht einmal in die Augen gesehen. Sie erinnerte sich daran, wie er sie das letzte Mal, als sie ihn im Garten des Britischen Museums gesehen hatte, angelächelt hatte. Sie war sich in jenem Moment so sicher gewesen, dass er ihre Gefühle erwiderte. Dass sie sich ineinander verliebt hatten. Aber jetzt ...

Jetzt wusste sie nicht mehr, was sie denken sollte.

»Du bist doch nicht sauer auf mich, oder?«

»Nein. Es ist nichts dergleichen.« Wenigstens sah er sie jetzt an, aber es fiel ihr schwer, seinen Blick zu deuten. War das Kummer? Bestürzung?

Unbehagen?

Sie schluckte. »Wenn ich irgendetwas getan habe ...«

»Das hast du nicht«, betonte er.

Sie betrachtete ihn einige Takte lang schweigend. Vielleicht war es so, wie er sagte - er hatte nicht gut geschlafen. Sie sollte nicht mehr daraus machen, als es war.

Sie nahm wieder seinen Arm und setzte ihren Weg fort. »Nun gut, dann. Du warst also nicht in der Lage, mit deinem Patenonkel zu sprechen, und Mr. Cuming verfügte über keine neuen Informationen. Gab es irgendwelche Entwicklungen bei unseren Ermittlungen?«

»Überhaupt keine.«

»Wie enttäuschend. Nun, dann erzähl mir alles über das Pferderennen. Bist du auf Brandywine geritten, oder ...«

Sie wurde von einer Explosion von Kläffen unterbrochen, als ein brauner Terrierwelpe über das Grün stürmte. Er blieb etwa einen Meter vor ihnen stehen und bellte wütend.

»Poppy! Böses Mädchen!« Ihr Besitzer eilte herbei, eine Leine und ein Halsband in der Hand. »Es tut mir furchtbar leid, Miss. Ich habe versucht, ihr beizubringen, an der Leine zu gehen, aber sie ist ein glitschiges kleines Ding. Sie wird nicht beißen.« Er nahm den Welpen in die Hand und erschrak dann. »Oh, Lady Caroline. Und Lord Thetford. Guten Morgen.«

Caro riss ihren Blick von dem bellenden Hund los und entdeckte, dass es sich bei seinem Besitzer um keinen Geringeren als James Parkinson, den Inhaber des Leverian Museums, handelte. »Mr. Parkinson«, rief sie aus. »Was für ein unerwartetes Vergnügen.«

Er verbeugte sich tief. »Das Vergnügen, Mylady, ist ganz meinerseits. Verzeihung, ich wollte nicht stören ...«

»Überhaupt nicht«, sagte Caro. »Ich glaube, Ihre Sonderausstellung über das Auge des Ra wurde gestern eröffnet. Wurde sie gut angenommen?«

»Ja, Mylady, danke der Nachfrage. Wir waren gestern ziemlich beschäftigt. Mr. Cuming, der Besitzer der Amulette, kam gegen Feierabend vorbei, um zu sehen, wie es uns geht. Er erzählte mir von der Aufregung, die Sie gestern hatten, Mylord ...«

»Oh je, sehen Sie nur, wie spät es ist«, warf Henry ein. »Bitte entschuldigen Sie uns, Mr. Parkinson ...«

»Aufregung? Hat Mr. Cuming an dem Pferderennen teilgenommen?«, fragte Caro verwirrt.

»Das Pferderennen?«, sagte Mr. Parkinson. »Ich weiß nichts über ein Pferderennen. Was ich meinte, war ...«

»Komm schon, Caro«, sagte Henry und zerrte an ihrem Arm. »Lass uns gehen.«

»Henry«, sagte Caro und legte ihre Hand auf die seine. Sie konnte sich nicht vorstellen, warum er so unhöflich zu Mr. Parkinson war, der sich sehr bemüht hatte, ihnen beiden zu helfen. »Was wollten Sie sagen, Mr. Parkinson?«

»Ich wollte Lord Thetford meine Glückwünsche aussprechen«, sagte Mr. Parkinson. »Wegen der Wiedererlangung des gestohlenen Amuletts.«

KAPITEL 23

Caro war nicht in der Lage zu sprechen. Es war nicht so sehr, dass sie Schwierigkeiten hatte, Worte zu bilden, sondern eher, eine Frage auszuwählen, wenn so viele in ihrem Kopf um die Vorherrschaft kämpften.

Warum sollte Mr. Parkinson Henry zur Wiedererlangung *seines* gestohlenen Amuletts gratulieren? Henry hatte kein gestohlenes Amulett. Diejenige mit dem fehlenden Amulett war sie. Henry suchte das Kästchen seines Vaters. Und außerdem hatte Henry ihr gesagt, dass bei Mr. Cumings Haus nichts Nennenswertes passiert war.

Dass sein Besuch eine *Zeitverschwendung* gewesen sei.

Neben ihr sagte Henry etwas. »Ich glaube, Sie sind falsch informiert worden, Mr. Parkinson. Ich habe gestern kein Amulett gefunden.«

Mr. Parkinsons Stirn legte sich in Falten. »Aber Mr. Cuming hat es mir beschrieben. Ein wunderschönes Stück - das Auge des Ra aus Lapis und Gold, mit einem Auge aus Elfenbein und ...«

Das konnte nicht stimmen. Caro wollte nicht glauben,

dass Henry sie angelogen hatte. Aber das klang genau wie das Amulett ihrer Schwester.

»Ich kenne das Stück, auf das Sie sich beziehen«, sagte Henry, »aber es ist kein Amulett. Es ist der Deckel einer kleinen Schatulle. Und die gehört meinem Vater.«

»Vielleicht war ich verwirrt«, sagte Mr. Parkinson. »Ich nahm an, dass es ein Amulett war, weil Mr. Cuming ein kleines Loch oben in der Mitte beschrieb, damit man es an eine Kette hängen kann ...«

Caro keuchte. Es musste das Amulett ihrer Schwester sein.

»Ja«, sagte Henry. »Es ist ein einzigartiges Design. Aber es war Teil des Kästchens meines Vaters. Lord Lansdowne hat es bestätigt.«

Lord Lansdowne? Was um alles in der Welt hatte Lord Lansdowne mit all dem zu tun? Nichts davon ergab einen Sinn, nichts davon ergab auch nur im Geringsten einen Sinn.

»Das muss sehr aufregend gewesen sein«, sagte Mr. Parkinson, »als die Wachtmeister kamen und Mr. Brownwood verhafteten. Haben Sie schon etwas vom British Museum gehört? Sind die anderen Amulette, die sie beschlagnahmt haben, die, die verschwunden sind?«

Mr. Brownwood war dort gewesen? Ihr Hauptverdächtiger? Und er war verhaftet und ins Gefängnis gebracht worden?

War das Henrys Vorstellung von »nichts passiert«?

Plötzlich war es zu viel. Caro schwankte auf ihren Füßen, als die Welt für den Bruchteil einer Sekunde schwarz wurde. Henrys Hand lag im Nu um ihre Taille und hielt sie fest. »Entschuldigen Sie uns, Mr. Parkinson«, sagte er. »Ich fürchte, Lady Caroline geht es nicht gut.«

Mr. Parkinson erbleichte, als er ihr Gesicht betrachtete. »Ich bin derjenige, der Sie um Verzeihung bitten muss, Lady Caroline. Ich hätte wissen müssen, dass man ein solches

Thema nicht vor einer Dame besprechen darf. Ich bitte um Entschuldigung.« Er verbeugte sich und war weg.

In der Mitte des Grüns befand sich eine einsame Bank. Henry begann, sie dorthin zu führen. »Halt«, sagte sie.

»Du musst dich setzen«, erwiderte er und zog sie hinter sich her. »Du bist blass wie der Tod.«

Sie blieb stehen und riss ihren Arm von seinem los. »Was ich brauche, ist eine Erklärung. Henry ... Was ist hier los? Du hast gesagt, dass nichts bei Mr. Cumings Haus geschehen ist. Dass es eine Zeitverschwendung war. Wie passt das mit dem zusammen, was Mr. Parkinson gerade gesagt hat?«

Seine Stirn war verzogen, sein Kiefer verschlossen. »Ich meinte nur, dass nichts in Bezug auf die Wiederbeschaffung des Amuletts deiner Schwester erreicht wurde.«

»Nichts wurde erreicht! Es scheint, als ob nicht nur Mr. Brownwood dort gewesen wäre, sondern er wurde sogar in Gewahrsam genommen. Und du hast einen Teil der Schatulle deines Vaters wiedergefunden!«

»Ich dachte nicht, dass die Wiederbeschaffung der Schatulle meines Vaters dich interessieren würde.«

Das würde sie sich von ihm nicht bieten lassen. »Natürlich interessiert es mich. Der Gedanke, dass ich mich nicht für dich freuen würde, selbst wenn das Amulett meiner Schwester nicht da wäre, ist unglaubwürdig. Genauso wie die Vorstellung, dass ich nichts über Mr. Brownwoods Verhaftung würde wissen wollen.« Sie griff nach seiner Hand und drückte sie mit beiden Händen. »Henry«, flehte sie, »du hast mich angelogen. Wir beide wissen es. Hilf mir zu verstehen, warum. Sag mir, was hier los ist!«

»Es tut mir leid«, sagte er mit brüchiger Stimme. »Ich hätte ehrlicher sein müssen. Aber das Einzige, was du wissen musst, ist, dass das Amulett deiner Schwester gestern nicht dabei war.«

»Aber warum solltest du über den ganzen Rest lügen? Warum sagst du mir nicht einfach gleich, was passiert ist?«

Er schluckte, sagte aber nichts.

»Weißt du«, sagte sie nach einer Weile, »als Mr. Parkinson den Deckel des Kästchens deines Vaters beschrieb, dachte ich, er würde das Amulett meiner Schwester meinen.« Er antwortete nicht, also fuhr sie fort. »Das Auge des Ra, in Gold und Lapisblau. Er dachte sogar, es sei ein Amulett. Er beschrieb das kleine Loch darin ...«

»Es war der Deckel der Schatulle meines Vaters«, sagte Henry mit verkrampften Lippen. »Lord Lansdowne hat es bestätigt.«

Sie starrte zu ihm auf. Sie hatte noch nie einen so harten Blick auf Henrys Gesicht gesehen.

»Dann beweise es«, sagte sie. »Hole es jetzt sofort und zeig es mir.«

»Ich kann nicht. Ich habe es meinem Vater zurückgegeben.«

Sie hob ihr Kinn. »Das ist kein Hindernis. Lass deinen Phaeton kommen. Wir können in zwanzig Minuten dort sein.«

Für den Bruchteil einer Sekunde blitzte eine neue Emotion in seinem Gesicht auf und ersetzte die lächelnde Unnachgiebigkeit. Es kam und ging so schnell, dass sie sich nicht sicher sein konnte, aber sie fand, es sah fast aus wie ... Kummer?

»Und?«, fragte sie.

»Nein«, war die einzige Antwort, die er gab.

IN DIESEM AUGENBLICK wusste sie es. Sie wusste, dass er das Amulett ihrer Schwester hatte, und er wollte es ihr nicht geben. Nichts davon ergab einen Sinn. Sie verstand nicht, warum er es wollte oder wie es zu dieser ganzen miserablen Situation gekommen war, aber eines war klar.

Sie hatte ihm vertraut.

Und er hatte sie verraten.

Oh, Gott - es war alles eine Lüge gewesen, nicht wahr? Jedes heimliche Lächeln, jede Berührung, jeder Kuss. Jedes Mal, wenn er so getan hatte, als würde er über einen ihrer Witze lachen, war das alles Teil seiner Show gewesen. Er wusste, dass sie eine Schwäche für ihn hatte. Sie musste ein leichtes Ziel gewesen sein. Er hatte gewusst, dass er nur lächeln und den Finger krümmen musste, und sie würde zu ihm kommen wie ein Lamm zur Schlachtbank.

In all diesen vier Jahren hatte sich nichts geändert. Er hatte sie nie gewollt.

Alles, was er wollte, war das Amulett ihrer Schwester und die fünftausend Pfund, die es einbringen würde, um eine Spielschuld oder eine Schneiderrechnung zu begleichen oder um seinen schicken neuen Phaeton zu bezahlen.

Oder vielleicht brauchte er das Geld, um seine Mätresse zu unterhalten ...

Unwillkürlich kam ihr ein Bild in den Sinn, ungebeten, wie sie beide nackt vor dem Feuer lagen.

Er hatte sie die ganze Zeit über benutzt. Er hatte sie nicht einmal gewollt.

Und sie hatte ihn gewähren lassen ... sie hatte ihn ...

Die Galle stieg ihr in die Kehle. Sie wandte sich ab und konnte das Schluchzen gerade noch zurückdrängen. Jetzt war er derjenige, der ihre Hand ergriff und ihren Namen rief. Sie konnte es nicht einmal ertragen, ihn anzusehen.

Sie suchte die kreisrunde Rasenfläche ab. Wo war Fanny? Sie musste gehen. Sie musste *jetzt sofort gehen*. Sie taumelte zum Tor, wich nach rechts aus und spürte, wie Henrys Arm ihre Taille umschloss.

»Caro. Sieh mich an, Caro. Es ist nicht das, wie du denkst. Ich verspreche dir, es ist nicht das, was du denkst ...«

»Was ist es dann, Henry? Denn es klingt so, als ob du mich zum Narren gehalten hättest. Dass du das Amulett meiner Schwester an dich gerissen hast, und ...«

Seine Augen waren jetzt verzweifelt, flehend. »Du musst mir vertrauen, Caro. Vertraust du mir nicht?«

»Ich möchte dir vertrauen. Ich möchte es so sehr. Es bricht mir das H...« Sie schaffte es, diesen Gedanken zu stoppen, bevor sie sich noch mehr erniedrigte. Sie spürte, wie ihr die Tränen über das Gesicht liefen, und schmeckte das Salz, was bedeutete, dass auch ihre Nase laufen dürfte. Was für ein trauriges Bild sie abgeben musste. Wie traurig und wie erbärmlich. Sie wusste, dass sie sich lächerlich machte, aber sie konnte nicht aufhören zu weinen. Um diese Zeit waren nur eine Handvoll Leute auf dem Grün, aber alle starrten sie fasziniert an.

Henry schien das nicht einmal zu bemerken. Er hielt sie in seinen Armen in der Mitte des grasbewachsenen Platzes, als ob sie ihm sehr teuer wäre. Kostbar für ihn - was für eine Farce! »Du verstehst das völlig falsch, Liebling«, sagte er mit fester Stimme und ernstem Blick. »Du bist diejenige, die mir das Herz bricht.«

Sie war wie gebannt von seinen Augen, aber das riss sie aus ihrer Starre. Sie stieß gegen seine Brust und versuchte, sich aus seiner Umarmung zu befreien. »Wie kannst du es wagen, mir zu unterstellen, dass ich im Unrecht bin, wenn du mich *belogen hast?*«

Sie flüchtete aus seinen Armen, aber er ergriff ihre Hände und hielt sie fest. »Nein, Caro. Du bist nicht im Unrecht, mein Schatz. Es ist nur ... Ich will nur, dass du mir vertraust ...«

»Wenn du willst, dass ich dir wieder vertraue, dann kann

ich dir sagen, es steht ganz und gar in deiner Macht. Geh und hol die Schatulle deines Vaters und zeig sie mir sofort.«

Er schüttelte den Kopf. »Das ist kein Vertrauen in mich ...«

»Deine Weigerung ist die einzige Antwort, die ich brauche.« Sie versuchte, ihre Hände loszureißen, aber er ließ sie nicht los. »Lass mich los! Lass mich sofort los!«

»Bitte, Caro. Bitte ...«

Und dann, endlich, kam Fanny über die Wiese gestürmt. Sie schob sich zwischen sie beide und zwang Henry, ihre Hände loszulassen. Fanny nahm vor ihrer Herrin eine Position ein, die an die Kobraschlange aus dem Leverian Museum erinnerte, bereit zum Angriff, den Sonnenschirm wie ein Rapier über den Kopf gehoben.

»Was haben Sie mit ihr gemacht?«, rief Fanny.

»Nichts!«, sagte Henry. »Caro, sieh mich an, Liebling ...«

»Geh weg!«

»Soll ich ihn schlagen, Mylady?«, fragte Fanny.

»Nein. Danke, Fanny, aber nein. Ich will nur noch nach Hause.«

Sie hatte gerade einmal zwei Schritte gemacht, als sie, geblendet von ihren Tränen, in eine Vertiefung trat und taumelte. Fanny packte sie am Oberarm, um ihr zum Gleichgewicht zu verhelfen.

Henry war blitzschnell bei ihr, hob sie in seine Arme und drückte sie an seine Brust. Er begann, sie mit schnellen Schritten zum Tor zu tragen.

»Lass mich runter«, forderte sie und wehrte sich gegen seinen Griff.

»Verdammt, Caro.« Er setzte sie ab, nachdem es ihr gelungen war, ein Bein freizustrampeln, klammerte sich aber an ihre Hände. »Ich weiß, dass du wütend auf mich bist, aber ich will nicht, dass du dir etwas antust.« Sein Blick war traurig und aufrichtig zugleich. »Ich würde nie zulassen, dass dir etwas Schlimmes passiert.«

Sie erinnerte sich daran, dass das alles nur gespielt war. Egal, wie herzlich er sich anhörte, es war nichts als eine Lüge. »Oh, das ist großartig, sagte sie, »wo doch das Schlimmste, was mir passiert ist, du bist.«

Sein Blick war so schmerzerfüllt, dass sie die Worte fast zurückgenommen hätte.

Fast. Stattdessen machte sie auf dem Absatz kehrt und schritt zum Tor, wobei Henry sich an ihre Hand klammerte, während er hinterherlief.

Die giftig blickende Fanny war vorausgelaufen, hatte eine Droschke angehalten und hielt ihr nun die Tür auf. Henry ignorierte Caros Bemühungen, ihre Hand loszureißen, und lehnte sich in die Kutschentür.

»Das ist noch nicht vorbei. Ich weiß, dass du dich ärgerst, und ich verstehe, warum. Ich werde dir etwas Zeit geben. Ich brauche weiß Gott etwas Zeit, um herauszufinden, wie ich es besser erklären kann. Aber es ist alles nicht so, wie du denkst. Ich werde dich morgen aufsuchen, und dann werden wir eine Lösung finden.«

Es gelang ihr, ihre Hand aus seiner zu befreien. Ihre Stimme zitterte, als sie antwortete: »Ich will dich nie wieder sehen.«

Das Elend in seinen Augen war erschütternd zu sehen. »Caro ...«

»Gehen Sie jetzt endlich?«, schnappte Fanny und stieß Henry aus dem Wagen. Ihr Dienstmädchen stieg neben ihr ein, schlug die Tür zu, und dann setzte sich die Kutsche in Bewegung.

Caro verbrachte die gesamte Kutschfahrt nach Hause schluchzend an Fannys Schulter und danach weitere drei Stunden schluchzend in ihrem Bett.

Doch dann stand sie auf und rief Fanny zu sich, um ihr zu

helfen, ihr Aussehen wieder in Ordnung zu bringen, denn es gab etwas, das sie tun musste.

Mr. Parkinson hatte gesagt, dass Henry ein Amulett gefunden hatte und dass eine Kiste mit kleinen Gegenständen ins Britische Museum zurückgebracht worden war.

Aber er hatte nichts über den bemalten Sarg und die anderen Schätze gesagt, die sie im Lager der Diebe gefunden hatten.

Zu diesem Zeitpunkt konnte Caro nicht mehr darauf vertrauen, dass Henry das Richtige tun würde. Aber sie wusste, wo sich die gestohlenen Gegenstände befanden.

Es war an der Zeit, dass sie der Bow Street einen Besuch abstattete.

Auf der anderen Seite der Stadt stolperte Henry zurück in seine Wohnung.

Er hatte sich schrecklich gefühlt, weil er Caro angelogen hatte, natürlich hatte er das. Aber er hatte das nur getan, weil es die einzige Möglichkeit war, die Dinge am Ende richtig zu machen.

Sie waren füreinander bestimmt. Wenn sie nicht die Frau war, die er heiraten sollte, dann gab es eine solche Frau nicht. Und sie hatte ihn auch heiraten wollen, bevor er alles ruiniert hatte. Er wusste, dass sie es getan hatte, er wusste, dass sie ihm die Intimitäten, die sie am Kaminfeuer geteilt hatten, niemals erlaubt hätte, wenn das nicht ihre Hoffnung gewesen wäre.

Er brauchte nur ein wenig Zeit, um seine Finanzen wieder auf eine solide Basis zu stellen. Das war die einzige Möglichkeit, wie sie eine gemeinsame Zukunft haben konnten.

Und wenn er lügen musste, um eine Chance auf diese Zukunft zu haben, wollte er sich nicht dafür entschuldigen.

Dennoch war seine Ausführung schändlich gewesen. Er

konnte verstehen, wie es für sie aussah, als er leugnete, dass irgendetwas Bemerkenswertes geschehen war, und dann erfuhr, dass er den Deckel der Schatulle seines Vaters wiedergefunden hatte und John Brownwood obendrein verhaftet worden war. Aber Mr. Parkinson hatte ihn überrumpelt, und er hatte keine Zeit gehabt, sich eine plausible Erklärung einfallen zu lassen.

Nun, da die Katze aus dem Sack war, würde er ihr etwas mehr erzählen müssen, als er ursprünglich geplant hatte. Wenigstens hatte er etwas Zeit zum Nachdenken, so dass er sich vorbereiten und genau überlegen konnte, was er sagen und wie viel er preisgeben wollte.

Er dachte an ihr Gesicht, nachdem er sich geweigert hatte, ihr die Schatulle seines Vaters zu zeigen. Er hätte sich nie vorstellen können, dass es etwas Schmerzhafteres geben könnte als ihren Gesichtsausdruck auf dem Balkon vor vier Jahren, nachdem er erklärt hatte, er wolle nicht einmal mit ihr tanzen.

Aber das Gesicht, das sie heute Morgen gemacht hatte ...

Er erschauderte. Es war tausendmal schlimmer gewesen.

Nun, es gab nur einen Weg nach vorn. Er musste sich überlegen, was er morgen sagen wollte, wenn er sich zu ihren Füßen niederwerfen würde. Etwas, das sie überzeugen würde, ihm zu verzeihen.

Denn eines wusste er ganz sicher: Er würde nicht aufgeben.

~

»HIER IST ES«, sagte Caro, »Nummer vier.«

Sie stieg vor dem Lagerhaus der Diebe aus der Droschke aus. Die beiden Bow Street Runner, die sich bereit erklärt hatten, sie und Fanny zu begleiten, kletterten hinunter und untersuchten stirnrunzelnd das Schloss.

»Wie, sagten Sie, konnten Sie hineingelangen, Lady Caroline?«, fragte einer der Läufer, ein Mr. Buchanan.

»Die Diebe ließen die Tür offen und unbeaufsichtigt«, sagte Caro. »Irgendetwas hat ihre Pferde erschreckt, als sie zusätzliche Gegenstände abluden, und sie sind dem Wagen hinterhergerannt.«

Mr. Buchanan warf einen skeptischen Blick auf seinen Mitläufer, Mr. Ragsdale. Caro seufzte. Sie hatte den größten Teil einer halben Stunde damit verbracht, ihre Geschichte mit Fanny durchzugehen und zu überlegen, wie sie sie einigermaßen glaubhaft machen konnte, aber sie wusste, wie weit hergeholt das alles klang.

Aber das spielte keine Rolle. Sie musste sie nur noch davon überzeugen, das Gebäude zu betreten. Sobald sie all diese Antiquitäten sehen würden, würde sie Recht bekommen.

Sie hob ihr Kinn und versuchte, den herrischen Blick ihrer Mutter zu imitieren. »Mein Vater, der Graf, wäre betrübt zu hören, dass keine gründliche Untersuchung durchgeführt wurde. Ebenso wie meine Schwester, die Gräfin, deren Eigentum gestohlen wurde.«

Mr. Buchanan seufzte. »Also gut.« Er holte einen Satz Dietriche aus einer Ledertasche und machte sich an die Arbeit. Caro konnte nicht umhin festzustellen, dass er mehr als doppelt so lange brauchte, um die Tür zu öffnen, als Henry benötigt hatte, und der hatte nichts Besseres als eine Haarnadel benutzt.

Sie korrigierte sich selbst. Sie würde nicht an ihn denken. Im Moment nicht.

Nein, niemals.

Die Tür gab nach, und Mr. Buchanan schwang sie auf. »Sehr wohl, Lady Caroline. Zeigen Sie uns diese gestohlenen Antiquitäten.«

»Das werde ich«, sagte sie und schritt durch die Tür.

»Alles wird in diesem großen Raum im Erdgeschoss aufbewahrt. Genau hier.«

Stille senkte sich über die Gruppe, als sie in den Raum blickten.

Denn dieser Raum war völlig leer.

Caro betrat ungläubig den leeren Raum. Als sie sich umdrehte, um jede Ecke zu überprüfen, sah sie, wie die beiden Bow Street Runner einen bedeutungsvollen Blick austauschten.

»Ich verspreche Ihnen, vor drei Nächten war alles noch da. Statuen und Obelisken. Kisten mit Tabak. Fässer mit Spirituosen. Und hier«, sagte sie und deutete auf die Mitte des Raumes, »der Sarkophag.« Sie zuckte zusammen, als sie etwas auf dem Boden bemerkte. »Wenn man sich den Staub ansieht, kann man sogar die Umrisse erkennen ...«

»Kommen Sie, Lady Caroline«, sagte Mr. Buchanan. »Wir müssen gehen.«

»Aber wir haben die anderen Zimmer noch nicht überprüft. Vielleicht gibt es etwas ...«

»Mylady«, sagte Mr. Ragsdale. »Je länger wir hier bleiben, desto größer ist die Wahrscheinlichkeit, dass wir des illegalen Betretens beschuldigt werden.«

»Es ist kein unerlaubtes Eindringen. Die Gegenstände wurden weggebracht, aber Sie haben meine Augenzeugenaussage, dass sie vor drei Tagen hier waren.« Sie hielt inne und beobachtete die skeptischen Blicke der beiden Männer. »Sie glauben mir doch, oder?«

Mr. Buchanan zögerte einen Moment zu lange, bevor er antwortete: »Natürlich tun wir das, Mylady.« Und sie hatte ihre Antwort.

Mr. Ragsdale ging, um den Rest des Hauses zu überprüfen. Ach, wenn sie doch nur Henry herbeirufen könnte, um ihre Geschichte zu bestätigen. Aber dazu müsste sie zugeben, dass sie zusammen hier gewesen waren.

Und dann wäre sie ruiniert.

»Nichts«, sagte Mr. Ragsdale, als er zurückkam. »Wie Sie sehen können, sind die Diebe weitergezogen. Ich fürchte, hier gibt es nichts mehr zu erfahren.«

»Aber Sie müssen den Eigentümer des Gebäudes befragen«, sagte Caro. »Sie werden Informationen über den Pächter haben.« Sie hielt inne. »Sie werden doch weiter nachforschen, oder?«

Eine weitere bedeutsame Pause, bevor Mr. Buchanan antwortete: »Natürlich werden wir das, Mylady.«

Caro wusste nicht mehr, was sie sagen sollte, um die beiden zu überzeugen, und so kletterte sie ein paar Minuten später geschlagen in die Droschke zurück. Fanny kletterte neben ihr hoch; die Läufer hatten es abgelehnt, zurück zur Bow Street zu fahren.

»Sie könnten diesen Läufern ja auch noch ein anderes Verbrechen melden«, sagte Fanny. »Nämlich den Diebstahl des Amuletts Ihrer Schwester durch Lord Thetford.«

Caro seufzte. »Nicht, wenn Lord Lansdowne ihn unterstützt. Es stünde ihr Wort gegen das von Anne. Meine Schwester mag einen untadeligen Charakter haben, aber ich bin mir nicht sicher, ob sie sich gegen einen ehemaligen Premierminister durchsetzen könnte. Außerdem ist der einzige Mann, der genau sagen könnte, wie das Amulett in ihren Besitz gekommen ist, Lord Wynters, der zufällig tot ist. Und Anne möchte vielleicht nicht in einen Skandal hineingezogen werden, selbst wenn es um fünftausend Pfund geht.«

Als die Droschke vorwärts schlingerte, starrte Caro verzweifelt aus dem Wagenfenster und fragte sich, was sie als Nächstes tun sollte.

KAPITEL 25

Am folgenden Nachmittag fuhr Henry mit seinem Phaeton zum Stadthaus der Astleys, bereit, sich vor Caroline in den Staub zu werfen. Ein riesiger Strauß weißer und blauer Hyazinthen lag auf dem Sitz neben ihm.

Als er vor Astley House anhielt, sah er einen auf Hochglanz polierten Landauer vor dem Haus parken. Im Salon fand er Caro, ihre Mutter und ihre Schwester, Lady Wynters, sowie den Besitzer des Landauer, der sich als sein Lieblingsmensch auf der ganzen Welt herausstellte.

Marcus Latimer, Marquess Graverley.

Lady Cheltenham begrüßte ihn herzlich. »Lord Thetford, kommen Sie herein.«

Caro blickte zu ihm auf, und eine Sekunde lang ging ein finsterer Blick über ihr Gesicht. Sie straffte ihre Züge, aber nicht bevor Graverley ihre Reaktion bemerkte. Der Marquess lächelte breit.

Henry trat heran und überreichte Caroline den Blumenstrauß. »Guten Tag, Lady Caroline. Die sind für Sie.«

»Danke, Mylord«, antwortete sie und starrte auf den Teetisch statt auf ihn.

Er nahm Platz. »Ich hatte gehofft, heute Nachmittag einen Ausflug mit Ihnen machen zu dürfen.«

Sie wollte ihm nicht in die Augen sehen. »Ich fürchte, ich muss ablehnen, denn ich habe versprochen, mit Lord Graverley einen Ausflug zu machen.«

»Oh«, sagte Lady Cheltenham, »aber wir würden es hassen, wenn Lord Thetford enttäuscht wäre. Sind Sie nicht in Ihrem Landauer gekommen, Lord Graverley? Vielleicht könnten Sie alle zu viert eine Gruppe bilden.«

Graverley lächelte sadistisch. »Was für eine wunderbare Idee, Lady Cheltenham.«

»Dann ist ja alles geklärt«, sagte Lady Cheltenham und geleitete die Gruppe zur Tür.

Lady Cheltenham erkannte zum Glück nicht, dass ihre Tochter nichts mit ihm zu tun haben wollte, und trieb sie zu Paaren zusammen - Graverley mit Lady Wynters und Caro mit Henry. Caro ließ sich nicht dazu herab, ihn anzusehen, als sie seinen Arm annahm.

Als sie die Eingangstreppe hinuntergingen, flüsterte er: »Ich muss mit dir sprechen.«

Sie seufzte. »Geh weg, Henry.«

»Das werde ich nicht. Erst wenn ich die Gelegenheit hatte, es zu erklären ...«

»Ja hallo, Thetford«, unterbrach Graverley und deutete auf Henrys Phaeton, »wo haben Sie denn diese Grauschimmel her?«

»Ich habe sie selbst gezüchtet.«

»Ah, das erklärt es. Ich bin auf der Suche nach einem Paar von Grauschimmeln, habe aber keine von ausreichender Qualität finden können. Bis jetzt. Ich werde sie Ihnen abkaufen. Sagen wir zweihundert Pfund für jeden.«

Henry wusste, dass er die beiden irgendwann würde verkaufen müssen, aber der Gedanke, dass Graverley sein

Lieblingsgespann fahren würde, widerte ihn an. »Sie sind nicht zu verkaufen.«

»Sie sind ein außergewöhnlich gut zusammenpassendes Paar, das zudem noch perfekt gebaut ist. Zweihundertfünfzig für jeden.«

»Ich fürchte, Sie haben mich beim ersten Mal nicht verstanden.«

»Vielleicht habe ich mich nicht klar ausgedrückt - ich wollte schon immer ein Gespann von Grauen. Es ist meine Lieblingsfarbe. Ich gebe Ihnen siebenhundert Pfund für beide.«

Seine Lieblingsfarbe musste natürlich grau sein. »Nein.«

»Tausend Pfund.«

Henry hielt inne. Graverley bot nun deutlich mehr als das, was sie bei einer Auktion wahrscheinlich einbringen würden. Angesichts seiner derzeitigen finanziellen Lage konnte er es sich nicht leisten, zimperlich zu sein.

Vor allem, wenn dies alle seine Probleme lösen könnte.

Er sah Graverley direkt in die Augen. »Fünftausend Pfund für beide.«

Er genoss es, wie dem Marquess vor Schreck die Kinnlade herunterfiel. »Fünftausend für ein Paar *Pferde*?«

Henry zuckte mit den Schultern. »Nehmen Sie es, oder lassen Sie es.« Er wandte sich an seinen Pferdeknecht. »Wir werden in Lord Graverleys Landauer fahren, Billy. Führ die Grauen ein paar Mal um den Platz, damit sie locker bleiben.«

»Aye-aye, Mylord.« Billy kletterte auf den Phaeton und schnalzte den Grauen zu. Sie sprangen mit perfekt aufeinander abgestimmten Schritten vorwärts, ihre Bewegungen waren im Nachmittagslicht wunderschön. Graverley gelang es nicht, die Sehnsucht in seinen Augen zu verbergen.

Als er bemerkte, dass Henry ihn ansah, verbarg Graverley seine Gesichtszüge. »Leider, Thetford, bekomme ich vielleicht nicht Ihre beiden Grauen, aber ich glaube, dass ich mit etwas anderem mehr Erfolg haben werde. Oder sollte ich sagen, mit jemand anderem?« Er riss Caros Hand von Henrys Arm und half ihr in den Wagen.

Caro war untypisch ruhig, als sie zum Hyde Park aufbrachen. Nach einigen Minuten schweigenden Fahrens sagte ihre Schwester: »Was für eine hübsche Kutsche, Lord Graverley, und wie bequem sie ist. Ich glaube, Sie sind ein Experte für Kutschen und Pferde, Lord Thetford - finden Sie nicht auch?«

Sollte er wirklich ein Kompliment für die Kutsche des Mannes machen? Das Ding war hübsch genug, wenn man so etwas mochte. Aber welcher junge Mann fuhr nicht lieber einen leichten und schnellen Phaeton als einen riesigen, klobigen Landauer? Sein *Vater* bevorzugte einen Landauer. »Ich denke, das Gefährt geht in Ordnung, obwohl einige von uns lieber einen Phaeton statt eines Landauers haben und durchaus in der Lage sind, selbst durch die Stadt zu fahren.«

»Und andere von uns haben drei Phaetons, zusätzlich zu einem Landauer, und fahren sie alle regelmäßig«, entgegnete Graverley. »Aber wir anderen ziehen es vor, unsere Augen auf etwas anderes zu richten als auf den Hintern eines Pferdes, wenn wir wissen, dass wir so schöne Passagiere haben werden.«

Normalerweise hätte Henry erwartet, dass Caro bei einem solchen Kompliment von Graverley lächeln und erröten würde. Aber sie gab nicht zu erkennen, dass sie dessen Worte überhaupt gehört hatte.

»*Schön* ist sicherlich eine treffende Beschreibung für die Astley-Schwestern«, sagte Henry. »Aber als ich Lady Caroline kennengelernt habe, habe ich festgestellt, dass ihr wahrer Wert nicht in ihrem Aussehen liegt.«

Endlich sah sie ihn an, wenn auch nur, um die Augen

zusammenzukneifen. »Nein, Ihre Verwendung für mich hat nichts mit meinem Aussehen zu tun.«

»Verwendung für dich?«, sagte ihre Schwester. »Was für eine merkwürdige Wendung des Wortes. Was meinst du damit, Caro?«

»Ich werde ihm erlauben, es zu erklären«, antwortete Caro. »Lord Thetford, bitte sagen Sie meiner Schwester, was Sie durch meine Bekanntschaft gewonnen haben.«

Henry neigte den Kopf. »Gut gespielt, Caro. Wie immer.«

Graverleys Kopf schwenkte von Henry zu Caroline. »Hat er Sie gerade *Caro* genannt?«

»Lord Thetford maßt sich zu viel an«, sagte Caro und blickte über den Rand des Landauers, als sie in den Hyde Park einfuhren. »Nur meine Freunde nennen mich Caro.«

»Und ich bin einer dieser Freunde«, sagte Henry, »denn niemand könnte Sie mehr schätzen als ich.«

Sie zwang sich zu einem Lächeln. »La! Gehört zu Ihrer Vorstellung von Freundschaft auch der Austausch kaum verhüllter Beleidigungen?«

»Um ehrlich zu sein, Caro«, sagte ihre Schwester, »es gibt nichts, was dir so viel Spaß macht, wie eine kaum verhüllte Beleidigung auszusprechen.«

Caro starrte ihre Schwester an. »Ich möchte wissen, auf wessen Seite du stehst.«

»Nun, es stimmt«, murmelte Lady Wynters.

»Und das«, sagte Henry, »ist der Schlüssel. Möchten Sie den Unterschied zwischen Ihnen und mir kennenlernen, Graverley?«

»Ein Herzogtum, ein grundlegender Sinn für Anstand und ungefähr ... neunzigtausend Pfund pro Jahr?«, riet Graverley.

Zu diesem Zeitpunkt waren es mehr als neunzigtausend, aber das wollte Henry nicht sagen. »Der Unterschied ist, dass ich im Gegensatz zu Ihnen die echte Caroline Astley kenne.

Das Mädchen, das es liebt, sich zu verstellen und nicht nur die glitzernde Fassade zu zeigen, die sie dem Großteil der Welt zeigt.« Er sah Caroline direkt in die Augen. »Und ich finde sie perfekt, genau so wie sie ist.«

Er hatte gehofft, dafür würde sie ihn mit einem Lächeln belohnen, doch stattdessen sah Caro noch verärgerter aus als zuvor. »Lassen Sie uns über etwas anderes sprechen«, sagte sie. »Anne, wie läuft es bei deiner Wohltätigkeitsorganisation?«

»Wunderbar, danke der Nachfrage. Ich werde bald ein zweites Gästehaus eröffnen können«, erklärte sie den Herren. »Es war eine große Freude, meinen Stapel an ausstehenden Bewerbungen durchzugehen und zu wissen, dass ich zumindest für einige von ihnen einen Platz haben werde. Es gibt so traurige Geschichten - heute gab es eine von einer dreiundsiebzigjährigen Wäscherin, die sich um ihre drei Enkelkinder kümmert. Früher waren es vier Enkelkinder, aber das kleinste ist letzten Monat gestorben. Sie hätte sich nicht einmal seine Beerdigung leisten können, wenn nicht ein Kunde ihr eine großzügige Spende gemacht hätte.« Sie schüttelte den Kopf. »Sie leben in der erbärmlichsten kleinen Hütte in Wapping. Ich habe Angst, dass das Dach jeden Moment auf sie einstürzen könnte.«

Henry erbleichte. Das klang ziemlich nach seiner Wäscherin, Mrs. Dakers. Gute Güte, es *war* wahrscheinlich Mrs. Dakers. Er fühlte eine plötzliche Welle von Schuldgefühlen. Natürlich brauchte er die Schatulle mit dem Auge des Ra. Caro würde ihn ohne das Ding niemals heiraten.

Aber es war irgendwie leichter gewesen, die Unterschlagung zu rechtfertigen, wenn diejenigen, die darunter leiden würden, Menschen waren, die er nicht kannte und nie treffen würde. So sehr er Caro auch heiraten wollte, fiel es ihm schwer, ein überzeugendes Argument dafür zu finden, dass er es nötiger hatte als die arme Mrs. Dakers.

Lady Wynters fuhr fort: »Ein weiterer Antrag kam von einer Frau mit zwei Kindern und einem weiteren, das unterwegs ist. Es ist dringend notwendig, dass wir sie aus ihrer derzeitigen Situation herausholen. Ihr Ehemann schlägt seine Frau und seine Kinder, wenn er betrunken ist, was, wie ich höre, immer häufiger der Fall ist. Letzte Woche hat sich der Vierjährige den Arm gebrochen ...«

Graverley blickte finster drein. »Das ist entsetzlich.«

»Das ist es«, stimmte Lady Wynters zu. »Es ist auch legal. Wenn die Frau nicht weiß, wohin sie gehen soll, hat sie keine Möglichkeit, sich zu wehren. Und selbst dann hat der Ehemann das Recht, die Kinder zu behalten, wenn er dies verlangt.«

»Ich wusste nicht«, sagte Graverley, »dass Ihre Wohltätigkeitsorganisation Frauen in solchen Situationen hilft. Wie schnell werden Sie in der Lage sein, sie umzusiedeln?«

Lady Wynters seufzte. »Wahrscheinlich erst in einigen Monaten.«

»Das geht nicht«, sagte Graverley. »Sie muss sofort entfernt werden, und die Kinder auch. Finden Sie eine geeignete Unterkunft für sie und schicken Sie mir die Rechnung.« Sein Gesicht verhärtete sich. »Und geben Sie bekannt, dass der Vater, wenn er sich in die Nähe seiner Frau oder seiner Kinder begibt, meinen Anwalt vor Gericht sehen wird.«

Der Gräfin blieb der Mund offen stehen. »Nichts würde mich mehr freuen. Danke, Mylord«, sagte sie mit brüchiger Stimme.

»Und Sie können in den nächsten Tagen eine Spende von mir erwarten«, so Graverley weiter. »Eine bedeutende.« Sie hatten die Rotten Row erreicht, und der Landauer war aufgrund der hineindrängenden Menschenmassen zum Anhalten gezwungen gewesen. Graverley blickte sich um. »Mal sehen, wer noch hier ist - da sind Mr. und Mrs. Ellis. Sind sie unter Ihren Spendern?«

»Sie haben ein Abonnement, ja«, antwortete die Gräfin.

»Und da ist Lord St. Austell. Was ist mit ihm?«

»Nein, leider nicht. Ich habe es nicht geschafft, die Bekanntschaft von Lord St. Austell zu machen.«

»Er schuldet mir einen Gefallen. Geben Sie sich nicht mit einem Penny weniger als zweihundert Pfund zufrieden.« Graverley öffnete die Tür des Landauers. »Kommen Sie, ich stelle Sie ihm direkt vor.« Der Marquess half der erschrockenen Lady Wynters aus der Kutsche.

Und damit waren Henry und Caroline allein.

Caro starrte schweigend auf das Wasser der Serpentine und weigerte sich, ihn auch nur anzuschauen.

Henry blickte sich um. Graverley und Lady Wynters waren in ein Gespräch mit Lord St. Austell vertieft.

Dies war seine einzige Chance. Die einzige Chance, die er bekommen würde, um die Dinge wieder in Ordnung zu bringen.

Also ergriff er sie.

EINE MINUTE später machten sie sich auf den Weg zu einer lauschigen Baumgruppe am Ufer der Serpentine, einem der wenigen Orte im Hyde Park, der nicht von den Menschenmassen überlaufen war, die während der Nachmittagspromenade versammelt waren, um zu sehen und gesehen zu werden.

»Was. In *Gottes Namen*. Ist *mit dir los?*«, zischte Caro ihn mit einem verkrampften Lächeln an.

»Du musst schon etwas genauer sein«, murmelte er, was

ihm einen beeindruckenden Blick einbrachte. »Du könntest dich ja auch auf die Art und Weise beziehen, wie ich es geschafft habe, dich aus Graverleys Wagen zu befreien.«

»Wir können unsere Aktivitäten der letzten Woche nicht vor Lord Graverleys Kutscher besprechen, Henry. Ich könnte ruiniert sein!«

»... oder dass ich dich auf diesen äußerst angenehmen Spaziergang mitnehme ...«

»Du meinst diesen Gewaltmarsch zur Serpentine ...«

»Obwohl es offensichtlich ist, dass ich diese Dinge nur getan habe, um mit dir sprechen zu können, und dass der Kern der Sache das ist, was gestern passiert ist.«

Sie hatten das Ufer des Flusses erreicht. Henry führte Caro zu einer Stelle, an der sie von einem Wäldchen verdeckt wurden. Caro verschränkte die Arme und starrte ihn an. »Warum fangen wir nicht dort an?«

Henry schluckte. Es war also an der Zeit, mit der Sprache herauszurücken. »Das erste, was ich dir sagen muss, ist, dass es mir leid tut. Gestern hast du mich beschuldigt, dich zu belügen, und ich muss zugeben, dass das stimmt. Ich habe dich gestern angelogen. Ich wollte das nicht, aber zu dem Zeitpunkt hielt ich es für die beste von mehreren schlechten Entscheidungen. Jetzt sehe ich, dass es die falsche Entscheidung war, und das tut mir leid. Es tut mir so leid, Caro, und ich möchte dir die Wahrheit sagen, so gut es mir möglich ist.«

Ihr Blick blieb wachsam, aber zumindest war er nicht mehr offen feindselig. »Dann sprich mal weiter.«

»Alles begann vor drei Tagen, als ich meinem Vater im British Museum begegnete. Das war, als ich herausfand ...« Er schluckte.

Caro sah widerwillig fasziniert aus. »Was herausgefunden?«

»Dass das Amulett des Auges des Ra deiner Schwester

und die Schatulle des Auges des Ra meines Vaters ein und dasselbe sind. Als ich meinen Vater dort im Schuppen antraf, berichtete ich ihm von meiner Suche nach seiner Schatulle. Ich habe ihm von deinem gestohlenen Schmuckstück erzählt und dass wir zusammen gearbeitet haben. Da erzählte er mir, dass seine Schatulle im Besitz von Lord Wynters gewesen war.«

»Das Auge des Ra, das ich mir von meiner Schwester geliehen habe, war keine Schatulle«, sagte Caro. »Da bin ich mir ganz sicher. Es gab kein Fach, und es war so dünn …«

»Genau das Gleiche habe ich zu meinem Vater gesagt. Was du für ein Amulett gehalten hast, war der Deckel der Schachtel. Im Nachhinein kann ich verstehen, warum wir nicht erkannt haben, dass wir hinter demselben Gegenstand her waren. Der Deckel dreht sich auf einem runden Zapfen, der in das von dir bemerkte Loch passt. Da ich sie noch nie getrennt gesehen habe, wusste ich wirklich nicht, dass das Ding ein Loch hat.«

Langsam streckte er die Hand nach ihr aus, um ihr die Möglichkeit zu geben, ihn abzuwehren. Sie betrachtete ihn misstrauisch, doch als sie ihm erlaubte, ihre Hände in die seinen zu nehmen, keimte Hoffnung in seinem Herzen auf. »Ich schwöre«, fuhr er fort, »ich hatte vorher keine Ahnung. Es war keine Lüge, zumindest nicht am Anfang. Ich habe wirklich versucht, dir zu helfen, den Anhänger deiner Schwester wiederzufinden. Allerdings hoffte ich, dass die Diebe auch die Schatulle meines Vaters haben könnten, von der er mir erzählt hatte, dass sie gestohlen worden war. Aber das war nicht der Grund, warum ich zugestimmt hatte, dir zu helfen. Alles, was ich wollte, war die Chance, mir deine Vergebung zu verdienen.«

Ihre Entschlossenheit schwankte. Er konnte es in ihren Augen sehen. »Warum hast du mir das alles nicht schon gestern erzählt?«

Und das war der schwierigste Teil seines Arguments. Wenn er sie überzeugen könnte, diesen einen Punkt zu akzeptieren, würde er heute den Sieg davontragen. »Die Situation ist kompliziert, aber es läuft auf Folgendes hinaus: Ich weiß, wie sehr deine Schwester diese Schatulle zurückhaben möchte. Ich weiß, wie viel gute Arbeit sie damit machen würde. Aber mein Vater muss die Schachtel haben. Sie gehört ihm, und er muss sie zurückhaben. Und ich bedaure, dass ich dir nicht sagen kann, warum er sie so dringend braucht. Ich wünschte, ich könnte das. Ich wünschte bei Gott, ich könnte dir alles erzählen, Caro. Aber im Moment muss ich dich bitten, mir zu vertrauen.«

Er konnte den Krieg sehen, der in ihren Augen tobte. In ihnen herrschte Verwirrung, aber auch Zweifel. Aber er merkte auch, dass sie ihm tief im Inneren glauben wollte. »Bist ... Bist du in Gefahr?«, fragte sie. »Du oder dein Vater oder ...«

Er seufzte. »Keine Gefahr, nein, aber ... Ich muss dich bitten, mir keine Fragen zu stellen. Bitte frage mich nicht danach, denn ich kann deine Fragen nicht beantworten, und ich möchte dich nicht noch einmal anlügen. Ich habe es gehasst, dich gestern anzulügen. Es war schrecklich, und ich will dich nie wieder anlügen.«

Sie seufzte, und er konnte fast sehen, wie sich in ihrer Entschlossenheit Risse bildeten. »Ich möchte dir glauben, Henry. Das tue ich. Ich will nur ... Kannst du es mir nicht sagen? Du verlangst von mir, dir zu vertrauen. Aber wäre es nicht einfacher für dich, mir die Wahrheit anzuvertrauen?«

»Ich möchte nichts so sehr, wie dir die Wahrheit zu sagen. Und das werde ich eines Tages tun. Eines Tages werde ich dir alles erzählen können, und dann werden wir über all das lachen. Ich schwöre, das werden wir. Wenn wir zwanzig Jahre verheiratet sind und dies nur noch eine ferne Erinnerung ist ...«

Ihr ganzer Körper zuckte, und ihr Blick flog zu ihm. »Wenn wir ... *was*? Was meinst du damit, zwanzig Jahre verheiratet? Wer hat etwas von Ehe gesagt?«

Er spielte seine Trumpfkarte aus, und er wusste es. Er zog sie in seine Arme, und sein Herz sang ein Siegesgeheul, als sie sich nicht wehrte. »Natürlich will ich dich heiraten, mein Schatz. Ich meinte es ernst, als ich sagte, dass du perfekt bist, genau so wie du bist. Du hattest vor vier Jahren recht, Caro. Du hast es gesehen, und ich war ein Idiot. Wir sind füreinander bestimmt, und ich möchte den Rest meines Lebens mit dir verbringen.«

Eine Träne floss über ihre Wange. »Oh, Henry«, sagte sie und vergrub ihr Gesicht an seiner Schulter.

Er hielt sie fest, während sie in seinen Armen zitterte. »Ist das ein Ja?«, fragte er leise.

Sie sah zu ihm auf, und er merkte, wie sehr sie ihm glauben wollte. Sie lachte, während sie sich über die Augen wischte. »Es ist nicht gerade ein Geheimnis, dass ich dich schon immer heiraten wollte. Ich versuche, dir zu vertrauen, aber ... ich habe so viele Fragen. Du sagst, dass die Schatulle deinem Vater gehört. Wie kam es dann, dass sie in den Besitz von Lord Wynters gelangte?«

»Mein Vater hat sie ihm geliehen. Er sollte einige preußische Diplomaten zu einem Abendessen bewirten, und wie so viele Menschen wurden sie von der Begeisterung für alles Ägyptische mitgerissen. Als Wynters verstarb, hatte er die Schatulle leider noch in seinem Besitz.«

Ihre Augen leuchteten. »Ich erinnere mich, dass Anne das geplante Abendessen mit den preußischen Diplomaten erwähnte und dass es nach Lord Wynters' Tod abgesagt werden musste.« Caro hielt inne, dann runzelte sie die Stirn. »Aber warum hat dein Vater nicht einfach meine Schwester um die Rückgabe gebeten?«

Henry erstarrte. Er war der Meinung gewesen, er hätte

alle Szenarien durchgespielt, alle möglichen Fragen, die sie stellen könnte.

Warum hatte er sich keine Antwort auf eine so einfache Frage einfallen lassen?

Er sah, wie sich Caros Blick schärfte, und er wusste, dass er einen Takt zu lange gezögert hatte. »Er wollte deine Schwester nicht belästigen, während sie trauerte.«

»Für die erste Woche oder sogar den ersten Monat nach seinem Tod wäre das plausibel gewesen. Doch Lord Wynters starb letzten Sommer. Meine Schwester geht vielleicht nicht auf Bälle, aber sie empfängt durchaus Besucher.«

Caro schnappte nach Luft, und er sah den Schock der Erkenntnis in ihren Augen. »Warte. Dein Vater hat mit Lord Wynters gezockt. Jede Woche, soweit ich weiß.« Sie blickte zu ihm auf. »Dein Vater hat das Ding bei einem Kartenspiel an Lord Wynters verloren, nicht wahr?«

Henry erbleichte. »Woher wusstest du, dass sie zusammen gespielt haben?«

Sie riss sich wütend aus seinen Armen. »Weil Lord Wynters mit meiner Schwester *verheiratet war*, du Tölpel!«

»Ich, äh, ich kenne nicht alle Einzelheiten ...«

»Doch, das tust du! Es steht dir ins Gesicht geschrieben. Du weißt sehr gut, dass dein Vater es bei einem Kartenspiel eingesetzt hat und dass das Amulett rechtmäßig meiner Schwester gehört. Und doch lügst du mich an. *Wieder.*«

»Schau, Caro. Diese Schachtel ist der Stolz der Sammlung meines Vaters. Er besitzt das Ding schon länger als ich lebe. Er setzte es ein, als er mit Wynters spielte, aber nur, weil er wusste, dass Wynters ihm eine Chance geben würde, es zurückzugewinnen. Sie hatten eine besondere Vereinbarung. Es war ein schlechtes Timing, dass Wynters starb, bevor er die Gelegenheit dazu hatte.«

»Ich glaube, es gibt ein Sprichwort, das auf eine solche Situation anwendbar ist. Aber als dein Vater das Amulett zurückhaben will, wird es plötzlich auf wunderbare Art und Weise zum Verkauf angeboten. Er kann gerne nächste Woche darauf bieten. Aber von Rechts wegen gehört es meiner Schwester. Und du weißt es!«

»So einfach ist das nicht ...«

»Ich würde gerne wissen, warum nicht. Niemand will sich von fünftausend Pfund trennen, aber vielleicht lernt dein Vater dadurch die Risiken des Glücksspiels kennen.« Henry hatte keine Antwort parat, also fuhr Caro fort: »Dank deiner Mutter gehört deiner Familie die Hälfte von Brighton. Jeder weiß das. Du könntest das Amulett zurückkaufen. Du könntest es leicht zurückkaufen, aber du hast sich dagegen entschieden. Du hast dich entschieden, mich zu benutzen, meine Gefühle zu manipulieren ...«

»Das ist nicht wahr ...«

»Weißt du, was meine Mutter mir immer gesagt hat?«, fragte sie und ignorierte ihn. »Dass die meisten Männer, egal wie vernarrt sie scheinen, nur eine Sache von einer Frau wollen. Es ist eine Standardbelehrung, die sicher die meisten Mütter ihren Töchtern erteilen. Aber Mama hat sich geirrt. Bei dir war das alles nur gespielt. Du wolltest nicht einmal diese eine Sache.« Sie schloss die Augen, während eine Träne über ihre Wange kullerte. »Du wolltest es nicht einmal, aber ich habe es dir trotzdem gegeben.«

»Caro«, sagte Henry aufrichtig schockiert. »Das kannst du doch unmöglich glauben.«

Ihre Augen blieben geschlossen. »Natürlich glaube ich das. Was gibt es da noch zu glauben? Du hast mich die ganze Zeit belogen. Du wolltest mich nie, du wolltest nur das Amulett meiner Schwester ...«

»Ich schwöre, ich ...«

»Du wusstest von meiner Verliebtheit in dich und dass ich leicht zu manipulieren war. Du musstest also nur so tun, als würdest du dich für mich interessieren ...«

»Ich tue nicht nur so!« Er versuchte, ihre Hand zu ergreifen, aber sie zog sich zurück.

»Ich bin dir völlig egal. Du hast mich nur benutzt, um dieses Amulett zu stehlen, das fünftausend Pfund wert ist ...«

»Natürlich bist du mir wichtig!«

Sie wischte mit der Rückseite ihres Handschuhs über eine Träne: »Tust du das wirklich? Vor fünf Minuten hast du gesagt, dass du mich nie wieder anlügen würdest, und genau das hast du dann doch wieder getan. Du hattest *vor*, mich zu belügen, und hast im gleichen Atemzug versprochen, dies nie wieder zu tun. Du hättest mir nicht die Wahrheit gesagt, dass dein Vater die Kiste ganz klar verloren hat und dass sie rechtmäßig meiner Schwester gehört, wenn ich dich nicht ertappt hätte. Wie soll ich einem Mann glauben, der mich anlügt, Henry? Wie?«

»Das ist nicht das, was wichtig ist ...«

»Ja, es ist wichtig! Du willst mir nicht einmal erklären, warum du das Ding überhaupt brauchst. Ich muss mir die abstrusesten Theorien ausdenken. Brauchst du das Geld, um deine eigenen Spielschulden zu begleichen? Um das Schweigen einer ehemaligen Geliebten zu erkaufen? Eine aktuelle Geliebte?«

»Ich habe keine Geliebte«, sagte er und schaffte es, eine ihrer Hände in die seine zu nehmen. Er konnte hören, wie seine Stimme zitterte, aber er hätte die Worte nicht aufhalten können, wenn sein Leben davon abgehangen hätte. »Seit du wieder in mein Leben getreten bist, habe ich keine andere Frau mehr auch nur angeschaut. Ich will keine andere als dich ...«

»Wie soll ich dir das glauben? Du hast mich vor nicht einmal fünf Minuten belogen. Wenn ich dir darin nicht vertrauen kann, warum sollte ich dir dann in dieser Sache vertrauen?«

»Weil ich verspreche ...«

»Deine Versprechen sind wertlos. Und sieh dir an, was du von mir verlangst. Du verlangst von mir, dass ich vor meiner Schwester auf die Knie falle ...«

»Deine Schwester wird dir verzeihen ...«

»Darum geht es doch nicht! Darum geht es überhaupt nicht! Du hast selbst heute gehört, wie sie über die Großmutter sprach, die es sich nicht leisten konnte, ihren eigenen Enkel zu beerdigen, und über die schwangere Mutter, die von ihrem Mann geschlagen wurde. Über den kleinen Jungen, dessen Arm gerade gebrochen wurde. *Darum* geht es, Henry. Sie sind der springende Punkt, und denk nicht eine Sekunde lang, dass es nur diese beiden Familien sind. Ich war in der Unterkunft meiner Schwester - es gibt noch Hunderte von anderen, deren Geschichten genauso herzzerreißend sind.«

Eine Träne lief ihr über die Wange, und sie wischte sie mit ihrem Handschuh weg. »Ich habe das alles auf dem Gewissen. Die Schuld hat mich *erdrückt*. Aber du hast die Macht, sie zu retten, die Macht, mich zu retten. Du hast die Macht, alles in Ordnung zu bringen. Doch das willst du gar nicht. Stattdessen lässt du mich lieber in der Luft hängen.«

»Ich hasse es, dich um so etwas zu bitten, Caro. Ich *hasse* es. Aber du musst mir vertrauen, wenn ich sage, dass dies der einzige Weg ist, wie wir zusammen sein können.«

»Nun, ich vertraue dir aber nicht. Ich traue dir kein bisschen. Und warum sollte ich?«

Henry hob seine Hand an ihr Gesicht. Eine weitere Träne floss über Carolines Wange. Langsam ließ er seine Hand in ihren Nacken gleiten, um das Pochen ihres Pulses an ihrer Kehle zu spüren. »Deshalb solltest du mir vertrauen. Spürst du nicht, wie dein Herz für mich schlägt?« Sanft nahm er ihre Hand und legte sie auf die Mitte seiner eigenen Brust. »Ich spüre es auch. Du kannst mir nicht erzählen, dass *das* eine Lüge ist.«

Sie riss ihre Hand los und ging zwei Schritte zurück. »Ich war schon immer dumm, wenn es um dich ging. Meine törichte Verliebtheit in dich ist das Letzte, worauf ich vertrauen sollte. Die hat mir immer nur weh getan. Du hast mir vor vier Jahren das Herz gebrochen, und jetzt hast du es wieder getan. Ich war eine Närrin, dass ich dir jemals eine weitere Chance gegeben habe. Wenn du auch nur einen Funken Anstand hast, wirst du mich jetzt in Ruhe lassen.«

»Dich in Ruhe lassen?« Henrys Verstand weigerte sich, die Worte zu verarbeiten. Sie ergaben keinen Sinn. Er trat auf sie zu, und sie machte einen entsprechenden Schritt zurück. »Aber ich kann dich nicht in Ruhe lassen, Caro. Ich weiß, dass du jetzt wütend auf mich bist, aber ich habe dich gebeten, mich zu heiraten ...«

»Nun, ich habe abgelehnt. Und ich will dich nie wieder sehen.«

Er blinzelte sie verständnislos an. Ein Heiratsantrag war sein Pik-Ass, und das Pik-Ass war die einzige Karte, die nicht zu überbieten war.

Oder doch?

»Bitte, Caro«, stotterte er, »das meinst du nicht ...«

»Doch, das tue ich.« Sie drehte ihm ihr Profil zu, und ihre Stimme brach, als sie sagte: »Jetzt geh weg.«

Er wollte gerade ihre Hand nehmen, als jemand hinter einem Baum hervorkam. Es handelte sich um Caros Dienstmädchen Fanny. »Lady Caroline hat ihre Meinung gesagt«, sagte Fanny und schritt auf sie zu.

Sie zuckten beide schockiert zusammen. »Fanny«, sagte Caro, »was in aller Welt tust du hier?«

»Ich bin Ihnen natürlich gefolgt. Haben Sie wirklich geglaubt, ich würde Sie mit dem Mann, der Sie die letzten zwei Tage zum Weinen gebracht hat, allein auf eine Spazierfahrt gehen lassen?« Fanny schnaubte. »Nie im Leben.«

»Aber wie bist du hierher gekommen?«, fragte Caro.

»Ich habe Billy angehalten, und er hat mich gefahren«, antwortete Fanny und deutete auf die Spitze der Anhöhe. Henry spähte um einen Baum herum, und tatsächlich, Billy, der neben dem Phaeton stand, grüßte übermütig. »Was ein Glück ist«, fuhr Fanny fort, »denn Sie werden Ihren Weg nach Hause selbst finden müssen, Mylord.«

Mit diesen Worten legte sie ihren Arm um die Taille ihrer Herrin und führte sie weg.

Henry sah Caro hinterher, ihre Worte hallten in seinem Kopf nach. *Ich will dich nie wieder sehen.* Er hatte gewusst, dass sie wütend auf ihn war, aber er hatte wirklich geglaubt, dass er den Sieg davontragen würde. Denn Caroline Astley wollte ihn heiraten, seit sie ihn zum ersten Mal gesehen hatte.

Nur nicht mehr.

Er sah Billy, der am Weg auf ihn wartete, und er wusste, dass er gehen musste.

Aber plötzlich konnte er nicht mehr ...

Er setzte sich direkt ins Gras zu seinen Füßen und starrte auf die Wasser der Serpentine.

KAPITEL 26

Am nächsten Tag erwachte Caro auf einem tränenverschmierten Kissen. Nachdem Fanny sie zu Lord Graverleys Landauer zurückgeführt hatte, hatte sie zum zweiten Mal in ihrem Leben gelogen und behauptet, sie hätte Migräne. Annes Augenbraue hatte deutlich gezuckt, denn sie wusste sehr wohl, dass eine Migräne für Caro der Code für *Henry Greville hat mir gerade das Herz gebrochen* war, aber sie sagte nichts. Lord Graverley war sehr fürsorglich und verständnisvoll gewesen, hatte das Verdeck des Landauers heruntergezogen, damit niemand Zeuge ihres Leids wurde, und sie sofort nach Hause gebracht. Wenn er überrascht gewesen war, dass Caro ihr eigenes Dienstmädchen im Hyde Park angetroffen hatte, sagte er nichts. Und niemand schien von Fannys Ankündigung enttäuscht zu sein, dass Lord Thetford seinen eigenen Rückweg antreten würde.

Es klopfte an der Tür, und Fanny kam mit einem Tablett herein. »Ich dachte, Sie möchten vielleicht in Ihrem Zimmer frühstücken, Mylady.«

Caro setzte sich auf. »Das ist genau das, was ich will.

Danke, Fanny.« Sie zog sich ihren Morgenmantel und ihre Hausschuhe an und ging zu dem kleinen Tisch am Fenster.

»Wie geht es Ihnen sonst?«, fragte Fanny.

»So gut, wie man es erwarten kann, nehme ich an«, sagte Caro und bestrich das Brot, das Fanny bereits getoastet hatte, mit Butter und Marmelade. »Ich kann immer noch nicht glauben, dass du dich in den Bäumen versteckt hast. Hast du alles gehört?«

»Ich bin aufgetaucht, als Seine Lordschaft erklärte, dass er Sie nie wieder anlügen wollte.« Fanny begleitete diese Äußerung mit einem deutlichen Augenverdrehen.

»Dann hast du gehört, wie er ... Wie er gesagt hat ...«

»Dass er Sie heiraten wollte?«, fragte Fanny und öffnete die Vorhänge. »Aye, das habe ich.«

Caro seufzte. »Wirklich, Fanny, du hättest dich früher bemerkbar machen können.«

Fanny starrte sie an. »Und diese Szene unterbrechen? Im Leben nicht. Der Gesichtsausdruck Seiner Lordschaft, als er sagte, er habe keine Mätresse, weil er nur Sie wolle?« Fanny fächelte sich mit großer Geste Luft zu. »Schütteln Sie mich fest, ich muss mich vielleicht hinlegen.«

»Du willst aber damit nicht sagen, dass ich mich falsch entschieden habe?« Caro hielt inne, und sie hörte ihre Stimme brechen. »Oder?«

Fanny seufzte und nahm den Stuhl auf der anderen Seite des Tisches. »Ich weiß nur, dass der Mann in Sie verliebt ist.«

»Ist er nicht«, sagte Caro schnell. »Es gab eine Zeit, in der ich dasselbe glaubte. Aber er ist ein guter Schauspieler, ein guter Lügner ...«

Fanny schnaubte. »Er ist der schlechteste Lügner, den ich in meinem ganzen Leben je gesehen habe. Beide Male, als er Sie angelogen hat, haben Sie es innerhalb von Minuten herausgefunden.«

»Das war nur Glück. Er hat ein Leben lang Erfahrung mit

Täuschungen. Ich habe dir von den Auseinandersetzungen erzählt, in die er und Harrington geraten sind ...«

»Und endet nicht jede dieser Geschichten damit, dass die beiden erwischt und ausgepeitscht wurden?«

»Nun ... äh ... wie dem auch sei ...«

»Ich sage nicht, dass Sie etwas falsch gemacht haben. Er hat Sie angelogen, er hat sich gegenüber Ihrer Schwester falsch verhalten, und Sie haben das Recht, wütend auf ihn zu sein. Aber wie sehr sie auch davon schwärmen, dass Frauen das schwächere Geschlecht mit dem schwächeren Gehirn sind, weiß der liebe Gott, dass Männer manchmal dumme Geschöpfe sind. Einen Mann zu haben, ist nicht viel anders als einen Welpen zu haben. Man muss sie trainieren, verstehen Sie? Und ich glaube, Sie sind genau die Frau, die diesen Mann in die Schranken weisen kann.«

Caro rieb sich die Schläfe. »Und ich dachte, wenigstens du würdest dich auf meine Seite schlagen. Ich dachte, du könntest ihn mit deinem Sonnenschirm zu Boden schlagen, und das war's.«

»Das war nicht nötig, Mylady. Sie haben ihn besser durchschaut, als ich es je könnte. Sicherlich muss er seine Lektion lernen. Geben Sie ihm ein paar Tage Bedenkzeit und schauen Sie, ob er Ihnen dieses Mal nicht endlich die ganze Wahrheit sagt.«

Caro spürte, wie ihr die Tränen in die Augen stiegen. »Ich glaube, ich kann es nicht ertragen, ihm noch eine Chance zu geben, Fanny. Er hat mir jetzt zweimal das Herz gebrochen. Ich hätte nicht gedacht, dass es etwas Schlimmeres geben könnte als das erste Mal, als er es tat. Aber diesmal ...« Sie brach ab, eine Träne lief ihr über die Wange. »Ich kann das nicht noch einmal durchmachen. Ich kann es nicht ertragen.«

»Oh, Mylady«, sagte Fanny, stand auf und drückte Caro ein Taschentuch in die Hand. »Die Entscheidung liegt natürlich bei Ihnen. Und wenn Sie glauben, dass Sie mit einem anderen genauso glücklich werden können, ist es ja nicht so, dass sein Angebot das einzige ist, das Sie bekommen werden.«

»Ich wage zu behaupten, dass ich mit Lord Graverley sehr glücklich wäre, sollte er mir einen Antrag machen«, sagte Caro und versuchte, sich selbst zu überzeugen. »Du hättest sehen sollen, wie er jeden Mann im Hyde Park zu einer Spende für die Wohltätigkeitsorganisation meiner Schwester überredet hat. Ich muss gestehen, dass ich ihn ein bisschen für einen Schurken gehalten habe. Aber er hat verborgene Tiefen.«

»Wenn das so ist, werden Sie sich über das riesige Blumenarrangement freuen, das heute Morgen für Sie gekommen ist. Sobald ich Sie angezogen habe, werde ich drei Lakaien auftreiben, die es die Treppe heraufschleppen dürfen.«

»Ich bin sicher, das wird mich sehr aufmuntern«, sagte Caro, stand vom Frühstückstisch auf und ging zu ihrer Garderobe. Fanny hatte eines ihrer Lieblingsmorgenkleider herausgelegt, ein weißes Kleid mit grünen Blattstickereien an Hals und Saum.

»Also, was haben Sie heute vor, Mylady?«, fragte Fanny, als sie begann, Caro anzuziehen.

»Es gibt nur eine Sache zu tun. Da es keine Hoffnung gibt, es zurückzuerlangen, muss ich Anne die Wahrheit über ihr Amulett sagen.«

»Ich glaube, Sie haben Recht, Mylady. Aber Kopf hoch - wenn Sie Lord Graverley heiraten, glaube ich, dass er zustimmen würde, dass eine Spende von fünftausend Pfund an die Wohltätigkeitsorganisation Ihrer Schwester ein kleiner Preis ist, um ein Lächeln auf das Gesicht seiner neuen Braut zu zaubern.«

»Vielleicht hast du Recht«, sagte Caro. Es war ihr nicht in

den Sinn gekommen, dass es eine andere Lösung für ihr Problem geben könnte, einen anderen Weg, um an die fünftausend Pfund zu kommen.

Aber wenn sie Lord Graverley heiraten würde …

»Vielleicht hast du Recht«, wiederholte sie.

CARO SCHICKTE Anne sofort eine Nachricht, in der sie fragte, wann sie ihre ältere Schwester besuchen könne, aber Anne war den ganzen Tag und fast den ganzen nächsten Tag beschäftigt. Sie verabredeten, dass Caro am folgenden Nachmittag zum Tee kommen sollte.

Doch am nächsten Tag, als sie und Fanny sich auf die Abreise vorbereiteten, traf die Nachricht ein, die alle ihre Pläne änderte und ihre bisherigen Sorgen zu Kleinigkeiten werden ließ:

ICH HABE, was dir gehört, weil du hast, was mir gehört. Wenn du willst, dass dein Stallbursche Billy überlebt, dann bringe das Auge des Ra in der Abenddämmerung zu den Exekutionsdocks in Wapping. Bring nur deine rothaarige Magd mit. Kein Friedensrichter, keine Läufer, oder der Junge stirbt.

EINE HALBE STUNDE später kamen Caro und Fanny in einer Droschke im Büro der Bow Street Runners an. Bevor sie abreiste, hatte sie ihrer Schwester eine Nachricht geschickt, in der sie sie bat, ihr ein Alibi zu geben und ihrer Mutter mitzuteilen, dass Caro nicht nur bei ihr sei, sondern auch zum Abendessen bleiben wollte. Das sollte ihr ein paar Stunden Zeit verschaffen.

Sie betraten die Büroräume, in denen das gleiche Gedränge herrschte, das sie drei Tage zuvor begrüßt hatte. Oh, Gott, es würde ewig dauern, jemanden zu finden, der ihnen helfen würde, und sie hatten überhaupt keine Zeit. Der arme Billy war von Gott weiß wem entführt worden, und wenn sie nicht bis zum Abend dort ankamen ...

Caro entdeckte ein ihr bekanntes Gesicht, das auf die Tür zuging. »Mr. Ragsdale! Mr. Ragsdale!«, rief sie und eilte hinüber.

Ein Wiedererkennen kreuzte Mr. Ragsdales Gesicht. Wiedererkennung und Verärgerung. »Lady Caroline«, sagte er und eilte zur Tür.

Sie ergriff seinen Arm. »Oh, Mr. Ragsdale, bitte, ich brauche dringend Ihre Hilfe.« Sie entfaltete den Zettel mit zitternden Fingern. »Sie werden sich sicher an den Diebstahl des Amuletts meiner Schwester erinnern. Ich habe diese Nachricht vor einer halben Stunde erhalten - die Diebe haben den falschen Eindruck gewonnen, dass ich im Besitz des Amuletts bin, und jetzt haben sie einen kleinen Jungen entführt ...«

»Was?« Mr. Ragsdale schnappte sich den Zettel.

»Ich weiß, dass dort steht, die Bow Street rauszuhalten«, sagte Caro. »Aber ich wusste nicht, an wen ich mich sonst wenden sollte - oh, Mr. Buchanan! Gut, dass Sie auch hier sind. Wie ich schon zu Mr. Ragsdale sagte ...«

Mr. Ragsdale reichte seinem Kollegen den Zettel. Mr. Buchanan überprüfte es schnell, und die beiden Männer tauschten einen Blick aus.

Caro wartete darauf, dass einer von ihnen etwas sagen würde, aber sie schwiegen. »Sagen Sie mir, wie sollen wir vorgehen?«, fragte sie.

»Lady Caroline, auf dem Ratcliffe Highway hat es einen dreifachen Mord gegeben«, sagte Mr. Buchanan.

»Wie wunderbar praktisch«, sagte Caro. »Ist das nicht

auch in Wapping? Sobald wir Billy gerettet haben, können Sie sofort mit Ihren Ermittlungen beginnen.«

»Ein Mord ist eine ernste Angelegenheit«, sagte Mr. Ragsdale.

»Das verstehe ich«, beeilte sich Caro zu sagen. »Ganz sicher. Aber während diese armen Seelen bereits ihre letzte Reise antreten, gibt es für Billy noch eine Chance ...«

»Ich weiß, dass das für Sie eine Art Spiel ist«, schnappte Mr. Buchanan. »Aber es wurde ein Verbrechen begangen. Die Menschen sind im Moment wirklich betroffen. Die Läufer aus der Bow Street sind nicht dazu da, die kitzligen Fantasien der kleinen Damen aus der gehobenen Gesellschaft auszuleben.«

»Das ist keine Fantasie! Es ist echt, ich schwöre, es ist ...«

»Ungefähr so echt wie die ägyptischen Schätze in jenem Haus. Kommen Sie, Lady Caroline«, sagte Mr. Ragsdale. »Wir treffen uns an den Execution Docks, oder der Junge stirbt? Aus welchem Schauerroman haben Sie das entnommen?«

»Nun hören Sie mal«, sagte Fanny und trat vor. »Ihre Ladyschaft sagt die Wahrheit.«

Die beiden Läufer waren schon halb aus der Tür. »Sagt die Frau, die bei ihr angestellt ist«, sagte Mr. Buchanan. »Guten Tag, Lady Caroline.«

Und dann waren sie weg. Fanny nahm Caros Arm und führte sie zurück nach draußen und in die wartende Droschke.

Sie saßen schweigend da. »Ich schlage es nur ungern vor«, sagte Fanny, »aber im Moment gibt es nur eine Person, an die wir uns wenden können.«

Caro rieb sich die Schläfe. Sie wusste, dass es stimmte. Es gab nur eine Person, die ihr glaubte, dass sie die letzten zwei Wochen damit verbracht hatte, eine Diebesbande zu verfolgen, und das war der Mann, der das alles mit ihr zusammen getan hatte. Er hatte sogar das Lösegeld, das die Diebe forderten. Sie wusste, wohin sie sich wenden musste.

Sie wollte es aber nicht.

Caro schluckte. Es war völlig egal, was sie wollte. Das Einzige, was zählte, war Billy.

Sie rief dem Fahrer zu. »Bringen Sie uns zum Bedford Square.«

KAPITEL 27

Die Tür zu Henrys Zimmer wurde von seinem Diener geöffnet, einem Mann mittleren Alters namens Gibson, dessen Augenbrauen sich beim Anblick einer gut gekleideten jungen Dame, die die Junggesellenwohnung seines Herrn besuchte, fast bis in den Haaransatz hochzogen.

»Bitte sagen Sie Lord Thetford, dass Lady Caroline Astley hier ist, um ihn zu sehen«, sagte sie und schritt an Gibson vorbei in den Raum. »Und sagen Sie ihm, dass es sich um eine sehr wichtige Angelegenheit handelt.«

»Ja, Mylady«, sagte Gibson und eilte zu der Tür, von der Caro zufällig wusste, dass sie in Henrys Schlafgemach führte. Gibson hielt inne und blickte zu ihr zurück. »Das erklärt so viel«, sagte er und schüttelte den Kopf.

Wenige Sekunden später stürmte Henry aus seinem Schlafzimmer. Er sah *schrecklich* aus.

Zumindest hätte das jede Dame von Rang gedacht. Gute Güte, er dürfte seit Tagen nicht einmal ein Rasiermesser gesehen haben. Er trug nichts weiter als eine weite Hose und ein Hemd. Sie konnte seinen ganzen Hals und die Hälfte seiner Brust sehen. Und angesichts seiner blutunterlaufenen Augen und der schwachen Augenringe konnte er nicht gut geschlafen haben.

Ja, Caro hätte Henrys Aussehen missbilligen müssen. Obwohl sie sich, um ehrlich zu sein, nie am Anblick von Henry Grevilles nackter Brust gestört hatte. Ganz im Gegenteil. Und was das Gestrüpp an seinem Kinn betraf ...

Beau Brummel sei verflucht, weil er erklärt hatte, dass sich modebewusste Männer zweimal am Tag rasieren müssten, denn Henry Greville sah mit einem Dreitagebart umwerfend gut aus.

Und was den Blick in seinen Augen betraf ... welches Mädchen würde *nicht* schwach werden, wenn Henry Greville sie so ansehen würde?

»Caro!«, rief er und eilte quer durch den Raum zu ihr. »Gott sei Dank!« Im Nu hatte er sie in seinen Armen, und die Worte kamen ihm über die Lippen, während er sein Gesicht in ihrem Haar vergrub. »Ich dachte wirklich, du würdest mir nie verzeihen. Ich hatte solche Angst, dass ich dich nie wiedersehen würde ...«

Sie löste sich aus seiner Umarmung und trat einen Schritt zurück. Henry erstarrte, die Hoffnung schwand aus seinen Augen, als er ihren Gesichtsausdruck wahrnahm. »Es tut mir leid, dass ich Ihnen falsche Hoffnungen gemacht habe«, sagte sie, »aber deshalb bin ich nicht hier.«

Er sah niedergeschlagen aus. »Ich verstehe. Ich bitte um Verzeihung.« Er trat zurück und fuhr sich mit der Hand durch sein zerzaustes Haar. »Was ist es dann?«

Sie reichte ihm den Zettel. »Das habe ich vor etwa einer Stunde erhalten.«

Im Zimmer wurde es still, als er ihn las. »Gibson«, sagte er, »Sie müssen umgehend zum Marstall laufen und sich dort nach Billys Aufenthaltsort erkundigen.«

»Sofort, Mylord«, sagte Gibson und griff gelassen nach Hut und Handschuhen.

»Nein, sehen Sie sich das hier an, Gibson.« Henry hielt seinem Diener den Zettel vor die Nase. Gibsons Augen wurden vor Schreck groß. »Sie müssen *laufen*.«

Gibson reagierte nicht darauf, denn er war bereits zur Tür hinaus und die halbe Treppe hinunter, wobei er mit den Armen über dem Kopf fuchtelte, während er rannte.

Henry eilte in sein Zimmer, wo er begann, sein Hemd zuzuknöpfen. Caro folgte ihm und ignorierte die erstickten Missfallenslaute ihres Dienstmädchens. »Ich habe versucht, zur Bow Street zu gehen«, erklärte sie, »aber man hat mich abgewiesen. Vor drei Tagen traf ich mich mit zwei Läufern und brachte sie zu dem Haus auf der anderen Seite des Platzes, wo die Diebe alles lagerten. Aber das Haus war ausgeräumt worden. Jetzt halten sie mich für eine hysterische Frau, die sich zum Spaß Verbrechen ausdenkt.«

Er warf einen Blick aus dem Fenster. »Die Dämmerung beginnt in einer halben Stunde. Das wird mir gerade genug Zeit geben, um da runter zu gehen ...«

»Ich komme mit.«

»Auf keinen Fall ...«

»Diejenige, nach der sie suchen werden, bin ich. Wenn ich nicht auftauche, kommen sie gar nicht erst raus. Das ist der einzige Weg.«

»Verdammt noch mal, Caro ...«

»Ich kann genauso leicht eine Droschke rufen wie du. Du kannst nichts tun, um mich aufzuhalten. Ich schlage also vor, dass du deine Pläne so umgestaltest, dass sie mich einbeziehen.«

Er blickte sie im Spiegel an, während er seine Krawatte knotete.

»Mylord!«, rief Gibson aus dem Vorzimmer. Sie eilten hinaus und sahen ihn vornübergebeugt und nach Luft ringend. »Niemand im Stall hat Billy seit heute Morgen gesehen.«

»Danke, Gibson«, sagte Henry und ging zu seinem Schreibtisch hinüber. Er zog ein Messer aus einer Schublade und steckte es in seinen Stiefel, dann nahm er eine Holzkiste aus einem Regal und öffnete sie, um ein Paar Pistolen zum Vorschein zu bringen. Er lud beide durch.

»Gut«, sagte Henry, als er fertig war, »lass uns gehen.«

DIE VIER DRÄNGTEN sich in eine Mietkutsche. Auf dem Weg zu den Docks schmiedeten sie einen Plan, der so kurzfristig wie möglich umgesetzt werden konnte.

Henry gefiel das überhaupt nicht. Vor allem nicht der erste Teil ihres Plans, der vorsah, dass Caro zu den Execution Docks schlendern sollte, mit nichts als Fanny als Schutz. Aber die Sonne ging schnell unter, und sie hatten keine Zeit mehr, sich etwas Besseres einfallen zu lassen.

Wie vereinbart, ließ der Kutscher Caro und Fanny direkt an der Treppe zu den Docks aussteigen, wo die königliche Marine Piraten, Meuterer und alle anderen, die die Admiralität für würdig befand, den Tod zu finden, aufhängte. Der Galgen war direkt am Ufer der Themse errichtet worden und nur bei Ebbe sichtbar. Bei Flut stieg das Wasser über den frisch aufgehängten Körper, in der Regel dreimal, bevor er abgehängt wurde.

Bei den berüchtigtsten Verbrechern konnte die Leiche in Teer getaucht, in einen Käfig gesteckt und zur Warnung ein Jahr oder länger am Galgen hängen gelassen werden. Henry schauderte bei dem Gedanken, welche Schrecken Caroline beim Hinabsteigen dieser Treppe begegnen könnten. Es war quälend, dass er sie nicht davor schützen konnte.

Ihr Fahrer ließ Henry und Gibson zwei Blocks weiter

aussteigen, und sie machten sich auf den Weg entlang eines Stegs zum Flussufer.

Henry ließ sich über die Kante des Stegs fallen und platschte in knöcheltiefes Wasser. Gibson folgte. Die Flut kam herein, und sie mussten an der Ufermauer entlang waten, die sich an eine Reihe von erhöhten Wohn- und Lagerhäusern anschmiegte.

Nach fünfzig Metern kamen sie an einem Lagerhaus vorbei, das auf Pfeilern über den Fluss hinausragte und über ein eigenes Dock verfügte, so dass die Fracht direkt von den Schiffen entladen werden konnte. Henry kroch unter dem Dock hindurch, bis er zu einem dicken Steinpfeiler kam. Gibson schlich sich von hinten an ihn heran, während Henry um die Ecke spähte.

Das erste, was ihm auffiel, war die Reihe der Galgen am Flussufer, die Gott sei Dank alle leer waren. Und dort, auf der letzten trockenen Stufe, stand Caro, frisch und unschuldig und völlig fehl am Platz zwischen den Gerüsten, in ihrem frischen weißen Kleid und dem fliederfarbenen Jäckchen. Fanny stand neben ihrer Herrin und hielt ihren Sonnenschirm wie einen Knüppel.

Sie brauchten nicht lange zu warten. Nach ein paar Minuten kamen drei Männer die Treppe herunter und blieben einige Stufen über Caro und Fanny stehen. Der in der Mitte war der Mann mit den knopfartigen Augen, den er gesehen hatte, als er Billy nachsetzte.

»Sieh an, sieh an, wenn das nicht Lady Caroline Astley ist«, sagte er mit einer Stimme, die Henry als die des Mannes erkannte, den die anderen Snakeface nannten. »Wie nett von Ihnen, dass Sie meine Nachricht beantworten.«

»Wo ist Billy?«, sagte Caro mit einer Stimme, die über das Wasser zu hören war.

»Wo ist mein Amulett?«, erwiderte Snakeface.

»Ich habe es«, sagte Caro. »Holen Sie Billy, und wir machen den Austausch.«

Die drei Schläger begannen zu kichern. »So funktioniert das nicht«, sagte Snakeface. »Wir haben zwei Möglichkeiten. Du kannst mir das Amulett sofort geben und darauf vertrauen, dass ich Billy gehen lasse. Oder du kommst mit mir, und wir machen den Austausch drinnen.«

»Ich traue Ihnen nicht.«

»Dann bist du nicht so dumm, wie ich glaube, dass du es bist. Nicht ganz«, ergänzte Snakeface. »Du warst so dumm, mich zu bestehlen. Das ist ein Fehler, den du noch bereuen wirst.«

Henry musste Caro zugestehen, dass sie sich nicht unterkriegen ließ. Ihre Stimme war ruhig, als sie antwortete: »Ich würde nicht erwarten, dass Männer, die Kinder entführen, Skrupel haben. Aber wissen Sie, wem das Amulett gehört? Es gehört meiner Schwester.«

»Eine weitere reiche Adelsschlampe, genau wie du«, sagte Snakeface.

Caro hob ihr Kinn. »Sie ist die Gräfin von Wynters, Gründerin der *Ladies' Society for the Relief of the Destitute*. Sie plant, das Amulett zu verkaufen, um eine zweite Herberge zu errichten. Werden Sie Hunderten von Witwen und Kindern ein Dach über dem Kopf und Brot auf dem Teller verweigern? Sind Sie wirklich so verachtenswert?«

»Aber ja«, antwortete Snakeface grinsend, »ja, das bin ich. Und jetzt, bitte, Lady Caroline, hier entlang.« Er schritt die Treppe hinauf. Caro und Fanny folgten, und die beiden anderen Schläger bildeten das Schlusslicht.

Verdammt noch mal - sie hatten genau besprochen, was Caro *nicht* tun würde, und das war, die Diebe zu einem versteckten Ort zu begleiten, wohin Henry ihnen nicht folgen konnte. Er watete hinter ihnen her, hielt sich an der Wand fest und wartete, bis die Diebe außer Sichtweite waren, bevor er die Treppe hinaufstieg. Er erreichte die Straße und spähte um die Ecke, wo er sah, wie Snakeface die Eingangstür zu dem Lagerhaus aufschloss, unter dem er sich eben noch versteckt hatte.

»Kommen Sie«, sagte Henry zu Gibson und ging den Weg zurück, den sie gekommen waren. »Auf der dem Fluss zugewandten Seite wird es eine Tür für die Fracht geben. So können wir uns reinschleichen.«

Gibson packte ihn am Arm. »Mylord, ist es wahr, was Lady Caroline gesagt hat? Dass das Amulett Lady Wynters gehört?«

Henry seufzte. »Ja, allerdings.«

»Lady Wynters - mir war nicht klar - Dann können wir ...« Gibson drehte sich um und sprintete den Strand entlang, den Weg zurück, den sie gekommen waren.

»Gibson!«, zischte Henry. »Wo zum Teufel wollen Sie hin?«

»Ich komme wieder!«, rief er über seine Schulter.

Perfekt. Nun hatte ihn sein Kammerdiener im Stich gelassen. Es gab keine andere Möglichkeit; er musste sich den Verbrechern allein stellen.

Henry watete in den giftigen Fluss, und zum ersten Mal in seinem Leben scherte er sich nicht im Geringsten um Blutegel, bis er an den äußersten Pfeiler kam. Das Wasser stand ihm bis zur Brust, und er musste seine Pistolen in die Höhe halten, um das Pulver trocken zu halten. Er blickte nach oben und betrachtete das Bauwerk über ihm. Die Anlegestelle überragte den letzten Pfeiler um gut zwei Meter - zu weit, um sich hochzuhangeln. Doch im schwindenden Licht entdeckte er ein Paar Bretter, zwischen denen eine Lücke klaffte.

Er klemmte sich seine Waffen unter das Kinn, hangelte sich an der Säule hoch und streckte die Hand aus, um den Spalt zu testen. Es war gerade breit genug, dass er seine

Hand hindurchstecken konnte. Er schwang sich ins Leere und nutzte die Lücke, um sich Stück für Stück weiterzuhangeln, bis er die Kante des Docks erreichte, wo er sich hochzog.

Er zog seinen durchnässten Mantel aus und leerte seine Stiefel, dann schlich er sich zu den großen Doppeltüren. Sie waren verschlossen, wie er es erwartet hatte. Diesmal hatte er sein Werkzeug zum Knacken von Schlössern aus der Schulzeit mitgebracht. Nach einer Minute spürte er, wie der letzte Stift nachgab, und er öffnete das Schloss.

Er sprach ein stilles Gebet, als er die Tür aufbrach und hineinschlüpfte, eine Waffe in jeder Hand.

Das Glück war auf seiner Seite - die Diebe hatten sich abgewandt. Er zählte jetzt fünf von ihnen. Er entdeckte auch Billy, der geknebelt und an einen Stuhl in der Ecke gefesselt war.

Die Diebe hatten ihn nicht bemerkt, aber Caro schon. Ihre Blicke trafen sich für einen Sekundenbruchteil, bevor er hinter ein Fass schlüpfte.

Er spähte hinaus, um die Szene zu begutachten. Die gleichen Antiquitäten, die sie zuletzt im Lagerhaus am Bedford Square gesehen hatten, waren im ganzen Raum verteilt - ein bemalter Holzsarkophag, ein Obelisk aus Sandstein, der so groß war, dass er auf der Seite liegen musste, und mehrere große Statuen, darunter die der geflügelten Göttin. Außerdem gab es Dutzende von Kisten und Fässern. Fanny stand in der Ecke neben Billy. Sie war von ihrem Sonnenschirm befreit worden, der etwa fünf Meter entfernt an einer Kiste lehnte. Einer der Diebe war gerade dabei, ihr die Hände vor dem Bauch zu fesseln. Die beiden anderen ragten vor Caro auf, die nicht annähernd so eingeschüchtert aussah, wie sie es angesichts der Umstände vielleicht sollte. Im Gegenteil, sie starrte Snakeface mit einem Ausdruck an, den Henry als unbeeindruckt bezeichnet hätte.

»Ich verlange, dass Sie mein Dienstmädchen und Billy sofort losbinden«, sagte sie. Sie zog den Samtbeutel mit dem Auge des Ra aus ihrem Täschchen. »Ich habe meinen Teil der Vereinbarung eingehalten. Jetzt halten Sie Ihre ebenfalls ein.«

Snakeface nahm den Beutel und öffnete ihn, um zu überprüfen, ob sich das Auge des Ra darin befand. Er hielt es hoch und bewunderte es, wie es im schwachen Licht des Tages funkelte. »Ich danke dir dafür, Lady Caroline. Ich bin nur enttäuscht, dass du mich nicht gezwungen hast, dich danach zu durchsuchen.« Seine Untergebenen kicherten, einer gab einen anzüglichen Pfiff von sich.

Caro ignorierte sie. »Unsere Transaktion ist abgeschlossen. Jetzt binden Sie Billy los und lassen Sie uns gehen.«

»So funktioniert das nicht«, sagte Snakeface und grinste sadistisch. »Eine Sache will ich noch von dir haben, Lady Caroline. Etwas, das du zweifellos für deinen zukünftigen Mann aufgespart hast, aber das ist nichts Halbes und nichts Ganzes. Dann wird jeder meiner Männer eine Runde mit dir drehen, und dann werde ich es vielleicht noch einmal versuchen, bevor ich meine Hände um deine Kehle lege und den letzten Atemzug aus dir herauswürge. Dann nähen wir deinen Körper in einem Sack voller Steine ein und werfen ihn ins Meer.« Er begann, auf sie zuzugehen. »Ich würde dir auch die Hände binden, aber es macht mir mehr Spaß, wenn du dich wehrst.«

Henry hatte eine der Pistolen gezogen und versuchte, einen Schuss abzugeben. Er war vielleicht kein so guter Schütze wie Harrington, aber er schoss ständig mit seinem Freund zusammen und konnte gut mit einer Pistole umgehen.

Aber nichts hätte ihn auf diese Situation vorbereiten können. Zu hören, wie dieser Abschaum drohte, Hand an Caro zu legen, seine Caro, und den Schrecken in ihren Augen zu sehen? Und zu wissen, dass er ihre einzige Chance war, dass er, wenn er sie verfehlte, zusehen musste, wie sie von fünf Männern geschändet wurde?

Seine Hände hatten noch nie in seinem Leben so stark gezittert.

Wie zum Teufel, fragte sich Henry, sollte er diesen Schuss abgeben?

KAPITEL 28

Caro war entsetzt.

Sie hätte auf Henry hören sollen, hätte sich an den Plan halten sollen. Warum sie jemandem namens Snakeface vertraut hatte, dass er zu seinem Wort stehen würde, war ihr nun völlig schleierhaft. Sie hatte nur daran gedacht, Billy zu retten, aber sie hatte Billy kein bisschen geholfen, nicht wahr? Denn wenn diese Männer sie vergewaltigen, töten und ihre Leiche den Haien zum Fraß vorwerfen wollten, gab es keine Chance, dass sie die Zeugen freilassen würden.

Innerlich geriet sie in Panik, aber sie wusste, dass sie eine gelassene Fassade aufsetzen musste. Also klammerte sie sich an das einzige Fünkchen Hoffnung, das sie noch hatte: dass Henry sie retten würde. Natürlich würde er das. Obwohl er sie belogen und betrogen hatte, war sie aus irgendeinem Grund zuversichtlich, dass er alles in seiner Macht stehende tun würde, um sie zu schützen. Sie musste nur ihren Beitrag leisten und ihm etwas Zeit verschaffen.

Sie reckte ihr Kinn in die Höhe, bemühte sich, ihre

Stimme zu beruhigen, und sagte: »Sind Sie wirklich so dumm zu glauben, dass Sie damit durchkommen würden? Ich bin die Tochter eines Grafen. Mein Vater wird diese Stadt umgraben, um Sie zu finden. Es ist gut, dass es da unten so viele Galgen gibt. Es werden genug für euch alle da sein.«

Snakeface lachte und trat auf sie zu. »Bis jemand merkt, dass du weg bist, sind wir schon auf See. Du hast den Fehler gemacht, anzunehmen, du könntest mit einem Mann verhandeln, der nichts zu verlieren hat. Sie haben Brownwood verhaftet. Er wird reden, wenn er es nicht schon getan hat. Wir sind so gut wie tot - zumindest wenn wir in England bleiben. Aber wir haben ein oder zwei Stunden Zeit, bevor unser Schiff ankommt. Dann können wir die Zeit auch genießen.«

Er machte den letzten Schritt nach vorne, dann hob er seine Hand, um sie an der Kehle zu packen.

Einen Sekundenbruchteil, bevor seine Hand sie berührte, ertönte der Schuss einer Pistole im Raum, und Caro zuckte zusammen. Die Hand, die nur wenige Zentimeter von ihrem Hals entfernt gewesen war, fiel herunter, und Snakeface griff sich an die Schulter, sein Gesicht verzerrte sich vor Schmerz. Er heulte auf und drehte sich zum hinteren Teil des Raumes, um die Quelle des Schusses zu finden. »Jemand ist hier!«, rief er. »Schnappt ihn!«

Es herrschte ein chaotisches Durcheinander. Caro duckte sich hinter eine Kiste. Als sie hinausschaute, sah sie, dass Fanny ihren Sonnenschirm aufhob. Ihre vor dem Körper gefesselten Hände hinderten sie nicht daran, dem nächstbesten Mann wiederholt auf den Kopf zu schlagen. Er fiel zu Boden, aber beim vierten Schlag brach der Schaft des Sonnenschirms entzwei. Fanny begann sofort, mit den gezackten Überresten des Griffs auf ihn einzustechen. Der

Schläger kämpfte auf Händen und Knien, mit einem mörderischen Gesichtsausdruck. Als er nach Fannys Knöchel griff, sprang Billy auf, hob den Stuhl, an den er gefesselt war, mit sich hoch und zerquetschte die Hand des Mannes mit voller Wucht unter einem Stuhlbein. Der Schläger schrie vor Schmerz auf und sackte zurück.

Caro sah sich nach den übrigen vier Männern um. Snakeface befand sich auf der anderen Seite des Raumes, ein roter Fleck breitete sich auf seiner Schulter aus, und er suchte zwischen den Kisten nach Henry. Sie konnte sehen, wie zwei der anderen Diebe, darunter auch der kleine Mann, der seinen Wachdienst damals vernachlässigt hatte - Hulston, so hieß er -, die dem Fluss am nächsten gelegene Wand überprüften. Aber wo war der letzte Mann?

Ein dumpfer Schlag zu ihrer Linken veranlasste sie, sich umzudrehen, nur um zu sehen, wie der vermisste Dieb sich hinter sie schlich, ein eisernes Brecheisen über seinen Kopf erhoben. Bevor Caro schreien konnte, krachte ein zweiter Schuss, und der Mann erstarrte, ein roter Fleck breitete sich rasch in der Mitte seines Hemdes aus. Er stürzte zu Boden und ließ die Eisenstange fallen. Seine Augen starrten ins Leere, und innerhalb von Sekunden war sein Körper still.

Caro schnappte sich die Stange mit zitternden Händen. Henry hatte nur die beiden Pistolen mitgebracht, und nun hatte er seine beiden Schüsse verbraucht. Währenddessen hielten sowohl Snakeface als auch Hulston ihre Pistolen in den Fäusten, und der dritte Mann hielt ein Messer. Wenigstens hatten Fanny und Billy ihren Mann festgenagelt. Die letzten drei Männer näherten sich der Ecke des Raumes. »Er ist hier!«, rief Hulston.

Caro schrie auf, als die Pistolen der Diebe alle gleichzeitig feuerten, und befürchtete das Schlimmste. Doch dann sah sie Henry, der über eine Kiste sprang und mit dem Messer in der Hand katzengleich in der Mitte des Raumes landete. Wie durch ein Wunder hatten beide Schüsse ihr Ziel verfehlt. Henry drehte sich und sah Snakeface und Hulston an, die ihre leeren Pistolen wegwarfen und ihre eigenen Messer zogen. Snakeface erreichte Henry als Erster und schlug mit einer Hingabe zu, die sicherlich aus Schmerz und Wut geboren war. Hulston schaltete sich sofort in den Kampf ein. Henry wich geschickt aus, aber da sah Caro den dritten Mann. Er hatte sich durch den Raum geschlichen und schob sich von hinten an Henry heran, wobei er sein Messer zum Angriff hob.

In Sekundenschnelle war Caro quer durch den Raum. Sie sprach ein stilles Gebet und schwang die Eisenstange mit aller Kraft. Der Schläger hatte sie nicht einmal kommen sehen. Die Stange traf ihn direkt an der Schläfe, und sein Körper wurde schlaff und fiel zu Boden wie eine Marionette, deren Fäden durchtrennt worden waren.

Als er seinen Gefolgsmann fallen sah, brüllte Snakeface und stürzte sich mit erhobenem Messer auf Caro. Sie versuchte, die Stange wieder zu heben, aber sie verhedderte sich in dem bewegungslosen Körper des Mannes, den sie niedergeschlagen hatte, und sie konnte sie nicht losreißen.

Sie schloss die Augen und wartete darauf, den Schnitt der Klinge zu spüren.

Nichts. Sie hörte ein Grunzen, öffnete die Augen und sah, dass Henry sich vor sie geworfen hatte und an ihrer Stelle den Hieb des Messers einsteckte. Das Blut strömte aus seinem Gesicht und bildete Rinnsale auf seiner Wange. Ein karmesinroter Fleck breitete sich am Halsausschnitt seines Hemdes aus.

Das machte Caroline *rasend*. Sie riss die Eisenstange los und ging auf die beiden Schläger zu. »Wie *kannst* du es wagen!«, donnerte sie.

»Caro!«, rief Henry. »Bleib zurück!«

Aber sie wollte nicht zurückbleiben. Etwas an ihrem Gesichtsausdruck veranlasste Hulston, einen Schritt zurückzutreten, und er stolperte über den Sockel einer Statue. Er kam wieder auf die Beine, aber nicht schnell genug, bevor Caro ihm die Eisenstange über den Schädel zog. Er fiel genauso schnell wie der erste Mann.

Sie stürzte sich auf Snakeface, ihr Blick war mörderisch. Aber Henry hatte die Situation unter Kontrolle, seine Hände schlossen sich um die Handgelenke von Snakeface. Snakeface war wahrscheinlich fünfzehn Kilo schwerer als er, aber Henry überwältigte den verwundeten Mann mit Leichtigkeit und stieß ihn auf eine Kiste. Er drehte den Verbrecher um, so dass dieser auf dem Bauch lag, und riss die Arme hinter seinen Rücken.

»Wir haben es geschafft«, hauchte Caro ungläubig. »Wir haben gewonnen!«

Während sie das sagte, hörte sie Stimmen von der Hintertür, die sich zum Fluss hin öffnete, gefolgt von einem Klicken, als jemand am Schloss herumfummelte. Die Türen schwangen auf, und eine Gruppe Männer zeichnete sich im Mondlicht ab.

»Ist die Fracht bereit zum Verladen, Snakeface?«, fragte einer von ihnen, als eine Gruppe von acht Schiffsarbeitern in das Licht des Raumes trat.

Von seiner Position aus, mit dem Gesicht nach unten auf der Kiste, sah Caro, wie Snakeface böse grinste.

DAS WAR NICHT FAIR. Das war nicht fair, überlegte Caro, denn sie hatten gewonnen. Sie hatten es irgendwie geschafft, fünf Männer abzuwehren. Sie hatten diesen Sieg verdient.

Aber jetzt sollte der Sieg ihnen entrissen werden.

»Ihr seid gerade noch rechtzeitig gekommen, Jungs«, sagte Snakeface aus seiner Bauchlage. »Ergreift sie!«

Caro hörte, wie Fanny heftiger fluchte als die Matrosen, als zwei Männer ihre Arme packten. Henry schrie Caro an, sie solle weglaufen. Vier Männer hatten ihn gepackt, aber er schaffte es irgendwie, vorwärts zu stürmen, und zerrte die erschrockenen Matrosen durch den halben Raum, so verzweifelt war er, um an ihre Seite zu gelangen. Seine Augen trafen die ihren für eine Sekunde, bevor er mit dem Gesicht nach unten auf eine Kiste gestoßen wurde, und Caro überlegte, dass, wenn sie schon sterben musste, wenigstens das Letzte, was sie jemals sehen würde, Henry Greville war, der sie so *ansah*.

Die letzten beiden Schmuggler rückten auf sie zu und drängten sie in die Ecke. Ihre Hände zitterten, aber sie hob die Eisenstange. Sie war nicht bereit, kampflos aufzugeben.

Von der anderen Seite des Raumes hörte sie das Klicken einer Pistole, die gespannt wurde. Sie sah, wie einer der Männer, die mit Henry gekämpft hatten, eine Waffe auf sie richtete. »Netter Versuch, Liebes«, sagte der Seemann. »Jetzt leg das Ding hin.«

Ihre Schultern sackten in sich zusammen, und sie spürte, wie sich ihr Gesicht verzog. Es war alles vorbei. Es war alles vorbei, und all die schrecklichen Dinge, mit denen Snakeface ihr gedroht hatte, würden nun geschehen.

Von den Türen, die auf die Straße hinausführten, kam ein ohrenbetäubendes Krachen, als ob etwas Festes dagegen geknallt wäre.

Alle erstarrten und drehten sich zu den Türen um. In der Stille konnte Caro Stimmen hören, sehr viele Stimmen, die sich vermischten, und sie bemerkte ein glühendes Licht, das um die Ränder der mit Brettern vernagelten Fenster herumschimmerte.

Das Krachen ertönte erneut, und es gab ein splitterndes

Geräusch, als sich ein Riss in einer der Türen bildete. Gute Güte, wenn sie es nicht besser wüsste, hätte sie es für einen Rammbock gehalten.

Die Stimmen wurden immer lauter und wütender. Es gab einen letzten Schlag, und die Türen sprangen auf. Und ein großer Mob strömte herein, ein Mob von Frauen, die Fackeln, Mistgabeln und Äxte, aber auch Töpfe und Pfannen, Besenstiele und Nudelhölzer in der Hand hatten. Der Mob strömte in den Raum und drängte sich um den Wagen, mit dem sie die Türen aufgeschlagen hatten.

Ein Mob, angeführt von Henrys Kammerdiener Gibson und einer gebückten alten Frau, die nur noch vier Zähne hatte.

»Das ist er, genau der da!«, kreischte die kleine alte Frau und deutete auf Henry. »Er ist derjenige, der mir geholfen hat, als ich meinen Enkel nicht begraben konnte. Beschützt Seine Lordschaft!«

Der Mob drängte vorwärts, und die Schmuggler und Seeleute wurden bald in eine Ecke gedrängt und kauerten vor mehreren Dutzend scharfer Werkzeuge, die auf sie gerichtet waren.

»Mrs. Dakers?«, fragte Henry ungläubig.

»Guten Abend, Mylord«, antwortete die Frau. »Sie haben wohl nicht damit gerechnet, mich zu sehen, oder?«

»Nein. Nein, das habe ich nicht«, antwortete er.

Gibson reichte seinem Herrn ein frisches Taschentuch für seine Stirn, die immer noch blutete. »Ich entschuldige mich dafür, dass ich Sie im Stich gelassen habe, Mylord. Aber ich erinnerte mich daran, dass Mrs. Dakers in Wapping lebt. Und als Sie sagten, das Amulett gehöre *Lady Wynters*, ahnte ich, dass ich mit ihrer Hilfe die ganze Nachbarschaft aufbringen könnte.«

»Ich habe mich selbst bei Lady Wynters‘ Wohltätigkeitsorganisation beworben«, sagte Mrs. Dakers. »Sie ist wie ein

Engel, der auf die Erde gekommen ist, unsere Lady Wynters.« Sie hielt inne und schüttelte den Kopf. »Es gibt nichts, was ich nicht tun würde, um Lady Wynters zu helfen.«

Ein zustimmendes Gemurmel ging durch die Menge. Fanny trat vor. »Nun, da ihr alle so eifrig dabei seid, Lady Wynters zu helfen, gibt es etwas, das ihr tun könnt.« Sie gestikulierte zu Caro. »Das hier ist die kleine Schwester von Lady Wynters. Und wenn bekannt wird, dass sie heute Abend hier war und dass sie die beiden Taugenichtse, die bewusstlos auf dem Boden liegen, mit der Eisenstange erschlagen hat, dann ist sie in den Augen der Herrschaften ruiniert.«

Ein bewunderndes Grummeln ging durch die Menge. »Du warst das?«, fragte Mrs. Dakers und stieß Caro mit ihrem Ellbogen an.

»In der Tat«, bestätigte Caro.

»Ich mag Mädchen mit etwas Mut«, sagte Mrs. Dakers.

»Also«, fuhr Fanny fort, »wenn die Magistrate auftauchen, werden wir, egal welche Geschichte diese Taugenichtse, die Lady Wynters bestehlen wollten, erzählen, etwa fünfzig Augenzeugen brauchen, um zu beweisen, dass Lady Caroline nicht hier war und ich auch nicht. Dass Lord Thetford allein hier war und sich gegen die Schläger behauptete, als ihr alle durch die Tür gekommen seid. Könntet ihr das tun?«

Der Klang von freundlicher Zustimmung erfüllte den Raum.

»Danke«, sagte Caro. »Danke, wirklich.«

»Kommen Sie, Mylady«, sagte Fanny und zog sie zur Tür. »Wir müssen Sie nach Hause bringen, bevor jemand Sie vermisst. Lassen Sie das hier«, fügte sie hinzu, riss die Stange aus Caros Griff und legte sie beiseite.

Als Fanny sie auf die Straße führte, um eine Droschke zu

suchen, fiel Caro Henrys Blick auf, aber es gab keine Gelegenheit, etwas zu sagen oder gar zu sehen, wie schwer seine Verletzungen waren.

Und um ehrlich zu sein, hatte sie keine Ahnung, was sie ihm hätte sagen wollen.

KAPITEL 29

Als die Uhr Mitternacht schlug, dachte Caro darüber nach, dass sie inzwischen recht geschickt darin war, sich aus dem Astley-Stadthaus zu schleichen.

Sie rief eine Kutsche und ließ sich für die kurze Fahrt nieder. Sie hatte heute so viel Glück gehabt. Sie hatten die Begegnung mit den Dieben überlebt und Billy gerettet. Anne hatte sie gedeckt, indem sie eine Nachricht an ihre Mutter schickte, und als sie und Fanny durch die Tür traten, hatte ihre Mutter angenommen, sie käme von einem Abendessen mit ihrer Schwester zurück, was nichts Aufregendes war. Kein Magistrat war im Stadthaus der Astleys aufgetaucht, um Caro zu einer seltsamen Geschichte zu befragen, in der es um eine Gruppe von Kriminellen ging.

Und sie hatte sich endlich entschieden, was sie wegen eines gewissen Henry Greville tun musste.

Nachdem der Kutscher sie am Bedford Square abgesetzt hatte, stieg sie die Treppe zu seiner Wohnung hinauf und klopfte an die Tür. Wieder schossen Gibsons Augenbrauen in die Höhe, als er Lady Caroline Astley vor der Tür seines Herrn stehen sah, diesmal mitten in der Nacht.

»Guten Abend, Gibson«, sagte sie und glitt in den Raum.

»Guten Abend, Lady Caroline«, stotterte er.

Der Klang ihrer Stimme musste wohl bis ins Schlafzimmer gedrungen sein, denn Henry erschien in der Tür, bekleidet mit einem am Hals offenen Hemd, einer weiten Hose und seinem Morgenmantel. Um seine Stirn war eine große Mullbinde gewickelt, die zum Ohr hin abfiel. Der Anblick seines zerschlagenen Gesichts ließ ihr Herz zusammenzucken, ebenso wie seine Augen, in denen mehr Resignation als Hoffnung lag.

»Sie sind für heute Abend entlassen, Gibson«, sagte Caro. »Ich werde mich um Ihren Master kümmern.«

»Ja, Mylady«, sagte Gibson und eilte zur Tür hinaus.

Stille trat ein, als Caro und Henry einander in seinem Wohnzimmer ansahen. »Wie geht es deinem Kopf?«, fragte Caro.

»Er ist in Ordnung. Er hat mir die Augenbraue und die Schläfe aufgeschnitten«, sagte er und zeichnete auf dem Verband den Weg nach, den das Messer genommen hatte. »Nichts, was ein paar Stiche nicht beheben könnten. Kopfwunden bluten wie der Teufel, deshalb sah es schlimmer aus, als es war.«

Caro schlenderte hinüber, um den Verband zu inspizieren. »Ein bisschen tiefer und du hättest dein Auge verloren. Das heißt, wenn du es überhaupt überlebt hättest.«

Er zuckte mit den Schultern. »Ich hab das Auge noch.«

»Aber du hättest es verlieren können.«

»Es ist alles in Ordnung.«

»Hmm.« Sie durchquerte das Zimmer und setzte sich auf das Sofa vor dem Kamin, dem Ort ihres letzten Liebesaktes. Sie klopfte auf das Kissen, damit er sich zu ihr setzte. Er tat dies, wobei er darauf achtete, viel Platz zwischen ihnen zu lassen. »Also«, sagte sie, »was ist passiert, nachdem ich gegangen bin?«

»Es stellte sich heraus, dass zwei Bow-Street-Runner in der Nähe waren und einen Mord in der Nähe des Ratcliff Highway untersuchten. Jemand lief los, um sie zu holen, während der Chirurg mich zusammennähte. Buchanan und Ragsdale hießen sie.«

»Hmph. Ich bin nur allzu vertraut mit Mr. Buchanan und Mr. Ragsdale. Das waren die beiden, die sich geweigert haben, mir zu helfen, die mich beschuldigt haben, die ganze Sache nur zum Spaß erfunden zu haben.«

»Hätte ich das gewusst, hätte ich sie erwürgt.«

»Ich weiß das zu schätzen. Aber ich bedaure, dass ich nicht dabei war, als sie durch die Tür traten und einen Raum voller ägyptischer Artefakte vorfanden. Du kannst dir gar nicht vorstellen, wie selbstgefällig und herablassend ich gewesen wäre.«

Zum ersten Mal zeichnete sich der Anflug eines Lächelns auf Henrys Gesicht ab. »Das hätte ich gerne gesehen. Dein herablassender Blick gefällt mir sehr.«

»Ich weiß, dass dem so ist. Wie ging es dann weiter?«

»Snakeface und seine Freunde wurden in Gewahrsam genommen. Nachtwächter bewachen die Artefakte, während wir hier sprechen. Ich soll morgen früh wieder hinfahren und mich mit den Läufern treffen.«

»Oh?«, fragte Caro erstaunt. »Was brauchen sie noch von dir?«

»Ich habe im Nachhinein etwas herausgefunden. Mir wurde klar, wer der rechtmäßige Besitzer des Sarkophags und der anderen gestohlenen Antiquitäten sein musste. Er wird morgen den Papierkram mitbringen und sie offiziell einfordern.«

»Ah. Ich verstehe.«

Erneut verfielen sie in Schweigen. Nach einem Moment sagte Henry: »Gibt es noch etwas, was du von mir wissen wolltest? Wenn nicht, begleite ich dich gerne nach Hause.«

»Es gibt noch eine Sache, die ich gerne besprechen würde.«

»Und die wäre?«

Sie holte tief Luft. »Ich konnte nicht umhin, etwas zu bemerken, Henry. Als Snakeface mich mit dem Messer bedrohte, war ich mir sicher, dass ich sterben würde. Aber dann bist du direkt vor mich getreten. Direkt in den Weg, den das Messer genommen hätte.«

»Es war nichts ...«

»Und obwohl du es anscheinend herunterspielen willst, warst du nur um Haaresbreite davon entfernt, ins Auge gestochen zu werden.«

Er zuckte mit den Schultern und starrte auf den Teppich.

Sie streckte ihre Hand aus und nahm seine Finger in ihre. »Du warst bereit, für mich zu sterben.«

Er blickte zu ihr auf, seine Augen voller Traurigkeit, und nickte leicht.

Sie stand auf, zog ihn auf die Füße und führte ihn durch den Raum.

»Caro?«, fragte er. »Was machst du ...«

Sie blieb nicht stehen, sondern öffnete die Tür zu seinem Schlafgemach und führte ihn hindurch, wobei sie erst stehen blieb, als sie beide am Fußende des Bettes standen.

»Ich verstehe das nicht«, sagte er.

Sie sah ihm in die Augen. »Mir ist heute Abend etwas klar geworden. Als sie drohten, mich zu vergewaltigen ...«

Er schloss die Augen. »Bitte sprich nicht darüber. Ich kann es nicht einmal ertragen, daran zu denken ...«

»Ich habe gemerkt, dass ich es bereue, nicht mit dir geschlafen zu haben, als ich die Gelegenheit dazu hatte.«

Seine Augen flogen verwirrt auf. »Was meinst du?«

Sie nahm all ihren Mut zusammen. »Was ich meine, ist, dass, was auch immer in der Zukunft passiert, mein erstes Mal mit dem Mann sein sollte, den ich liebe.« Sie schlang ihre Arme um seinen Hals. »Und deshalb bin ich heute Abend hierher gekommen.«

HENRY STARRTE Caro an und hatte Mühe zu verarbeiten, was sie gesagt hatte. Er wagte kaum, sich Hoffnungen zu machen, aber …

»Caro«, sagte er, »sagst du, dass du mich heiraten wirst?«

»Ich kann keinen Mann heiraten, der mich anlügt. Der mir nicht die Wahrheit sagen will.«

»Oh.« Er musste sich wohl doch Hoffnungen gemacht haben, denn jetzt fühlte er sich entkräftet. »Ich verstehe.«

»Henry«, beschwichtigte sie, »warum kannst du es mir nicht einfach sagen?« Er versuchte, den Blick abzuwenden, aber sie griff nach oben, streichelte seine unverletzte Wange und drehte sein Gesicht wieder zu sich. »Ich bin so verwirrt - es ist, als würdest du lieber sterben, als mir die Wahrheit zu sagen.«

Henry gab ein düsteres Kichern von sich. »Endlich hast du mich verstanden, Caro.« Denn so war es bei den Männern. Körperliche Mutproben gehörten einfach dazu. Sie wurden *erwartet*.

Aber das Eingestehen von Schwächen, von Problemen? Das war strikt untersagt.

»Sollte es nicht umgekehrt sein?«, fragte Caro.

»Wahrscheinlich sollte es das, Liebling, aber das ist nicht die Welt, in der wir leben.«

Sie gab einen frustrierten Laut von sich. »Die Sache ist die: Ich vertraue dir. Ich vertraue dir, wenn du sagst, dass du mich heiraten willst. Ich vertraue dir, wenn du sagst, dass du nur mich willst. Und ich merke, dass es dich zerfrisst, mir nicht die Wahrheit zu sagen, also musst du einen sehr zwingenden Grund dafür haben.«

Er nickte schwach, und sie fuhr fort. »Ich glaube dir. Ich glaube dir, Henry. Denn ich weiß, was für ein Mann du bist. Du bist mutig und ehrenhaft. Du bist der Mann, der sich für mich vor ein Messer geworfen hat. Ich weiß, dass du mich nie verletzen würdest. Ich liebe dich, Henry. Kannst du mir nicht vertrauen und mir die Wahrheit sagen?«

Oh, aber das war die Hölle. Die Worte *Ich liebe dich* auf Caros Lippen waren wie Balsam für sein kürzlich angeschlagenes Selbstwertgefühl. Er wollte die Augen schließen und in ihnen schwelgen, sie an all den leeren Stellen in seinem Inneren widerhallen lassen, um zu sehen, ob sie die Löcher füllen konnten, von denen nur er wusste, dass sie unter der starken Fassade lagen, die er der Welt zeigen musste.

Erschreckenderweise gab es einen Teil von ihm, der diese Worte am liebsten sofort erwidert hätte.

Aber er wusste es besser, als sich mit Worten zu trösten, von denen er wusste, dass sie eine Lüge waren. Nicht, dass Caro die Schuld daran trüge. Er konnte die Aufrichtigkeit in ihren Augen sehen. Sie glaubte wirklich, dass sie ihn liebte. Aber sie hielt ihn auch für *ehrenhaft*. Sie verstand nicht, dass er sie die ganze Zeit über belogen hatte, indem er sie glauben ließ, er sei ein Mann, der für sie sorgen könne. Dass er zu den Männern gehörte, die sie überhaupt zu heiraten in Betracht ziehen würde.

Und er hatte nicht die Absicht, sie aufzuklären. Ihr zu sagen, dass er ein Versager war. Ihr zu gestehen, wie tief seine Lügen waren. Ihr zu sagen, dass er nicht der Mann war, für den sie ihn hielt.

Denn sie würde ihn auf keinen Fall immer noch lieben, wenn er ihr das alles erzählen würde.

Also sagte er: »Das ist das Problem, Liebling. Im Moment siehst du mich genau so an, wie ich es mir von dir wünsche. Aber wenn ich dir die Wahrheit sagen würde ...«

»Ich *liebe* dich, Henry. Ich liebe dich so sehr. Nichts, was du mir jemals sagen könntest, würde daran etwas ändern ...«

»Das sagst du jetzt. Aber du würdest mich nicht lieben, wenn du die Wahrheit wüsstest. Du würdest nie in Betracht ziehen, mich zu heiraten. Und ich kann es nicht ertragen, den Hohn in deinen Augen zu sehen, den Spott, wenn du es erfährst.«

»Das werde ich nicht. Ich verspreche dir, dass ich dich genau so ansehen werde. Kannst du mir nicht vertrauen?«

»Es tut mir leid, Caro. Ich bin ein Feigling.«

»Ich werde solches Gerede nicht dulden. Nicht über den Mann, der bereit war, sein Leben für mich zu geben.«

Er neigte den Kopf, unfähig, ihr in die Augen zu sehen. Er spürte, wie sie seine Hände losließ. »Ich verstehe, wenn du nichts mehr mit mir zu tun haben willst«, sagte er. »Aber bitte erlaube mir, dich sicher nach Hause zu bringen.«

Er hörte ein raschelndes Geräusch, gefolgt von einem leisen Schlag, dann noch einem. »Caro?«, fragte er verwirrt. Er hob den Kopf.

Was er sah, ließ sein Herz in seiner Brust stottern. Sie kniete in ihren Strümpfen auf seinem Bett; die beiden dumpfen Geräusche waren ihre Pantöffelchen gewesen, die auf dem Boden aufschlugen. Sie zog ihren Spencer aus, der bald zu den Hausschuhen hinunterschwebte. Sie griff hinter ihren Rücken und hatte Mühe, die Bänder ihres Kleides zu erreichen.

Sie sah zu ihm auf und lächelte. »Ich könnte etwas Hilfe gebrauchen.«

Er kam an ihre Seite, setzte sich auf das Bett, aber nur, um ihre Hände zu ergreifen und sie aufzuhalten. »Caro, du musst das nicht tun.«

»Ich möchte das tun. Ich habe dir doch gesagt, dass ich mein erstes Mal mit dem Mann haben möchte, den ich liebe.«

Gott, sie würde sein Tod sein. »Aber ich habe dir doch gesagt, dass ich unwürdig bin ...«

Sie hielt ihn auf, indem sie ihm eine Hand auf die Lippen legte. »Ich werde entscheiden, ob du unwürdig bist oder nicht. Das Einzige, was ich jetzt wissen will, ist, ob du willig bist oder nicht.«

Er lachte düster. »Von all den lächerlichen Fragen. Es gibt nichts auf der Welt, was ich lieber tun würde, als mit dir zu schlafen, Caro.«

Ihr Lächeln war zärtlich. »Ausgezeichnet.«

Und dann schlang sie ihre Arme um seinen Hals und küsste ihn.

KAPITEL 30

Jetzt, wo Henry sie küsste, war alles so viel besser, fand Caro.

Er hatte sich nur langsam überreden lassen, weil er irrtümlich glaubte, dass es edler wäre, sie abzulehnen.

Aber er hatte es nicht lange ausgehalten unter ihrem Kussansturm, vor allem, als sie seine Unterlippe zwischen ihre Zähne zog und zu saugen begann. Das entlockte ihm ein Stöhnen, und dann begann er sie fordernd zu küssen und vergrub seine Hände in ihrem Haar.

Das brachte ihren Körper an den richtigen Stellen zum Summen, aber als sie ihm den Morgenmantel von den Armen schob und ihn dann in einem Haufen auf den Boden warf, riss er seinen Mund mit einem rasenden Atemzug von ihrem.

»Bist du dir da sicher, Caro?«

Sie zerrte sein Hemd aus der Hose und schob es über seinen prächtigen Oberkörper nach oben. »Ganz sicher«, hauchte sie.

Nachdem sie das Lagerhaus verlassen hatte, hatte sie immer wieder über das Problem nachgedacht und schließlich erkannt, dass Henry zu viel Angst vor ihrer Zurückweisung hatte, um ihr das dunkle Geheimnis anzuvertrauen, das er in sich trug. Sie musste einen Weg finden, um ihm zu zeigen, dass sie bedingungslos an ihn glaubte. Dass sie bereit war, absolut alles auf ihn zu setzen.

Das konnte sie nur tun, indem sie ihm das Einzige gab, was sie nie wieder zurücknehmen konnte.

Und sie wusste, dass dies sehr wohl ihren Ruin bedeuten konnte. Dieses Risiko war sie bereit einzugehen.

Denn sie wusste mit absoluter Sicherheit, dass dies der Mann war, mit dem sie den Rest ihres Lebens verbringen wollte. Wenn sie Henry Greville nicht heiraten und die Art von ehrlicher Ehe führen konnte, die sie sich wünschte, würde sie lieber als Jungfer in einem abgelegenen Haus auf dem Lande sterben, als einen anderen zu heiraten.

Henry sprach. »Weil ...« Er gab einen dumpfen Protestlaut von sich, als sie ihm mitten im Satz das Hemd über den Kopf zog. Während es zu Boden flatterte, fuhr er fort: »Denn wenn ich dich erst einmal aus diesem Kleid befreit habe, werde ich *sehr* enttäuscht sein, wenn ich wieder aufhören muss.«

Sie fuhr mit ihren Händen über seine Brust und schnurrte vor Vergnügen. Guter Gott, sein Körper war einfach umwerfend. »Ich wäre genauso enttäuscht.«

Dann legte er sich neben sie, seine Lippen wanderten zu ihrem Ohr. »Ich bin froh, das zu hören«, murmelte er. Und dann küsste er sie dort.

Gute Güte, wer hätte gedacht, dass ein Ohr so empfindlich sein konnte? Sein Kuss jagte ihr einen Schauer über den Rücken, und sie spürte, wie sich ihre Brüste zu Spitzen zusammenzogen. Es war wunderbar, dass sie ihm das Hemd ausgezogen hatte, wunderbar, all diese warme, seidige Haut unter ihren Händen zu haben, aber um

Himmels willen, warum war da immer noch so viel Stoff zwischen ihr und Henry?

In diesem Punkt waren sie einer Meinung, denn Caroline stellte erfreut fest, dass er es irgendwie geschafft hatte, die Bänder ihres Kleides zu lockern, und es nun an ihren Armen herunterzog. Er löste das Band am Hals ihres Unterhemdes und hob ihre Brüste aus ihrem kurzen Korsett heraus. Und dann waren seine Hände auf ihren Brüsten und dann war sein *Mund* auf ihren Brüsten und plötzlich wölbte sie ihren Rücken so heftig, dass es sie beide vom Bett hob, und wer machte dieses sehr laute wimmernde Geräusch? Oh, war sie das? Zweifellos galt dieses Geräusch nicht als damenhaft, aber wen kümmerte das schon, wenn Henry so an ihrer Brustwarze saugte? Es war, als gäbe es eine Sehne, die ihre Brustwarze mit der Stelle zwischen ihren Beinen verband, denn *dort* hatte es zu pochen begonnen, und *warum* berührte er sie *dort* nicht, und *wie* konnte sie ihn dazu bringen, damit anzufangen?

Sie stieß einen Schrei der Frustration aus und schob ihr zerknittertes Kleid über die Hüften, bevor sie es in einem Haufen auf den Boden warf. Er lachte sie zwar aus, aber immerhin setzte er seine Hände gut ein, löste die Schnürung ihres Korsetts und half ihr, das Ding und ihr Hemd in schneller Folge auszuziehen.

So trug sie nur noch ihre Strümpfe und Strumpfbänder. Er stöhnte auf, als ihr Körper in sein Blickfeld geriet, und seine Hände strichen von ihren Hüften über ihren Bauch bis hinauf zu ihren Brüsten. Sie griff nach unten und begann, ein Strumpfband zu lösen. »Du könntest sie anlassen«, schlug er vor und trank ihren Anblick.

Sie gab ihm einen kurzen Kuss auf die Lippen. »Ein anderes Mal. Im Moment will ich mich ganz an dich pressen.«

Nachdem sie ihre Strümpfe schnell abgestreift hatte, griff

sie nach der Knopfleiste seiner Hose, aber seine Hand schoss hervor und erfasste ihr Handgelenk.

»Langsam, du Luder«, sagte er.

»Es gibt keinen Grund, langsam zu machen, Henry. Ich ... ich bin bereit.«

»*Ich* muss langsamer machen. Diese Hose ist das Einzige, was mich daran erinnert, mich nicht wie ein hungriges Tier auf dich zu stürzen.«

»Mmm.« Sie strich mit ihren Händen über seine Brust. »Das klingt gar nicht so schrecklich.«

Er stöhnte und vergrub sein Gesicht in das Kissen neben ihrem. Als er aufblickte, waren seine Augen zart. »Dein erstes Mal wird weh tun, Caro.«

»Das weiß ich.«

»Ich hoffe, ich kann es trotzdem gut für dich machen. Dass das Vergnügen den Schmerz überwiegt. Aber ich kann mir nicht sicher sein. Also, was ich sehr gerne möchte«, sagte er und strich mit seiner Hand über ihre Wange, »ist, dich zuerst zu beglücken.«

Sie seufzte dramatisch, als ob sie sich bedrängt fühlte. »Wenn du darauf bestehst.«

Henry grinste, als er sich auf sie rollte. Er küsste sie tief und langanhaltend. Nach einer Minute begann er, sich an ihrem Körper hinunterzuarbeiten, begann an ihrem Hals und hielt dann inne, um an ihren herrlich empfindlichen Brüsten zu saugen. Seine Hände waren überall, genau dort, wo sie sie haben wollte - sie glitten an ihren Seiten hinauf, über ihre Schultern, an ihren Armen hinunter und bahnten sich dann ihren Weg über ihren Bauch und hinunter zu ihren Hüften. Sein Mund bahnte sich weiter seinen Weg nach unten, knabberte an ihrem Bauch und hielt inne, um ihren Bauchnabel mit seiner Zunge zu verwöhnen. Oh, es war nicht so, dass es sich nicht gut anfühlte. Was er tat, fühlte sich göttlich an, um ehrlich zu sein. Aber seine Zuwendung machte ihr nur allzu bewusst, wie sehr sie seine Hände und seinen Mund an einer anderen Stelle haben wollte.

Sie bemerkte, dass er sie wieder auslachte, dieser widerliche Mann! Und was war das für ein dumpfes Geräusch? Oh, waren das ihre eigenen Hüften, die auf dem Bett auf und ab wippten und verlangten, dass Henrys Aufmerksamkeit zwischen ihre Beine gelenkt wurde? Und wenn schon? Er wusste, was sie wollte, also warum in Gottes Namen gab er es ihr nicht? Sie wimmerte aus Protest.

»Brauchst du etwas, Caro?«, fragte er.

»Du weißt ganz genau, was ich brauche, du Halunke!«

»Oh, wolltest du etwas davon haben?«, fragte er und erlöste sie, indem er sanft mit dem Daumen über den zarten Knubbel zwischen ihren Beinen strich. Sie gurrte zustimmend, was ihn zum Glucksen brachte. Nun! Es war ihr völlig egal, ob er sie auslachen wollte, jetzt, wo sie *endlich* bekam, was sie wollte. Oh, *ihr Götter*, das war gut! Wenn er nur das kleinste bisschen *schneller* machen würde ...

Henry küsste sich wieder ihren Bauch hinunter, bis sie warmen Atem zwischen ihren Beinen spürte. Sie wand sich erwartungsvoll. Diesmal ließ er sie nicht betteln, er teilte nur ihre Falten, und sie spürte seine Zunge, direkt an ihrer Mitte, und oh, *guter Gott*, das fühlte sich *göttlich* an.

Er hielt seine Hände beschäftigt, indem er ihre Beine, ihre Seiten und ihre Brüste streichelte, während er mit seiner Zunge über die magische Stelle zwischen ihren Schenkeln fuhr. Gott, alles fühlte sich so gut an, aber besonders seine Zunge, die sie so leicht und feucht und schnell streichelte. Sie war außerordentlich erregt, und das Vergnügen war glühend. Wenn er nur *nie* aufhören würde. Wenn er nur nie, nie, nie, nie aufhören würde. Oh, *Gott*, sie war so nah, wenn er sie nur streicheln würde, einfach so, *einfach ...*

Ihr Höhepunkt kam hart und schnell und traf sie unvorbereitet. Eben noch lag sie zurück und genoss das betäubende Vergnügen, das Henry ihr bereitete, und im nächsten Moment schienen sich die Funken, die ihren Körper durchzogen hatten, zu entzünden, und sie spürte, wie ihre Augen zufielen, während ihr ganzer Körper von Krämpfen geschüttelt wurde.

Als die Welt aufhörte zu zittern, öffnete sie die Augen und sah, wie Henry sie mit einem süffisanten Lächeln anblickte. »Noch einmal«, sagte er und streichelte ihre Schenkel.

»Noch einmal?«, fragte sie ungläubig.

»Noch einmal«, antwortete er fest und senkte seinen Kopf wieder zwischen ihre Beine. Caros Nerven waren zum Zerreißen gespannt. Sie hätte gesagt, sie sei zu empfindlich, aber Henry streichelte sie so sanft und so zärtlich mit seiner Zunge, und eigentlich ... eigentlich ... eigentlich fühlte sich das ganz schön an, und oh! Der kleine wirbelnde Kreis, den er machte, war genau an der richtigen Stelle. Das ließ ihren Rücken sich wölben und ihre Zehen sich krümmen und ... und ... und jetzt, wo sie darüber nachdachte, könnte er doch auch ein bisschen schneller machen, ihr ein bisschen mehr geben, denn es schien, dass Henry recht gehabt hatte, sie war nicht zu empfindlich, überhaupt nicht ...

Es war ein Glück, dass Henry die wortlose Sprache von Caros Stöhnen und Hüftschwung fließend beherrschte, denn sie hatte die Fähigkeit verloren, Wörter zu richtigen englischen Sätzen zusammenzufügen. Aber irgendwie wusste er genau, was ihr Körper wollte, auch wenn sie ihm das nicht hätte sagen können, selbst wenn ihr Leben davon abgehangen hätte. Sie war wieder auf dem Weg zu ihrem Höhepunkt. Sie verstand nun genug, um zu wissen, was auf sie zukam. Und gerade als sie glaubte, dass es nicht mehr besser werden könnte, schob er einen Finger in sie hinein, und die Stelle, die er rieb, fühlte sich ... sehr interessant an. Das Vergnügen war nicht so intensiv wie das, das er ihr bereitete, indem er die kleine Rosenknospe zwischen ihren Beinen streichelte, aber es war faszinierend, und es machte sie furchtbar *neugierig* ...

Und dann hörten die schönen Empfindungen auf. Caro riss die Augen auf, um zu protestieren, und sah nur, wie Henry seine Hose öffnete. Er warf sie beiseite und kroch über ihren Körper, und oh, das Gewicht von ihm, das sie ins Bett drückte, das Gefühl, wie er warm und nackt auf ihr lag, war absolut göttlich.

Er ließ Küsse auf ihr ganzes Gesicht regnen. »Es ist soweit, Liebling«, sagte er. »Du bist so bereit, wie es nur möglich ist.«

»Ja, Henry. *Ja.*«

Sein Gesicht verzog sich vor Konzentration, als er nach unten griff und sich an ihrem Eingang positionierte. Und dann spürte sie Druck zwischen ihren Beinen, als er sich vorwärts bewegte, und als ihr Körper begann, sich ihm zu widersetzen, spürte sie, wie sich Zweifel einschlichen. Oh, Gott, das würde niemals funktionieren. Wie groß er war! Wie sollte dieses Ding in sie hineinpassen? Und dann wich der Druck einem reißenden Schmerz, und sie wusste, dass das ihre Jungfräulichkeit sein musste. Sie versuchte, ihren Schmerzensschrei zu unterdrücken, aber es gelang ihr nicht ganz.

Sie blickte zu Henry, der über ihr wie erstarrt war. Seine Augenbrauen waren vor Konzentration verzogen, sein Kiefer verkrampft. Er betrachtete sie aufmerksam und strich mit einer Hand über ihr Gesicht.

»Ist es sehr schmerzhaft, Liebling?«, fragte er.

Caro schluckte. »Es ... es tut weh.«

Er schluckte. »Es tut mir leid. Ich werde mich erst wieder bewegen, wenn du bereit bist.«

Irgendetwas an seinen Augen in diesem Moment ... Sie waren so warm und voller zärtlicher Sorge ... sie brachten ein wenig von dem Glanz zurück, den sie ein paar Minuten zuvor erlebt hatte. Sie wackelte versuchsweise mit den Hüften. Es tat immer noch weh, aber ihre Bewegung ließ ihn aufstöhnen. Sein Nacken war so gespannt, dass sie sehen konnte, wie sein Puls an der Seite seines Halses hochschnellte. Und als sie die Sorge in seinen Augen sah und seine Entschlossenheit, ihr nicht wehzutun ... war der Schmerz plötzlich nicht mehr so wichtig. Alles, was zählte, war, dass sie einen der schönsten Momente ihres Lebens erlebte, einen, den sie immer in Ehren halten würde, und sie wusste mit absoluter Sicherheit, dass sie den richtigen Mann ausgewählt hatte, um ihn mit ihm zu teilen.

Sie küsste seinen Hals, was ihn erschaudern ließ. »Du kannst weitermachen«, sagte sie.

Er zögerte und schaute sie mit hochgezogenen Brauen an. »Bist ... Bist du sicher?«

»Ja, mein Schatz.«

Er stöhnte und vergrub seinen Kopf in ihrem Nacken, und dann begann er langsam, langsam, *langsam*, in sie hineinzugleiten. Nach ein paar Minuten hatte er sich auf ein gemäßigtes Tempo eingestellt. Noch immer spürte sie bei jedem Stoß einen stechenden Schmerz. Bei ihrem ersten Mal ließ sich das wahrscheinlich nicht vermeiden. Aber sie war ganz hingerissen von der Nähe, die sie mit Henry empfand, von dem Gefühl, ihn auf ihr zu spüren, *in ihr*, ihn in ihren Armen zu halten, während er sich so offensichtlich an ihrem Körper erfreute, dass es ihr wirklich nichts ausmachte. Sie dachte, ihr Herz würde zerspringen, so ergreifend war der Moment.

Plötzlich streckte er die Arme aus und hob seinen Oberkörper vom Bett. Er stieß weiter in sie hinein, aber er griff mit einer Hand nach unten zu der Stelle, an der ihre Körper verbunden waren. Seine geschickten Finger wühlten sich durch ihre Locken, bis er die magische Stelle zwischen ihren Beinen fand.

Und dann begann er sie dort zu reiben.

Dieses Mal war das Vergnügen anders. Ihre Gefühle waren so nah an der Oberfläche - Zärtlichkeit, Intimität, Verletzlichkeit, Liebe -, dass sie überschwappten und ihren körperlichen Zerfall beschleunigten. Angesichts der Schmerzen, die sie verspürte, erschreckte sie die Unmittelbarkeit ihrer Reaktion. Denn sobald seine Finger ihren Kern gefunden hatten, begannen ihre Beine zu zittern.

Natürlich wusste Henry genau, was sie mochte, wusste genau, wie er sie berühren musste. Aber sie dachte eher, dass die Art, wie er sie ansah, ihr zum Verhängnis wurde. Niemals hätte sie gedacht, dass Henry Greville, der sicherlich der sardonischste, der schnoddrigste, der witzigste Mann in ganz England war, sie mit solcher Aufrichtigkeit, solcher Zärtlichkeit, solcher *Sehnsucht* ansehen könnte.

Die Auswirkungen waren verheerend. Fast augenblicklich wurde sie von der Lust überflutet und raste dem Höhepunkt entgegen. Ein kleiner Teil von ihr wollte wegschauen, die Augen vor Verlegenheit schließen. Aber die Augen zu schließen hieße, sich von seinem Gesichtsausdruck abzuwenden, von dem Blick, der ihr sagte, dass sie ihm alles bedeutete, auch wenn er es nie aussprechen würde. Und sie musste seine Augen sehen, musste jede Sekunde davon genießen, denn wer wusste schon, ob Henry sie nach heute Abend jemals wieder so ansehen würde?

Und so schaute sie ihm in die Augen, als das Vergnügen über sie hereinbrach. »Henry ... Oh, mein Gott, *Henry*, das ist so gut, das ist ... das ist ...«, schrie sie, als sie fast über die Kante kippte. »Du wirst mich zum Kommen bringen.«

»Ja, Caro. *Ja*. Komm für mich, mein Schatz. Ich möchte es spüren. Ich möchte dich um mich herum spüren, wenn du kommst.«

»Oh, Gott, ich bin so nah dran! Ich bin so nah dran, dass ich ...« Henry reagierte auf ihre Worte mit einer kleinen Bewegung seines Handgelenks, leichtem, schnellem Streicheln, genau dort, wo sie es brauchte. Und dann spürte sie es, die unverfälschte Ekstase, als sie kurz vor dem Höhepunkt stand. Ihre Hüften stemmten sich vom Bett hoch, und sie schrie, so intensiv war die Lust. »Henry! Oh, Gott, oh ... *Ja*, das ist so gut, Henry! Das ist so gut, Henry! Ja! Ja! *Ja*!«

Sie sah ihm in die Augen, als sie kam, und genoss seinen Ausdruck, als er ihr bei ihrem Vergnügen zusah. Seine eigenen Stöße waren rasend geworden, und sie genoss es, ihn für sie so außer Kontrolle geraten zu sehen.

Und dann, gerade als ihre eigene Lust zu schwinden begann, spürte sie, wie er sich aus ihr zurückzog und sein Körper von Krämpfen geschüttelt wurde. Und dann war er an der Reihe, ihr in die Augen zu sehen, als er ihren Namen rief, und sie spürte eine warme Nässe, als er sich auf ihrem Bauch verausgabte.

Er kam auf ihr zum Liegen, sein Gesicht neben dem ihren im Kissen vergraben, sein Atem ging schwer. Eine tiefe Zufriedenheit machte sich in ihr breit.

Und sie wusste, dass sie immer noch Probleme hatten. Sie wusste, dass sie etwas tun musste, um ihn irgendwie davon zu überzeugen, ihr zu vertrauen und ihr die Wahrheit zu sagen.

Aber als sie so in seinen Armen lag, fiel es ihr plötzlich ganz leicht zu glauben, dass alles gut werden würde. Sie waren wie füreinander geschaffen, und es gab keinen Preis, der es nicht wert gewesen wäre, ihn für ihr Zusammensein zu zahlen. Sicherlich musste auch er das spüren.

Caro kuschelte sich an Henrys Brust und schlief zufrieden ein.

KAPITEL 31

Nach seinem Höhepunkt brach Henry wie ein gestrandeter Wal auf Caro zusammen; es hatte keinen Sinn, sich selbst zu belügen und so zu tun, als wäre das Manöver mit so etwas wie Anmut oder Souveränität ausgeführt worden.

Die heutige Nacht war die schönste und zugleich quälendste Nacht seines Lebens gewesen. Wunderbar aus offensichtlichen Gründen - er hatte mit Caro geschlafen, *seiner* Caro.

Unerträglich, weil dies die einzige Nacht sein würde, in der er mit ihr schlafen konnte.

Jedes Mal, wenn seine Gedanken diesen Weg eingeschlagen hatten, war der Schmerz, der ihm entgegenschlug, verzehrend. Er hätte nicht gedacht, dass es möglich war, vollkommenes Glück und tiefes Elend gleichermaßen zu empfinden.

Aber dann lächelte Caro ihn an, sagte eine ihrer typischen schüchternen Bemerkungen, und er konnte nicht anders, als zurückzulächeln. Und er hatte endlich etwas begriffen.

Das Wichtigste heute Abend war nicht er. Es war sie.

Das war Caro, das strahlendste und schönste Mädchen auf der ganzen Welt.

Und Caroline Astley hatte es verdient, dass ihr erstes Mal magisch sein würde. Verdammt wollte er sein, wenn er sie enttäuschte, indem er die ganze Nacht Trübsal blies und über seinen eigenen Schmerz nachdachte, während er sich auf ihr Vergnügen hätte konzentrieren sollen.

Der Triumph hatte ihn übermannt, als er spürte, wie sie unter ihm explodierte. Er hatte sich in seinem ganzen Leben noch nie so befriedigt gefühlt wie in dem Moment, als er *seine Frau* seinen Namen schreien hörte, in dem Moment, als er spürte, wie *seine Caroline* um ihn herum zerfiel. Er würde nie den Blick in ihren Augen vergessen, als sie den Höhepunkt ihrer Lust erreicht hatte. Niemals. Es war besser gewesen als sein eigener Höhepunkt, der stärker war als alles, was er je erlebt hatte.

Er seufzte. Er wünschte sich nichts sehnlicher, als für immer genau dort zu bleiben, wo er war. Aber das war natürlich nicht möglich.

»Ich muss dich erdrücken«, sagte er.

»Mmmm«, antwortete Caro und drückte ihn fester an sich.

Er lächelte. »Ich stehe bald auf, ich verspreche es.«

Sie verfielen wieder in ein zufriedenes Schweigen. Nach ein paar weiteren Minuten, in denen er das Gefühl von Caroline unter ihm genoss, rollte Henry sich von ihr herunter.

Was er sah, ließ sein Herz vor Zärtlichkeit fast zerspringen. Sie schlief und wirkte vollkommen satt, entspannt und ... sehr befriedigt.

Sie protestierte wortlos gegen den kalten Luftzug, der über sie hinwegstrich, als er sie verließ, aber sie erwachte nicht einmal bei der Berührung des feuchten Tuchs von seinem Waschtisch, mit dem er die klebrigen Stellen auf ihrer Brust und ihrem Bauch abwischte.

Henry wünschte sich nichts sehnlicher, als wieder zu ihr ins Bett zu klettern und die wenigen Minuten, die ihnen noch blieben, mit ihr in seinen Armen zu verbringen.

Aber es gab eine Sache, die er zuerst tun musste.

Eine halbe Stunde später war seine Aufgabe erfüllt, und er schlüpfte unter die Decke und nahm Caro in die Arme. Nach einer Weile schlief auch er ein.

~

HENRY HATTE DEN *WUNDERBARSTEN* TRAUM.

Er lag nackt in seinem Bett, und *Caro* lag nackt an seiner Seite. Sie küsste seinen Hals und fuhr mit ihren Händen über seine Brust, über seinen Bauch hinunter zu seinem steinharten ...

Henry wachte mit einem Schreck auf und stellte fest, dass sein Traum gar kein Traum war.

Oh nein, das war die Realität. Glorreiche, glorreiche Realität!

Er hätte später gerne sagen wollen, dass er Caroline beim Aufwachen charmant begrüßt hatte. Dass er ihr mit der Hand über die Wange strich und flüsterte: »Guten Morgen, Liebling.«

Aber im Geiste der Ehrlichkeit musste er sich eingestehen, dass das wilde Stöhnen, das aus seinem Mund drang, als er erwachte und ihre sanften, süßen Hände seinen Schwanz auf und ab streichelten, wenig kultiviert war.

Ein paar Worte, die er normalerweise in Gegenwart einer Dame nicht gesagt hätte, könnten aus seinem Mund gekommen sein. Er sollte sich wirklich entschuldigen. Und er würde es tun. Er würde es tun ... sehr bald. Aber es war so schwer, sich zu konzentrieren, wenn sie ... wenn sie ...

Großer Gott, er musste sich zusammenreißen. Er öffnete den Mund, um die passenden Worte des Bedauerns auszusprechen, und ... *Oh, Gott*, sie fuhr mit ihrem Daumen über die Spitze seines Schwanzes, wo es sich *so* gut anfühlte ...

»*Scheiße, Caro ...*« Irgendwie waren das trotz seiner besten Absichten die einzigen Worte, die er zustande brachte.

Sein Fluch wurde mit einem hellen Kichern quittiert. Er öffnete seine Augen einen Spalt.

Sie hatten nur etwa vier Stunden Schlaf bekommen, und das war nur zu offensichtlich. Caro hatte schwache Schatten unter den Augen, und ihr fehlte die übliche rosige Ausstrahlung. Sie war mit offenem Haar eingeschlafen, das sich nun an der Seite ihres Kopfes zu einem Knäuel zusammengedreht hatte.

All das spielte keine Rolle. Der Anblick ihres Lächelns war das Schönste, was er in seinen fünfundzwanzig Jahren je gesehen hatte.

Eine widerspenstige Locke fiel ihr über die Augen. Sie stützte sich auf einen Ellbogen, um das Haar wegzuschieben, verlor dabei das Gleichgewicht und landete mit einem dumpfen Aufprall neben ihm auf dem Bett.

Dann lachten sie gemeinsam. Henry rollte sich auf sie und küsste sie tief. Sie spreizte ihre Beine für ihn und schwenkte begeistert die Hüften.

Dies verschaffte Henry eine nicht unerhebliche männliche Befriedigung. Nicht, dass sein Schwanz irgendeine Ermutigung gebraucht hätte, um sich der Gelegenheit zu stellen. Er war noch nie in seinem Leben härter gewesen. Er griff nach unten und positionierte sich an ihrem Eingang. Es wäre ihm ein absolutes Vergnügen, ihr genau das zu geben, was sie wollte ...

Nur ... es gab etwas, das er nicht vergessen durfte ... aus

einer dunklen, verschwommenen Ecke seines Gehirns tauchte ein Gedanke auf.

Jungfrau. Jungfräulichkeit.

Erst. Vergangene. Nacht.

Oh, verdammt ...

Anstatt in sie hineinzustoßen, streichelte er daher lieber mit seiner Hand ihre Wange. »Guten Morgen, mein Schatz.«

»Guten Morgen, Henry.«

Er warf einen Blick zum Fenster. Der erste Hauch von Licht kroch um die Ränder der Vorhänge.

Er würde sie nach Hause bringen müssen, und zwar bald.

Er drückte ihr einen Kuss auf die Schläfe. »Ich würde gerne noch einmal mit dir schlafen, bevor ich dich nach Hause bringen muss. Aber nicht, wenn du zu wund bist.«

»Ich bin nicht zu wund, Henry. Ich möchte auch mit dir Liebe machen.«

»Gut.« Er küsste sie erneut, und sie war sofort bei ihm und erwiderte den Kuss begierig. Ihre Hände waren überall, strichen über seine Schultern, seine Arme hinunter, über seinen Bauch und wieder seine Brust hinauf. Sie schien sehr begeistert bei der Sache zu sein, und er griff ihr zwischen die Beine, um zu sehen, ob sie bereit war.

Er neckte ihre kleine Perle. »Du bist nass«, sagte er mit einem zufriedenen Lächeln.

»Ooooooooh, mmmmmmmm«, war die einzige Antwort, die sie zustande brachte.

»Ich habe dich feucht gemacht«, sagte er selbstgefällig, während sein Daumen sanft um die Knospe kreiste. Sie begann, ihre Hüften gegen seine Hand zu stemmen, weil sie mehr Reibung brauchte.

Doch als er einen Finger in sie einführte, zuckte sie zusammen und konnte den Schmerz nicht verbergen, der auf ihrem Gesicht aufblitzte. Henry nahm seine Hand sofort weg.

»Nein«, protestierte Caro. »Komm zurück. Ich will mit dir Liebe machen.«

»Das möchte ich auch, Caro. Du weißt, dass ich das will. Aber ich würde dir um nichts in der Welt wehtun.«

»Ich bin nur ein bisschen wund. Es wird alles gut werden. Und wir müssen Liebe machen. Denn was wäre, wenn ...«

Sie brach ab, unfähig, den Satz zu beenden, aber Henry wusste, was sie sagen wollte.

Was wäre, wenn dies die letzte Chance war, die sie jemals bekommen würden?

Er drückte seine Stirn gegen ihre. »Wenn du dir sicher bist ...«

»Das bin ich«, beharrte sie.

»Also gut«, sagte er. In seinem Kopf gärte eine Idee heran. Er erhob sich vom Bett.

»Henry? Wohin gehst du?« Caro setzte sich im Bett auf und sah bezaubernd verwirrt aus.

Henry nahm einen Stuhl aus der Ecke und brachte ihn in die Mitte des Raumes. Er setzte sich und reichte Caro die Hand, damit sie sich zu ihm gesellte. »Komm her.«

Sie erhob sich vom Bett und kam auf ihn zu. »Was machen wir hier?«

Er half ihr, auf seinen Schoß zu klettern und sich auf ihn zu spreizen. »So hast du mehr Kontrolle, mein Schatz. Du kannst das Tempo bestimmen und den Winkel ändern. Wenn sich etwas unangenehm anfühlt, kannst du sofort aufhören.«

»Oh!«, sagte sie, und ihr dämmerte das Verständnis, als sie auf seinen strammen Schwanz hinunterblickte. »Du meinst, ich kann ...«

»Ich meine, du kannst. Wann immer du bereit bist, Darling.«

Sie stellte sich bereits auf die Zehenspitzen, um auf seinen Schwanz zu sinken. Sie tat dies zögernd, die Stirn konzentriert gerunzelt.

Henry beobachtete sie. »Alles klar?«

Experimentell glitt sie an ihm auf und ab. »Ja, ich glaube schon. Ich bin nur ein kleines bisschen wund.«

»Gut.« Bald hatte sie einen Rhythmus gefunden. Gott, sie fühlte sich so gut an. Sie war so feucht und so eng. *Gott*, er wollte kommen. Der verlockende Anblick, den er aus diesem Winkel hatte, wie ihre Brüste bei jeder Bewegung auf und ab hüpften, war über alle Maßen erregend. Ihm wurde klar, dass er nicht mehr lange durchhalten würde, und so wie es aussah, machte Caro nicht annähernd so schnell Fortschritte wie er. Was nicht weiter verwunderlich war, da sie ja erst zum zweiten Mal mit ihm schlief. Er musste noch mehr für sie tun, und als sie sich das nächste Mal herabsenkte, winkelte er seine Hüften an und gab der süßen kleinen Rosenknospe zwischen ihren Beinen einen kleinen Stups mit seinem Becken.

»Oh!«, rief sie. Ihre Augen weiteten sich vor Überraschung, und sie verlor den Rhythmus. Als sie wieder anfing, tat er es wieder, und wieder schrie sie auf und hielt inne, um sich an ihm zu reiben.

Er betrachtete sie beide in seinem Ankleidespiegel, der neben dem Stuhl stand. Als Caro die Richtung seines Blickes sah, drehte sie den Kopf, und ihr stand der Mund offen, als sie sie beide zusammen erkannte.

»Oh, Henry«, stöhnte sie, unfähig, ihren Blick von dem Bild im Spiegel abzuwenden.

»Das gefällt dir, nicht wahr?«, fragte er, wobei er darauf achtete, dass er mit jedem Stoß ihre Perle berührte. Sie nickte, ohne ihren Blick vom Spiegel abzuwenden. »Uns zusammen zu sehen?«

»Ja«, hauchte sie.

»Zuzusehen, wie ich dich nehme?«

»*Ja!*«, rief sie, als er ihr einen weiteren Stoß mit seinem

Becken gab. Ihre Augen waren vor Vergnügen glasig geworden.

Sie wimmerte unter Protest, als er sie von seinem Schwanz hob und sie zur Seite schob, aber nur so lange, bis er den Stuhl so positioniert hatte, dass er dem Spiegel zugewandt war. Schnell hob er sie wieder auf seinen Schoß, diesmal so, dass ihr Rücken seinem Bauch zugewandt war. »Dann wird dir das hier noch besser gefallen«, flüsterte er.

Ihr Blick war in den Spiegel gerichtet, auf den gleichen Anblick, den Henry sehen konnte - er küsste ihren Nacken, seine Hände braungebrannt auf ihrer Porzellanhaut, als er ihre Arme streichelte, ihre Brüste neckte und dann ihre Hüften anhob, um sie wieder auf seinen Schwanz zu ziehen. Sie musste sich nach vorne beugen, um ihn aufzunehmen, aber er legte einen Arm um ihren Oberkörper und stützte ihr Gewicht. Bald hatte sie ihren Rhythmus wiedergefunden, und ihr Blick blieb an ihnen beiden hängen.

»Und das Beste ist«, murmelte Henry, »aus diesem Winkel kann ich das hier machen.« Im Spiegel sahen sie beide, wie er mit seiner Hand zwischen ihre Beine griff und sie dort neckisch rieb, wo sie es brauchte.

Sie schrie auf und beschleunigte ihren Rhythmus. Er streichelte sie die ganze Zeit über. Gott, war das ein gutes Gefühl. Sie zu spüren und sie im Spiegel zu sehen ... *Gott,* das machte ihm Lust zu kommen. Er war kurz davor und kämpfte darum, sich zurückzuhalten. Er wusste, dass er an etwas anderes denken musste, sonst würde er zu früh kommen, aber er konnte seinen Blick nicht von dem schönsten und erotischsten Anblick losreißen, den er je gesehen hatte.

Zum Glück schien Caroline direkt bei ihm zu sein, denn gerade als er dachte, dass er entweder explodieren oder sterben würde, spürte er, wie sie sich in seinen Armen verkrampfte, und ihr Rücken spannte sich wie ein Bogen, und dann kam sie, und wie es aussah, kam sie heftig.

»Henry - oh, mein *Gott*, das ist so gut. Ja, Henry! Ja! Ja! *Ja!*«

Und dann begann ihr ganzer Körper zu zittern, und ihr Inneres spannte sich so stark um seinen Schwanz, dass er spüren konnte, wie es ihn mit jedem rasenden Pulsschlag ihrer Lust köstlich zusammenpresste.

Das war alles, was es brauchte. Der Anblick ihres Vergnügens ließ ihn geradewegs in den Abgrund stürzen. Im Hinterkopf wusste er, dass er sich zurückziehen musste, dass er sich jetzt zurückziehen musste, weil er wusste, dass er auch gleich kommen würde, aber er wollte nur noch ein paar Stöße, er wollte nur noch ein paar Stöße, weil sich das so gut anfühlte, *verdammt*, das fühlte sich so gut an, das fühlte sich so, so gut an, und ... oh, Gott, oh, *Gott*, oh, *verdammt* ...

Alles verschwamm, und der Raum verschwand, als er von der überwältigenden Lust seines Orgasmus überrollt wurde. Er spürte, wie eine Hand durch sein Haar strich, und er kniff die Augen zusammen. Und welch willkommener Anblick bot sich ihm - Caroline Astley, nackt auf seinem Schoß, lächelte ihn an und sah sehr zufrieden aus. Er sah, wie sein Spiegelbild sie anlächelte, und beugte sich vor, um ihren Hals zu küssen.

Er vergrub sein Gesicht in ihrem Haar, war überwältigt und brauchte eine Chance, sich zu sammeln. Er war erleichtert zu sehen, dass es ihm irgendwie gelungen zu sein schien, sich rechtzeitig zurückzuziehen - seine Erlösung war auf ihrem Rücken verschmiert. Wie, das wusste er nicht, aber er dankte dem Herrn für dieses kleine Wunder.

Als er sich wieder einigermaßen unter Kontrolle hatte, blickte er wieder auf und sah, dass Caroline ihn immer noch anlächelte. Sie drehte sich um, so dass sie ihm gegenüberstand, und schlang die Arme um seinen Hals.

»Das tut mir leid«, sagte er. »Der Raum drehte sich.«

Sie lachte. »Ich weiß genau, was du meinst.«

Er spielte mit einer Locke ihres Haares. »Nun, das ist erfreulich. Wenigstens habe ich den Raum auch für dich zum Drehen gebracht.«

Sie küsste ihn auf die Wange. »Ja, das hast du. Das war ... ich könnte sagen, es war magisch. Erderschütternd. Prächtig. Und es wäre alles wahr. Aber irgendwie ... ist das nicht genug. Meine besten Worte verblassen im Vergleich zu den Gefühlen, die du mir vermittelt hast.«

»Ich verstehe«, antwortete er und streichelte ihre Wange. »Es gibt keine Worte. Für mich auch nicht, Caro.«

Sie lächelte und beugte sich vor, um ihn zu küssen, und er erwiderte ihren Kuss, und der Moment war so schön, dass er am liebsten für immer hier geblieben wäre.

Es klopfte an der Tür. »Mylord«, rief Gibson von der anderen Seite, »es ist halb fünf. Die Stadt wacht auf.«

Aber sie konnten nicht ewig hier bleiben.

Seine Zeit mit Caroline Astley war so gut wie vorbei. Ihm blieben nur die wenigen Minuten, die sie zum Anziehen und für die Kutschfahrt zum Cavendish Square brauchten, um sie in seinem Leben zu haben.

Eine letzte Chance, die Dinge richtig zu machen.

Sie schwiegen, während die Droschke sie die kurze Strecke zum Cavendish Square brachte. Caro war der Ansicht, dass dies unvermeidlich war. Wenn man so viel zu sagen hatte, blieb einem manchmal nichts anderes übrig, als gar nichts zu sagen.

Aber angesichts dessen, was in den letzten zwölf Stunden geschehen war, und der Art, wie Henry sie ansah, wusste er es. Sie war sich sicher, dass er es wusste.

Nur allzu bald erreichten sie das Stadthaus der Astleys. Das war es also. Caro versuchte ein Lächeln, aber sie spürte, wie ihr Gesicht zerknitterte. Oh, aber das war nicht das, was sie wollte. Sie wollte nicht, dass er sich so an sie erinnerte, mit rotem Gesicht, erbärmlich und mit laufender Nase. »Es tut mir leid«, sagte sie und hatte Mühe, ihre zitternde Stimme zu kontrollieren. »Ich wollte nicht weinen. Aber ich danke dir, Henry.« Sie konnte die Aufrichtigkeit in ihrer Stimme hören, auch wenn selbige Stimme brach. »Vielen Dank für alles.«

Sie riss die Tür auf und stolperte auf den Bürgersteig,

wobei sie unter Tränen versuchte, die Tür zu finden, die in den hinteren Garten führte.

Doch dann spürte sie es - Henry, der ihren Ellenbogen nahm und sie zu sich herumwirbelte.

»Henry?«, fragte sie.

»Ich bitte um Verzeihung, Lady Caroline. Aber Sie haben Ihre Schnupftabakdose fallen lassen«, sagte er mit warmen Augen und einer etwas unsicheren Stimme.

»Meine - meine was?«, fragte sie verblüfft. »Ich habe keine Schnupftabakdose ...«

»Nimm sie einfach, du Einfaltspinsel«, flüsterte er und drückte ihr etwas in die Hand, wobei seine Beleidigung durch die Zärtlichkeit in seinem Blick und die anbetende Hand, mit der er ihr Gesicht umrahmte, ausgeglichen wurde.

Er küsste sie einmal - fest, zärtlich, *endgültig* - und trat dann zurück.

»Bitte werfen Sie das nicht ins Feuer«, sagte er.

Er drehte sich um und kletterte zurück in die Droschke. Und schon war er weg, und Caro stand allein mitten auf dem Bürgersteig und starrte auf den dicken Brief, den Henry ihr in die Hand gedrückt hatte.

Ein Umschlag, in dem etwas Hartes und Flaches steckte.

EINE STUNDE später saß Caro im Bett und las Henrys Brief zum fünften Mal, als Fanny in ihr Zimmer schlich.

»Guten Morgen, Mylady.« Caro hatte die Vorhänge des einen Fensters geöffnet, so dass ein Lichtstrahl auf ihr Bett fiel. Fanny begann, den Raum zu durchqueren, um die anderen zu öffnen. »Ich hätte nicht gedacht, dass Sie schon so früh wach sein würden.«

»In der Tat«, sagte Caro und legte den Brief beiseite. »Es war schon ein ereignisreicher Morgen.«

In diesem Moment bemerkte Fanny das stark zerknitterte Kleid, das Caro über einen Stuhl drapiert hatte. Sie taumelte in die Mitte des Raumes und blieb vor ihrer Herrin stehen, die Hände in die Hüften gestemmt. »Ich kann sehen, dass es so ist. Sagen Sie mir nicht, dass Sie sich mit diesem Halunken Henry Grev... oh, mein Gott!« Fanny brach mitten im Satz ab und eilte quer durch den Raum, um das blau-goldene Objekt zu betrachten, das auf der Arbeitsplatte lag. »Ist es das, was ich denke, dass es ist?«

Caro hob das Amulett des Auges des Ra auf ... oder den Deckel der Schatulle ... oder was auch immer es war. »Das ist es in der Tat. Dieser Halunke, Henry Greville, hat schließlich das Richtige getan und es mir zurückgegeben. Und er hat mir diesen Brief geschrieben«, sagte sie und deutete auf die fünf Blätter, die auf dem Bett lagen. »Endlich verstehe ich alles.«

Fanny setzte sich auf die Ecke des Bettes. »Heißt das ... Werden Sie ihn heiraten, Mylady?«

Caro seufzte. »Damit ich ihn heiraten kann, bedarf es eines Aktes der Manipulation, der so gerissen, so hinterhältig, so verschlagen ist, dass es vielleicht nur zwei Frauen in ganz England gibt, die auch nur davon träumen könnten, das zu schaffen.«

»Zwei Frauen. Lassen Sie mich raten, das sind Sie und Ihre Frau Mutter.«

»Ganz genau.« Caro lächelte. »Ich habe von einer Meisterin gelernt. Jetzt«, sagte sie und stand vom Bett auf, »ziehen wir mich an. Es gibt noch so viel zu tun vor heute Abend. Zunächst muss ich eine Nachricht an Anne schicken. Ich muss sie sofort sehen.« Caro schüttelte den Kopf. »Um ehrlich zu sein, wird dies eine Herausforderung sein. Ich hoffe, dass ich es schaffe.«

Fanny schnaubte. »Der Mann hat keine Chance.«

~

AM ANDEREN ENDE der Stadt saß dieser Mann in der Kutsche der Familie Greville mit seinem Vater, der aus dem Fenster schaute. Er rümpfte die Nase, als er das heruntergekommene Viertel betrachtete. »Wo wolltest du noch mal hin, Henry?«, fragte der Earl.

»Nach Wapping«, antwortete Henry fröhlich.

»Wapping? Was, zum Teufel, ist in Wapping?«

»Die Exekutionsdocks.«

Sein Vater kniff sich in den Nasenrücken. »Sag mir nicht, dass du mich zu dieser unchristlichen Stunde aus dem Bett gezerrt hast, um einer Hinrichtung beizuwohnen.«

»Nein, die Hinrichtung findet nicht heute statt. Das wird in einigen Wochen der Fall sein. Sie müssen erst die Verhandlung durchführen. Ah, da wären wir.«

»Verhandlung? Was denn für eine Verhandlung? Wovon sprichst du?«

Henry stieg aus der Kutsche aus und hielt seinem Vater die Tür auf. »Dein neuer Geschäftspartner, Arnold Jenner. Oder Snakeface, wie er gewöhnlich genannt wird. Er und seine Handlanger werden bald vor Gericht stehen.«

»Willst du damit sagen ...« Der Graf ergriff seinen Arm und ließ seine Stimme zu einem Flüstern sinken. »Jenner wurde verhaftet? Aber du glaubst doch nicht, dass er meine Beteiligung erwähnt hat. Oder?«

»Das hat er ganz sicher. Hast du die Papiere dabei, wie ich es dir gesagt habe? Die Läufer der Bow Street müssen sie sehen.«

»Was meinst du mit den Bow-Street-Läufern? Ich kann mich nicht mit den Läufern der Bow Street treffen! Ich befinde mich in einer heiklen Situation, wie du wohl am besten weißt. Und woher willst du wissen, dass Snakeface meinen Namen erwähnt hat?«

»Ich war dabei, als sie ihn verhörten. Brownwood hat dich schon vor fünf Tagen verraten. Der Magistrat hat sich darauf vorbereitet, dich zu verhaften.« Sein Vater stotterte erschrocken, aber Henry fuhr fort. »Das ist eine lange Geschichte, Vater, aber die kurze Version ist, dass ich auf Snakeface geschossen habe, dann hat er mir fast ins Auge gestochen - ich bin mir nicht sicher, ob du diesen ziemlich großen Verband bemerkt hast, der mein halbes Gesicht verdeckt -, dann hat der wütende Mob die Bow Street Runner geholt, und ich habe dich hierher gebracht, um deinen Namen reinzuwaschen.«

»Meinen Namen reinwaschen? Aber wie soll ich das anstellen?« Sein Vater sah wirklich panisch aus.

Henry klopfte ihm auf die Schulter. »Mach dir keine Sorgen, Vater. Ich habe alles unter Kontrolle.«

Er öffnete die Tür zum Lagerhaus am Hafen, und sein Vater verstummte. Weil sein Vater, wie er nun einmal war, an nichts anderes denken konnte als an die schönen ägyptischen Schätze, die vor ihm aufgereiht waren, selbst dann noch, als er kurz davor stand, wegen einer Verschwörung zum Diebstahl von der Krone verhaftet zu werden.

»Oh, wie herrlich!«, sagte der Graf und eilte durch den Raum, um den Zedernholzsarkophag zu untersuchen. »Schau dir doch die Farben und die Details an. Noch nie habe ich etwas so Großartiges gesehen.«

Von der anderen Seite des Raumes hörte man das Räuspern eines Mannes. »So ungern ich Sie auch unterbreche, Lord Ardingly«, sagte Mr. Ragsdale, der Läufer aus der Bow Street. »Wir haben einige Fragen, die Sie beantworten müssen.« Er gab Henry und seinem Vater ein Zeichen, die beiden Stühle auf der anderen Seite des Tisches zu nehmen.

Der Graf erbleichte, als er und Henry sich setzten. »Ja, natürlich. Das ist alles ein Missverständnis, verstehen Sie?

Sie trauen dem Wort eines Mannes namens Snakeface nicht, oder?«

»Sie geben also zu, dass Sie Jenner kennen«, sagte Mr. Buchanan im Plauderton. »Sagen Sie mir, wie haben Sie sich kennengelernt?«

»Ich ... äh ... das ist ...« Der Graf brach ab, dann sah er Henry panisch an.

»Erlauben Sie mir, das zu erklären«, sagte Henry. »Vor vier Jahren kaufte mein Vater über seinen Agenten in Kairo eine Ladung ägyptischer Antiquitäten. Unglücklicherweise geschah dies genau zu dem Zeitpunkt, als Napoleon unerwartet in Ägypten einmarschierte, und das Schiff wurde gekapert. Mein Vater hat die Ladung nie erhalten.«

Mr. Ragsdale lehnte sich in seinem Stuhl zurück und verschränkte die Arme. »Und was hat das mit seiner Zusammenarbeit mit Arnold Jenner zu tun?«

»Vor ein paar Wochen tauchten Gerüchte über neue ägyptische Schätze auf dem Schwarzmarkt auf«, sagte Henry weiter. »Mein Vater erkannte sie sofort als das, was sie waren. Haben Sie das Ladungsverzeichnis, Vater?«

»Was? Oh, ja«, sagte Lord Ardingly und zog einen Umschlag aus seiner Brusttasche. Henry gab ihn an die beiden Läufer weiter.

»Das ist eine interessante Geschichte«, sagte Mr. Buchanan. »Aber das entschuldigt nicht, dass er versucht hat, gestohlene Waren weiterzugeben.«

»Sehen Sie sich das Ladungsverzeichnis an«, sagte Henry. »Ein Obelisk aus Sandstein mit Hieroglyphen, ein bemalter Sarkophag aus Zedernholz mit Deckel, eine Statue der geflügelten Göttin Isis aus schwarzem Basalt, ein Skarabäuskäfer mit Juwelen aus Gold, Lapis, Karneol und Türkis. Und nun sehen Sie sich hier im Raum um, meine Herren. Ich frage Sie: Ist es ein Verbrechen, wenn ein Mann versucht, sich das zurückzuholen, was ihm rechtmäßig gehört?«

»Du meinst ...«, stotterte sein Vater, »du meinst, all diese glorreichen Schätze gehören *mir*?«

Henry trat seinen Vater unter dem Tisch, und der Graf verzog das Gesicht. »Das heißt, natürlich gehören sie mir. Sie werden meine Begeisterung entschuldigen, meine Herren. Ich hatte meine Neuerwerbungen bis heute noch nie gesehen. Nach all den Jahren ist das schwer zu glauben.«

»Sie verstehen also«, sagte Henry, »mein Vater, der Graf, hat nicht mit diesen Schurken zusammengearbeitet, um die Krone zu bestehlen. Was für ein absurder Gedanke! Er hat ihren kriminellen Ring *infiltriert*, um sich das zurückzuholen, was ihm rechtmäßig zusteht.«

Mr. Ragsdale schaute skeptisch. »Das ist nicht das, was Brownwood gesagt hat. Er sagte, Ihr Vater wolle diese Gegenstände als Teil seiner eigenen Sammlung ausgeben, darunter eine Kiste mit Schätzen, die aus dem Britischen Museum gestohlen wurden.«

»Nun, er konnte Brownwood wohl kaum sagen, worum es ihm wirklich ging, nicht wahr? Und mein Vater wusste nichts von einer Kiste mit Gegenständen aus dem Britischen Museum. Stimmt's, Vater?«

»Was?« Der Graf hatte sich in seinem Stuhl gedreht und starrte auf den Sarkophag. »Ja, genau richtig.«

»Schließlich«, so Henry weiter, »hat Brownwood die Gegenstände aus dem Britischen Museum selbst weiterverkaufen wollen. Ich sollte es wissen. Er hat versucht, sie an mich und einen Mann namens Richard Cuming zu verkaufen.« Er beugte sich vor und warf den Läufern einen strengen Blick zu. »Und auch an Lord Lansdowne, der dies alles bestätigen wird.«

Die beiden Läufer tauschten einen Blick aus. Mr.

Ragsdale, der sich das Ladungsverzeichnis angesehen hatte, nickte.

Mr. Buchanan stand auf. »Ich entschuldige mich, Lord Ardingly, dass ich überhaupt angedeutet habe, dass Sie darin verwickelt sein könnten. Sie verstehen, dass es unsere Aufgabe ist, Fragen zu stellen, wenn eine Anschuldigung erhoben wird ...«

»Natürlich, natürlich«, sagte Henry und erhob sich ebenfalls. »Ich vertraue jedoch darauf, dass es einige Anschuldigungen gibt, die so absurd und potenziell schädlich sind, dass sie mit äußerster Diskretion behandelt werden. Ich beziehe mich dabei natürlich auf die lächerliche Andeutung von Mr. Jenner, dass Lady Caroline Astley in irgendeiner Weise beteiligt war. Obwohl ...« Henry strich sich nachdenklich über das Kinn. »... Lady Caroline durchaus etwas damit zu tun hatte, da sie diejenige war, die mich herbeirief, nachdem Sie beide sich geweigert hatten, ihr zu helfen.«

»Wenn Sie so freundlich wären«, sagte Mr. Ragsdale, »Lady Caroline unsere tiefste Entschuldigung zu übermitteln ...«

»Das werde ich. Eine Entschuldigung bei mir wäre auch nicht ganz unangebracht. Ich war derjenige, der ein Messer in den Kopf bekommen hat, weil Sie sich weigerten, Ihren Job zu machen.«

»Auch das tut uns furchtbar leid, Lord Thetford«, beeilte sich Mr. Buchanan zu sagen.

Henry lächelte großmütig. »Entschuldigung angenommen, meine Herren. Und Ihre Vorgesetzten werden kein einziges Wort darüber zu Ohren bekommen. Vorausgesetzt«, fügte er mit eisenharter Stimme hinzu, »dass Lady Caroline und mein Vater in dieser schmutzigen Angelegenheit nicht erwähnt werden.«

»Wir versichern Ihnen von ganzem Herzen, dass Lady

Carolines Name nirgends auftauchen wird«, sagte Mr. Ragsdale. »Und was Ihren Vater betrifft, so wird er nur als Zeuge für die Krone auftreten.«

»Ausgezeichnet.« Henry wandte sich an den Grafen. »Komm, Vater. Lass uns ein paar Wagen zusammentrommeln. Deine Schätze kommen nach Hause.«

KAPITEL 33

Es dauerte fast vier Stunden, um genügend Wagen für den Transport der neuen Errungenschaften des Grafen zu sichern und sie zu beladen. Es war bereits Nachmittag, als sie sich auf den Weg zurück zum Stadthaus der Grevilles am Hanover Square machten.

Sein Vater hatte die ganze Zeit über begeistert von seinen neuen Schätzen schwadroniert, von den kleinsten Details geschwärmt und Henry mehr über den Mumifizierungsprozess erzählt, als ihm ehrlich gesagt lieb war.

Nach vier Stunden solchen Geplauders war er nur noch halb bei der Sache, als sein Vater das Thema wechselte. »Das hast du gut gemacht, mein Sohn. Was du da vorhin gemacht hast.«

Henry blinzelte. »Du meinst die Strategie, die ich entwickelt habe, um dich vor dem Gefängnis zu bewahren?«

»Das auch«, beeilte sich sein Vater hinzuzufügen. »Ich habe eher daran gedacht, wie du meine Antiquitäten zurückgewonnen hast.«

Es kostete Henry jedes Quäntchen Frömmigkeit des braven Sohnes, die Augen nicht zu verdrehen.

»Ich muss gestehen, dass ich dich nie ganz verstanden habe, Henry«, fuhr sein Vater fort. »Ich war schon immer eher ein Büchermensch, während du Büchern überhaupt nichts abgewinnen kannst. Aber was diese Läufer beschrieben haben - wie du in das Lagerhaus eingebrochen bist, auf zwei Männer geschossen hast, drei weitere abgewehrt hast, ins Gesicht gestochen wurdest, aber weitergemacht hast und Billy gerettet hast ...« Sein Vater hielt inne und schüttelte den Kopf. »Ich hätte das alles nie tun können. Manchmal verlangt die Situation nach einem Mann der Tat.« Er sah Henry in die Augen. »Das ist die Art von Sohn, die ich habe. Und das ist etwas, auf das man stolz sein sollte.«

Henry lächelte. »Danke, Vater.«

Die Kutsche kam zum Stehen, und der Graf stieg aus und gab Anweisungen für das Ausladen seiner neuen Errungenschaften.

Henry ging hinein, um nach seiner Mutter zu sehen. Die Veranstaltung, die sie seit Wochen geplant hatte, sollte an diesem Abend stattfinden, und er wollte sehen, wie die Vorbereitungen liefen.

Hinter sich hörte er, wie sein Vater Anweisungen bellte. »Du da, nimm den neuen Sarkophag nicht durch die Vordertür. Es wird niemals passen. Bring den nach hinten in die Orangerie.«

Henry seufzte. Er war froh, dass sein Vater seinen Herzenswunsch erfüllt hatte.

Auch wenn sein eigener Herzenswunsch nun für immer unerreichbar war.

Inzwischen dürfte Caro seinen Brief gelesen haben. Das bedeutete, dass sie die schreckliche Wahrheit kannte. Er spürte, wie seine Schultern nachgaben. Sie würde jetzt nichts mehr mit ihm zu tun haben wollen.

Er würde sie wahrscheinlich nie wieder sehen.

Die Tür zum grünen Salon öffnete sich, und heraus kam ... Caro? Sie hatte ihren Arm um die Taille seiner Mutter gelegt, und er sah, dass seine Mutter leise weinte.

»Na, na, Lady Ardingly«, sagte Caro und drückte seiner Mutter ein Taschentuch in die Hand. »Alles wird gut werden. Sie werden schon sehen.«

»Das wird es«, sagte seine Mutter. »Ich werde dafür sorgen. Ich kann nicht glauben, dass er ...« Seine Mutter brach ab, als sie zwei Lakaien bemerkte, die mit der Statue eines Schakals vorbei taumelten. »Was in aller Welt ist das? Sag mir nicht, dass er noch mehr von diesem ... diesem *Schrott* gekauft hat!« Ein Blick der Wut, wie Henry ihn noch nie zuvor gesehen hatte, huschte über das Gesicht seiner Mutter. »Phillip!«, rief sie. »Du kommst sofort *hierher*!« Sie stolzierte in Richtung des Eingangsbereichs.

»Guten Tag, Henry«, sagte Caro fröhlich und nahm seinen Arm.

Henry blinzelte sie verwirrt an. »Was ... was machst du hier?«

»Den Tag retten, natürlich.« Sie zog ihn den Flur entlang in Richtung der Schreie, die aus dem Foyer kamen. »Warum hast du es deiner Mutter nicht sofort gesagt? Über die finanziellen Fehltritte deines Vaters, meine ich.«

»Mein Vater sagte, es sei das Beste. Dass sie nicht in der Lage sein würde, die Situation zu bereinigen, und dass es sie nur beunruhigen würde, es ihr zu sagen.«

Caro schnaubte. »Oh ja, das arme, hilflose Lämmchen.«

Sie hatten das Foyer erreicht, wo seine Mutter seinen Vater über den Sarkophag hinweg mörderisch anstarrte. »Wie kannst du es wagen! Diese Reihenhäuser waren *meine Mitgift*!«

»Und als dein Ehemann wurden sie mein Eigentum, über das ich nach Belieben verfügen konnte.«

»Mein Vater wollte, dass diese Häuser für unsere Kinder bestimmt sind. Und das hast du gewusst! Warte nur, bis Papa davon erfährt.«

Der Graf erbleichte. »Du darfst es dem Herzog nicht sagen!«

»Ich werde es ihm ganz sicher sagen!«, donnerte die Gräfin.

Caro beugte sich vor und flüsterte ihm ins Ohr. »Dein erster Fehler war, dass du deine Kavallerie nicht eingesetzt hast. Indem du das Geheimnis deines Vaters bewahrt hast, hast du dich selbst deiner natürlichen Verbündeten beraubt. Deine Mutter. Dein Großvater, der Herzog. Deine Brüder, die genauso wenig wie du wollen, dass deine Mutter in Armut versinkt. Und dein wichtigster Verbündeter. *Ich.*«

Der Graf bemerkte sie beide jetzt. »Henry«, sagte er, »es gibt einen Gegenstand, den ich in den Kisten nicht finden konnte. Hast du meine Eye of Ra-Schatulle gesehen?«

»Das habe ich. Ich habe sie Lady Caroline gegeben, damit sie sie ihrer Schwester, der rechtmäßigen Besitzerin, zurückgibt.«

»Henry!«, protestierte sein Vater. »Wie konntest du nur?«

Es klopfte an der Haustür, und der Butler machte sich auf den Weg, um zu öffnen. Caro schaute auf eine kleine Taschenuhr, die sie aus ihrem Täschchen zog, und lächelte. »Ah! Wenn ich mich nicht sehr täusche, ist dies eine weitere deiner Verbündeten, die gerade noch rechtzeitig kommt.«

»Lady Wynters«, verkündete der Butler.

~

HENRY BEOBACHTETE, wie Caros Schwester das Foyer betrat. »Lady Ardingly«, sagte sie, »wie schön, Sie zu sehen, wie immer.«

»Lady Wynters, guten Tag«, erwiderte seine Mutter, als die beiden Gräfinnen anmutig voreinander knicksten.

»Und Lord Ardingly.« Lady Wynters machte noch einen zweiten sehr höflichen Knicks und richtete sich dann zu ihrer vollen Größe auf. Die Gräfin war statuesk und nur vielleicht einen Zentimeter kleiner als sein Vater. Die Schultern des Grafen sackten in sich zusammen, und er schrumpfte förmlich vor ihrem unerschütterlichen Blick.

»Ich hatte heute Morgen ein sehr interessantes Gespräch mit meiner Schwester«, begann Lady Wynters.

Sein Vater erbleichte. »Ich ... ich kann erklären ...«

»Nein, Mylord, ich glaube nicht, dass Sie das können«, sagte die Gräfin und wandte sich an Henry. »Aber wie nett von Ihnen, Lord Thetford, den Vorschlag zu machen, dass wir nach dem unteren Teil der Kiste suchen sollten. Wir haben ihn heute Morgen gefunden - er hatte sich irgendwie im Rasiertisch meines verstorbenen Mannes verkeilt, so dass sein Diener, als er ihn ausräumen wollte, nur den Deckel fand. Ich bin sicher, dass es den Verkaufspreis erheblich steigern wird, wenn die Schatulle wieder vollständig ist.«

»Lady Wynters«, sagte sein Vater, »ich bitte Sie. Diese Schachtel ist das Schmuckstück meiner Sammlung ...«

»Sie ist wunderschön, da stimme ich zu. Und ich habe gehört, dass der Preis so hoch sein wird, dass damit zweihundert Frauen und Kinder ernährt und untergebracht werden können.«

»Aber jeder weiß, dass sie mir gehört«, protestierte der Graf. »Wenn Sie sie versteigern, werden alle wissen, dass ich sie am Kartentisch verloren habe«, fügte er hinzu und senkte den Kopf.

»Zufällig haben meine Schwester und ich die perfekte

Lösung gefunden. Wir werden sagen, dass Sie es meiner Gesellschaft als Spende gegeben haben, aus Mitgefühl für die Witwen und Waisen, die wir unterstützen. Wer könnte einen so edlen Impuls infrage stellen?«

»Aber ... Aber ...«, begann sein Vater zu protestieren.

»Es sei denn«, fuhr Lady Wynters fort, »es gibt eine andere Geschichte, die ich erzählen soll?« Das Lächeln der Gräfin blieb gelassen, aber ihre Augen waren scharf. »Weil wir beide wissen, dass es eine andere Geschichte gibt, die ich erzählen könnte. Nicht wahr, Lord Ardingly?«

Sein Vater schluckte. »Wenn Sie so freundlich wären, zu sagen, dass es eine Spende war.«

Lady Wynters strahlte. »Das werde ich gerne tun. Ich bitte Sie nun, mich zu entschuldigen, aber ich muss mich um einige Dinge kümmern. Es wird Sie freuen zu hören, Lord Thetford, dass in meinem Haus ein Zimmer frei geworden ist, das ich Ihrer unerschrockenen Wäscherin, Mrs. Dakers, umgehend zur Verfügung stellen kann. Ich muss nach Wapping eilen, um ihr die gute Nachricht zu überbringen.«

»Ich freue mich, das zu hören«, sagte Henry. »Vielen Dank, dass Sie ihr helfen werden.«

»Es ist mir ein Vergnügen. Lord Ardingly, Lady Ardingly«, sagte Lady Wynters und neigte ihr Haupt, so königlich wie eine Königin.

Seine Mutter trat vor. »Bitte erlauben Sie mir, Sie zu Ihrer Kutsche zu begleiten, Lady Wynters.« Die beiden Gräfinnen hakten sich unter. »Ich kann mich nicht genug für Lord Ardingly entschuldigen. Was soll ich sagen, Ehemänner sind manchmal lästige Gesellen.«

»Ich verstehe vollkommen«, antwortete Lady Wynters, als sie nach draußen traten. »Ich hatte bis vor kurzem selbst einen.«

»Gott sei Dank ist das vorbei«, sagte sein Vater und fuhr sich mit der Hand über das Gesicht.

Caro trat vor und lächelte strahlend. »In der Tat. Jetzt können wir die nächste Etappe in Angriff nehmen.«

»Die nächste Etappe?«, stotterte der Earl. »Was meinen Sie mit der nächsten Etappe?«

»Nun«, sagte Caro, »ich weiß, dass Sie nicht wollen, dass Ihre Frau vor der ganzen Gesellschaft gedemütigt wird, dass sie nicht in der Lage ist, so zu leben, wie sie es verdient, und dass sie sich Sorgen macht, wie sie im Alter überleben wird.«

Sein Vater hatte die Gnade, beschämt dreinzuschauen. »Natürlich nicht.«

»Und«, so Caro weiter, »dank der schnellen Auffassungsgabe Ihres Sohnes hat sich der Umfang Ihrer Antiquitätensammlung über Nacht verdoppelt. La, Sie haben ja nicht einmal Platz, um alles unterzubringen! Einiges davon muss weg, und deshalb ist es an der Zeit, es zu verkaufen.«

Sein Vater wurde stutzig. »Sie wollen doch nicht etwa vorschlagen, dass ich die Hälfte meiner Sammlung verkaufe?«

Seine Mutter hatte das Foyer wieder betreten und sich direkt neben Caroline positioniert. »Die Hälfte Ihrer Sammlung verkaufen ... gute Güte, nein!«, sagte Caro lachend.

»Gut ...«

»Ich schlage vor, dass Sie *mindestens* drei Viertel Ihrer Sammlung verkaufen«, sagte Caro. »Eher neunzig Prozent, vorausgesetzt, wir können die von mir gewünschten Preise erzielen.«

»Neunzig Prozent!«, sagte sein Vater. »Seien Sie nicht albern. Neunzig Prozent ...«

»Phillip«, knurrte seine Mutter.

»Sie gehören mir«, sagte sein Vater. »Diese Antiquitäten gehören mir, und du kannst mich nicht zwingen, sie zu verkaufen.«

Seine Mutter verschränkte die Arme. »Soll ich also meinen Vater rufen?«

»Aber ... Aber ...« Lord Ardingly brach ab, als er sah, dass alle gegen ihn waren. »Aber ich hatte noch nicht einmal die Gelegenheit, meinen neuen Sarkophag zu genießen«, sagte er und schmollte.

»Ich verspreche, den neuen Sarkophag nicht zu verkaufen«, sagte Caro.

»Danke ...«

»Zumindest nicht für einen Penny unter fünftausend Pfund.« Caro holte einen Bleistift und ein kleines Notizbuch aus ihrem Fächer. »Nun, Lord Ardingly«, sagte sie und nahm den Arm des Grafen, »warum erzählen Sie mir nicht alles über diese faszinierenden Altertümer? Und wie viel Sie genau für jedes einzelne bezahlt haben.«

Sein Vater warf Henry einen flehenden Blick zu. Henry grinste fröhlich zurück. Mit einem resignierten Seufzer führte der Graf Caro in die Bibliothek.

KAPITEL 34

An diesem Abend fand sich Henry im Stadthaus seiner Eltern wieder, dieses Mal in seiner Abendgarderobe. Seine Kopfwunde hatte sich soweit geschlossen, dass er den Verband abnehmen konnte. Die Nähte waren sichtbar, aber weniger auffällig.

Im Haus herrschte reges Treiben bei den letzten Vorbereitungen für die Feierlichkeiten seiner Mutter. Henry sah, dass jemand daran gedacht hatte, Kerzen in den weißen Alabaster-Sarkophag im Foyer zu stellen. Der durchscheinende Stein war die einzige Lichtquelle im Eingangsbereich, und der Effekt war unheimlich erhaben.

Seine Mutter betrat das Foyer und gab dem Butler letzte Anweisungen. Henry beugte sich vor, um ihr einen Kuss auf die Wange zu geben. »Wessen Idee war das?«, fragte Henry und deutete auf den Sarkophag.

»Die von Lady Caroline«, antwortete seine Mutter. »Wo wir gerade von ihr sprechen.«

Henry drehte sich um und sah Caro durch die Eingangstür schreiten. »Oh, das ist ja noch besser geworden, als ich es mir vorgestellt habe!«, rief sie aus und deutete auf den Sarkophag. Sie knickste vor seiner Mutter. »Guten Abend, Lady Ardingly. Ist alles bereit?«

»Ich glaube schon«, antwortete seine Mutter. »Mein Vater ist vor einer Stunde angekommen. Er hat ein recht eindringliches Gespräch mit Lord Ardingly geführt. Er hatte gedacht, dass die Reihenhäuser in Brighton dem Grundbesitz hinzugefügt worden waren.«

»Wirklich?«, sagte Henry. »Wie hätte Vater sie dann verkaufen können?«

»Angeblich wurde der Papierkram nicht ordnungsgemäß erledigt«, sagte seine Mutter. »Papa ist da anderer Meinung. Er behauptet, der Verkauf sei rechtswidrig gewesen, und hat bereits gedroht, die Käufer vor Gericht zu zerren. Er hat sie so verängstigt, dass sie nun wünschen, das Geschäft wäre nie zustande gekommen. Sie haben angeboten, dass wir sie zurückkaufen können. Der einzige Haken ist, dass wir den vollen ursprünglichen Verkaufspreis aufbringen müssen.«

Henry spürte, wie seine Schultern nachgaben. »Das wird nicht möglich sein. Denn die Antiquitäten waren nicht das Einzige, was Vater kaufte. Er kaufte auch ein Schiff, um sie zu transportieren. Und das Schiff ist verloren gegangen.«

»In der Tat«, stimmte seine Mutter zu. »Ich bin die Zahlen durchgegangen, und wir müssten alles für mehr als das Sechsfache des Preises verkaufen, den dein Vater ursprünglich dafür bezahlt hat.« Die Gräfin schüttelte den Kopf. »Nun, wir werden unser Bestes tun. Ah, Lady Cheltenham, guten Abend.«

Seine Mutter schwebte durch den Raum, um Caros Mutter zu begrüßen. Henry wandte sich wieder an Caro. »Es ist nett von dir, mir zu helfen, mein finanzielles Chaos wieder in Ordnung zu bringen.«

»Nett?«, fragte Caro und lachte. »Ich würde nicht sagen, dass ich es aus reiner Freundlichkeit tue.«

Sie half ihm also aus Mitleid. *Hervorragend.* »Nun, ich

weiß es trotzdem zu schätzen. Die Tatsache, dass du meinen Vater dazu gebracht hast, seine Sammlung zu verkaufen, ist mehr, als ich tun konnte.«

Caro schnappte sich ein Glas Champagner vom Tablett eines vorbeikommenden Lakaien. »Natürlich tue ich das gern für dich, Henry. Aber was für eine tolle Nachricht von deiner Mutter. Wenn es uns gelingt, das Kapital aufzubringen, könntet ihr die Reihenhäuser zurückkaufen.«

»Es besteht wenig Hoffnung darauf. Du hast ja gehört, was meine Mutter gesagt hat - wir müssten alles irgendwie für das Sechsfache des ursprünglichen Kaufpreises verkaufen. Und ich habe keinen Zweifel daran, dass mein Vater von Anfang an viel zu viel bezahlt hat. Er ist nicht gerade ein Vorbild an finanzieller Umsicht.«

Caro nahm einen Schluck ihres Champagners und betrachtete ihr Glas mit Interesse. »Der ist köstlich.«

»Caro! Bist du überhaupt bei der Sache?«

»Ich muss deine Mutter fragen, woher sie den hat. Und ja, ich höre dir zu. Es wird also eine kleine Herausforderung sein. Na und?«

»Eine kleine Herausforderung? Unsere Chancen sind winzig. Schließlich«, sagte er und sah sich um, »wie sollen wir jemanden davon überzeugen, diesen ganzen Schrott zu kaufen?«

Ein kühler Luftzug stob herein, als sich die Eingangstür öffnete. Die ersten Gäste waren eingetroffen.

Caro lächelte zu ihm auf, ihre Augen leuchteten vor Lachen. »Sei so lieb, Henry, und halte das für mich«, sagte sie und drückte ihm ihr Sektglas in die Hand.

Er sah, wie sie ihr falsches Lächeln aufsetzte, als sie sich zur Tür wandte. »Mr. Hope«, sagte sie und durchquerte das Foyer, um seinen Arm zu nehmen. »Wie schön, dass Sie so kurzfristig kommen konnten.«

~

HENRY VERBRACHTE die nächsten drei Stunden damit, Caro amüsiert zu beobachten.

Er musste zugeben, dass sie gut war. Sie bearbeitete Thomas Hope gründlich und erzählte von der dramatischen Bergung der neuen Schätze seines Vaters. »Und was noch viel aufregender ist: Da Lord Ardingly inzwischen viel mehr Antiquitäten besitzt, als er unterbringen kann, hat er beschlossen, ein paar Stücke zu verkaufen. Nicht, dass Sie das interessieren würde«, sagte sie und lachte. »Jeder weiß, dass Sie bereits die beste Sammlung ägyptischer Antiquitäten in ganz Großbritannien haben. Ich kann mir gar nicht vorstellen, wie groß Ihre Sammlung sein muss, um die von Lord Ardingly in den Schatten zu stellen. Ich kann es kaum erwarten, Ihre Sammlung bei Ihrer Veranstaltung zu sehen - das ist doch morgen Abend, oder? La, die Leute werden von nichts anderem mehr reden wollen, wenn man Ihre Sammlung mit der des Grafen vergleicht.«

Mr. Hopes Gesicht nahm eine leicht grünliche Färbung an, und Henry konnte es ihm nicht verdenken. Henry hatte das ägyptische Zimmer gesehen, von dem Mr. Hope seit fast vier Monaten ständig herumprahlte, und so schön es auch war, er besaß nicht ein Zehntel so viele echte ägyptische Gegenstände wie sein Vater. »Lord Ardingly ist bereit, ein paar Stücke zu verkaufen? Wirklich?«, fragte Mr. Hope und zerrte an seinem Halstuch.

»In der Tat«, sagte Caro fröhlich. »Hier, ich zeige Ihnen die Bibliothek.«

Und Thomas Hope war nicht der einzige Gast, der am Ende etwas kaufte. Während Caro von ihrer Faszination für alles Ägyptische schwärmte, kaufte sich jeder junge Mann in London ein Amulett oder eine kleine Statue.

Seinem Vater gefiel die Party nicht. Henry fand ihn in der

Bibliothek, wo er mit verschränkten Armen neben seiner Mutter stand. »Ich würde gerne wissen, wer Thomas Hope eingeladen hat«, schimpfte sein Vater.

»Das habe ich getan«, sagte seine Mutter. »Zusammen mit den Nettlethorpe-Ogilvys und einigen anderen. Alles auf Vorschlag von Lady Caroline hin.«

»Er ist nicht willkommen«, brummte sein Vater. »Und die Nettlethorpe-Ogilvys sind *Industrielle*.« Sein Vater schauderte, als er das Paar, die Eltern von Henrys Kontrabass spielendem Zeitgenossen, quer durch den Raum ansah.

»Es ist mir egal, ob sie Zirkusfreaks sind«, sagte seine Mutter. »Wenn sie bereit sind, gutes Geld zu zahlen, um diesen Schandfleck von einem Sarkophag aus meinem Foyer zu entfernen, dann sind sie herzlich willkommen.«

Der Graf verengte seine Augen auf seine Frau.

»Wenn es dich beruhigt, Vater«, sagte Henry, »Thomas Hope hat die letzten drei Stunden damit verbracht, von deiner Sammlung zu schwärmen. Er hat ein gutes Viertel davon gekauft, so sehr fürchtet er, dass seine eigene bei der morgigen Routine unter dem Vergleich leiden wird. Ist es nicht das, was du dir gewünscht hast?«

Sein Vater sah nicht besänftigt aus. »Das muss reichen«, brummte er und ging davon. Seine Mutter zwinkerte Henry zu, bevor sie ihrem Mann hinterherlief.

Henry lehnte sich gegen eine Säule. Er stellte fest, dass er die Party genoss. Er hatte Caro aus den Augen verloren, als er mit seinen Eltern sprach.

Da er ohnehin in der Bibliothek war, beschloss Henry, sich einen Brandy zu genehmigen, bevor er sich auf die Suche nach Caro machte. Als er einen Schluck nahm, murmelte eine vertraute Stimme in sein Ohr: »Du wirst nicht glauben, wie viel ich gerade die Nettlethorpe-Ogilvys überzeugt habe, für den Arsch des Anubis zu bezahlen.«

Henry musste sich die Hand vor den Mund halten, um zu verhindern, dass er Brandy durch den Raum spuckte.

»Meine Güte, Henry«, sagte Caro, als er aufhörte zu husten. »Geht es dir gut? Und wo ist mein Glas? Hatte ich dich nicht gebeten, auf meinen Champagner aufzupassen?«

Er griff in eine Nische und holte das Glas hinter einem Blumengesteck hervor. »Ich würde für dich niemals versagen.«

»Ausgezeichnet«, sagte sie und nahm ihr Getränk entgegen, »denn ein Toast ist angebracht. Auf die Sammlung deines Vaters. Seine viel *kleinere* Sammlung.«

Henry stieß mit seinem Glas an ihres. »Darauf trinke ich.«

Ein Herr näherte sich. »Ah, Mr. Nettlethorpe-Ogilvy«, sagte Caro warmherzig. »Guten Abend.«

Es war der jüngere Nettlethorpe-Ogilvy, Archibald, der sich ihnen näherte, da er gerade erst eingetroffen war. »Guten Abend, Lady Caroline. Ich entschuldige mich für die Verspätung, Thetford. Es gab ein paar geschäftliche Angelegenheiten, die meine Aufmerksamkeit erforderten.« Er wies auf die Menschenmenge, die sich um die Antiquitäten in der Bibliothek versammelt hatte. »Alle sind so aufgeregt über die Verkäufe Ihres Vaters. Ich bin wohl der Einzige hier, der noch nichts gekauft hat.«

»Das könnten Sie sein«, sagte Caro. »Aber keine Angst, Sie werden den Erwerb Ihrer Eltern genießen können.«

»Ah, und was könnte das sein?«, fragte Mr. Nettlethorpe-Ogilvy.

»Gleich da drüben«, sagte Caro und gestikulierte durch den Raum. »Das beeindruckende Torsofragment einer Anubis-Statue aus schwarzem Granit.«

»Warten Sie ...«, sagte Mr. Nettlethorpe-Ogilvy und erbleichte. »Sie meinen doch nicht etwa diese riesige Statue eines Männerar...?« Er schaffte es, sich auf halbem Wege zu unterbrechen, und blickte Caro beschämt an. Danach versuchte er auf wenig überzeugende Weise, das, was er gerade sagen wollte, durch Husten zu überspielen.

Caro strahlte ihn an. »Ist es nicht einzigartig? Oh je, Sie scheinen etwas im Hals stecken zu haben. Lassen Sie uns Ihnen ein Glas dieses ausgezeichneten Champagners besorgen.«

»Ich glaube, dass Mr. Nettlethorpe-Ogilvy etwas Stärkeres braucht«, sagte Henry und schenkte ihm gut vier Fingerbreit Brandy ein.

»Danke«, sagte Mr. Nettlethorpe-Ogilvy. Er schluckte den Brandy in einem Zug herunter. »Da wir gerade von meinen Eltern sprechen, ich nehme an, Sie wissen nicht, wo sie sind?«

»Sie könnten im Foyer nachsehen«, sagte Caro. »Das letzte Mal, als ich sie sah, waren sie in einen Bieterkrieg mit Mr. Hope verwickelt, über dem großen Alabaster-Sarkophag, den Sie zweifellos beim Eintreten bemerkt haben.«

»Sie sind *was*?« Mr. Nettlethorpe-Ogilvy spähte in die Halle hinaus. Was immer er dort sah, ließ ihn seine Augen weit aufreißen. »Lieber Gott. Bitte entschuldigen Sie mich, Lady Caroline, Lord Thetford.«

»Oh je«, sagte Caro, nachdem er sich verabschiedet hatte, und ihre Augen funkelten Henry an, »ich bin mir nicht sicher, ob Mr. Nettlethorpe-Ogilvy unsere Party gefällt.«

Henry grinste. »Ich kann mir nicht vorstellen, warum nicht.«

Sie wurden unterbrochen, als sich jemand räusperte. Es stellte sich heraus, dass es Lord Graverley war. »Guten Abend, Lady Caroline«, sagte Graverley und beugte sich über ihre Hand. Er streckte Henry ein Stück Papier entgegen. »Das ist für Sie, Thetford.«

Henry faltete den Umschlag auf und entdeckte einen Bankwechsel über fünftausend Pfund. Caro beugte sich vor und spähte in den Umschlag. »Oh je, Lord Graverley«, sagte sie, »ich glaube, das Gebot für den Sarkophag liegt bereits bei etwa siebentausend Pfund. Aber es ist nicht nötig, das Geld heute Abend dabei zu haben.«

»Ich bin nicht an dem Sarkophag interessiert«, sagte Graverley.

»Vielleicht ziehen Sie die Einmachgläser meines Vaters vor?«, schlug Henry vor und deutete auf den Kaminsims.

Graverley verengte seine Augen. »Das ist für Ihre Pferde.«

»Ah!«, sagte Caro und rümpfte genüsslich die Nase in Richtung von Henry, bevor sie sich wieder dem Marquess zuwandte. »Ich wage zu behaupten, dass sie Ihnen gefallen werden.«

»Für fünftausend Pfund sollten sie das auch«, murmelte Graverley.

»Zufälligerweise«, sagte Henry, »schuldet mein Vater Ihrem Vater fünftausend Pfund.«

Graverley runzelte die Stirn. »Wirklich? Wie ist es dazu gekommen?«

»Wer weiß?«, sagte Henry. »Wahrscheinlich Karten oder so etwas.« Er reichte dem Marquess den Bankwechsel zurück. »Das wird also nicht nötig sein, aber wenn Sie so freundlich wären, Ihrem Vater mitzuteilen, dass die Schulden erlassen wurden.«

Graverley zuckte mit den Schultern. »Wie Sie wollen.«

»Ich schicke gleich morgen früh die Grauen vorbei.« Henry hielt inne. »Sind Sie sicher, dass ich Sie nicht für die Einmachgläser interessieren kann? Ich würde sie Ihnen zu einem sehr günstigen Preis überlassen.«

»Leider«, sagte Caro, »hat Mr. Hope die Gläser bereits gekauft.«

»Was für ein Jammer«, sagte Graverley trocken. »Wenn Sie mich jetzt entschuldigen, ich muss mich verabschieden.«

Er blickte sich um und erschauderte. »In diesem Raum habe ich immer das Gefühl, dass ich kurz davor bin, von einer biblischen Plage heimgesucht zu werden.«

Als der Marquess weg war, stieß Caro Henry mit ihrem Ellbogen an. »Fünftausend Pfund! Herzlichen Glückwunsch, Henry. Ich hoffe, du wirst deine Grauen nicht allzu sehr vermissen.«

Henry seufzte. »Natürlich werde ich das. Aber ich habe noch ein paar andere Gespanne in Aussicht. Ich bin mir sicher, dass ich eines finden kann, das zu mir passt.«

»Ausgezeichnet.« Caro spähte in den Flur hinaus. »Oh je, ich muss los. Es scheint, dass es Mr. Nettlethorpe-Ogilvy gelungen ist, seine Eltern zur Vernunft zu bringen. Vielleicht kann ich Lord Graverley dazu überreden, ihren Platz im Bieterkampf gegen Mr. Hope zu übernehmen.«

Sie segelte den Flur entlang. Henry sah, wie sie Lord Graverleys Arm nahm und ihm etwas ins Ohr flüsterte. Er zog eine Augenbraue hoch, als er etwas erwiderte, und sie antwortete mit etwas, das ihn den Kopf zurückwerfen und lachen ließ.

Henry spürte, wie sein Herz in zwei Teile zersprang.

Caro war perfekt für ihn. *Perfekt.* Sie war alles, was er je gewollt hatte. Allein das Gespräch mit ihr in den letzten drei Minuten hatte ihn unheimlich glücklich gemacht.

Oh, wen wollte er damit zum Narren halten? Er redete sich ein, dass er sie nicht liebte, und ...

Nein. Nein, diesen Gedanken wollte er nicht einmal *denken.*

Denn sie mochte ihm zwar heute Abend helfen, aber ein paar tausend Pfund würden nicht ausreichen, um sein Vermögen wiederherzustellen. Und ein Mädchen wie Caroline Astley heiratete keinen Mann, der gerade so über die Runden kam, nicht, wenn sie den reichsten zukünftigen Herzog Englands an der Angel hatte.

Und wenn die Liebe seines Lebens einen anderen heiratete, würde ihn das in einer Weise brechen, von der er sich nie wieder erholen würde.

Und während er beobachtete, wie Caro an Lord Graverleys Arm zum Sarkophag schlenderte und sie ihre goldenen Köpfe zusammensteckten, sagte er sich, dass er Caroline Astley nicht liebte. Er fühlte sich ... zu ihr hingezogen. Er war sogar vernarrt in sie. Er unterschied sich also nicht so sehr von der Hälfte der Männer in London.

Aber er war nicht *in sie verliebt*.

Natürlich war er das nicht.

Das konnte er nicht sein.

Gott, er brauchte noch einen Drink. Er griff nach der Karaffe, denn plötzlich gefiel ihm die Party gar nicht mehr so sehr.

KAPITEL 35

Stunden später, lange nachdem die Party zu Ende war, schlich sich Caro aus dem Stadthaus ihrer Familie und ließ sich zum Bedford Square bringen.

Sie fühlte sich fast schwindlig, als sie die Treppe zu Henrys Wohnung hinaufstieg. Da sie die letzten zwei Stunden damit verbracht hatte, die Zahlen durchzugehen (und darauf zu warten, dass alle in ihrem eigenen Haushalt schlafen gingen), und selbst wenn der Verkauf nicht genug einbrachte, um alle Reihenhäuser der Grevilles zurückzukaufen, hatte sie einen Plan.

Diesmal wirkte Gibson nicht im Geringsten überrascht, sie zu sehen. »Lady Caroline«, sagte er und verbeugte sich tief. »Ein Vergnügen. Wenn Sie mich entschuldigen würden«, sagte er, verließ die Wohnung und schloss die Tür hinter sich.

Henry erschien als Silhouette in der Tür zu seinem Schlafzimmer. Er hatte seine Abendgarderobe abgelegt und trug seinen Morgenmantel über einem Hemd und einer Hose. Er sah verwirrt aus. »Caro? Was in aller Welt tust du hier?«

Sie verdrehte die Augen. »Was mache ich hier? Was denkst du, was ich hier mache, Henry? Ich bin hier, um die Zahlen durchzugehen.« Sie schlenderte zum Sofa hinüber, setzte sich und holte ihr Notizbuch aus dem Täschchen. »Wie du also sehen kannst ...« Sie blickte auf und sah, dass Henry sie immer noch von der Tür aus anstarrte. »Kommst du oder nicht?«, fragte sie verärgert.

Er eilte herbei und setzte sich neben sie auf das Sofa. Sie blätterte Seite für Seite in ihrem Notizbuch und listete die Summen auf, die durch den Verkauf der Artefakte seines Vaters zusammengekommen waren.

Nachdem sie den letzten Punkt abgehakt hatte, erhob sie sich voller Tatendrang und begann, vor dem Feuer auf und ab zu gehen. »Wie du also siehst, haben wir zwar nicht das Sechsfache dessen erreicht, was dein Vater ausgegeben hat, aber wir haben den dreifachen Kaufpreis aufgebracht. Das sollte uns ermöglichen, die Hälfte der Reihenhäuser zurückzukaufen ...«

»Uns?«, sagte Henry. »Was meinst du mit uns?«

Sie sah ihn mit zusammengekniffenen Augen an. »Natürlich erwarte ich, dass ich an diesen Entscheidungen beteiligt werde. Ich glaube, ich habe heute Abend deutlich gemacht, dass ich dir von Nutzen sein kann. Und damit komme ich zu deinem Zuchtstall. Ehrlich gesagt, Henry, ich weiß, dass die Brighton-Reihenhäuser eine hervorragende Investition sind, aber ich denke, wir sollten einen Teil des Geldes besser für den Ausbau deiner Zucht verwenden. Wenn sich erst einmal herumgesprochen hat, dass Lord Graverley fünftausend Pfund für ein Paar deiner Pferde bezahlt hat, kannst du jeden Preis nennen ...«

»Caro, was ...«

»... und ich werde dir auch beim Verkauf der Pferde helfen können, wie ich es heute Abend getan habe. Ich habe alles geplant - morgen werde ich den ganzen Vormittag damit verbringen, mit Mama die Runde zu machen und darüber zu tratschen, wie viel Lord Graverley für dein Gespann bezahlt hat. Und dann werden du und ich mit deinen beiden schönsten Reittieren einen Nachmittagsspaziergang im Hyde Park unternehmen. Das wird die Mode bestimmen. Wenn du also Mittel benötigst, um den Betrieb zu optimieren - mehr Zuchtstuten, mehr Stallungen oder was auch immer -, dann sollten wir das zuerst vollständig finanzieren und erst dann den Rückkauf der Brighton-Reihenhäuser ins Auge fassen.«

Er sah verblüfft aus. »Ich werde deinen Rat berücksichtigen, aber warum hast du ...«

»Oh, und wir haben etwas Wichtiges vergessen. Meine Mitgift beträgt fünfunddreißigtausend Pfund. Das ist nicht genug, um den Rest der Reihenhäuser zu kaufen, aber es ist nicht nichts. Wir können das also zu unseren Vermögenswerten hinzufügen ...«

Caro fand ihre Hand in einem eisernen Griff, als sie am Sofa vorbeischritt. Henry erhob sich langsam auf seine Füße. »Deine Mitgift? Was meinst du mit deiner Mitgift?«

Sie lachte. »Natürlich habe ich eine Mitgift, Henry.«

»Das weiß ich. Aber deine Mitgift wird an deinen Mann gehen.« Als er ihre verwirrte Miene sah, erklärte er: »An Lord Graverley. Nicht an mich.« Er ließ den Kopf sinken und starrte ins Feuer.

Sie nahm die Wahrheit wie einen Schlag entgegen. »Oh«, sagte sie und ließ sich auf das Sofa fallen. »Du hast es nicht so gemeint. Ich dachte, als du gesagt hast, dass du mich heiraten willst, hast du wirklich ...« Ihre Stimme brach, und sie war unfähig zu sprechen.

Henry ließ sich neben ihr auf das Sofa sinken. Sie konnte es nicht ertragen, ihm in die Augen zu sehen. Sie hörte ihn sagen: »Natürlich habe ich es ernst gemeint, Caro.«

»Was soll dann das Gerede, dass meine Mitgift an Lord Graverley geht?«

»Da ist die Tatsache, dass du mich zurückgewiesen hast«, sagte er. Dann sah sie zu ihm auf, und in seinen Augen lag eine berauschende Mischung aus Nervosität und Hoffnung.

»Aber wie ich damals schon sagte, habe ich dich nur deshalb zurückgewiesen, weil du mir nicht die Wahrheit sagen wolltest. Aber dann hast du es doch getan. Du hast mir in deinem Brief alles gesagt, und damit hast du meinen einzigen Einwand beseitigt ...«

Mit einem Laut der Verzweiflung riss er seinen Blick von ihr los. »Ja, ich habe diesen Einwand beseitigt, indem ich einen noch schlimmeren vorgebracht habe. Dass ich nicht mehr in der Lage bin, dich zu versorgen.«

Sie betrachtete sein Profil, sah die Scham und wie schwer sie auf ihm lastete. Endlich verstand sie. Und es brach ihr das Herz, dass er geglaubt hatte, er müsse das allein tragen.

Sie versuchte, mit ihrer Stimme zu scherzen, aber sie hörte, wie sie zitterte, als sie sagte: »Welcher Teil von *Ich liebe dich* hat dein Verständnis überfordert?«

Er schüttelte den Kopf. »Ich werde dich nicht darauf festnageln. Ich weiß, dass du mich nicht mehr liebst. Nicht jetzt, wo du die Wahrheit kennst.«

»Henry«, sagte sie und nahm seine Hände in die ihren. »Sieh mich an.«

DIE AUSSICHT DARAUF ERSCHRECKTE HENRY, aber er zwang sich, sich Caroline zuzuwenden und die Augen einen Spalt breit zu öffnen.

Was er sah, veranlasste ihn, sie gleich wieder zuzudrücken.

Denn wenn er nicht gerade den Verstand verlor, strahlte

Caroline Astley ihn förmlich an. In ihren Augen lag so viel Liebe, so viel Anbetung, so viel Zuneigung, dass ...

Er war eindeutig im Begriff, den Verstand zu verlieren.

Er öffnete die Augen wieder, nur für eine Sekunde. Sie lächelte ihn immer noch an.

Er versuchte es noch einmal. Immer noch lächelnd.

»Caro«, stotterte er, »du - du hasst mich nicht.«

»Nein«, sagte sie und drückte seine Hände.

»Du hältst mich nicht für erbärmlich oder verachtenswert oder ...«

»Natürlich nicht, Liebling.«

»Du - du liebst mich!«

»Das tue ich«, sagte sie und schlang ihre Arme um seinen Hals. »Ich liebe dich so sehr, Henry. Verstehst du das jetzt?«

Er schlang seine Arme um sie. »Oh ja. Ich kann es nicht glauben.« Er vergrub sein Gesicht in ihrem Haar, sein ganzer Körper zitterte vor Erleichterung.

»Ich weiß, dass du im Moment Schwierigkeiten hast. Aber sie sind nicht von dir gemacht. Ganz im Gegenteil, du bist derjenige, der die Probleme deines Vaters löst. Du bist der Mann, der seine letzten fünfzig Pfund in die Hände seiner Mutter drückte, um sie vor einer Blamage zu bewahren. Meine Meinung über dich hat sich nicht im Geringsten geändert. Ich liebe dich, und das Einzige, was ich will, ist, den Rest meines Lebens mit dir zu verbringen.«

»Ich liebe dich, Caro.« Die Worte strömten wie eine Flut aus ihm heraus. »Ich liebe dich so sehr.« Er hob den Kopf und sah ihr in die Augen. »Ich glaube, ich habe mich in dem Moment in dich verliebt, als du mich *einen Idioten* genannt hast.«

Sie lachte. »Diese süßen romantischen Worte, die wir einander zuflüstern. Ich wünschte, ich hätte das schon mit fünfzehn Jahren sagen können.«

Er zögerte. »Meinst du wirklich, wir sollten meinen

Zuchtstall erweitern? Anstatt so viele Reihenhäuser wie möglich zurückzukaufen?«

»Das tue ich. Ich habe deine Pferde gesehen. Es ist nicht nur ihr Äußeres, das sie auszeichnet, sondern auch ihre Ausbildung. Dein Zuchtprogramm wird ein großer Erfolg werden, und wir müssen alles tun, um es zu unterstützen.« Sie musterte ihn einen Moment lang und runzelte verwirrt die Stirn. »Was ist los?«

»Es ist nichts. Es ist nur ...« Er blickte zu ihr auf und fühlte sich schüchtern und hoffnungsvoll zugleich. »Du glaubst an mich.«

Sie warf ihm einen fragenden Blick zu. »Natürlich tue ich das. Ist das eine Überraschung?«

»Ich fürchte, das ist es. Mein Vater hat schließlich nie an mich geglaubt.«

Sie sah seinetwegen verärgert aus. »Auf die Gefahr hin, meinen zukünftigen Schwiegervater zu verunglimpfen, würde ich nicht allzu viel Wert auf die Meinung eines Mannes legen, der ...« Sie hielt inne, um in ihrem Notizbuch zu blättern. »... einhundertdreiundfünfzig Pfund für eine zweitausend Jahre alte Statue eines Männerhinterns ausgegeben hat.«

»Technisch gesehen ist es kein Männerhintern. Das ist der Arsch eines Gottes.«

Caros Lächeln war schelmisch. »Vertrau mir, denn ich sollte es wissen - es gab gestern Abend nur einen göttlichen Arsch in der Bibliothek deiner Eltern, und der ist genau hier«, sagte sie und kniff ihn.

Henry lachte begeistert. »Auf jeden Fall könnte ich mich daran gewöhnen. Das heißt, daran, dass jemand an mich glaubt.«

»Du wirst dich daran gewöhnen, denn von heute an wirst du mich immer haben.« Ihr Gesicht wurde plötzlich düster. »Es gibt nur eine Sorge, die ich habe. Ich verstehe jetzt, warum du es getan hast. Aber du darfst mich nie wieder anlügen. Nicht einmal, um mich vor Sorgen zu bewahren. Was auch immer die Zukunft an Schwierigkeiten bringen mag, wir werden sie gemeinsam angehen.«

»Ich verspreche dir, meine liebe Caro, dass ich das nie wieder tun werde. Das waren auch die schlimmsten Momente in meinem Leben. Dich weinen zu sehen, zu wissen, dass ich dir das angetan habe ...« Er erschauderte.

Sie drückte seine Hände. »Ich vergebe dir. Aber nie wieder.«

»Nie wieder«, schwor er. »Ich habe ein eigenes Anliegen.«

»Oh? Und was ist das?«

Er hob Caro hoch und setzte sie auf seinen Schoß. »Ich frage mich, ob du vorhast, mich auf die gleiche schamlose Weise zu manipulieren wie all die armen Schlucker auf der Party meiner Mutter.«

Caro lachte. »Oh, Henry, natürlich nicht. Mach dich nicht lächerlich.«

Er lächelte. »Gut.«

»Nein, ich werde viel effektivere Methoden haben, um dich zu kontrollieren.« Sie schlang ihre Arme um seinen Hals. »Soll ich es dir demonstrieren?«

»Das kommt darauf an«, sagte er und strich sich über den Kiefer, als ob er in Gedanken versunken wäre. »Gehört zu diesen Methoden, dass wir uns beide bis auf die letzte Faser unserer Kleidung ausziehen?«

»Woher wusstest du das?«

»Nun, dann. Mal sehen, wie du dich machst.«

SIE LACHTEN, als sie sich gegenseitig auszogen, wobei ihre Kleidungsstücke auf verschiedenen Möbeln verstreut landeten. Caro schob Henrys Morgenmantel über seine Arme zurück und warf ihn auf den Boden, aber Henry griff sofort danach und entfernte ihn vom Feuer.

»Wir müssen mit dem Morgenmantel vorsichtig sein, Liebling. Du kannst dir nicht vorstellen, was ich alles mit dir anstellen werde, während du ihn trägst. Er muss für die nächsten Jahrzehnte halten.«

Das hörte sich gut an, auch wenn sie nicht wollte, dass irgendwas sie daran hinderte, Henry aus seiner Kleidung zu befreien. Sie zog ihm das Hemd über den Kopf und fuhr dann säuselnd mit ihren Händen über seine schöne Brust.

Nachdem er sie bis auf die Unterwäsche ausgezogen hatte, nahm Henry Caro in die Arme und trug sie in sein Schlafgemach. Sie lachten beide, als er sich auf das Bett rollte, so dass Caro auf einem Haufen auf ihm landete.

Caro setzte sich auf, um die Aussicht zu genießen. Henry lag halb auf dem Bett zurückgelehnt, stützte sich auf seine Ellbogen und war bis zur Hüfte nackt. Sein braunes Haar war bezaubernd zerzaust, und sein Oberkörper war braungebrannt, schlank und herrlich muskulös. In seiner Hose befand sich eine sehr auffällige Ausbeulung. Den Blick in seinen Augen würde sie als ... ausgehungert beschreiben.

Sein Anblick weckte in ihr den Wunsch, auf ihn zu krabbeln und unanständige Dinge zu tun, und genau das würde sie gleich angehen. Sie glitt an seinem Körper hinauf und ließ sich auf ihm nieder, ihre Beine rittlings auf der köstlichen Wölbung, von der sie wusste, dass sie ganz für sie bestimmt war. Er streckte seine Arme aus und setzte sich auf. Sie konnte nicht widerstehen, ihn zu berühren, und ihre Hände wanderten über seine Brust, seine Schultern, seinen Hals. Sie stellte fest, dass ihre Hüften von selbst anfingen, sich zu drehen und an ihm zu reiben.

Sie war nur mit ihrem Hemd bekleidet, das von feinster Qualität und aus so feinem weißen Leinen war, dass es praktisch durchsichtig war. Durch den dünnen Stoff konnte sie die rosigen Kreise ihrer Brustwarzen sehen, und sie sah, wie Henry bei diesem Anblick schluckte.

Offenbar reichte das bloße Anschauen nicht aus, denn er begann, ihre Brüste durch den Stoff hindurch zu küssen. Caro hätte nie gedacht, so etwas zu tun, aber das Leinen sorgte für ein wenig zusätzliche Reibung an ihren spitzen Brustwarzen, die sich ... die sich so sehr ... so sehr, sehr wunderbar anfühlten, und ... sie brauchte mehr. Mehr von ... allem. Jetzt bockten ihre Hüften hart gegen ihn, und sie spürte, wie sich ihre Fingernägel in die Muskeln seines Rückens gruben, und was sollte sie sagen? Das war reizvoll, was er mit ihren Brüsten machte, absolut reizvoll, aber noch reizvoller wäre es, wenn überhaupt kein Stoff mehr zwischen ihnen wäre, und sie hörte sich selbst vor Frustration und Verzweiflung und Erregung aufschreien, als ihre Hände sich das Hemd über ihren eigenen Kopf zogen und es zu Boden warfen.

Sie wurde durch das Lachen eines Mannes aus ihrer erotischen Träumerei gerissen. »Was?«, wollte sie wissen.

»Du bist ein bisschen übereifrig«, sagte Henry und stöhnte, als er seine Hände mit ihren nackten Brüsten füllte.

»Im Gegensatz zu dir, der überhaupt nicht eifrig ist«, sagte Caro und wippte demonstrativ gegen die Ausbeulung in seiner Hose. »Ist das eine Beschwerde?«

Seine Augen waren glühend heiß, als er antwortete. »Nicht im Geringsten. Ich mag dich eifrig.«

»Das ist ein Glück, denn es gibt einige Dinge, die ich gerne ausprobieren würde.« Caro stieß ihn auf den Rücken. Sie richtete sich genau dort auf, wo sie sein wollte, und begann, sich gegen seinen strammen Schwanz zu stemmen, wobei sie unter den köstlichen Empfindungen stöhnte. Während sie diese Bewegung fortsetzte, ließ sie ihre Hände unkontrolliert über seinen Körper wandern, und beugte sich dabei nach vorn, um ihn zu küssen. Das hatte genau den gewünschten Effekt. Innerhalb von Sekunden brachte sie ihn dazu, unter ihr zu stöhnen, jeder Muskel in seinem Körper war vor Erwartung angespannt. Sie begann, seinen Hals und seine Brust zu küssen und hielt dabei inne, um an jeder seiner Brustwarzen zu saugen. Während sie hinabrutschte, arbeitete sie auch mit ihren Händen an seinem Körper hinunter und massierte ihn überall, nur nicht dort, wo er es am meisten wollte.

Sie liebkoste seinen Bauchnabel mit ihrer Zunge und drückte ihre Brüste gegen die steinharte Ausbeulung in seiner Hose, wobei sie sich versuchsweise ein bisschen wand. Mit Genugtuung stellte sie fest, dass eine Vene an seinem Hals hervortrat. Sie beschloss, ihn aus seinem Elend zu befreien, und legte ihre Hände direkt auf seinen Schwanz. Ganz sanft begann sie, ihn durch seine Hose zu streicheln.

Er fluchte, und seine Hüften schossen vom Bett hoch, als er sich die Hose vom Leib riss; Caro hörte sogar, wie der Stoff zerriss. »Ich dachte, wir würden unsere Kleidung gern schonen«, stichelte sie.

Er atmete schwer. »Verdammt noch mal, Frau! Als ob mich meine gottverdammte Scheißhose jetzt noch interessieren würde!«

Caro erwartete, dass er sie unter sich rollen und sofort in sie eindringen würde, denn er schien am Rande der Verzweiflung zu sein. Doch er überraschte sie, indem er sich zurücklehnte und sie auf sich herunterzog. Jetzt waren seine Hände an der Reihe, unkontrolliert über ihre Brüste, ihre Rippen und ihren Bauch zu wandern, wobei ihre Wärme auf ihrer kühlen Haut köstlich war. Und dann wanderten seine Hände tiefer, und seine Finger gelangten schließlich an die Stelle, an der sie sie haben wollte.

Tischlein-wechsle-dich war nur gerecht, denn seine Berührung war absichtlich sanft.

Sie schrie vor Frustration auf. »Oh, Gott, Henry! Bitte! Ich will kommen!«

Er gluckste. »Keine Sorge, Liebling, das wirst du auch.« Er drückte sie ein paar Zentimeter zurück, so dass er genau auf einer Linie mit ihrem Eingang war. »Aber wenn du es tust, dann auf meinen Schwanz.«

Wie immer steigerte sein schmutziger Mund ihre Erregung um das Zehnfache. Sein Vorschlag hörte sich plötzlich sehr verlockend an, und da sein Schwanz gerade da war, ließ sie sich ein paar Zentimeter darauf sinken. Sie merkte, dass sie im Hinterkopf zögerte und sich fragte, ob sie einen Schmerz, eine Rohheit spüren würde, wie beim ersten Mal. Aber dieses Mal war kein Schmerz zu spüren, als sie ihn aufnahm. Sie schloss die Augen und bewegte sich experimentell, wobei sie verschiedene Winkel ausprobierte.

Sie fand einen, der sich eigentlich recht gut anfühlte, und sie fand einen Rhythmus. Ja, das fühlte sich wirklich gut an, und obwohl das Vergnügen nicht so stark war wie bei Henrys Liebkosungen an ihren Schenkeln, stellte sie fest, dass die angenehmen Empfindungen langsam zunahmen, während sie weiter auf ihm ritt.

Dann spürte sie Henrys Hand direkt an ihrem Eingang, wo sie zusammenkamen, und oh! Er *rieb* sie, er *rieb* diesen kleinen Knubbel direkt an ihrem Eingang, und *Gott*, das fühlte sich gut an! Sie öffnete die Augen, und was für ein Anblick bot sich ihr. Henry, ihr Henry, mit seinem großen, schönen Körper, der sich nackt unter ihr ausbreitete. Und die Art, wie er sie ansah - eine wunderbare Kombination aus Bewunderung und Verlangen.

Und als sich ihre Augen mit seinen trafen und sie glaubte, dass ihr Herz vor lauter Glück, das sie in ihrem ganzen Leben noch nicht erlebt hatte, zerspringen würde, spürte sie, wie sich ihr Höhepunkt aufbaute. »Oh Gott, Henry«, schrie sie, »Oh Gott, das tut gut! Bitte, Henry, bitte!«

Er wusste genau, was ihr Körper brauchte, beschleunigte das Tempo seiner Hand und verpasste ihr zur Sicherheit ein paar harte Stöße, und dann war das Vergnügen schon fast über ihr. Es war köstlich, es war so wunderbar, es war unbeschreiblich, es war - »Oh, Gott, oh, Henry! Ja! Ja! *Ja!*«

Und dann zitterte ihr ganzer Körper, und sie spürte, wie sich ihr Rücken wie ein Bogen wölbte, und sie hörte, wie sie immer wieder seinen Namen schrie, während sie pochte und pochte und *pochte* um seinen Schwanz herum. Und dann spürte sie, wie jeder Muskel in seinem Körper unter ihr hart wie ein Fels wurde und seine Hände ihre Hüften mit eisernem Griff umklammerten, als er ihr noch ein paar harte Stöße versetzte. Und dann war er an der Reihe, ihren Namen zu rufen und seinen Kopf zurückzuwerfen, und sie spürte, wie sein Schwanz in ihr zuckte.

Seine Hände führten sie, als sie auf ihm zusammenbrach, sein Schwanz noch immer in ihr vergraben. Ihr Kopf lag auf seiner Schulter, und seine Hände strichen sanft über ihren Rücken. »Ich liebe dich, Caro«, murmelte er in ihr Ohr.

»Ich liebe dich auch, Henry«, antwortete sie.

Und Caroline war sich sicher, so sicher wie noch nie zuvor, dass dies der perfekteste Moment ihres ganzen Lebens war.

Das letzte, was sie hörte, bevor sie einschlief, war Henrys Flüstern in ihrem Ohr. »Weißt du, das könnte funktionieren.« Sie schlief mit einem Lächeln auf den Lippen ein.

EPILOG

*A*ls Caroline sich wieder in ihr Zimmer schleichen wollte, fand sie diesmal leider ihre Mutter, die auf sie wartete.

»Sie, junge Dame«, sagte die Gräfin und erhob sich von ihrem Stuhl, »sind in großen Schwierigkeiten.«

Caro hatte keine andere Wahl, als zu erklären, wo sie gewesen war. Kurz darauf wurde Henry in das Stadthaus der Astleys beordert, wo Lord und Lady Cheltenham ihm mitteilten, dass er ihre Tochter heiraten würde. »Heute Nachmittag?«, fragte er hoffnungsvoll.

Dies brachte ihm einen bösen Blick seiner zukünftigen Schwiegermutter ein. »Nach dem, was meine Tochter mir erzählt hat, sollten wir in etwa einer Woche wissen, ob eine schnelle Hochzeit notwendig ist. Angenommen, das ist nicht der Fall, dann haben Sie eine achtwöchige Verlobungszeit, in der Sie beide *sehr* streng bewacht werden.«

Lord Ardingly war entsetzt, als er erfuhr, dass die geschäftstüchtige junge Dame, die den Abtransport seiner Antiquitäten veranlasst hatte, seine Schwiegertochter werden sollte. Aber Henrys Mutter war begeistert. Als Caro Lady Ardingly einlud, die Astley-Damen zur Schneiderin zu begleiten, um Caros Kleid für ihren Verlobungsball zu entwerfen, brach Henrys Mutter in Tränen aus. »Fünf Söhne«, sagte sie, als sie Henrys Taschentuch entgegennahm. »Ich habe fünf Söhne, wissen Sie, aber keine Mädchen.« Sie schenkte Caro ein Lächeln, das trotz ihrer Tränen aufrichtig freudig war. »Ich bekomme endlich eine Tochter. Und mein Sohn hätte mir keine bessere aussuchen können.«

Wie Caro geplant hatte, traten sie und Henry regelmäßig bei der Nachmittagspromenade im Hyde Park auf. Vor allem der erste dieser Auftritte sorgte für Aufsehen, weil Henry Caro auf Brandywine gesetzt hatte. Bewunderndes Geflüster verfolgte sie durch den Park. Damit und mit den Gerüchten über den Preis, den Lord Graverley für Henrys Gespann gezahlt hatte, konnte er einige äußerst profitable Verkäufe tätigen.

Henrys finanzielle Situation erhielt einen zusätzlichen Aufschwung, als sein Großvater, der Herzog, ankündigte, dass er ihnen ein zinsloses Darlehen gewähren würde, damit sie alle Reihenhäuser, die sein Vater verkauft hatte, zurückkaufen und zusätzlich den Stall von Henry finanzieren konnten. Es würde fast zwanzig Jahre dauern, um das Darlehen vollständig zurückzuzahlen, aber das Wichtigste war, dass diese Immobilien in der Familie bleiben würden.

Trotz des holprigen Starts gelang es Henry schließlich, seinen zukünftigen Schwiegervater für sich zu gewinnen. Angesichts von Henrys Entschlossenheit, sein Anwesen besser zu verwalten als sein Vater, rief Lord Cheltenham seinen ältesten Sohn Edward, Viscount Fauconbridge, vom Familiensitz in Gloucestershire herbei. Da er Harringtons älterer Bruder war, kannte Henry Fauconbridge bereits recht gut aus ihrer gemeinsamen Zeit in Eton. Seit seiner Ernennung zum Senior Wrangler, der höchsten Auszeichnung der Universität Cambridge für den besten Studenten in Mathematik, hatte der brillante Lord Fauconbridge die Leitung des Anwesens seiner Familie übernommen. Er verbrachte nun mehrere Stunden am Tag mit Henry in der Bibliothek, zeigte ihm, wie man ein Geschäftsbuch liest, wie man eine Investition bewertet und diskutierte mit ihm über die neuesten Fortschritte in der Landwirtschaft.

»Du glaubst gar nicht«, sagte Henry zu Caro, »wie viel ich inzwischen über Mangoldwurzeln weiß. Viel mehr, als mir bewusst war, dass es über Mangoldwurzeln zu wissen gibt.«

»Mangold-Wurzeln«, antwortete Caro. »Was du nicht sagst.«

Wochenlang erfand Lord Cheltenham eine Ausrede nach der anderen, um in der Bibliothek herumzulungern und Henrys Nachhilfestunden zu belauschen. Als der Graf sah, wie entschlossen Henry war, alles zu lernen, was Fauconbridge ihm über die Verwaltung eines Anwesens beibringen konnte, und wie sehr er seiner Tochter zugetan war, beschloss er schließlich, dass der junge Lord Thetford doch ausreichen würde.

Am Tag, nachdem Henrys Vater ihm viele seiner Antiquitäten verkauft hatte, veranstaltete Thomas Hope seine eigene Feier, bei der er mehrere neu gestaltete Räume vorstellte. Dazu gehörte auch sein neues Ägyptisches Zimmer, das durch einen bedeutenden Teil der Sammlung von Lord Ardingly bereichert wurde. Fast tausend Gäste waren anwesend, darunter der Prinz von Wales. Das Gedränge war unvorstellbar groß, und Henry und Caro schlenderten Arm in Arm durch das Haus und taten lautstark so, als seien sie von den Räumen überrascht, die für alle außer ihnen neu waren.

Zwei Wochen später veranstaltete Lady Cheltenham einen Ball, um die Verlobung zu feiern. Harrington war gerade aus seinem Versteck zurückgekehrt, und Henry stand mit seinem besten und ältesten Freund auf der hinteren Terrasse des Astley-Stadthauses, um einen Drink zu genießen, während sie auf den Beginn des Balls warteten.

Harrington war einer der wenigen, denen sie die Wahrheit über Caros Rolle bei der Rettung von Billy vor Snakeface und seinen Freunden erzählt hatte, und er hatte um eine weitere Erzählung ihres Zusammenstoßes mit den Dieben gebeten.

»Ich habe gezielt«, sagte Henry. »Und gerade als Snakeface nach ihr griff, drückte ich ab und traf ihn direkt in die Schulter.«

»Darf ich fragen, warum du nicht auf seinen Kopf gezielt hast?«, fragte Harrington. »Wenn er im Profil zu dir stand, hättest du den Todesschuss abgeben können.«

Henry hielt inne. Die wahrheitsgemäße Antwort auf diese Frage hätte er seinem Freund vor ein paar Wochen noch nicht einmal zugestehen wollen. Echte Männer hatten keine Ängste und keine Schwächen, und wenn sie welche hatten, sprachen sie nicht darüber.

Vergiss es, beschloss Henry. Nicht, dass er jedem Fremden auf der Straße sein Herz ausschütten wollte.

Aber er wollte nicht sein ganzes Leben damit verbringen, so zu tun, als wäre er aus Stein. Das hatte ihn immer nur unglücklich gemacht.

Außerdem war das Harrington.

Die Worte sprudelten nur so aus ihm heraus, auch wenn er sein eigenes Urteilsvermögen in Frage stellte. »Die Wahrheit ist, dass meine Hände so stark zitterten, als ich Caro in Gefahr sah, dass ich mir nicht zutraute, den Kopfschuss zu machen. Ich dachte, der Körperschuss sei sicherer, da er ein größeres Ziel abgab.«

Es trat eine Stille ein. Harrington starrte ihn mit offenem Mund an.

Aber das war ein Fehler gewesen. Henry zog eine Grimasse. »Du denkst wahrscheinlich, ich bin der letzte Mann, der deine Schwester heiraten sollte ...«

»Du liebst sie wirklich«, unterbrach Harrington. »Das ist absolut *genial*. Du bist *genau* der Mann, den ich für meine Schwester will.«

Henry atmete erleichtert aus. »Ich liebe sie wirklich«, gab er etwas steif zu. »Wahnsinnig, so wie es aussieht.« Er lehnte sich vor. »Willst du einen Beweis?«

»Erzähl mal.«

Henry sah sich um, um sich zu vergewissern, dass der Balkon menschenleer war. »Um die Hintertür des Lagerhauses zu erreichen, musste ich brusttief in die Themse waten.«

Harrington erstarrte. »Warte. *Du* bist *brusttief in der Themse* gewatet?«

Henry nickte. »Ich habe nicht einmal gezögert.«

»Gab es ...«

»*Blutegel*«, bestätigte Henry und erschauderte. »Ich habe danach drei von ihnen an mir klebend gefunden.« Er schüttelte den Kopf. »Das ist wahre Liebe, genau das.«

Harrington warf den Kopf zurück und lachte. »Das ist es ganz sicher.« Er hob sein Glas. »Auf die wahre Liebe!«

Henry stieß sein Glas mit dem von Harrington an. »Auf die wahre Liebe«, stimmte er zu.

»Ich wusste immer, dass sie perfekt für dich ist«, sagte Harrington, nachdem er an seinem Glas genippt hatte. »Sie hat den gleichen respektlosen Sinn für Humor. Jedes Mal, wenn ich von der Schule nach Hause kam, löcherte sie mich nach Geschichten über dich.«

»Sie ist perfekt für mich, das ist sie wirklich. Ich will ja nicht rührselig werden, aber sie ist alles, was ich mir je gewünscht habe. Sie ist schlau - schlauer als ich, aber sag ihr nicht, dass ich das gesagt habe. Und sie ist lustig, und sie ist so schnell, und wenn man in ihrer Nähe ist ...« Er winkte mit der Hand und versuchte, es zu erklären. »Sie macht mich einfach so verdammt *glücklich*. Sie ist offensichtlich wunderschön, und sie hat das beste Herz. Das beste Herz auf der ganzen Welt. Ich wünschte, ich könnte sie in dieser Sekunde heiraten. Ich weiß nicht, wie ich die nächsten sechs Wochen überleben soll ...«

Harringtons Blick konzentrierte sich auf etwas hinter Henrys Schulter. »Oh, guten Abend, Caro.«

Henry drehte sich um und sah seine Verlobte.

Es war ein vertrauter Anblick: Caro stand auf einem Balkon und hatte Mühe, nicht zu weinen.

Wenigstens tat sie es dieses Mal mit einem breiten Lächeln im Gesicht.

»Caro«, sagte Henry und eilte zu ihr, um ihre Hände zu nehmen, »nicht weinen, Liebling.«

»Ich weiß«, sagte sie und lachte durch ihre Tränen hindurch, »ich kann auf meinem eigenen Verlobungsball keine geschwollenen Augen haben.«

Harrington räusperte sich, als Henry Caro in seine Arme nahm. »Ich werde genau zehn Sekunden lang auf die hinteren Gärten starren. Ich vertraue darauf, dass, wenn ich den Blick wieder hierher wende, alle Vorführungen, die ein älterer Bruder nicht sehen möchte, beendet sein werden.«

Henry gab Caro einen kurzen Kuss. »Wie lange hast du dort gestanden?«

»Seit der Sache mit den Blutegeln.«

»Wenigstens werden meine Balkon-Äußerungen immer besser.«

Sie schlang ihre Arme um seinen Hals und beugte sich zu einem weiteren Kuss vor. »Ja, das werden sie.«

Sie küssten sich noch immer, als Harrington sich

umdrehte. »Igitt«, sagte er. »Ich weiß ja, dass du sie heiraten wirst, aber ich hätte das *trotzdem nicht sehen müssen*. Was mich auf etwas anderes bringt - musstest du wirklich meine kleine Schwester gefährden?«

»Es war nicht Henrys Schuld«, protestierte Caro. »Ich war es, die mitten in der Nacht in seinem Zimmer auftauchte.«

Henry lächelte verlegen. »Ich bin kein verdammter Heiliger. Aber das weiß ja keiner besser als du.«

»Hmm«, sagte Harrington. Nach einem Moment des Schweigens fügte er hinzu: »Und woher genau kannte sie die Adresse deiner Junggesellenwohnung?«

Caro und Henry erstarrten und tauschten einen schuldbewussten Blick aus. Henry räusperte sich. »Unsere Freundschaft wird nicht überleben, wenn ich diese Frage beantworte.«

»Du absoluter *Hosenscheißer*«, sagte Harrington und stürzte sich auf seinen besten Freund.

»Hey, ich werde sie heiraten!«, protestierte Henry.

Nachdem das Handgemenge beendet war, wandte sich Harrington an seine Schwester. »Also, was führt dich hierher, Caro?«

»Mama hat mich geschickt, um euch beide zu holen.« Sie wandte sich an Henry. »Wir werden gebraucht, um den Tanz zu eröffnen.«

Henry bot seinen Arm an. »Wenn das so ist, darf ich um diesen Tanz bitten, meine liebste Caroline?«

Sie stieß einen verträumten Seufzer aus. »Ich habe so lange darauf gewartet, das von dir zu hören.«

Sie lächelte ihn an, und er lächelte sie an. Dann führte Henry sie hinein, und der Tanz begann.

Hinterher bestätigten die Anwesenden, dass es ein seltsamer Tanz gewesen war. Lady Caroline, die bis zu diesem Zeitpunkt als eine der anmutigsten Tanzpartnerinnen in ganz London galt, trat Lord Thetford dreimal auf den Fuß. Und was noch seltsamer war: Jedes Mal, wenn sie es tat, brachen beide in Gelächter aus.

Die zukünftige Braut und der zukünftige Bräutigam waren ganz offensichtlich ineinander verliebt, und es gab einige, die Lord Graverleys Behauptung zustimmten, dies sei »töricht«.

Aber es gab noch mehr, die sich Lady Cheltenhams Meinung anschlossen, die laut genug für alle zu hören war, dass ein Paar, das eine so offensichtliche Zuneigung besaß, für immer glücklich zusammen leben würde.

Und genau das haben sie getan.

LIES hier weiter für eine besondere Vorschau auf das nächste Buch der Astley-Chroniken, *Der richtige Earl*!

Jedermanns liebste Zofe, die mit dem schwingenden Sonnenschirm, bekommt ihr eigenes Happy End! Wenn auch du ein Fan von Fanny geworden bist, solltest du dir unbedingt *Die Zofe und der Rake* ansehen.

WENN DU PER E-Mail benachrichtigt werden möchtest, wann immer ich eine neue deutsche Übersetzung eines meiner Bücher veröffentliche, kannst du dich hier anmelden: https://courtneymccaskill.com/deutschen-newsletter/ . Wenn du auch meinen englischsprachigen Newsletter erhalten möchtest, der ein- oder zweimal im Monat erscheint und Bonusszenen, Werbegeschenke und Hinweise auf andere lesenswerte Regency-Romanzen enthält, kannst

du dich hier anmelden: https://
courtneymccaskill.com/newsletter/ .

WENN DU DIR einen Moment Zeit nehmen möchtest, würde
ich mich über eine Rezension freuen!

DER RICHTIGE EARL

Vorschau: *Der richtige Earl (Die Astley-Chroniken- Buch 2)*

Schon einmal hat er sie verloren. Ein zweites Mal würde ihn zerstören.

Michael Cranfield, der Earl of Morsley, hat sich vor Jahren unsterblich in Lady Anne Astley verliebt. Während er zu einer geheimen Regierungsmission in die kanadische Wildnis aufbricht, heiratet sie einen anderen.

Jahre später ist Anne Witwe, und Michael bekommt eine zweite Chance für die Liebe. Er ist fest entschlossen, Anne diesmal zu heiraten und sie mit nach Kanada zu nehmen.

Anne denkt noch immer mit Schaudern an jenen Tag zurück, an dem sie erfahren musste, dass Michael nur eine Freundin in ihr sieht. Aber sie ist nicht das nachgiebige kleine Mädchen, an das Michael sich erinnert – nicht mehr. Sie hat gelernt, dass das Leben als respektable Witwe, die niemandem Rechenschaft schuldet und ihre eigene

Wohltätigkeitsorganisation in London leitet, sehr gut zu ihr passt. Sie will durchaus wieder heiraten, aber nur einen Mann, der sie bei ihren wohltätigen Zwecken unterstützt, die ihr so sehr am Herzen liegen.

Und wenn Michael Cranfield glaubt, dass sie in London alles stehen und liegen lässt, um mit ihm nach Kanada zu gehen, oder dass sie sich bereitwillig von ihm herumkommandieren lässt, dann irrt er sich gewaltig!

Welchen Preis ist Michael gewillt zu bezahlen, um mit der Frau zusammen zu sein, die er liebt? Ist er immer noch "Der richtige Earl" für sie?

~

Prolog

London
 März 1798

Michael Cranfield sprang aus der Kutsche, bevor sie vor dem weißen Steinhaus am Cavendish Square zum Stehen kam. Seine von der nächtlichen Fahrt verkrampften Beine waren auf diese plötzliche Anstrengung nicht vorbereitet, und er wäre fast mit dem Gesicht voran auf den Bürgersteig gestürzt. Er schaffte es, sich auf den Beinen zu halten, und sprintete die Stufen der Londoner Residenz der Familie Astley hinauf, ohne die Verwirrung des Dieners zu beachten.

»Ist Anne hier?«, fragte er keuchend, als er die Schwelle überschritt. »Ich muss sofort mit ihr sprechen.«

Ein älterer Mann, der mit seiner kerzengeraden Haltung und seiner stummen Missbilligung wie ein Butler aussah, hob eine einzelne Augenbraue. Sein Gesichtsausdruck war der eines Mannes, der etwas außerordentlich Unangenehmes gerochen hatte, und er schien zu überlegen, was das schwerwiegendere Vergehen war: die Tatsache, dass Michael genauso zerknittert und staubig aussah, wie man es nach achtzehn Stunden Fahrt erwarten würde, oder dass er die Dreistigkeit besaß, die Tochter des Earl of Cheltenham mit ihrem Vornamen anzusprechen. Er hob sein Kinn so weit an, dass Michael ihm direkt in die Nase sehen konnte. »Könnte es sein, dass Sie sich auf *Lady* Anne beziehen?«

»Ja, Lady Anne, natürlich. Es ist nur so, dass ich sie schon mein ganzes Leben lang kenne, also ...« Michael schluckte. Er hatte keine Zeit für Erklärungen. »Ist sie hier? Ich muss mit ihr sprechen. Dringend.«

»Das ist sie nicht. Vielleicht könnten Sie Ihre Karte hinterlassen, Mr. ...«

»Dafür ist keine Zeit.« *Oh Gott!* Das wichtigste Gespräch seines Lebens, und er würde sie verfehlen. »Wo ist sie hin?«

Der Butler blähte seine Brust auf. »Das ist höchst ungewöhnlich, Sir. Sie können Ihre Karte hinterlassen. *Wenn* Lady Anne Sie zu empfangen wünscht ...«

»In zwei Stunden fährt ein Schiff nach Kanada ab, und ich muss auf diesem Schiff sein«, sagte Michael.

Der Butler musterte ihn von oben bis unten. »Eine ziemlich dringende Angelegenheit für einen Mann in Ihrem Alter. Sagen Sie, was es sein könnte.«

»Es steht mir nicht frei, das preiszugeben. Aber es genügt zu sagen, dass die Angelegenheit so dringend ist, dass mein Vater mich gerade aus Oxford zurückgeholt hat.« Michael erkannte in der steinernen Miene des Butlers einen winzigen Anflug von Interesse. »Bitte, Sir«, flehte er. »Ich muss auf dem Schiff sein und vorher mit Anne sprechen. Ich könnte ein ganzes Jahr lang weg sein, und ich habe ihr nie gesagt, dass ich ...« Er schluckte, unfähig zu glauben, dass er dies einem völlig Fremden gegenüber zugab. »Ich meine, ich bin mir ziemlich sicher, dass sie es bereits weiß, aber ...« Gott, war das peinlich. Der Mund des Butlers stand auf eine sehr unbutlerische Art und Weise offen. Aber Michael machte weiter, denn er musste den Mann irgendwie überzeugen. »Aber ich habe sie noch nicht wirklich gefragt, ob sie ... Ob sie meine ...«

Die Augen des Butlers schärften sich. »Sie sind der Junge von nebenan. *Lord Morsley.*«

»Ja. Ja, das bin ich.« Michael spürte, wie sich sein Gesicht rötete, bis hin zu seinen großen, immer ein wenig abstehenden Ohren. Das sollte ihn nicht überraschen. Zu Hause in Gloucestershire schien jeder zu wissen, dass er hoffnungslos in seine beste Freundin verliebt war, und das schon seit Jahren.

Aber es war niederschmetternd zu erfahren, dass seine Gefühle so offen diskutiert wurden, dass jemand sie diesem Mann, den er nie getroffen hatte und der hundert Meilen entfernt lebte, gegenüber erwähnt hatte.

Zumindest hatte sein Geständnis die gewünschte Wirkung. »Tausendmal Verzeihung, Mylord. Carter!«, schnauzte der Butler den Mann an der Tür an. »Versammelt die Lakaien sowie die Zofen von Lady Anne und Lady Cheltenham.«

»Ja, Sir!«, sagte Carter und sprintete bereits in Richtung der Rückseite des Hauses.

Es stellte sich schnell heraus, dass Anne und ihre Mutter ausgegangen waren, um einen Besuch zu machen. Niemand kannte die genauen Abläufe des geplanten Nachmittags, aber Yarwood (das war der Name des Butlers) und die Dienstmädchen konnten eine Liste mit mehreren Dutzend Möglichkeiten zusammenstellen.

Lakaien wurden im Eiltempo losgeschickt, um bei den Häusern auf der Liste nachzufragen. Michael schritt an einem Salon vorbei, als ein Herr mit kurzem, braunem Haar, das mit grauen Strähnen durchzogen war, in der Tür erschien. Michael erschrak, und der Mann lachte.

»Es tut mir leid. Ich hätte mich wahrscheinlich früher melden sollen. Ich habe auf Lord Cheltenham gewartet.« Er streckte eine Hand aus. »Ich bin der Earl of Wynters.«

»Lord Wynters.« Michael schüttelte dem Mann die Hand. »Ich bin der Earl of Morsley.«

»Kommen Sie, setzen Sie sich.« Lord Wynters wies mit einer Geste auf einen Stuhl vor dem Feuer. Er schlenderte zu einer Karaffe in der Ecke und füllte zwei Gläser. »Ich wage zu behaupten, dass Sie einen Schluck hiervon gebrauchen könnten«, sagte er und reichte Michael eines.

Michael hob das Glas an die Lippen, als ein lautes Klirren ihn fast dazu brachte, sein Getränk zu verschütten. Es handelte sich um den Spazierstock von Lord Wynters, den er umgestoßen hatte, als er sich wieder auf das Sofa setzte. Als der Graf den Stock wieder an die Couch lehnte, bemerkte Michael, dass der glänzend schwarz lackierte Stock einen silbernen Griff in Form eines Eiszapfens hatte.

»Ich konnte nicht umhin, Ihr Dilemma mitzuhören«, sagte Lord Wynters.

Michael zuckte zusammen. »Ich ... äh ...«

Der Earl lachte. »Kommen Sie, Sie brauchen sich nicht zu schämen. Auch ich war einmal ...« Er hielt inne und musterte Michael abschätzend. »... siebzehn?«

»Neunzehn«, sagte Michael, unfähig, einen Hauch von Defensivität aus seiner Stimme zu halten.

»Neunzehn. Ich bitte um Entschuldigung.« Lord Wynters nippte an seinem Getränk. »Lord Morsley - dann dürften Sie also der Erbe von Redditch sein.«

»Ja, Sir.«

»Dann brauchen Sie sich doch keine Sorgen zu machen. Ihr Vater ist groß, ebenso wie Ihre Mutter, Gott hab sie selig.

Ich wette, dass Sie innerhalb des nächsten Jahres in diese Hände und Füße hineinwachsen werden.«

»Danke«, murmelte Michael, obwohl er sich alles andere als dankbar fühlte. Er war sich nur allzu bewusst, dass er im Gegensatz zu seinen Freunden, die in den letzten Jahren stark zugelegt hatten, immer noch unter dem Durchschnitt lag. Und nicht nur das: Er war dürr und *furchtbar* unbeholfen, mit Händen und Füßen, die so groß waren, dass sie unmöglich zum Rest seines Körpers passen konnten.

Dazu kamen noch seine riesigen Ohren, und er war nicht gerade ein Märchenprinz.

Aber Anne war nicht oberflächlich. Derartige Dinge waren ihr egal.

Zumindest hoffte er bei Gott, dass sie es waren.

Der Graf schüttelte den Kopf und sah wehmütig aus. »Sie erinnern mich sehr an mich selbst, als ich nicht viel älter war, als ich meiner ersten Frau den Hof gemacht habe. Sie haben eine gute Wahl getroffen, wenn ich das so sagen darf. Lady Anne hat tatsächlich eine verblüffende Ähnlichkeit mit meiner Clara.« Er starrte gedankenverloren durch den Raum. »In der Tat eine verblüffende Ähnlichkeit.«

»Ich verstehe«, sagte Michael. Er war so aufgeregt, dass es ihm schwer fiel, den Worten des Mannes zu folgen, aber er versuchte, nicht unhöflich zu sein.

Als der erste Lakai zurückkehrte, hörte man im Foyer eilige Schritte. »Entschuldigen Sie mich«, sagte Michael, der schon halb durch den Raum gegangen war.

»Sie waren vorhin im Haus von Lady Grenwood«, sagte der Lakai, die Hände auf den Knien, und sein Atem kam röchelnd. »Aber sie sind vor einer halben Stunde losgefahren, und Ihre Ladyschaft wusste nicht, wo sie sonst hinwollten.«

Yarwood ließ dem Mann keine Ruhe und reichte ihm

einen weiteren Zettel. »Wir haben an drei weitere Häuser gedacht.«

»Ja, Sir!«, sagte der Lakai und holte noch einmal tief Luft, bevor er aus der Tür eilte.

Die Zeit verging sowohl quälend langsam als auch viel zu schnell. Irgendwie waren jedes Mal, wenn Michael auf seine Taschenuhr schaute, weitere fünf Minuten verschwunden. Bald waren alle Lakaien bis auf zwei zurückgekehrt, und noch immer gab es keine Neuigkeiten.

Michael seufzte und wandte sich an Yarwood. »Wenn ich mein Schiff erreichen will, muss ich in zehn Minuten losfahren. So sehr ich es auch hasse, eine solche Nachricht in einem Brief zu übermitteln, scheint es doch so weit gekommen zu sein.«

»Ich glaube, Sie haben recht, Mylord«, sagte Yarwood und führte Michael zurück in den Salon, wo der Earl immer noch vor dem Kamin wartete. Yarwood öffnete einen Schreibtisch und gab Michael ein Zeichen, sich zu setzen.

Im Laufe der Jahre hatte sich Michael vorgestellt, Anne auf Hunderte von verschiedenen Arten einen Heiratsantrag zu machen. Auf dem Balkon bei einem Ball. In dem griechischen Pavillon hinter ihrem Haus. Auf dem Teich, auf dem sie vor Jahren so manche Stunde mit Piratenspielen verbracht hatten (Michael hatte das schnell verworfen. Sie waren anfällig genug dafür gewesen, mit dem Boot umzukippen, ohne dass jemand versucht hätte, auf die Knie zu gehen).

Doch schließlich hatte er sich entschlossen, den Antrag auf der Wiese neben Cranfield Castle zu machen, der prächtigen alten Ruine, die seit fast fünfhundert Jahren im Besitz seiner Familie war. Das war zufällig der Ort, an dem sie in dem Sommer, als sie beide fünfzehn gewesen waren, gepicknickt hatten, als Michael sie fast geküsst hatte.

Ein Antrag in einem Brief schmeckte daher wie die

Bitterkeit einer Niederlage, und was Michael in zehn Minuten verfassen konnte, ließ einiges zu wünschen übrig. Aber wenigstens konnte er das Wesentliche sagen: dass er Anne liebte, dass er sie seit Jahren liebte, dass er niemanden außer ihr zur Frau haben wollte, dass er sich nie von ihr trennen wollte und dass er, wenn sie nur auf ihn wartete, zu ihr zurückkehren würde, sobald er die Aufgabe, die sein Vater ihm gestellt hatte, erfüllt hätte.

»Das wäre es«, sagte er, faltete den Umschlag zu Ende und stand auf. Er schaute auf seine Taschenuhr und stellte mit Entsetzen fest, dass er schon vor fünf Minuten hätte gehen sollen. »Ich muss mich beeilen.«

»Ich werde dafür sorgen, dass Lady Anne den Umschlag erhält«, versprach Yarwood.

»Danke, Yarwood«, sagte Michael mit Gefühl. »Für alles.«

Der Earl hatte den Raum durchquert, um Michaels Hand zu schütteln. »Viel Glück, junger Mann.«

Michael ergriff seine Hand. Er war so aufgeregt, dass er den Namen des Mannes völlig vergessen hatte. »Ich danke Ihnen, Mylord.«

Und so eilte Michael die Treppe so schnell hinunter, wie er sie heraufgeeilt war, gespannt auf Annes Antwort und wissend, dass er noch Monate warten müsste, um zu erfahren, wie diese Antwort lautete.

Lord Wynters schaute sich im Salon um. Das Haus war noch immer in Aufruhr, nachdem die unerwartete Ankunft des jungen Lord Morsley für Aufregung gesorgt hatte. Die Lakaien plauderten im Foyer miteinander.

Yarwood, der einzige, der sich daran zu erinnern schien, dass sie noch einen Gast hatten, hatte sich vor der Tür postiert.

»Yarwood«, rief Lord Wynters, »ich denke, ich werde nicht länger warten. Aber ich frage mich, ob ich Sie um einen Gefallen bitten darf, bevor ich gehe.«

»Gewiss, Mylord.«

Er hob sein leeres Glas. »Ich weiß zufällig, dass Cheltenham eine Flasche Martell in der Bibliothek aufbewahrt. Würden Sie mir bitte ein Glas holen?«

»Sofort, Mylord.«

Sobald der Butler aus dem Weg war, ging Wynters zum Schreibtisch und nahm den Brief von Lord Morsley an sich. Er machte sich nicht die Mühe, ihn zu öffnen; er wusste genau, was darin stand.

Er warf das Schreiben direkt ins Feuer.

Dann kritzelte er eine kurze Notiz, die er genau im gleichen Winkel wie Lord Morsleys Schreiben auf den Tisch legte.

Als Yarwood mit seinem Getränk zurückkam, saß Wynters wieder auf seinem Platz, den Arm über die Rückenlehne des Sofas gelegt, und sah aus, als hätte er sich nie bewegt.

Der richtige Earl ist erhältlich auf Amazon!